学神恋爱攻略

童童 著

陕西新华出版
太白文艺出版社·西安

图书在版编目（CIP）数据

学神恋爱攻略 / 童童著. —— 西安：太白文艺出版社，2024.1

ISBN 978-7-5513-2526-4

Ⅰ.①学… Ⅱ.①童… Ⅲ.①长篇小说—中国—当代 Ⅳ.①I247.5

中国国家版本馆CIP数据核字(2023)第240595号

学神恋爱攻略
XUESHEN LIANAI GONGLÜE

作　　者	童　童
责任编辑	葛晓帅
封面设计	郑江迪
版式设计	建明文化
出版发行	太白文艺出版社
经　　销	新华书店
印　　刷	陕西金德佳印务有限公司
开　　本	787mm×1092mm　1/16
字　　数	390千字
印　　张	25
版　　次	2024年1月第1版
印　　次	2024年1月第1次印刷
书　　号	ISBN 978-7-5513-2526-4
定　　价	78.00元

版权所有　翻印必究

如有印装质量问题，可寄出版社印制部调换

联系电话：029-81206800

出版社地址：西安市曲江新区登高路1388号（邮编：710061）

营销中心电话：029-87277748　029-87217872

目录
CONTENTS

001　\　第一章　打工学神

014　\　第二章　设计大赛

031　\　第三章　第一场雪

071　\　第四章　公牛少女

第一章　打工学神

初冬，南方的天气阴冷潮湿，风一吹，就往骨头缝里钻，冻得人直哆嗦。

画室里的空调温度很高，当苏子滢从走廊带着一身寒意走进去时，眼镜片立刻起雾了。

她迟到了半分钟，里面已经坐满了美术系的同学，正不耐烦地等着今天的模特。

苏子滢一进门就歉意地给老师鞠了一躬，随后也不多话，直接脱了厚厚的羽绒服和鞋袜，摘掉眼镜，整理好头发，拿着一本书坐到椅子上，根据老师和同学的要求调整姿势。

她的羽绒服下直接套着紧身无袖连衣裙，能看出明显的身体线条。

原本不耐烦的同学们看到眼前的模特，安静了片刻。

这是一张很有东方特色的温婉的脸，眼神温柔，古典的鹅蛋脸上带着波澜不惊的娴静贵气，让人浮躁的心瞬间就静了下来。

在她背后的几个男生交换着眼神，有些人则看着老师指挥她调整姿势，窃窃私语起来。

她有着丰润的嘴唇和优雅明晰的下颌线，古典的窄窄的丹凤眼，瞳仁又黑又亮，像小鹿一样，满是温柔的善意，可再往里面看，似乎又深藏着故事——这是老师们最喜欢的模特，她有一张能画出故事感的脸。

她的竖脊肌紧致结实，其他地方平坦光滑，让背部显得纤细优美，可上面却文着诡谲狰狞的鬼面刺青，和她古典的面容风格完全相反。

"老师，能让她脱了衣服吗？"忽然，一个声音在苏子滢的耳边响了起来。

苏子滢一听这话，微微侧头，看到画板后露出半张长在她审美点上的脸——他的眼睛细长，剑眉入鬓，鼻梁高挺，透露出一丝不容商榷的冷硬。

"不能，之前说好了穿这条裙子。"苏子滢注意到老师看着那人面露难色，立刻接口。

她的声音轻柔，语气温和，甚至带着温柔笑意，但话语却是拒绝的。

裸模每小时的费用是她的十倍，而这里给的钱少，事还这么多。要不是为了赚钱，她才不想坐在这里被一群人审视。

许多人觉得模特好做，摆几个姿势就行，可其实当模特也需要不断摸索人物的形态，要更好地展现出画者想要展示出来的神韵。

今天找模特时画室这边说了要求，要画有书香气的现代少女。穿最现代的吊带裙，配一张古典的书卷气的脸，所以才找到了她。

"我想画背。"叶峻成倒是对她后背的鬼面刺青很有兴趣。

"那得加钱。"苏子滢微微一笑。

她久经生活的历练，最大的优点就是观察力敏锐。她从老师犹豫的神色中可以看出这位同学是老师不想得罪的人，美术系又是出了名的"富人系"，里面大多是非富即贵、家里不缺钱的公子小姐。苏子滢见他长得贵气清朗，衣服合身，很有质感，一看就是手工高定，知道他是不差钱的人。

叶峻成显然没想到这个看似温柔内敛的学姐，居然面不改色地提加钱。他想，看来人不可貌相，做人体模特就是靠出卖身体赚钱，她根本不在意裸不裸。

"不过就算加钱，也只露背。"苏子滢笑得很甜，让人不忍为难。

叶峻成见她笑得越发灿烂，觉得这张脸挺有特色，笑起来娇憨阳光，带着孩童般的讨喜气质，可眼波流转中却藏着一种让人想探究的神秘。

"加多少？"叶峻成随意地瞥了她一眼，拿出手机。

苏子滢丝毫不窘迫地去拿手机，走到他身边半蹲下身，正要打开微信收款码,手机却被旁边坐着的学弟一把抢了过去,点开她的好友二维码,用自己的手机扫码后笑着说:"小姐姐,我也加钱,能再……"

"方楠,你们都别闹,要想画人体线条给我去隔壁素描室。"老教授见大家开始起哄,眼睛一瞪,他不好说叶峻成,可方楠这臭小子还是能骂的。

"胡老师说得对,还是要有规矩的。所以学姐,加个微信,要是你有空,想赚钱了,给我发条信息。我正好缺你这样的模特。"方楠把手机还给苏子滢,冲她眨了眨眼,一脸痞笑。

苏子滢习惯了这些骄纵公子哥的无礼,脸上也看不出生气,只微微笑着拿回手机,给叶峻成收款码:"看着给吧。"

苏子滢不喜欢当画室模特,因为价格太低廉,每小时赚的钱还不如去炸鸡店打工,如果不是另有原因,她绝不会来这里浪费时间。

她特意没说市场价,原以为这么有钱的少爷在钱上绝不苛刻,也许能多赚点,结果让苏子滢很失望——学弟太抠门了!

他居然只按人体模特价格的一半,给了她八十块!

八十块给他看两小时的后背!还要担心走光。

她后背拉链快拉到最底下了。背对着叶峻成,苏子滢心里无奈地想着,有钱人的钱都是这么抠出来的吧?

这么冷的天,尽管屋里空调温度挺高,坐久了也会觉得后背凉飕飕的。

画室里都是"沙沙"的画画声,还有人中间出去上厕所。他们开门的时候,一股寒风吹进来,苏子滢忍不住打了个喷嚏,马上就听身后有些冷漠的声音不满地提醒:"别动,你姿势不对了。"

"不好意思。"苏子滢尽量不动嘴唇地挤出四个字来,努力调整回刚才的姿势。她忍不住腹诽,长得这么好看的学弟,不但抠门,还很苛刻。

他家是做生意的吧?

白长了这么一张不食人间烟火、清雅出尘的脸。

正这么想着,忽然她肩膀就搭上了一只手,微凉的手指有些粗鲁地扳正她的肩。

"不要再动了。"叶峻成将她姿势调整成和之前一样,才在她耳边低声说道,"这么不专业,我会要求退钱的。"

就八十块钱,羞辱谁呢?

苏子滢心里已经将这钱扔回这没礼貌的孩子脑门上,可嘴上还是很温柔有礼地回答:"好的,我尽量。"

叶峻成捏着她的肩膀时,才发现她后背的鬼面似乎不是刺青,而是画上去的。

这个人的画工相当了得,技巧纯熟,尤其是明暗色彩拿捏得太精准,所以才有了一种文在上面的效果。

叶峻成不太确定地用指腹擦过那背上的鬼面,手指下的肌肤柔软细腻,滑嫩得像新剥开的白水煮蛋。

苏子滢正在心里吐槽着这挑剔苛刻的家伙,忽然被他冒犯了,身子一颤,扭过头看着他,强忍不快挤出一丝笑容提醒:"揩油是要加钱的。"

"噗——"方楠正在画她的侧脸,听她这么呵斥叶峻成,笑得差点没拿住笔。

真是"活久见",叶峻成还会揩油!

"别动。"叶峻成懒得理方楠,捏住苏子滢的下巴,把她的头转回刚才的角度,也不多解释,坐下继续画。

苏子滢遇到这样的奸商满心郁闷,度秒如年,背后被他摸了一下的地方很痒,想挠一下。

不过很快,她就认真地看起书来。她尽量只动手指,趁大家认真画画时,不着痕迹地翻着手里的书页。

旁边台灯温柔的光线下,她的神色宁静,像是浸入书本里,仿佛大家闺秀般坐在后院花台,身后开满一院墙的蔷薇,有种春风沉醉、岁月温柔的美好。

当铃声响起,终于熬到时间结束,苏子滢从书里回过神,拉起裙子,迅速套上羽绒服,向老师鞠了一躬就快步离开。

她的腿坐麻了,下台阶时差点一个趔趄摔出门。

门口正好站着一个俊朗高大的男生,他眼疾手快地一把接住了她,笑眯眯地说道:"晚上还有个活,想干吗?"

"不干!不干了,晚上我得去听课。"苏子滢推开他,围上厚厚的围巾。她赚钱就是为了更好地读书,今晚张教授的讲课千万不能再错过。

"看来赚够了。"林涵帮她提起重重的书包,跟着她往楼梯口走去,继续引诱她,"真的不去?报酬很丰厚。反正你晚上回去可以看课堂录像嘛。"

"帮我挠一下灵台穴位置。"苏子滢整理好围巾,突然感觉后背被人摸了一下的地方又痒了起来。她怀疑自己是对颜料过敏,伸手想抓,可羽绒服太厚了,又不想再脱了抓。

她今天本来想批评林涵。他上午给她介绍的那个商店开业的彩绘工作,说的是找彩绘师。她虽然不是美术系专业的学生,可设计系的美术功底都很强,这种普通的人体彩绘也不需要多高超的技术就能轻松应对,于是背着一箱工具去了商店,结果发现……

对方找的不是彩绘师,是彩绘模特!

然后下午她又赶回来当画室模特,消耗完了她所剩不多的精力。现在她只想去澡堂把这身上的颜料洗了,换身衣服去学习。

"晚上多少钱?"苏子滢最终没和林涵吐槽彩绘兼职的乌龙事件,她知道林涵不是故意的,更何况这点小插曲和他俩这些年的友情相比不值一提。

林涵正要说话,忽然一个人从教室后门走出来,背着画板,目不斜视地往他们面前走来。

太漂亮精致的男性,五官就会呈现出一些女性化的特征,比如皮肤过于细腻白净,睫毛又长又浓密,唇红齿白,眼神有着忧郁的艺术家气质。

苏子滢对这个人印象很深——"揩油"的奸商。

他的脸是标准的三庭五眼,身材匀称,令人羡慕。此刻他径直往苏子滢和林涵中间走来,似乎不愿多绕一步避让。

苏子滢很识趣地往旁边让了让,在她和林涵中间让出一条通道。

这少爷目不斜视地从他俩中间走过去，身后的画板不知是有意还是无意，撞到了苏子滢的肩膀。

林涵见苏子滢被他撞得趔趄一下，立刻说道："同学，你走路看着点！"

"没事没事，是我不小心，跟你站得太近。"苏子滢笑着拽了拽林涵，转移话题，"走了，说说今晚去哪儿？"

"你都给他让路了，他撞上还不道歉？"林涵无语地看了眼苏子滢，故意提高声音。

苏同学什么都好，就是这性格太"软弱"，总想息事宁人，只能任人欺负。

林涵只要看到她又忍让迁就别人，就忍不住想把她性格给拧回来。

这姑娘要颜有颜，要能力有能力，一半时间用来打工，还能年年拿奖学金，这种超级学霸走到哪都有骄傲的资本。

可她却因为家道中落，早早就想着怎么减轻家里负担，为爸妈还债，养成了仰人鼻息的习惯，生怕得罪了别人给自己招来麻烦。

"撞坏了？"原本已经擦肩而过的叶峻成停下脚步，转过身，看了眼拽着林涵想离开的苏子滢，冷漠地开口。

她戴上了眼镜，挡住了漂亮的眼睛，看上去多了几分书卷气，也显得脸更小了，像瓷器一样精致。

"没有。走了走了！"苏子滢头也不回地摆了摆手。

叶峻成还要说话，见那女孩扯着身边的男伴走得飞快，显然不想和他多纠缠。

他抿了抿嘴唇，眼里藏着一丝不悦，看着她的背影消失在楼梯拐角处。

"叶哥，对学姐有兴趣啊？我帮你要到了微信号哟！"教室后门一直看戏的方楠晃着手机走了出来，笑着说道。

"你真够烦的。"叶峻成皱了皱眉，转身也走了。

刚才在教室门后听到她说"晚上多少钱"时，叶峻成心底就觉得很不爽。

长相这么清新脱俗的女生，居然为了钱出卖自己，那感觉就像有的艺术家为了钱不惜降低自己的要求，批量产出商品画似的。

叶峻成是个完美主义者，尽管他知道这个世界很不完美，但他在教室里看到这个女孩露出后背的那瞬间，就觉得她是这世上少有的完美品。

所以，他才会对这陌生的完美品有了苛刻的要求。

苏子滢晚上终究没去参加林涵介绍的什么走秀活动——她不是走秀模特，而是做些后台杂务的临时工，帮模特们准备衣服，整理模特妆容。

她接连几天都在图书馆，期中考试要到了，她这两个月都在忙着各种兼职，考前最后一周要冲刺一下，免得发挥失常。

她选择的工业设计专业是艺术学院里最难也是最好的专业。当年杨振宁院士的那句"21世纪将是工业设计世纪，一个不重视工业设计的国家将是落伍者"，让这里走出无数世界一流的大师，有些本专业的人还转行成了鼎鼎有名的工程师、国防科技大师，引领了新时代潮流。和其他专业相比，工业设计专业含金量更高，考试也更严格。

临考前一天，苏子滢正在教室自习时接到了爸爸的视频通话邀请。

爸爸很少跟她视频通话，平时都是妈妈和她联系，爸爸最多隔段时间询问一次她的身体和学习情况。

苏子滢心里咯噔一下，有种不好的预感。

她走出教室，来到安静的楼梯口。接完视频后，她仿佛被抽走了所有的力气，靠在墙角半晌没动。

偶尔有几个同学提着包从楼梯上上下下，没人多注意她一眼。

在这美女如云的艺术学院，大家从头发到鞋子都写满了自己独特的艺术品位，鲜有人一直穿着学校发的过膝羽绒服，戴着黑框眼镜，素颜朝天，更没人会因为寒冷放弃时尚，围着厚厚的围巾。

她在墙角站了好几分钟，再也看不进去书了，打开"兼职接单群"，想看看里面有什么新的工作。

翻了几页聊天记录，苏子滢忽然丧气地按掉手机，靠着墙角蹲了下去，把脸埋在膝盖里。

没用，一天几十、几百，甚至上千块的兼职，根本不够堵家里的缺口。

成年人的崩溃——不，成年人是不敢崩溃的。

成年人肩上有太多的责任，无论前面是什么刀山火海，都得咬牙闯过去。

一双黑眸在楼梯上静静观察了她片刻，终于慢吞吞地走下楼，停在了她的面前。

苏子滢听到有脚步声停在面前，立刻在膝盖上蹭了蹭湿热的眼眶，抬起头，看到一张她印象深刻的脸。

那个抠门的阔少爷！

苏子滢见他居高临下、直勾勾地看着自己，尴尬地站起身，正想着要不要打个招呼，那少爷先说话了。

"被甩了？"很不客气也没礼貌，甚至有点刻薄的话，和他优雅的脸十分不匹配！

苏子滢平时都笑脸迎人，这会儿心情差得很，也挤不出笑容了，罕见地回撑了一句："和你有什么关系？"

"你……"叶峻成还没来得及说话，苏子滢就捂着围巾，像一只愤怒的小兽，飞快地跑走了。

叶峻成站在原地愣了几秒，心底生出几分懊恼和怒气。

他懊恼自己为什么要主动搭讪苏子滢，气愤这人生唯一的一次主动搭讪，被人这么冷硬地回绝了。

活该被甩，这女人已经被钱蒙蔽了，根本看不出林涵的花花肠子。叶峻成心想。

叶峻成认识林涵，他们打过篮球联赛。

林涵是大三篮球队的队长，长得高大俊朗，又出手大方，很受女生欢迎，连叶峻成班里的女生都知道林涵的名字。林涵被称为"篮球小王子"，在这帅哥美女众多的艺术学院也算是风云人物了。

所以那天看到苏子滢和林涵关系亲密的样子，他就觉得这姑娘早晚要吃亏。

叶峻成倒不是关心她的私生活，只是因为那天画了她的后背，总想再画一次正面。

他是个对任何事都很执着的人，甚至可以说是偏执。

那幅后背画带回家里，叶峻成每天都在看，凭着记忆又画了几幅，可每当想到没有画正脸，心里就特别难受。一周过去，他几乎要被这种遗憾弄得魔怔了，夜夜晚上梦到她的脸，醒来后对着那些后背画就再也睡不着了，想找她一次，可又拉不下脸。

今天在楼道偶遇，尽管她蹲在地上缩成一团，叶峻成还是一眼认出了她。那天画画时，她指节的细节都刻在了他的脑子里，现在只凭这露在外面的一截洁白的手指，他就能确定她是让自己朝思暮想的模特。

苏子滢没心情看书，收拾好书包，走出教室，在学校篮球场边的跑道上漫无目的地走着。

走着走着，她背着书包就跑了起来，迎着夜风越跑越快，一圈又一圈，像是要榨干自己的体力。

也不知跑了几圈，跑道上忽然冒出一个人，像电线杆似的直挺挺地站着。她气喘吁吁，没收住步子，一头撞到那人的肩膀上。

清冽的冬夜气息混杂着松节油的颜料味，袭进她的鼻腔。

苏子滢捂着脸哼了一声，差点疼哭了。

"要赚点钱吗？"那人的声音很有磁性，但语气没什么感情色彩，这就让人感觉他说话时似乎总带着淡淡的嘲讽。

苏子滢这才发现，这电线杆——不，这高个子男生，就是那个奸商少爷。

她喘着气，揉着被撞疼的鼻子，想到八十块和刚才楼梯间冒昧无礼的问话，对他没什么好印象，一句话也不想多说，摇摇头准备绕过去继续跑步。

"你这么缺钱，不考虑一下？"叶峻成往边上迈了两步，依然挡在她的面前，淡淡地问道。

他刚才跟过来时，见这女孩一圈一圈地绕着操场跑，体能挺好，就是像丢了魂一样，终于忍不住问了方楠那百事通，很快就知道了她的大部分信息。

原来这学姐是大三工业设计专业有名的"打工菩萨"，她一大半时间都在各种兼职，还能每年拿奖学金，也算个传奇人物。

至于为什么说她是"菩萨"，是因为这学姐不仅成绩好，脾气也好得不像话，泥菩萨还有三分火气，但身边人从没见这学姐发过火，总是不急不躁、微笑待人。

只是她除了上课时间，几乎都不在学校，甚至有几次领奖学金时都还在外面打工，没有到场，可谓神龙见首不见尾。所以很多同学都只听过学姐是个学神，却很少见到她。

方楠不知从哪个兼职群里找到了她的接单记录，真是什么都做，暑假还给网店做过服装设计和模特，那段时间的收入很可观。

那家网店还靠这几款衣服小赚了一笔，积攒了不少人气，但大概嫌原创设计费太贵，就取消了苏子滢后面的单子，开始做打板衣……

除了这些接单记录之外，方楠还找到了这学姐的室友，了解到她家庭经济状况比较困难，家里似乎还有债务，而艺术学院又很烧钱，为了支撑自己的学业和帮家里还债，她只能半工半读。

其余的方楠还没发给他，不过这些信息对叶峻成来说足够了。

"八十块两小时？"苏子滢哈了口气，扯了扯羽绒服的拉链，见他还缠着自己，知道他想让自己继续当廉价模特，没好气地反问。

她平时的脾气绝不是这样的。

苏子滢"打工菩萨"的外号可不是白来的，尤其是对主动找上门的老板，她绝对毕恭毕敬。可惜她今天心情太糟糕，只觉得眼前的男生像苍蝇一样，想立刻挥手撵走。

"嫌少？我可以加钱。"叶峻成想到自己房间那些未完成的画像上空白的脸，就想立刻把她扯回去画完。

"加多少？"苏子滢抬眼看着他，一脸没兴趣的消沉表情，匀着气，语气上还是尽量客气。

"不能乱了市场价格。"叶峻成沉吟片刻,见她都懒得搭理自己,转身想往另一个方向走,又不急不缓地说道,"按李薰的价格怎么样?"

苏子滢猛然停下脚步,不可置信地转过头:"李薰?"

李薰是多少画室模特的梦想!

李薰在学生时代幸运地成为一代油画大师赵子岳的专属模特。之后十年,赵子岳给她画的每一幅画都拍出了百万、千万的价格,最贵的是一幅《少女怀春图》,被法国收藏家以两亿三千万的天价买走。

而李薰自三年前的亿万拍卖会以后,一跃成为国内最贵的人体模特,并在画师的笔下青春永驻。

"你果然很缺钱。"叶峻成当然不会给她李薰的价格,他一直信奉市场的规律,不会轻易打破市场价格。

"你到底什么意思?"苏子滢本来要对金主挤出笑容来,听到这句话,僵在原地,觉得又被戏弄了。

可对方脸上也看不出故意调戏自己的表情,而且这位同学看着这么有钱,长相也很受女孩子欢迎,不像深夜没事来操场搭讪女孩的人。

"我按照画作成品的市场价付你佣金。"叶峻成回答。

苏子滢一脸轻蔑的表情,心想这奸商不但抠门,还想空手套白狼啊!

什么叫"按照画作成品的市场价付佣金"?要是卖不掉呢?要是只卖八十块呢?就算她抽百分之十,也只有八块钱!

开什么玩笑,他又不是名画家,而她也不是名模,这种商业的分成方式一点也不适合两个名不见经传的年轻人!

"学弟,你叫什么名字?"苏子滢深吸了口气,觉得今天得教育教育这名同学,别小小年纪净想着占人家便宜,还这么多话术。

用最贵的模特李薰来钓她,以为她是个傻子吗?

"叶峻成。"

"叶峻成同学,看你不像是穷人家的孩子,有时间好好学习,别净搞资本家画饼充饥那一套。还想从我这样的穷人身上压榨油水?我的时间再不值钱也不会被这么贱卖。"苏子滢宁可回去看书睡觉,也不会干坐在那里当廉价劳动力。

"你不愿意？"叶峻成脸上露出一丝失望，好像很遗憾她的目光短浅，"只收固定费用？"

"没错，我就是见钱眼开的人，我每一分钟都可以去做点事赚钱，为什么要被一个不知道哪里冒出来的人拦在操场上浪费生命？所以，别挡着我的路了，否则我现在就要跟你收开口费！"苏子滢很久没对人这么凶过，在负面情绪累积到一定程度后将内心真正的想法表达出来，竟然……特别舒坦。

尤其见对面的小少爷眼里藏不住的愕然和失望，她更觉得解气。

就在这时，她的手机响了。

林涵给她留了好几条信息，见她没回，打了个语音通话过来。

苏子滢趁机就转过身，背对着叶峻成边走边接通话。

"子滢，华晟集团举办了一场设计大赛，百万奖金。要不要跟我一起试一下？"林涵兴奋的声音传了过来，带着一丝得意，"我认识他们的负责人哦，你搞设计又挺灵的，咱们看看能不能走点关系拿个大奖。"

"什么设计大赛？"苏子滢萎靡不振的精神顿时振奋了几分，听到百万大奖，她把身后那讨厌的小子也给忘了，立刻问道。

"资料我都发到你手机上了，你在哪呢？没看手机也没看书？"林涵这才听到她那边呼呼的风声，感觉她似乎在外面。

"我在回去路上，这就看。"苏子滢挂断通话，一看聊天记录，林涵果然把比赛资料都发过来了。

华晟集团是智能电子产品领域的领头军，产品涵盖手机、电脑和一些智能家电。而他们产品最大的优点是造型吸人眼球，只要新产品发布，基本上靠着外观就能成为网红产品。

所以华晟集团在产品的外观设计上向来舍得花钱。

"喂！"叶峻成从来没被人这么无视过，见她盯着手机走远了，眼里闪过一丝阴霾，大步追了上去，"一晚上多少钱？"

"姐姐有正事要忙，你这单多少钱我都不接。"苏子滢盯着手机里的资料，满脑子都是百万大奖，不想浪费一秒在他身上。

"你拿不到设计大赛奖金的。"叶峻成手一伸，将她的手机抢了过来，看了眼里面的资料，冷笑着，难得说了一大段话，"华晟自己的设计团队在国内外鼎鼎有名，他们每一款产品在上市之前都已经过了上千遍图纸设计。而且你了解手机这块吗？里面的芯片和摄像头根本不是普通人可以找到的，这百万奖金不过是打个广告费而已。要不要打个赌？这款智能手机早就做好了模型，无论你设计得有多厉害，人家也不会采用的。"

"……"苏子滢无言以对，伸手就想拿回自己的手机。

然而叶峻成个子高，手一扬，她扑了个空，差点把他敞着的大衣扯下来。

"学姐，要拿手机，就跟我走吧。"叶峻成高举着手，转过身，听着身后气急败坏的深呼吸声音，唇边的笑意渐渐扩散。

方楠那小子说这位学姐脾气特别好，没人见过她生气发火的样子，没想到今天被他撞到了。

或者说，被他气得跳脚。

叶峻成第一眼看到她时，就知道她不是什么"菩萨"，她那双眼睛里藏着他想探究并想画下来的故事。

第二章　设计大赛

苏子滢想着微信上的转账，老老实实坐在叶峻成的画室，老僧入定似的，一动也不动。

八千块！

一晚上八千块，只要坐着不动就能赚到，她没出息，招架不住金钱的诱惑。

所以，她爽快地把自己之前拒绝的话都"吃"了回去，重新对叶峻成绽放笑颜。

行了，今晚任他摆布，随便画，愿意画到天亮也没问题。

不过这阔少爷真的有钱，在学校对面最好的地段有这么大一套房，约莫三百平方米的大房子被他打造成了画室，画室周围墙壁挂着的各种画作，让她感觉自己进了一个美术馆。

画室墙角靠着很多画板，还有一些脸部空白的画像，苏子滢看着觉得有些熟悉，感觉画的就是自己。

"困了你可以躺下来睡一会儿。"叶峻成拿着笔，忽然说道。

他身边还放着一台摄像机，一直记录着现场，可能是为了方便以后回看模特神态细节。

"能动了？"苏子滢无聊地坐了两个多小时，腰有点疼。

落地窗外可以看到学校的路灯，宿舍区已经一片漆黑，和学校外那几条街上灯红酒绿的热闹气息完全不同。

"嗯，差不多好了，一会儿躺沙发上。"叶峻成专心致志地描着人像的发丝，眼睛不再往她身上看。

苏子滢活动了一下手脚，走到他身边，看了眼画像，愣住了。

看不出来，这个阔少爷不是个拿钱上学玩的学渣，他艺术造诣还挺高的，美术功底很强，临摹得惟妙惟肖，甚至将人物眼底那丝强忍的困意都画出来了。

这倒让她觉得对不起金主，有种拿了人家的钱但不够敬业的感觉。

"你要喝点什么吗？我帮你拿。"苏子滢有点内疚地后退两步，想弥补自己当模特时的心不在焉和困倦。

"不用了，冰箱里有饮料，你要渴了自己去拿。"叶峻成沉浸在自己的世界里，头也不抬地说道。

苏子滢不再打搅他，轻手轻脚走到厨房，打开冰箱，看到里面只放着纯净水和牛奶，除此之外什么也没有。

再看看样板房似的敞开式厨房，这里应该从没动过油烟。她不由得感慨，这少爷的日子过得真是……一点烟火气也没有。

苏子滢喝了点水，去了趟卫生间，试图让自己精神一点，可她这几天复习得太累，本想坐在沙发上等叶峻成画完，等着等着就睡着了。

叶峻成的视线从画板上移开时，已经听到了轻微的鼾声。

她真的累了，下眼睑外不知是灯光打在睫毛上的阴影，还是没休息好留下的轻微黑眼圈。

叶峻成默默看了一会儿，伸手把摄像机捞过来，将里面的镜头放大，再放大，直到看到那根根分明的睫毛，还有浅浅的唇纹。

他隔着摄像头，像是静立在黑夜中的一只夜鹰，近乎痴迷地看着他的模特。

从心底涌出的那种冲动散发到四肢百骸，那是一种灵魂的震颤——艺术的灵感让他的心脏强有力地收缩着，染上颜料的手指急不可耐地想拿起画笔将内心深处的欲望释放出来。

可他又舍不得就这样释放，那种压抑着冲动的感觉会让一闪而过的灵感脚步放得慢一些，更细腻更磨人地来到他的面前。

叶峻成的眼神从电子屏幕移到沙发上，她看上去毫无戒心，睡得香甜，不知在其他地方是否也这么随便。

想到过于私人的问题，叶峻成就觉得完美的缪斯女神有了无法抹掉的污点。

叶峻成的强迫症又犯了，她越是睡得香甜，惹得人心里怜惜，他就越画不出这种美好的画面。

当清晨的第一缕阳光从东边厚厚的云层穿出来，透过落地窗玻璃打在苏子滢的脸上时，她微微皱了皱眉头，伸手挡住眼睛，无意识地叹了口气。

每天的早上都能看到崭新的太阳，但她什么时候才能迎来自己人生那簇崭新的阳光呢？

大脑里迷迷糊糊地想着，下一秒，苏子滢就猛然坐起，身上的毯子滑到地板上，她这才想到自己还在金主家里。

八千一晚，就这么被她睡过去了！

年轻的学弟不知踪影，只有摄像机闪着红点，静静地对着她。

苏子滢在美术馆般空旷的房间愣了几秒，站起身，走过去看了眼学弟的画。

她这一看，又愣住了。

昨晚画的肖像竟全被涂黑了，旁边的画架上也被涂抹得乱七八糟，人物扭曲，充满愤怒感。

仔细看看，倒也有点毕加索抽象画派的感觉，但感觉更多的是在发泄，毫无章法地发泄。

八千……就画了这么个玩意！

不但浪费了请模特的钱，还浪费了画纸和颜料，苏子滢替金主心疼了几秒。见地上散落了几张画纸，她想帮忙整理一下，忽然听到冷淡的声音传了过来："别动我的东西。"

苏子滢尴尬地收回手，转过身，看到俊美的叶峻成站在卧室门口，有些纤细的眼角带着一丝阴霾，正冷冷地看着她。

"哦……那我走了？"苏子滢见他似乎带着起床气，怀疑是自己吵醒了他，不好意思地冲他笑了笑，往外走。

她经历了这么多年的社会磨炼，懂得察言观色，知道如何从细节处看对方的性格和喜好。

这位少爷性子冷淡，浑身上下透着一股清高的艺术家气息，人家又有钱，不缺女孩子喜欢，所以她才敢为八千块来这里当一晚上模特。

换其他人——比如那天在画室戏弄她的方楠，看上去就像个纨绔子弟，就算开八万，她也会考虑自己的人身安全。

叶峻成没再说话，冷眼看着她从卧室门口走过。

苏子滢走到玄关处换了鞋，套上羽绒服，按了按门把手，门非但没打开，还滴滴地报起警来。

门锁太高科技，上面两个键她都试着按了按，警报声却越来越大。

苏子滢被这警报声叫得后背都出汗了，正想回头求助，松节油的味道飘了过来。她识趣地让到一边，看着叶峻成一按一推，门打开了。

"再见，下次有需要，可以联系我。"这只是苏子滢的客套话，她确实想多赚钱，可感觉昨晚没"伺候"好金主，他应该不会再找自己了。

看着那一地充满愤怒的画，她很内疚，没好好配合人家画画。

叶峻成还是没说话，也没有问她要联系方式，只深深看了眼她，关上了门。

苏子滢面对关上的门，脸上的微笑渐渐消失，长长吐了口气，裹紧羽绒服。

今年的冬天异常寒冷。

初冬的阳光转瞬即逝，路边银杏树上金黄的叶子也被吹落得差不多了，路边显得格外萧瑟。

不过天气再寒冷也挡不住那批业余摄影师对帅哥美女的热爱。清远艺术学院门口对面那条街上依然蹲守了一大批穿着棉服抱着相机的中老年男人，他们津津有味地看着艺术学院里衣着华美尽显个性的美女们。

苏子滢非常讨厌那群所谓的街拍摄影师，他们像是一群贪婪地盯着食物的秃鹫。

不过他们这群艺术生也在到处寻找自己的缪斯女神和精神食粮。

只有苏子滢和大家不太一样，她是个每天都在寻找物质食粮的务实孩子。

苏子滢依然穿着那件学校发的羽绒服，围着厚厚的围巾，把自己捂得严严实实。在这美女如云、一个比一个会打扮的艺术学院里，她普通得就像个怕冷的宿管阿姨，那群摄影师绝不愿在她身上浪费一个镜头。

她骑着共享单车，匆匆忙忙地冲出学校门口。

今天周末，林涵约她去华晟电子参观，他和那边负责人确实很熟，可以进智能电子产品工厂参观一圈。

苏子滢大一时在亚洲最大的电子零件厂打过一段时间工，但现在的产品更新换代太快，她既然准备参加设计大赛，就要做调查，拿到最新的资料。

华晟集团的智能工厂经常接待采访团和来视察的领导们，有专业讲解员负责接待。但苏子滢和林涵不是什么领导，也不是记者，他俩跟着内部负责人绕过了摆在展厅的那些高精尖智能产品，走向后面的厂房。

参赛的设计师都会先签一份保密合约，工厂可以提供的资料也都会给他们，现在产业链都很透明化，所以设计和脑洞才变得更值钱。

"你要是缺什么资料就跟我说，我帮你找。"林涵陪着苏子滢看了一圈，领着她到工厂的咖啡水吧。

苏子滢看到流水线上的工人们，她对手机结构其实很熟悉，毕竟在流水线上亲自干过一段时间，只是还需要更多高端电子零件供应商的资料，但这些资料华晟是不会提供给参赛设计者的。

"我想做台概念机，超薄超窄……"苏子滢说着，拿出手机，她已经做了最初的手机设计草图，"但是我需要找到三毫米以内的摄像头，否则完不成这个设计。"

"三毫米？有倒是有，但你知道这种摄像头的价格。大赛对参加者设计的手机有预算要求，三毫米的摄像头价位都太高，你就别想了。"林涵给她端来一杯咖啡，摇头劝道。

第二章　设计大赛

"总能想到办法的。"

苏子滢知道大赛要求参赛者设计的是款针对年轻大众的机型，目标消费者多为学生和年轻的上班族，价格中档，手机的配置局限度很大。

"那就一起找，我一会儿帮你问问有没有哪家供应商有便宜的超薄摄像头。"林涵凑过去，看了眼她手机里的设计图和密密麻麻的备注，不忍心说丧气话打破她的希望。

她做任何事都是百分之百地认真投入，看看这草图就知道了，而且参加设计大赛又是他提出的，林涵虽然贪玩，但对苏子滢是真心真意的好，也想帮她拿到大奖。

"不用了。我有个朋友是电子行业的采购商，我去问问他。"苏子滢有些感动地对林涵笑了笑，"今天中午我请你吃饭。"

林涵是夜猫子，一般周末都是打一夜游戏，上午睡觉，下午起床吃点东西去打打球，然后又开始夜生活。难得他今天一早爬起来陪她来工厂，苏子滢得请他吃碗酸辣粉。

"还是我请你吧，让女孩子付钱太侮辱我了。"林涵刚说完，手机就响了起来。

苏子滢一见他按掉手机的表情，就意味深长地了然一笑："看来有人约了，那我自己回食堂吃。"

"别呀，我带你去附近一家海鲜馆尝尝鲜。"

是林涵前女友打来的电话，他不想过多纠缠。

只有苏子滢能和他安安静静心无杂念地享受美食。

两个人带着一堆资料去了对面那条街的海鲜城，苏子滢一路上都在想设计方案，菜单也没看，低着头给以前电子厂的采购总监张恒远发信息请教问题。

"你跟我出来吃饭，就没有一次放下手机好好看我的。"林涵也不征询她的口味，自己点完餐，坐在对面托着腮帮看着苏子滢叹了口气，"看来我的脸还是没有钱好看。"

"成绩出来了，我查一下成绩。"苏子滢懒得看他那张祸害少女的脸，拿起手机对着他晃了晃，"你看看你，又吊车尾。"

"我根本不想选择这专业，要不是我爸妈逼着我上，我去表演系多好，现在说不准已经出道，享受聚光灯和金钱美女了。"林涵觉得自己的脸去搞什么工业设计太憋屈了。

"行了，咱们学校表演系帅哥这么多，轮不到你。"苏子滢无情地打击，"你还是好好学习，把专业课成绩搞上来，也算对得起你爸妈出的学费。"

"有几个比我帅？"林涵听她这么一说不乐意了，他这颜值和身材，去当个模特绰绰有余，他们家的制衣厂用他当模特，还打出了不小的名气呢。

"资本的世界很可怕，不是长得帅就可以的。"苏子滢忽然有些感叹地轻声说道，"人能活下去已经很不容易了，如果可以做自己喜欢的事，那就太幸运了。"

"突然这么认真干吗？真是没劲。"林涵知道她家里困难，但听到她这样的感慨，也不由得心疼，想为她做点什么，替她分担一下生活的压力。

"你啊，少打两把游戏，我帮你补课吧。"

"可以啊，怎么收补课费？"林涵见她又抿唇笑了不说话，主动说道，"一节课两百五？"

"免费。"苏子滢是很财迷，但林涵帮她这么多，她怎么会真的收补课费。

"那不行，你的时间很宝贵。这样，看在我们的友情上，打个九折，我先预定十节课。"林涵说着已经给她转了账。

他见苏子滢这几天有烦心事，问了她几次她也没说，但林涵的直觉很准，肯定是她家里出事了，又知道她那性格不会白要人家钱，就想着法子给她找点工作。

几千块钱对他这样的家庭来说不算什么，可对苏子滢来说却是雪中送炭。

"真不用……"苏子滢正要拒绝，忽然被林涵从桌子下踹了一脚，用眼神提醒她看门口。

她转过头，看到一个熟悉的身影正被服务员领着往这边走来。

是她曾经的金主——叶峻成！

苏子滢看着他一脸冷漠地跟在服务员身后，站起身想和他打个招呼，可人家目不斜视，像没看到她似的从一边绕了过去，她只好尴尬地坐了回来。

"你俩很熟啊？还起身打招呼？"林涵本来只是想提醒她看帅哥，没想到她竟然站起身，顿时语气酸了起来。

"这不……以前的合作方。"苏子滢有些后悔站起来，人家说不准都忘了自己，或者根本不想在外面的场合和自己搭话。

"你们合作了？"林涵很敏感。

苏子滢平时的兼职排得满满的，他除了为她介绍点适合的工作，没过问她平时的安排，没想到她和叶峻成还有后续故事。

"约过一次画像。"苏子滢坦然回答，作为任劳任怨的打工人，她好评度很高，很多合作过一次的东家都会再找她。

"私下找的？"林涵啧了啧，"难怪那天感觉他对你有点意思。"

"什么时候？"苏子滢完全没感觉到。

"他撞了你一下，你忘了？"林涵拍了拍自己肩膀的位置，"我还让他向你道歉来着。"

"那只是人家不小心……"

"不是，是带着情绪的，你不懂。"林涵一副过来人的表情，"绝对故意的，想给你留点印象。估计要是我不在，他就顺便搭讪向你要微信了。"

"别开玩笑，你没看见他刚才都不理我吗？"苏子滢往那边看了眼，见他走到了靠窗的卡座边，一个金色短发的女孩背对着他们。这么冷的天，那女孩穿得很清凉性感，紧身的露肩毛衣，高跟长靴露出一大截雪白的腿，一件貂皮大衣随意地搭在椅背，服务员正小心地帮其套起来。

"是因为和女朋友约会，所以才装作不认识吧？真是道貌岸然的伪君子。"林涵也看到他走到那个女孩身边，冷哼了一声。

苏子滢做了个"嘘"的手势，怕林涵声音太大传了过去。

她心里更懊恼，早知道他是来约会的，就不该站起来打招呼，万一被那女孩看到误会了，不是给人添麻烦吗？

服务员很快就上菜了，苏子滢看了眼海鲜刺身拼盘，微微皱眉："你又破费。"

"干吗和我这么客套。我爸不管我吃饭的经费，他说我这年轻还在长身体，要多吃点高蛋白高营养的东西，说不准还能长高几厘米进省队去打球。"林涵知道她心疼钱，笑着说道。

"又想当男模，又想打球，你的梦想可真多，太不专一了。"苏子滢见菜都上了总不能再退，而且钱都花了，当然要吃得开心点，就不再抱怨，决定先吃为敬。

"我只是享受被人关注的感觉。"在好友面前，林涵从不藏着掖着，嘚瑟道，"以我这颜值，或许在男模里面不拔尖，但要去了省队，绝对靠脸就能拿下'最有商业价值球员'的称号啊！"

"把这心思用在学习上吧，你爸还指望你能把制衣厂好好做起来呢。"苏子滢边说边给他发了一份文件，"我整理的一些笔记，拿去先背背。"

"现在就开始给我补习？"林涵服了她，她平时忙着打工，但还有时间整理那么多的笔记，学神无疑了。

"回头把你的错题都整理好，课余时间都给攻下来。"苏子滢说到学习就两眼发光。

"你还是先吃吧，补习的事回学校了再说。"林涵为了避免现在就被她上课，立刻夹起一片金枪鱼往她嘴里塞去。

"啪！"窗边传来水杯落地清脆的碎裂声。

苏子滢转头一看，服务员正蹲在那个学弟身边收拾着碎了一地的水杯，而恰好，学弟冷峻孤傲、像冬夜明月似的目光正落在她脸上。

苏子滢被那眼神盯得打了个寒战，立刻移开视线，看向面前的菜，迅速吃了两口缓解不适。

"嘿，那小子在看你，他什么意思啊？"林涵也看到了，有些不悦地说道。

"人家只是凑巧看过来。赶紧吃你的，吃完快走，我下午还有一份工作。"苏子滢确实很忙，每个周末的下午到晚上她都得去一家网红咖啡店打工，那家给的价格很高，她很重视。

"还是云端咖啡厅？"林涵倒是知道她周末的行踪，因为他和朋友们偶尔也会去光顾那家店，尤其是新女伴，都喜欢去那里打卡拍照。

"是。"苏子滢不客气地大吃起来，她才是那个要保证营养摄入的年轻人，身体健康才能更好地赚钱。

"明晚我正好也约了朋友过去，等你下班一起回学校。"林涵又往叶峻成那边看了眼，见他已经扭过头，看着窗外，心里才舒服了点。

虽然苏子滢只是他的"好兄弟"，但当她被其他男生觊觎时，林涵还是不希望好白菜被猪拱了，想把她身边的苍蝇都赶走。

明明不是恋人关系，却对友情有独占欲，他知道自己的想法很自私。

可他就是喜欢和苏子滢这样没有负担地相处，她不会像其他女孩那样对自己索取什么，反而总是回报他那些微不足道的帮忙。而且她细心体贴，又很会照顾别人的心情，还知识渊博……简直是完美的存在啊！

苏子滢哪里知道林涵那点小心思。

倒不是因为她情商低，主要是林涵从没表现出过任何过界的暧昧，而她绝大多数时候都在外面打工，要不就在图书馆学习，不参加任何社团活动，和其他同学交集也不多。

为钱奔波的人，没有心思放在其他事上。

周日晚上，林涵果然带了几个朋友来吃甜点，苏子滢一看他身边又换了女生，默默叹了口气，这家伙用在感情的精力能分一点在学习上，也不至于考倒数第一。

苏子滢正要过去招呼，店长端着托盘，喊她去楼上。

云端咖啡厅之所以叫云端，是因为在这座城市最高的大楼顶端，这里视野好，楼上那层旋转咖啡书屋可以三百六十度俯瞰整个城市，是网红们最喜欢的打卡拍照点。

尤其是落日时分和华灯初上的此刻，可以看到整个城市的灯光如蜿蜒盘旋的巨龙，人类在地球上创造出的宏伟建筑令人目眩神迷。

楼上有两拨人在吵架。

店长每次遇到这种事都会喊苏子滢去处理。

苏子滢"打工菩萨"的称呼不是白得的，她脾气好得像没火气的菩萨，生得古典贵气，又能忍，哪怕客人生气起来泼她一身咖啡，她都能继续温柔地笑着安抚。

再不讲理的客人对这么温柔又漂亮的服务员也没法大吼大叫，否则显得自己太没素质，毕竟能来这里消费的也都是有钱且自以为有品位的人，很注意形象。

但偶尔也有特殊情况，比如现在。

苏子滢跟着店长匆匆上楼，见三四个漂亮女生正推推搡搡地吵着，两个男性友人和三个服务员在一边拉劝。她一看这阵势，立刻拉住店长，小声说道："报警吧，让保安先过来处理。"

苏子滢和各种人打交道，一眼看出这几个女生不是好惹的，正面对着她的两个女孩眼角眉梢藏着精明小气刻薄和自以为是，不是善罢甘休的人，而且似乎是……网红？

如果是咖啡店的错，店员态度好，道个歉基本就没事了，可要是客人们互相吵起来……

"人家已经报了警，你先去劝劝。"店长怕这两拨气势汹汹的人把店给砸了，将一托盘的精致甜点往苏子滢手里一放，推着她走过去。

"美女们消消气，这是店里为大家准备的甜点……"苏子滢只能深吸了口气，端着托盘走到两拨推推搡搡快打起来的人中间，微笑着说道。

她的话还没说完，就被其中染着一头粉紫色头发的女孩撞倒，托盘被打翻，玻璃托盘碎了一地，甜点也撒得到处都是。

第二章 设计大赛

店长皱皱眉，带着职业假笑正要开口，就见苏子滢一把拽住了那个粉紫色头发的女孩。

"美女，小心脚下碎玻璃。"苏子滢挡住那女孩，蹲下身将大片的玻璃捡起来放到托盘里，继续说道，"地上很多玻璃碴，麻烦几位先坐下，别被划伤。"

碍于一地的碎玻璃和奶油点心，粉紫色头发的女孩哼了一声，往后退了半步，生怕弄脏了自己的红色高跟鞋。

靠窗边位置的光线很暗，为的是让客人更好地欣赏整个城市的灯光。

一个年轻的男人坐在吵闹的人群后边，冷漠地注视着窗外，仿佛这世界的吵闹和他没有半分关系，他就是叶峻成。

远处的九层珍珠塔曾是这座城市的标志，现在被周围的霓虹灯淹没，挣扎着亮着珍珠般的白色光芒。

用血肉一点点打磨出来的珍珠，很像苏子滢给人的感觉，将那融进生命里的沙子一点点包裹住，最终让不幸和磨难变成一种圆润光滑，明亮温暖0的光芒。

玻璃上映着那帮还在吵骂的女生，也映着穿着可爱的猫娘制服的珍珠般的女生，叶峻成端起面前的红茶，浅浅啜了一口，不知在想着什么。

忽然，一阵风迎面吹来，叶峻成伸手将桌上的茶壶挪到一边，另一只手扶住了被冲突升级的两拨人撞倒的猫娘学姐。

"啊……谢谢……"

苏子滢就知道他们劝不住的，这两拨人都是"人来疯"，关注的人越多越来劲。这不，本来她们只是象征性地推推搡搡，现在有人劝架就真打起来了。

她被对面女孩的男伴狠狠推了一下，脚下踩到了还没清理干净的奶油和饮料，没站稳，差点磕在桌子上。

幸好后面的客人眼疾手快扶住了她，不然压碎茶壶茶杯不说，她也得挂彩。

客人没说话，只是默默攥紧她的胳膊，帮她保持平衡。

"你……是你？"苏子滢闻到了若有若无的松节油味，一转头，看到客人冷峻的脸，差点又没站稳。

叶峻成见她认出了自己，才松开了手，往她手背看了眼，白皙的手背被烫红一片。

"我帮您换一桌吧，这边太乱了，去楼下找个安静点的位置……"苏子滢错愕半秒，立刻切换到服务模式。

但她话没说完，就被叶峻成一搂，整个人跌到他怀里，随后被他按下了头。

一个咖啡杯贴着她后背飞过，砸在了玻璃窗上，发出清脆的碎裂声。

她脑中空白了两秒，清新的少年气味混杂着颜料和香皂的味道冲进鼻子里，冲击着她的脑神经。

"叶哥哥，你也不帮帮我！"

一个娇嗔藏怒的声音响起，苏子滢慌忙从他身上爬起来，尴尬地整理着制服，努力保持着职业笑容。

她这才注意到，叶峻成桌上有两杯饮品——他是和同伴来的。

而这同伴和人吵架时，他无动于衷地置身事外，根本没去帮忙。

真是个冷漠古怪的人。

"换楼下哪里？"叶峻成终于开口，像是厌烦了这吵闹的地方，淡淡地问道。

"呃……请随我来。"苏子滢又看了眼旁边愤怒的女孩，是那个一头粉紫发的女生，她正眼里带着钩地盯着她。

叶峻成径自起身，目不斜视，也不搭理她，似是嫌丢人。

"叶哥哥……你……你等等我！"粉紫发女生急了，也顾不上加入战队吵架，提起沙发上的爱马仕包追了上去。

苏子滢一身狼狈地领着两人到楼下比较安静的卡座上，脸上依然挂着温柔甜美的笑容："两位还要喝点什么？"

"一杯白水。"叶峻成看了她一眼，说道。

粉紫色头发的女生还在生气，气鼓鼓地挥了挥手，让她快走。

苏子滢转过身,这才微微松了口气,往吧台走去。

"苏苏,你怎么回事?"蓦然,一个声音在钢琴边响起。

林涵和朋友们坐在钢琴边的弧形卡座上打游戏打得忘乎所以,一抬头,看到苏子滢的衣服被咖啡染得满是污渍,赶紧放下手机问道。

"哦,不小心打翻了托盘。没事,我一会儿去换衣服。"苏子滢差点忘了林涵还在这边,他们坐在现场弹奏的钢琴边,又连着麦玩游戏,根本没注意到楼上的冲突。

"你手烫伤了?"林涵眼尖,伸手去抓她的手,"都红了!赶紧去用冷水冲冲,店里有烫伤膏吗?先抹上。"

"别大惊小怪,没事的。我先给客人倒水。"苏子滢觉得后背有道冷飕飕的目光,抽回手,低声笑着说道,"快去玩你的吧,队友们等着你呢。"

"让别的同事去倒,你先去把手冲冲,回头起泡了多麻烦。"林涵不愧是贴心暖男,硬拽着她去卫生间。

苏子滢想招呼同事去倒水,一转头,看到叶峻成已经不在原位,连同那个粉紫色头发的女生也一起消失了。

"姐,27号客人走了。"女服务员端着白开水,看着空荡荡的卡座,又看了眼门口的骚动,低声说道,"警察终于来了。"

苏子滢回去已经很晚了,因为接受警察问话调查,害得她下班后赶回去时宿舍已经关门了。

林涵送她到学校门口就和那群朋友继续去唱歌了,每个周末他都要玩到筋疲力尽才觉得不负青春。

苏子滢站在宿管室窗口,正要敲窗户,旁边阴影里忽然冒出声音来,语气如这冬夜一样冰冷:"想赚钱吗?"

苏子滢被吓了一跳,转头看到一道颀长的身影站在女生宿舍楼边的银杏树下,一双眼睛炯炯有神,正盯着她。

"还是上次的价?"苏子滢看了那人,露出笑容。

叶峻成似乎皱了皱眉,但很快一脸平静地走出来:"是。"

"行！"苏子滢见他头发上沾着亮晶晶的露珠，猜想他在这里已经等很久了。

面对沉默寡言、性格孤僻的金主，苏子滢想到上次的"渎职"，有些过意不去，主动说道："要不……咱们相互留个电话或者加个微信，以后你要找我可以给我留言，不用等在这里。"

叶峻成没回答，双手插在大衣兜里往校门口走。

"而且转账也方便……"苏子滢跟上去，打开手机，找到二维码，伸到他面前。

"你有多缺钱？"叶峻成终于停下脚步，从口袋里拿出手机，"勉为其难"地扫了她的微信二维码。

他是个骄傲的人，从不会主动求着要别人的联系方式，但却连续两次主动找苏子滢，还在冷风中站了这么久，想想就很嫌弃这样的自己。

"很缺，老板要介绍工作给我吗？"苏子滢始终带着笑容，充满了期待的喜悦。

"我看你的工作安排得挺满，并不需要别人介绍。"叶峻成将手机放回了口袋。

"如果工资高的话，我可以辞掉别的工作。"苏子滢通过他的申请，把自己的名字和电话发了过去，笑着说道。

"云端咖啡厅给你多少钱一个小时？"叶峻成走得很快。他腿长，走路带风，几步就和苏子滢拉开了距离。

苏子滢小跑跟上去，眨了眨眼睛，不答反问："您是准备长期雇我吗？"

她猜想叶峻成那晚画得太糟糕，不死心想重画，但又不想每次夜里找她。夜里大家都犯困，状态不好，估计他想找固定时间画上三五个小时。

但模特又能当多久呢？画手一旦画够了，画出了满意的作品，就会寻找下一个缪斯，而咖啡店一直缺人手，可不会短时间内解雇她。

"去我那里当模特，每周三晚上五点到八点，周六周日下午两点到八点，中间可以休息两小时，按云端咖啡厅的工资给你。你考虑一下。"叶峻成其实主要是不想她再去咖啡厅打工了。

今天见她带着笑容周旋在客人之间的样子，还穿着有点暴露的制服，叶峻成很不舒服。

她长了一张不该受欺负的脸，如果为一份工作卑躬屈膝，就像珍珠掉进了泥潭，让人想捡起来冲洗干净。

"雇多久？我要考虑一下长期效益。"苏子滢微笑着大方说出自己的想法。

"到你毕业。"叶峻成瞥了她一眼，有些心堵，受不了她爱财爱得低人一等的模样。

他对自己的缪斯要求很高，希望她从内到外都是完美无瑕的。

正是这样追求极致的执拗，所以那晚他才画着画着越想越多，以致怒而摔笔。

"那……可是一笔不少的钱。"苏子滢看了眼云层里的月亮，似乎在算账。

叶峻成似乎咬了咬牙根，夜色下看不太清，只听他语气有些硬："我不差钱。"

"叶学弟，既然不缺钱，那能先预付百分之五十吗？"苏子滢就等这句话呢。

苏子滢打过很多工，做过服务员，也坐过办公室，甚至还在仓库当过苦力搬运工，"多姿多彩"的生活、较早地进入社会、接触的各色各样的人群，让她练就了过人的识人技巧，能一下就判断出叶峻成对自己有兴趣。

但不是林涵说的那种兴趣。

叶峻成只是把她当成了寻找灵感的工具，否则以他的沉闷孤僻的性格，不会一而再再而三地主动找她。

听到他说雇到毕业，苏子滢就确定了他真是自己的金主。

妈妈定了下周进手术室，手术费用爸爸借到了一些，但之后在医院的支出也会随之增加，苏子滢必须在拿到明年三月公布的设计大赛冠军之前再多筹点钱。

叶峻成的脸色似乎更阴冷了，连在云层时隐时现的月亮似乎都感受到了这股压抑着的怒气，悄悄躲进了云后。

"可以。"就在苏子滢掂量着刚才的要求是不是太过分时，叶峻成挤出了两个字。

"太好了！先谢谢你的信任。"她悬着的心落回了肚子里，笑容更灿烂了，比刚才收敛着的低眉微笑多了几分真情流露的欢喜，像个得到了糖果的孩子，眼里是藏不住的满足和感激。

叶峻成又看了她一眼，心里的不快消散了几分。

尽管是为了钱而笑，可她的笑容却坦然纯真，这让她身上带着一种矛盾的气质，历经风霜但依然有着赤子之心，爱财却不市侩，更加吸引人。

"但我还有个要求。"叶峻成语气缓和了几分，又说道。

"什么要求？只要不过分就行，过分的话……得加钱。"苏子滢觉得这学弟不像是什么有恶趣味的人，而且她去过他住的地方，能感受到他对艺术狂热的爱。他眼里除了画画，没有其他爱好。

所以，她谨慎地考虑如果叶峻成提出"裸模"的要求，自己要不要答应。

"以后再说。"叶峻成听到她又说加钱，像是没了兴趣，不提了，快步往前走去。

一个沉浸在精神世界的纯粹的艺术家，遇到处处谈钱把他拉回物质世界的财迷，没法交流。

起风了，刺骨的夜风卷起地上的几片枯叶，将前段时间还带着萧瑟的秋意彻底吹散，凛冬终于到来。

第三章　第一场雪

冬天的第一场雪，在平安夜那天落下。

平安夜恰好是周六，大多女同学都出去和男朋友过圣诞节了，只有苏子滢的宿舍没有一个女生被约。

难得大家周末早上都在宿舍，寝室长王钰忽然从床上坐起，掀起帘子看到其他三个室友都起床了，正各自做自己的事情，忍不住一声大吼："你们都没人约吗？"

"我约了我的游戏。"张焕颜推了推圆圆的眼镜框，一早趴在床上打游戏。

"我要画画。"杨莉莉正趴在桌子画小漫画的分镜。

"那你呢？"王钰对正在看手机的苏子滢抬了抬下巴，"你今天怎么没出去打工？"

"我又不是机器，我也要休息呀。"苏子滢笑着回答。

她正在给张恒远回信息，他今天凌晨四点多回国了，约她中午见面。

"确实要好好休息，别太拼了，你前段时间眼圈都是黑的。"王钰关心地说道，"大家都很担心你的身体。"

"别担心，我会照顾好自己的。"苏子滢收起手机，拿起背包和外套准备出门。

"哎，把你《造型设计基础》和《工程材料》的课堂笔记留下。我今天也不出门了，借我看看。"王钰看了眼外面阴沉沉似乎要下雪的天空，缩回被窝说道。

看到苏子滢走了，一直闷头画画的杨莉莉抬起头，突然说道："她是要去约会吗？我刚不经意瞄到她和人的聊天，要一起吃饭。"

"和林涵？"张焕颜敏感地问道。

"不是林涵。"杨莉莉忍不住八卦，"你们不觉得这段时间子滢似乎又换了工作，还开始注意打扮了……"

"对，她前几天还化妆了！"张焕颜想起了什么，游戏都不玩了，走到苏子滢的书桌上拉开一个收纳盒，"看看，好贵的化妆品，确实跟以前不太一样了。"

"什么意思？被包养了？"王钰瞄了一眼，都是大牌彩妆，节衣缩食的苏子滢以前不会买这些东西。

艺术生容易招惹一些流言，长得漂亮的人生来就更受关注，如果是长得好看又缺钱的美女，更容易受到金钱的诱惑。

"我可没说。"杨莉莉立刻撇清自己，但表情很微妙。

天空越来越阴沉，风卷了几片雪花打在脸上，煞是冰冷。

但银座的西餐厅里暖气开得很足，热得苏子滢把毛衣也脱了，只穿着里面的白色衬衣，坐在窗边等着老板。

她曾经的老板当年是德州电子的采购总监，现在应该又高升了。他大多时候都在国外，回国时间不多，所以临时事多，迟到了十多分钟。

张恒远事先预定好了位置，所以一进门就熟门熟路地跟着服务员走了过来。

他一眼就看到靠窗坐着的女生正翻着书，一缕乌黑的头发垂在脸颊边，衬得她腮边肌肤洁白如玉。

一年多没见，这姑娘身上那股古典温雅的气息越发浓厚，静静地坐在那边，周围的喧闹声仿佛都凝固了，一切变得缓慢，变得安静。

"久等了。"张恒远快步走了过去，脱下外套，笑着和她打招呼。见她抬起头，张恒远夸道："哟，我们的小苏同学越来越好看了。"

"张总！"苏子滢也许久没见到张恒远了，平时他朋友圈会有一些新闻链接分享，里面能看到他的照片，总是精神奕奕、事业有成的精英模样。见面一看，他比新闻上更显年轻和瘦削。

第三章　第一场雪

他私下穿衣也休闲很多，白色的高领毛衣包裹着精瘦的身体，如果不是笑起来时迷人的鱼尾纹，他看上去也不过三十左右。

"坐好，别和我这么见外。"张恒远见她要站起来，立刻伸手按了按她肩膀，笑道，"让你等这么久，我该赔个罪。"

"我也刚到……"苏子滢正要收起手边的书，被张恒远眼尖地看到。

"《生活美学与康德美学》，"张恒远看到封面，用流利的英语说道，"*Life Aesthetics and Kant's Aesthetics*。你看的书很有趣，借我读读。"

"好啊，不过一周后我要还给图书馆。"苏子滢见他还真津津有味地看了起来，笑着提醒他。

"还这么小气啊？怕我带走了你得赔钱？"张恒远故意打趣道。

"钱是小事，损伤信用就不好了，我给你买本新的。"苏子滢也半开玩笑。

和以前的领导在一起吃饭，苏子滢原本有些拘束，但张恒远很轻易地让气氛变得轻松活跃起来，两人边吃边聊了一些近况。等最后上甜点时，张恒远拿出手机，开始今天的主题，给她看了看最近采购的新品资料，并详细讲解了现在市场上各类产品的性能和优缺点。

其实张恒远调到总部后就不再负责采购这块，但他依然对市场了如指掌，专业度更甚从前。

苏子滢最敬慕的就是这种人，无论到了什么位置，都时刻保持自己的敏锐度、专业性和进取心，永远是行业的领头羊，走在社会的前沿。

刚刚过了四点，外面的天已经黑了，路灯提前亮了起来。雪花夹着细小的雨飘了下来，在路灯昏黄的光线中飞舞着。

叶峻成握着手机，站在画布前，眉头微微皱着，看着空白的画布，像是看着一道解不开的数学题。

迟到了。那个一向准时的敬业打工人今天居然迟到了这么久。

叶峻成应该给她发条信息，或者直接打电话，可他却攥着手机，紧紧抿着嘴唇，表情像外面的天空一样阴沉。

他不喜欢主动去联系别人，提醒对方该做什么，外面的世界和他一点关系都没有，也从不会侵扰到他内心的那片森林。

可迟到了还没一句解释的苏子滢，就像在他森林里丢了个点燃的烟头，一点点灼伤草地，渐渐燎起火苗……

叶峻成表情越来越阴郁，解锁了手机，页面还停留在她的微信上。

她的头像是栋建筑——国内最有名的图书馆。光看头像完全想象不到她是个秀气文雅的财迷。

他紧紧捏着手机，终于按下了语音键。

但最终还是手指往上一滑，取消了发送。

苏子滢和叶峻成虽然每周相伴的时间挺多，可两人平时并不怎么交流，她是个任他摆布的工具人，两人的对话只局限于怎么调整姿势和表情，或者他想让她穿什么衣服、化不化妆。

所以苏子滢偶尔会化个妆——都是她金主要求的啊。

她以前每周六去画室会定个提前半小时的闹铃，今天忘了。

因为习惯，和领导谈话时，她会事先把手机调成静音，没想到这次张恒远给她带了那么多资料过来，吃完饭后两个人又加点了下午茶，聊了整整三个小时。

如果不是张恒远问她晚上要不要一起参加商务聚餐，她都没注意到已经快到晚饭时间了。

"老板，不好意思，我马上就到。迟到的时间双倍补上！"在楼下下车后，苏子滢匆匆和张恒远道别，一边狂奔一边给叶峻成发信息。

而她并不知道，叶峻成此刻就站在卧室阳台上，看着她从一辆奔驰上下来。

等苏子滢从电梯间冲到叶峻成的家门口，正要伸手按门铃时，门已经打开了。

叶峻成抱着胳膊站在门内，冷冷地看着带着歉意笑容的学姐。

"抱歉，我迟到了。"苏子滢感觉他的眼神里有种高高在上的审视，忙赔着笑解释，"有点事情耽搁了，晚上我可以补上时间，或者明天我早点过来。你看行吗？"

第三章 第一场雪

叶峻成没说话，只微微侧过身。

"真的抱歉，你看，我给你带了点心赔罪。"苏子滢见他还是很有素养地没骂自己，放松了一点，笑眯眯地举起手里的纸袋子，趁机脱鞋走了进去，"给你放这里了啊。"

她仿佛一个暖心温柔的大姐姐，脾气好得让人不忍苛责。

叶峻成看到放在玄关柜子上的纸袋，不悦地说道："我不吃别人剩下的东西。"

说完，他提起纸袋扔到了门外，关上房门。

"这……没人吃过。"苏子滢愣了愣，他怎么知道是剩下的？

这甜点是苏子滢和张恒远去的那家西餐厅里，甜品师现做的。她和张恒远聊得入神，一块也没碰，临走前觉得太浪费，就打包带来了。

"又不是特意给我买的。"叶峻成丢下这句话，冷着脸走到画布前。

"可我就是带给你吃的啊。"苏子滢看了看门，很想拿回来。

"也不是你买的，做什么顺水人情？我差你一口吃的？"叶峻成似乎更不高兴了，站在画架前调着水彩，很犀利地接连反问。

纸袋上的标志他看到了，里面的甜点也扫了一眼，以她拮据的经济状况和朴素的消费习惯，她不会买米其林的甜点。

更何况这家甜品是现点现做，专为那些有钱有闲人服务的，她既不会浪费金钱去买，也不会浪费时间去等。

"那我也没舍得自己带回去独享，这不是念着你吗？"

换别人可能早就被他嘲讽得不敢说话了，可苏子滢依然好脾气地含笑回答。

作为打工人，苏子滢见过各种各样真正苛刻凶悍的老板，叶峻成虽然态度冷漠，但他不是坏人，甚至很善良。

含着金钥匙长大，不知人间疾苦，所以他更像是温室里被精心照料的美丽花朵，可以专心地追求自己想要的东西。

所以他身上的一些怪癖，也是因为他"不接地气"，不需要仰人鼻息，不用考虑生活负担，养尊处优，自然不用顾虑别人的心情，可以活得更自我。

叶峻成本来等得一肚子火气，听到这句话，没来由的，心底微微一漾，像是荒芜的土地上冒出了一股温柔又温暖的泉水，在凛冬雾气氤氲。

"你真念着我？"

"当然，不然我路上就吃了。"苏子滢语气真诚，打开门将他丢出去的纸袋又给提回来了，"你嫌弃的话，我留着当晚饭吃。"

"既然是特意带给我的，拿回去自己吃算什么？"叶峻成瞥了她一眼，调着水彩，语气依然带着一丝不悦。

叶峻成欣赏她虽然爱财，但从不掩藏内心欲望的坦荡，待人真诚又真实。

"你都扔了……"苏子滢话没说完，就见他眼睛一瞪，立刻改口，"但我还是觉得你应该尝尝，现做的，特别香。"

说着，她提着袋子走到叶峻成面前，把点心拿出来摆在他的画桌上，马卡龙颜色的点心，和刚调好的水粉颜料相映成趣。

"今天想画什么？要不然先吃几口点心再画？"苏子滢见他表情不像刚开门时那么冷漠了，笑着拿起调色刀和颜料盒，"需要什么颜色，我帮你调……"

苏子滢话音刚落，手腕就被他一把攥住。

"别动我的东西。"叶峻成不需要助手，别人永远也调不出他想要的浓淡轻重。

"对不起。"苏子滢立刻放下调色刀，脸上的笑容也淡去，带着歉意说道，"我不碰。"

是她逾越了，试图讨好叶峻成，却忘了有的画家最不喜欢别人碰他的画具。

她只是模特，做个不说话、不乱动，任他摆布姿势的模特就行。

"你做好自己的工作就行。"叶峻成松开了手，似乎也觉得刚才语气太差，语气缓了些，"以后别再迟到。"

苏子滢是学设计的，有点美术功底，可她却不能理解美术系的人每天

第三章　第一场雪

对着同一个景色和人物，怎么能做到画千万遍也不厌烦。

她临摹过静物，那些水果鲜花，摆在那里让大家画，有些小画室懒得换静物，可以画到鲜花凋零，水果干瘪。

那时候她觉得，当静态模特真是个枯燥可悲的工作。

而此刻，她就静静坐在靠椅上，看着窗外飘洒的雨丝，感觉自己美好的青春在一点点流逝枯萎，就像那些鲜花。

屋内，只有画笔时有时无的沙沙声。

叶峻成今天画她的侧影，他偶尔走过去，调整她因为长时间保持一个动作而有些倾斜僵硬的身体。

"老板……"苏子滢忽然轻轻喊道。

"不要喊我老板。"叶峻成十分厌恶她商业化的称呼。

"叶同学。"苏子滢从善如流地改称呼。

叶峻成在画布上涂抹着白色水粉，明暗交界处，一个少女的侧影已经呼之欲出。

"你看，下雪了。"苏子滢看着窗外，因为不用画正面，她不需要保持一个表情很久，可以动动嘴说说话。

叶峻成抬眸看了眼窗外。

落地窗边放着一个流淌着昏黄灯光的台灯，照着窗外飘落的鹅毛般的大雪。

下午就有零星的雪花和雨丝夹杂着落下，而此刻，外面的雪像是漫天的白纱，密密麻麻地裹挟着夜色。

那些被风吹到窗户上的雪像一朵朵精美的六棱花，渐渐融化成水滴流下。

"那有什么好看的？"叶峻成只看了一眼，目光就移到玻璃中她的影子上。

虽然不如明镜那般清晰，可灯光打在玻璃上，依然能看到她脸上的温柔和喜悦。

"这里很少下这么大的雪。"苏子滢从小跟着外婆在南方小镇上居住，雪对南方孩子来说总有莫名的吸引力。

叶峻成低头继续在画布上涂抹着。

就是那年冬天，南方的小镇下着罕见的大雪，她在外婆的小院子里堆了个大大的雪人。

第二天小镇交通瘫痪，电话线被压断，和外界隔绝了好几天，雪化的那天她才知道家里出了变故。

叶峻成放下笔，又拿起一张画纸夹在画板上，用调色刀飞快地刮着画纸，寂静的雪夜只能听到调色刀划过画纸的声音。

画纸上，一片乳白厚重的颜料被刮开，不多时，晕染成一片苍茫的森林，森林覆盖着皑皑白雪，白雪之下，少女趴在老式的木头窗边伸手去接那飘落的雪花。

叶峻成的画一向色彩激烈而冲突，充满现代的先锋感，可今天，他却用柔和水粉晕染出大雪纷飞中少女细腻的情思。

古典派的画法，倒是更能让人内心回归平静。

也可能是模特长得古典秀丽，像这静寂的雪夜，轻轻地柔软地覆盖了他内心时常涌起的熔浆。

苏子滢又睡着了，她每次来这边坐着坐着就开始补觉了。

不过这次她没睡那么死，更像是小时候在课堂上犯困打盹，周围的声音忽远忽近，往事和未来的梦虚虚实实地交替着……

苏子滢猛然惊醒的时候，看到一张俊秀精致的脸，离自己也就几厘米远，眼睛正一眨不眨地看着她。

那眼神滚烫，藏着狂热专注的火焰，苏子滢立刻清醒过来，正要说话，叶峻成伸手合上她的眼睛说道："别动。"

苏子滢又闭上眼睛，感觉到他热烈的眼神依然停留在自己的脸上。

也能感受到他的呼吸喷在自己脸上，混合着颜料的味道，在地暖温度调得太高的房间里，让人燥热。

"别动。"叶峻成见她睫毛颤了颤，又说道。

苏子滢听到他对自己说过最多的话，就是"别动"。

她倒是很想做个塑料模特,一动不动地满足他严格的要求,可惜身体实在太弱了,坚持了一会儿,还是忍不住……

"阿嚏!"苏子滢飞快地扭头捂住口鼻,打了个喷嚏——她的鼻子对叶峻成身上的颜料味过敏。

每次凑近闻到都觉得鼻子痒。

叶峻成皱了皱眉,不悦道:"你可以走了。"

"下班了?"苏子滢如释重负,看了眼墙壁上的颇具后现代设计感的钟,已经十一点了。

宿舍晚上十一点半关门,她从这里跑回去时间来得及。

"把画桌上的东西带走。"叶峻成又说道。

"你没吃?"苏子滢看了眼画桌,她带来的点心原封未动,叶峻成一口也没吃。

他真是个让人难以捉摸的人,脾气变得比小孩子还快。

"我只是接受了你的道歉方式,并不代表我要吃你的东西。"叶峻成回答得很傲娇。

"谢谢您大人大量,那我就拿回去了。"苏子滢听到这句话,有点哭笑不得。

她也没去看他画了什么,他不喜欢人家看他的作品,总会将画挪到风口处。

叶峻成没说话,走到三角架边摆弄着相机,回看里面的镜头。

睡着的学姐特别温柔,还有一分脆弱纤细的气质,很能击中艺术青年的心,带来创作上的灵感。

"你也早点休息,别熬夜。"苏子滢打包好甜点,临走前,像大姐姐似的嘱咐一句。

"我熬不熬夜跟你有什么关系?"叶峻成盯着相机屏幕,头也不抬地回问一句。

"呃……再见。"苏子滢觉得他没朋友很正常,他只沉浸在自己的世界里,根本不会和外界交流,也不稀罕正常人的社交方式。

叶峻成见门关上了，房间又只剩自己一个人，立刻打开音乐，在重金属摇滚乐中去冰箱里拿了瓶水，一边喝着，一边解开纽扣，脱掉了T恤，光着上身站在画板前，跟着音乐拿起画笔开始胡乱涂抹起来。

和平时的高冷不同，此刻的叶峻成充满了狂热的激情，像被冰雪覆盖下的火山彻底爆发，喷涌出可以燃烧万物的熔浆，全部宣泄在画纸上。

深红、暗黑、翠绿，无数颜色交织成他想要的绚烂底色，那是燃烧着的艺术之魂，纯粹而热烈。

多年后，苏子滢在他的个人画展上才看到这幅意境古典悠远的少女祈雪图，和一幅色彩激烈冲突的抽象画放在一起。两幅画风格迥异，完全不像一个画家画出来的。

她依然为寻找三毫米以内的摄像头焦头烂额，虽然张恒远给了她很多资料，可并没有合适价位的摄像头。成本的限制让她无法完成设计。可是苏子滢不死心，从张恒远那里要来供应商的联系方式，一个个打电话询问。

第二天是圣诞节，林涵一早就给苏子滢发信息，把她拉进了唱歌小群，在里面拼命发圣诞红包。他想着私发给苏子滢她不会收，在群里大家一起抢，她也就跟着领了。

领点红包，他也就好意思强行让她休息一天，把她拉出来玩了。

可惜，苏子滢上午似乎没看手机，既不领红包，也没有在群里出现过。到了中午，林涵忍不住给她发了私信，问她在哪里。

苏子滢在图书馆，把手机调成静音，她面前的本子上画满了各种草图，标着密密麻麻的数据。

以往她的周末几乎都在外面兼职，接了叶峻成的活之后，上午半天时间她留着充电。

工业设计的外观设计对她来说很简单，最难的是要做好内部设计，在最小的空间里做出极致精细合理的规划。

眼看到了下午一点，苏子滢起身还书，收拾好书包离开了图书馆。

她打算去对面的美食街吃碗面，再走到叶峻成住处，时间差不多。

第三章 第一场雪

点完面付款的时候,苏子滢才看到手机里有一堆信息。

尤其是林涵,给她打了好几个语音通话。她以为是有什么急事,忙回拨过去。

"你在哪啊?电话不接,信息不回,干吗去了?"林涵连声问道。

"在图书馆查资料,怎么了?"苏子滢听到那边很嘈杂,背景音里还有唱歌的声音。

"是不是还没吃?赶紧过来,这边有吃的。"林涵听到她不急不慌的温柔声音,语气也跟着缓和了点,"群信息里面有地址,离学校很近,赶紧过来。"

"我一会儿还有工作,不去了,你们玩吧。"苏子滢点开群,看到有人发了一段唱歌的视频,林涵他们已经开始吃喝玩乐起来。

"你忘了,今天圣诞节,也是我生日。赶紧请假一天,过来唱歌……"林涵还没说完,那边有人在喊他,匆匆叮嘱了一句,"快点来啊。"

苏子滢想起来了,去年也是圣诞节,几个好友就在她打工的咖啡馆给林涵过了生日,她还请他吃了块小蛋糕。

鸡丝面很快就端上来了,热乎乎地散着热气和香味。隔着蒸腾的雾气,苏子滢看到对面的书店,想好了给林涵买什么生日礼物。

她提着礼物手提袋来到叶峻成的画室,那位贵公子满身油画颜料地打开门。看到她手里提着的礼物盒,他眼神微微一闪。

"今天没迟到,给我带礼物想干吗?"叶峻成误会了,基于昨天她的表现,以为她又来讨好自己。

"一定要有目的吗?"苏子滢笑了,从礼物盒里掏出一个袋子递给叶峻成,"好吧,是有目的。见你每次画画都不围围裙,太费衣服了,穿着挡挡颜料吧。"

叶峻成每次在家画画都穿着白色的T恤,尽管他已经是非常爱干净的画者,画完水粉画虽不会像粉刷匠一样全身上下都是水粉颜料,可难免还是会滴溅到一些。

苏子滢见过好几次，特别心疼钱。

因为他从不洗这些衣服，每次画完弄脏了，直接脱了扔进垃圾桶，完美展示了不知人间疾苦的艺术家风格。

"不要。"叶峻成瞥了眼超市货，无情拒绝，又看了眼她手里没拆封的礼盒，有点嫌弃地问道，"这又是什么？"

"这个？这个是我送同学的生日礼物。"苏子滢大大方方地和他解释，"只有围裙是带给你的。"

"呵。"叶峻成发出略带不屑和不爽的声音，转身就走回了画架边，几秒后才说，"去换衣服。"

"好的。"苏子滢看到放在画桌上的一条白色真丝长裙，走过去拿在手里，转身去客卫换衣服。

屋内地暖开得很足，外面依然飘着雪花，里面却如暮春初夏般温暖，哪怕穿着短袖也不觉得冷。

叶峻成天生就有敏锐的艺术审美，偶尔给苏子滢准备的衣服，乍一看普普通通，可上身后，非但尺寸像量身定制，精巧的设计和优质的面料也很有心机地衬托出她温柔典雅的东方气质。

看到苏子滢去换衣服，叶峻成才走到地暖控制面板前，将温度又上调了两度。

随后，看到她放在玄关角落的礼品袋，他忍不住走过去往里面看了眼。

也不知是什么礼物，包得严严实实，丝带上别着一张卡片。

鬼使神差地，叶峻成抽出了那张卡片。

"咔哒"，苏子滢拧开客卫的门，长至小腿肚的白裙轻柔地裹着她轻盈的身体，衬得她如不染纤尘的仙子。

"靠在那里。"叶峻成此刻正在窗户边调试着灯光。

纱帘拉起来，天空阴沉，但灯光打过去，就像温暖的晨光。苏子滢站在那里，仿佛沐浴着朝阳、误落凡尘的仙女。

创作时的叶峻成有着对艺术的狂热和专注，这种专注也让苏子滢对他卸下了很多防备。

一个纯粹热爱着艺术的人，他的眼睛格外清澈纯净，看不到杂乱的欲望，让人有一种安全感。

可今天叶峻成显然有些心不在焉，调整了很久她的姿势，只画了两笔，就皱眉对苏子滢说："你又乱动了。"

"抱歉。"苏子滢轻轻开启嘴唇说道。

她清楚自己没动，一直硬挺挺地靠在窗帘边当个装饰品。

叶峻成非常挑剔，咬着笔头凝视她几秒，站起身走过去，有点粗鲁地将她裙摆扯了扯。

"要不，你先回看一下录像？"苏子滢刚开始没动，现在被他手指贴着腿肚子来回蹭了几下，忍不住缩了缩，声音里带着礼貌的笑意，"别扯了。"

叶峻成不理她，半蹲在她面前，低着头不屈不挠地和裙摆斗争。

他有强迫症，无法忍受任何瑕疵。

裙摆的线条不够流畅，配不上那一截裸露在外的纤细的小腿。

叶峻成见她往后退，姿势也不对了，更火大地一把攥住她的脚踝，用力往外一拽："别动！"

苏子滢没防备，被他这么一拽，失去平衡，后脑勺撞到了窗帘后的玻璃上。很疼，但她没吭声，任他摆布着，脑中回溯了一遍他的情绪是怎么变差的。

大少爷今天心情不对，苏子滢能感觉到他声音里藏不住的怒气，手劲也重，泄愤似的狠狠攥着她的脚踝往外拽。

刚进门时，他没有表现得这么暴躁，拒绝礼物时，也只是一脸"不稀罕"的高傲表情。直到她换了裙子出来，这少爷突然开始吹毛求疵，不停要求她调整姿势，像是灵感枯竭，不在状态，画两笔就放下了。

倒是他听到她脑袋"砰"的一声撞到玻璃上，才松开了手，抬头看了她一眼，见她不喊疼，像个没事人一样依然保持着他要的表情，没来由的火更大了。

"你没有痛觉神经吗？"叶峻成看到她脚踝也被自己攥出了红色的指

印，既懊恼自己刚才没轻没重，又生气她一声不吭的"敬业"。

"还好，不是很疼。"苏子滢这才伸手揉了揉后脑勺，脸上依然带着温柔的笑意。

"都肿了还不疼？"叶峻成见她这副没火气的平静样子，心里的火苗越烧越旺，起身摸向她的后脑勺，刚才听那沉闷的撞击声就知道会起包。

"真没事。"苏子滢侧头避开他的手，笑着说道，"组织液积聚只是身体的自救反应，并不代表很疼。"

叶峻成见她回避，手在空中顿了顿，落在她肩膀衣服上，扯了扯上面的饰物，再次沉默下来。

自从她收了钱，成了他的画室模特开始，就没和他红过脸，为了钱忍受他的各种刻薄挑剔。

再想到之前在咖啡店，她对撒泼打闹的客人也是毕恭毕敬，服务态度好得让人愤怒。

相比之下，还是当初刚找她时，她跟自己发的两次脾气更真实可爱。

"可以继续了吗？"苏子滢见他一言不发地看着自己，空气有点凝固，忍不住开口问道。

"不画了。"叶峻成忽然转身，走到画架边，将上面画了两笔的画扯下来，撕了个粉碎，往空中一扬。

嘿，这学弟就跟小孩子似的，还带着一身艺术家的臭毛病，就算不画，她也不会退钱的。

当然，苏子滢只是心里想想，嘴上可不敢得罪老板，这时候要和他说"不画了我也不会退钱哦"，估计文艺小王子会拿画板砸过来。

"那就先休息一下，每天对着一个人这么画画画的，容易审美疲劳。"苏子滢嘴上安慰着，身体却没动，怕他几秒后又反悔，指着她嚷嚷"别动"。

叶峻成坐到沙发上，咬着手指，阴恻恻的眼神掠过她的侧脸。

尽管这张脸正面、侧面、半侧面、后脑勺的骨骼分布、三庭五眼、肌肉走向都已刻在了他的脑中，可他依然很喜欢看。

她的正面是古典的鹅蛋形脸，温柔可亲，可侧脸却显得坚毅许多，下颌骨明晰，方中有圆，尤其鼻梁长得好，挺直，让她过于文秀的面孔多了几丝坚定。

一张有智慧的古典面孔，本身就容易画出故事感。

"你真不画了？"苏子滢等了片刻，余光瞄见他在沙发上一脸灵感枯竭的模样，她拉伸了一下酸疼的肩膀，走到画架边，蹲下来收拾那些被撕碎的画纸。

"会有人来打扫，不用你来做。"叶峻成不喜欢自己的模特做和模特无关的事，一向都不喜欢。

哪怕出去兼职，他都觉得碍眼。

"好吧。"苏子滢手脚快，说话间，就已经收拾好了，卷了卷扔进了纸篓。

外面依然飞着雪花，屋里地暖调高的温度也升腾起来。苏子滢面对一言不发闷坐着的学弟，比面试时被一屋子面试官盯着还胸闷。

"实在画不出来的话，可以出去走走。"苏子滢打破了沉寂，主动献策，"外面雪景也挺好看的，学校后面的紫荆公园是写生胜地，要不要去找点灵感？"

"去换衣服。"叶峻成沉默片刻，站起身，收拾起画板和颜料包。

难得雪景，确实应该出去走走。

苏子滢换回了自己的羽绒服，出来时，见叶峻成也套上了大衣，换好了鞋，正站在门口等她。

他的脚下放着画板和两个美术袋，苏子滢很识趣地上前帮他提起两个重重的美术袋，笑意盈盈地提醒："要带把伞。"

叶峻成看了她一眼，打开玄关柜，拿出一把长柄伞，才说道："不去紫荆公园。"

"那去哪里？"难得他开口，苏子滢立刻表露出很有兴趣和期待的表情。

"跟着走就知道了。"叶峻成关上门。从关闭前的门缝里，他看了眼被遗落在玄关角落的礼物袋。

苏子滢先进了电梯。她没想太多，在她眼里，叶峻成是个在无忧无虑的环境中长大的孩子，被所有人宠着，生活圈单纯，又极爱画画，根本没有心思关注其他东西。

她哪里知道叶峻成就在等她主动提出门散心。

学弟看着是个单纯文艺的少年，不食人间烟火又带着艺术家的清高自傲，但谁会想到他也会动一些凡人的心思呢？

"开车出去？"苏子滢看到他进电梯后按了B2停车场层，问道。

"不然呢？"叶峻成从电梯内的镜面看了她一眼，"这么大的雪，走上山？"

"上山？"苏子滢微微一愣，"大雪天，你要上哪座山？"

"北燕山。"叶峻成见她温柔的笑容消失了，一挑眉，"不是你说要出去走走？也确实该去野外写生了。"

他长得雅正贵气，平时没过多的表情，这一挑眉，却有几丝坏坏的邪魅，让苏子滢脑中警铃一响：学弟似乎没那么单纯。

但只眨眼工夫，叶峻成又恢复了清冷孤傲的模样，从镜子里看着她："你不想去？"

"不是……只是雪下得有点大，上山……怕不安全。"苏子滢担心安全问题。

至于作为他的模特，合同签得清清楚楚，无论室内还是野外，场景都得听甲方安排。

"所以，不趁着这种机会去写生，要等雪化了再上山吗？"叶峻成终于看到她有些纠结的表情，脸上的冷漠快绷不住了。

"你开车稳吗？"苏子滢是个小心谨慎的人。她怕自己出点事，家里就失去了最后的希望。

"一般。容易犯困，得有人不停地和我说话才行。"

叶峻成语气淡漠，一点也不像开玩笑。

"爱犯困？那……打车去吧。"苏子滢后悔没去学车——她从小到大

第三章　第一场雪

的假期都被工作安排得满满的，没空学车。

"到了。"叶峻成没理她的建议，看到电梯门打开，率先走了出去。

"你确定要上山写生？"苏子滢将美术袋和画架放到后排，还是不放心。

叶峻成的车很大，是新款迈巴赫GLS，但后排堆放了五个大皮包，就跟货车似的，苏子滢只能坐副驾驶位置。

"要装防滑链吗？我怕路上结冰。"苏子滢拉过安全带。她总觉得像叶峻成这种富家少爷不适合开车，就算开，也适合开那种外表酷炫的超跑，而不是这种大型车。

"系好安全带就行。"叶峻成见她一副不信任自己车技的样子，心底嗤笑，学姐被他文弱的外表欺骗了，他当年可是欧洲福伦杯最年轻的赛车手冠军。

"好吧……"苏子滢深吸了口气，被他一脚油门轰得头昏眼花，还没缓过气，车已经疾驰出了地下停车场，外面雪地反射出来的光晃得她闭上了眼。

"慢点，别超速……"好一会儿，苏子滢才弱弱地提醒。

叶峻成看她脸上笑容逐渐消失，面容僵硬，身体紧绷，这才慢吞吞地伸手打开音乐，拿起墨镜戴上，跟着音乐放松心情。

"喜欢什么歌？"叶峻成等红灯时，随口问道。

"抒情点的。"苏子滢这会才从出停车场时七绕八拐的头晕中缓过来，强打精神说道。

"哦。"果不其然，叶峻成意味深长地哦了一声，似乎对她的品位不屑一顾，顺手点开了重金属音乐。

"重金属太吵了。"苏子滢将音乐声调得小一点，指了指耳朵，"还会损伤听力。"

"声音太小我会犯困。"叶峻成见她不喜欢摇滚，换成了交响乐，"要不给我讲点故事，给我点画画的灵感。"

"故事？我不会讲故事，不过我可以帮你读书。"苏子滢经常做家教，刚才看到后座还放着几本专业书，此刻十分想拿过来看一看。

"你要给我讲故事。"叶峻成往外环高架方向驶去，平静地指责着，"模特本身要自己挖掘故事，可是你没有给我故事，这是你失职。"

没想到学弟没灵感竟然怪她头上，苏子滢哭笑不得："对不起，怪我，我实在没什么故事给你。"

"你不想对我说而已。"叶峻成攥紧了方向盘，他心高气傲，很不喜欢她动不动就先低头道歉，在金钱面前太没自尊了。

"你想知道什么？"苏子滢依然好脾气地问。

她几乎从不主动提起自己的私事，但如果叶峻成有问题想问她，她也不会隐瞒，因为她确实没什么不可告人的故事。

叶峻成最喜欢的就是她的真实和坦然，那是她最吸引他的地方。

"你为什么那么喜欢钱？"叶峻成想了想，单刀直入，"我给你支付的佣金足够你舒服地完成学业，可你好像还在做家教之类的事。"

"远远不够，我缺很多钱。"苏子滢回答得很坦荡。

"家里有困难？"叶峻成又问道。

"有一些债务，家人身体也不好。所以……我兼职比较多。"苏子滢没说具体的细节，像他这种衣食无忧的公子哥是不会感受到一分钱难倒英雄汉的痛苦的。

而且，诉苦也不是她的性格，她并不想让叶峻成因同情给她什么好处。

从小爸爸就对她说过，欠人钱，容易还；欠人情，可能搭上一辈子的情也还不了。

爸爸就是因为欠人情，为了还掉那份恩情，才导致决断失误，差点把自己的性命都搭进去。

"所以你还在想着拿到手机设计大赛的大奖？"叶峻成没有追问她到底是什么债务，人家这么坦荡地回答，再追问人家的家事显得很不绅士。

"你怎么知道？"苏子滢惊讶地问道。

"我……"叶峻成顿了顿，才说道，"猜的。"

"其实挺难。你说得对，他们可能早就准备好了新机型，我很难拿到奖金。可是，总要试试。"苏子滢已经着手做了，当然不会轻易放弃。

"有没有觉得这么兼职会让自己的时间支离破碎，从商业角度来说，其实很不划算。"

"不划算？"苏子滢没想到一个纯粹的艺术家居然和她提到"商业角度"。

"术业有专攻。你既然选择了自己喜欢的专业，就该顺着自己的路走下去，哪怕开个自己的设计工作室……"

"请允许我打断一下，"苏子滢觉得大少爷的日子过得太舒服，根本不知道底层的艰辛，"工作室得有启动资金，也得能接到活，还要花时间成本去经营。相比之下，我这种没有名气的新人，还是做兼职更省心。"

"另外，我觉得挺划算的。"苏子滢看着车窗外飘飞的雪花，露出一丝淡淡的笑容，"每一次尝试都是一种独特的体验，也是人生财富的积累。"

像大少爷每天把自己关在家里对着模特画画，不体验外面的世界，才会故步自封，灵感枯竭。

叶峻成被她打断，不再说话。

少爷的脾气变化真快。

苏子滢本质上不算讨好型人格，虽然很多时候会为金钱折腰，有着五星级的服务态度，但并不代表她会刻意放低身段捧人臭脸。

她今天愿意哄着叶峻成，单纯因为怕他开车犯困，所以才会找话题打破沉寂。

"雪山真美啊，你的决定是对的，就是不知道上山的路好不好走。"苏子滢看到远处连绵起伏的雪山，主动说道。

叶峻成依然不说话，看着远处的雪山，丝毫不担心这个问题。

半山腰有家著名的温泉酒店，这种下着大雪的周末，不知多少人会上山享受雪景温泉，盘山公路上有铲雪车早晚清扫，上山很安全。

外面的雪花小了点，山路果然没有什么积雪，一路顺畅地开到半山腰的一个观景台，叶峻成停车说道："下车。"

苏子滢一抬头，看到观景台对面是悬崖峭壁，青色的岩石上挂满了冰凌，看上去像童话世界里的巨大的冰晶，在周围的皑皑白雪映衬下，有种不真实的奇幻的美。

"外套脱了，到那边去。"叶峻成没有拿下来画架和美术袋，而是将三脚架拿出来，放好摄像机，调整着镜头。

苏子滢二话没说，脱下了厚实的羽绒服，穿着黑色高领毛衣，走到了他指定的位置。

山间的风从悬崖缝隙呼呼地吹上来，夹着雪花打在她的脸上，冷得让她打了个寒战。

叶峻成从镜头里看了她几秒，走上前去，伸手在她头发上一扯，将她扎头发的皮筋拽了下来。

瞬间，苏子滢一头乌黑柔软的秀发披散下来，被卷着雪花的寒风吹乱。

叶峻成更像个造型师，扶着她的后脑勺，让她面对着摄像头，将飞舞的长发捋到一边。

他的手指和冰冷的北风相比，很温暖，甚至带着一丝夏日的热烈，从她脸颊轻轻掠过。

"马上就好。"他在风雪中似乎自言自语，将自己的模特摆成最喜欢的姿势。

只有在寻找到灵感时，他的眼里才会闪着狂热的光，那是大雪也不能覆灭的火种。

"真美。"他忽然又喃喃地说道，盯着苏子滢看了片刻没动。

她怎么长得那么舒服。

和冰雪融为一体，在锋利的悬冰前，有一种古典的温柔的不惧严寒的美，这种美打碎了冷硬无情的冬天，让风都变得轻暖起来。

模特真不容易。

不，哪一行都不容易！

苏子滢尽量控制住哆嗦的身子，心里默默复习着上周的课，试图用学习精神和一身正气来抵御寒风的侵袭。

再想着收工资时的激动,她硬扛了十分钟。

她一回到车上,就把手放到空调口吹着暖风,过了好一会儿,才觉得身体回了温。

而叶峻成坐在驾驶位上,一直拿着摄像机看回放,还沉浸在那种美感中不能自拔。

"是不是该回去了?"苏子滢等了几分钟,身上都热乎了,见叶峻成还在默默看视频,忍不住开口提醒。

"等一等。"叶峻成不知看到哪里,像是灵感激发,忽然又下了车,将画架拿出来,支在雪地中,美术袋里的颜料和画笔倒了一地。

苏子滢从倒车镜看着他站在纷飞的雪花中对着陡峭的冰崖描画,心底又生出一丝羡慕。羡慕他这种不为生活烦恼,可以全心全意投入自己喜欢的事情,心无旁骛地追求梦想的人。

只有这种创作时摒除一切杂念的人,才能画出自己最想要的东西。

"真好啊。"苏子滢看了一会儿,发出了一句感慨,然后拉起羽绒服的帽子,熄掉火,拿着那柄黑伞,又顺手拿起放在副驾驶位的书,走到他身边,将画纸保护在伞下,然后翻着书看。

叶峻成看也没看她一眼,他手指间夹满了画笔,继续描着线条。

天空渐渐暗了下来,山里的傍晚来得比城市要早,苏子滢站得手脚冰凉,终于等到叶峻成收工。

"天要黑了,早点回去吧。"苏子滢帮他收拾着散落一地的画笔。

有些颜料盒都快被雪埋住了,叶峻成看着她手伸进雪里摸捡,小手冻得像胡萝卜似的,淡淡开口:"不用你帮忙,上车去。"

"我……"

"别动我的东西,上车。"叶峻成见她还想帮忙,微微扬起声音。

苏子滢听到这语气,很识时务地站起来,拍拍手,抖了抖身上的雪,回车里坐好。

学弟的怪癖,不喜欢别人碰触他的画笔画架和其他任何东西,她以后得记住了。

叶峻成自己收拾了美术袋，回驾驶位上，见她已经系好安全带。

苏子滢有点困了，她昏昏沉沉地在空调暖风里半梦半醒，等醒来时发现车已经开到了山腰处一扇气派的大门前。

"红叶温泉。"苏子滢看到霓虹灯下的四字招牌，又看了眼叶峻成，"今晚不回去了？"

"嗯。"叶峻成点点头。

"在外过夜？"苏子滢看着他熟悉地往地下停车场开去，又问道。

"嗯。"叶峻成还是只嗯了一声。

"晚上还要画？"

"嗯。"

"加钱吗？"

她问完这句话，就见小少爷的表情比外面的雪花还冰，紧紧抿起了唇角，他非常反感她动不动提钱。

"只要别让我在寒风中裹着睡袍站一夜就行。"苏子滢只是觉得气氛时常沉默压抑，想开开玩笑，试图增进点感情。

可惜，叶峻成一点也不喜欢这样的玩笑。

红叶温泉酒店不愧是网红打卡店，雪后的温泉景色太美了。

尚未凋零的红枫叶被白雪压着，温泉的袅袅热气和寒夜旖旎地拥抱，少女乌黑的发丝在水面上散开，牛奶般的肌肤带着莹亮的水光，让人想到了"欺霜赛雪"这个词。

这是温泉套房自带的单独小院子，北欧风格，在纷纷扬扬的雪花下，仿佛是童话小屋。

叶峻成画着画着，就慢了下来。

也不知为什么，他又想到了第一次画她的后背时看到的那幅鬼脸图。

叶峻成想知道，是谁给她画的。

"休息。"

终于，苏子滢等来了叶峻成这句话，立刻从温泉里起身，在寒风中跑

第三章　第一场雪

进温暖的房间，吐了口气。

叶峻成依然坐在走廊，也不怕冷，看着画架一动不动。

苏子滢现在学乖了，他不说话的时候绝不主动和他聊天，所以她自己先进客房的浴室冲洗了一下，换上了他给准备的睡衣。

来时车后排放着的几个大皮包，其中一个就装满了女式衣服，全是给她准备的。

套房有两个房间，苏子滢理所当然地睡在了次卧。

睡前她才发现手机没电关机了，等她找到了酒店自备的充电线充上电后，也懒得开机，她太累了，几乎一秒入睡。

这一觉睡得格外香甜。

可能因为温泉酒店的床太舒服，环境太安静，空调温度又刚刚好，苏子滢一夜无梦，甚至早上的生物钟都没叫醒她。酣睡到早上七点半，她才忽然睁开眼睛。

窗帘紧紧地拉着，透不进一缕雪光，只有床头那盏灯让昏黄温暖的光充满整个房间。

苏子滢怔怔地看着天花板几秒，像是在思考人生。

思考人生为何如此沉重！

一只沉甸甸的胳膊横压在她的肚子上，还有一条长长的腿横搭在她的腿上。

许久，苏子滢小心翼翼地转过头，看到旁边熟睡的俊美的学弟，内心崩溃。

接着一连串的疑问：她昨晚没反锁门吗？晚上睡得这么死，是不是被下药了？是不是学弟累晕了头，走错了房？

不，她衣服整齐，学弟也穿得齐齐整整，两人还隔着一层被子。

人家是隔着被子搂着她，睡得很香甜，而且那张精致高贵的脸，满是平静的美好，抓不到一丝耍流氓的痕迹。

苏子滢第一次这么近距离地打量他，那皮肤真是细腻无瑕，三庭五眼无可挑剔，高眉骨，高鼻梁。

可长得再好看，也不能睡她床上啊！

苏子滢盯着那张英俊的脸思考片刻，轻手轻脚地往床边挪，一点点把自己从他的手脚中解救出来。

她动作已经很轻柔了，可刚把他的胳膊抬起来，正要侧身翻下床，忽然身上一沉，那条胳膊又压下来，人也跟过来，把她当成抱枕，紧紧拽了回去。

苏子滢僵住了，她从没有遇到过这样的事情，所以脑中一时找不到过往的经验，只能凭借临时的决策。

几秒钟后，她果断地大幅度挣脱他的胳膊和腿，跳下床沉声说道："你睡错房间了。"

叶峻成被她吵得咕哝了一声，费力地睁开眼睛，瞥了眼枕边没人了，又闭上眼睛，伸手拉过枕头，直接挡在脸上继续睡。

"喂……"苏子滢见他根本不理自己，忍了忍，先抱着自己的衣服拿了手机走了出去。

等他睡醒了再说，苏子滢还有其他事要做。

学习计划不能被打乱，另外，还得继续找超薄镜头。

不会被小插曲打乱整个计划，苏子滢在这一点上完全是理科生思维，她更喜欢有秩序、高效率地做事。

当然，身为学霸，她最擅长的也是合理高效地统筹安排时间，把不重要的东西往后挪，先解决重要的问题。

叶峻成是她早上时间安排里本不该出现的人，也是最不重要的人，他们之间没有发生实质性关系。

苏子滢在主卧卫生间洗漱，换回自己的衣服，一打开手机，上面弹出一连串信息。

她工作时总是将手机设置为静音和免打扰状态，只有家人的电话除外。

妈妈的手术还算成功，下周就能出院了，后续只要持续用药和好好调养身体，应该能坚持到她事业有成的那天。

手术当天，苏子滢只回去陪了一晚上，家人也知道她忙于学业和打

第三章 第一场雪

工，不许她浪费时间在医院里。

手机的信息大多是林涵昨天建的唱歌群里发的，全是大家一起唱歌为林涵庆生的视频和照片。苏子滢翻了几张照片，忽然看到一个眼熟的面孔。

她放大看，没错，是白宁羽。

那个在她后背画鬼面的、中阳美术学院风头无二的师兄，他也长着一张艺术家的脸，但更显沧桑忧郁，年纪轻轻却故意留着胡子，一头鬈曲的半长发被扎到脑后，五官俊朗，有些混血儿的气质。

林涵和他认识，看上去还很熟的样子。

不过想想那天是林涵介绍她去做人体绘画模特，而白宁羽当时也去了，也许也是林涵这个到处混圈子的家伙介绍的。

苏子滢看了两眼，在那个活跃到半夜三点的群里发了条祝林涵生日快乐的信息后便坐在主卧的书桌前开始用手机查资料。

很快，酒店自备的几张信纸写满了密密麻麻的字，除了娟秀的字迹，还有各种草图。

也不知过了多久，门铃声响起——是叶峻成昨晚定的送餐服务。

九点半，早饭准时送了过来，叶峻成还没起床。

苏子滢看到是两人份的，想先吃了，又觉得太不礼貌。

虽然那小子深更半夜爬错了床很没礼貌，可她是个有节操的人，不能跟他一般见识。

"叶同学？"苏子滢怕早餐冷了，走到次卧门口，敲了敲门，"早餐送过来了，要吃吗？"

门后传来一声闷响，苏子滢猜想是枕头砸到门上的声音。看来小少爷起床气挺大，作息时间和她不一样。

苏子滢不再喊他，刚转身，门在身后拉开了。

叶峻成一副没睡好的阴沉表情，他穿着睡衣走了出来，声音冷硬："你为什么起这么早？"

苏子滢表情郁闷，心里吐槽着，什么意思？怪我起得早，没给你当抱枕？

"我一个人在外面睡不着，得有人陪着。"叶峻成烦躁地揉了揉睡乱的头发，语气虽然骄纵，可也坦荡得让人讨厌不起来。

见苏子滢一脸不知道该怎么接话的无语表情，叶峻成又说道："不是免费让你陪，给你加钱，你要多少？"

苏子滢见他还一脸怨怼不满，又好气又好笑："叶同学，这不是加钱的问题吧？你这算是入室抢劫。"

"抢什么了？"叶峻成微微皱眉，也不刷牙洗脸，直接走到客厅的手推车前，揭开盖子，拿起一杯牛奶咕咚咕咚喝下去。

"抢我的床啊！"苏子滢对着这么一张干净贵气的脸，没法真的苛责，只能包容地想想他的好处。

毕竟没发生什么过分的事，而且她参加过不少很辛苦的工作，有时候累极了，男男女女瘫在地板上互相靠着就睡着了，借他靠一靠没什么大不了的。

"我只是借用了半张床。"叶峻成放下牛奶杯，起床气稍微被温热的牛奶抚慰。

他毫不在意世俗目光，在男女这种事上似乎没有多余的想法。

他甚至觉得自己不嫌弃她这个"床伴"已经是给了莫大的面子，把她当成了至亲好友。

可她要钱！

太庸俗了。

"但你不能向女同学借用她的床，还是在不打招呼的前提下。"苏子滢对他无礼的举止不介意，也是因为这段时间接触之后多少有些了解他的性格。

虽然脾气古怪，但内心纯真得像孩子，所以从他的画上也能感受到这种没有被俗世浸染的纯净。

"我打过招呼，你点头了，你睡迷糊不记得了？"叶峻成拿着手机，给她转了两千块，用钱维系的关系很有距离感。

第三章 第一场雪

"不可能。"苏子滢不相信,她睡眠不是雷打不醒的那种,如果有陌生人进房间,还是能察觉的。

"幸好我留了证据。"叶峻成发了一段视频过去,昨晚他是拿着摄像机进去的,刚好没关,录下了两个人对话的场景。

苏子滢看着转账下的视频,又看了眼上面的转账金额,两千块。妈妈手术后,用印度进口药替代欧美的原版药,这种药一板十二片,美国原厂进口的两千三一片,印度的只要四百二。

如今将近五片药的钱就在眼前,苏子滢想点收款,最终忍住了,很有节操地退出了聊天界面。

应该是她昨晚泡温泉太舒服了,睡眠沉,或者是他没有威胁,所以她没有警惕心。

恰在这时,林涵打过来语音通话。

"你去哪了啊?昨晚一直没给我回信息?不看手机的?你还记不记得老子生日?有没有把我放心上?我对你来说就是个中间人吗?"苏子滢一接通,就听林涵那边噼里啪啦地连环质问。

"我在工作……手机没电了。"苏子滢一边轻声解释,一边往院子走去。

她知道叶峻成爱清静,所以她在平时工作时间都是免打扰模式,尽量在他面前当一个塑料模特。

叶峻成看着她没穿外套就走出去聊天,外面虽然没下雪了,可天寒地冻,气温比昨天还低,他不由得皱了皱眉头。

等苏子滢再进来时,发现叶峻成已经梳洗换衣,回到了主卧,站在书桌边拈着一张纸正翻来覆去地看。

她立刻一个箭步冲过去,把他手里的纸张抢了过来。

"我刚记了点东西……"苏子滢边说边收拾桌上其他的纸,生怕他看到了上面的内容。

可叶峻成显然都看完了,他冷淡地看着她收拾那些草图,语气讥讽地开口:"还没放弃?你以为工业设计这么简单吗?只要画个图就能拿到一百万的奖金？那这钱也太好挣了！"

"……你都看到了？"苏子滢忽然听到他嘲讽的语气，有些无奈地笑了笑，不多解释。

工业设计是完整的设计方案，不仅需要有可实现性，而且要考虑外观的美观、性价比等等因素。

"首先，你要对手机行业非常熟悉，才能知道到底该怎么完成设计，你了解这一行吗？！"嘴上这么说，但叶峻成看完草图，内心还是有点惊讶的——她很专业。

这个脑子里只有钱的学姐不愧是学神，居然对手机这一行研究颇深，看来平时没少找资料。

而且不止于理论层面的了解，她是有一定实践经验的。

"你了解工业设计吗？"苏子滢微微一笑，反问。

"工业在前，设计在后。首先要有工业基础，然后才有设计感的凸显。"叶峻成虽然不是工业设计专业的，但他也算博览群书，学过设计，底子在那里了。

"过去的几年，国内的手机工业设计不但落后于欧美，甚至落后于韩国，我觉得并不是因为国内缺乏具备时尚审美的设计师，而是因为在手机工业理念上落后，所以需要奋起直追。"苏子滢看着自己画的草图，神态温柔，"我知道拿到奖金并不容易，可能就如你说的，早就内定了，可是……我想让大家看到我们新一代的工业理念。"

她说话的语气很平静，温温柔柔的样子，可眼里闪着的光，却展露出那份昂扬的斗志和坚定的信念。

叶峻成被那道光吸引住，恨不得立刻画下来。

可他忍住了，有些灵感转瞬即逝，而有的冲动，再酝酿一下，才能变成更美妙醇香的酒。

"的确，有许多手机厂商是直接高价购买国外的设计方案，然后自己拼装，才能有竞争的机会。"叶峻成语气里的讥讽似乎少了几分，"不过这几年随着智能手机的崛起，国产手机公司弯道超车，能够抢回不少市场占有率，在设计上也有了更新的追求，这才会有这一次百万大奖征集设计的比赛。"

苏子滢以为叶峻成只对画画有兴趣，没想到他居然对手机行业也很了解，有点惊讶，忍不住多嘴问道："叶同学也会去了解电子行业啊，没想到你还懂市场。太好了，正好我有些专业问题不太明白，可以请教一下吗？"

叶峻成了解手机市场，主要是因为他妈是做这一行的！

就算捂着耳朵躲在画室里画画，也总能听到她聊起工作上的事。

"我只是想告诉你，不要白白浪费时间，你这样的在校生根本没有获胜的可能。"叶峻成想打消苏子滢的盼头。

尤其看她做了这么多功课，下了不少功夫，到时候拿不到奖，估计眼里这点光就被打击得没了。

"但也有概率获胜，不是吗？"苏子滢认定的事，不会轻易放弃。

"你画的设计图确实有一些专业度，但这不能代表你就能命中那百万分之一的渺茫概率。"叶峻成很少过问别人的人生，劝别人放弃这种事也不是他擅长的。可他看到那些苏子滢辛辛苦苦找的资料，画的设计图，就没来由地心堵，觉得她这么认真地准备，不应该接受失败的结局。

"你知道里面的结构设计每天都在改变吗？可能昨天流行的，今天就被淘汰。你查的资料每天都在更新……"

"我知道，可还是要试试。"苏子滢不太明白他为什么对自己参赛的事这么介意。

叶峻成不是爱多管闲事的人，平时和她说话也都极为简洁，唯独在手机设计上和她长篇大论地说过两次。

很反常。

"你不要以为曾经在生产线打过工，组装了两个月的手机，了解现在手机的基本构造，就可以做设计！"叶峻成说完这句话，忽然停了嘴。

这暴露了他打探过她信息的事。

当然，暑假临时工还不足以画出这样的设计图，她在其他地方也下了不少功夫。

所以他才觉得惊讶和可惜。

苏子滢眼里闪过一丝诧异,他调查过自己。

不过她很有涵养,没有直接反问让他难堪,而是坦荡地点头:"确实,组装过手机并不代表能完成设计,人家工业设计师很多年不断分析手机元件和图纸,反复揣摩,最后才能形成方案。我只组装了一款手机,了解的也是一点基本情况,所以还是要多学习。叶同学似乎对这一行特别了解,能不能指导一下?"

叶峻成看到她态度真诚地再次求教,原本想讥讽打击的话语竟有些说不出口了。

"我并不了解,只是觉得……你在浪费时间。"叶峻成深吸了口气,看着她期待的眼神,话锋一转,"你为什么会选择去电子厂打工?这么缺钱,为什么不去做其他工作?"

苏子滢是个有主见的人,而且从成绩和性格上也能判断出智商不差,可这么个学神,为什么去电子厂?

那里劳动强度大,收入又低,她一个艺术学院的高材生,就算是打工女王,也有更好的"就业"选择吧?

以这脸蛋和气质,当个平面模特也不难。

或者以她的专业和学习水平,做设计、做家教也可以啊。

"因为稳定,而且收入算下来不低。"苏子滢当然都考虑过,那时候没有合适的临时工,家教上遇到过几位苛刻的家长,还受到骚扰,不胜其烦。

并且家教也没法每天排得满满的,每天上下班在路上还会浪费时间,很不划算。

至于不知人间疾苦的少爷能想到的那些光鲜亮丽的兼职,像苏子滢这样的新人根本没有机会,模特公司大把盘正条顺、年轻貌美的女孩,自己几个月能等到一次机会?她哪有时间去投入成本给自己宣传?

做设计也讲究资历,她挂靠在别人公司下,只能领个普通实习生的工资，还经常会被别人拿走设计图。相比之下，踏踏实实做苦力，反而做多少回报多少，最为公平。

"不低？一天十个小时站在生产线上不能动，枯燥乏味，比模特累多了。"叶峻成不理解普通人为钱奔波的痛苦，只觉得外表这么娇贵的女孩做那些粗活累活，很不可思议。

他想探究自己模特的内心世界，想从她的眼睛看到她的心。

"没有选择的时候，别说做女工，就是扫马路扛水泥，只要能赚到钱，工作不分什么高低贵贱，都可以做。"苏子滢显然不想多说过去，微微一笑，又把话题扯回工业设计，"你居然知道生产线的运行细节，看来真的很熟悉手机。"

一个不接地气只搞艺术的阔少，怎么会知道生产线是什么样的？

平时他的话不多，只有在画画和手机上如数家珍，苏子滢大胆猜测，学弟家里或者亲戚有做这一行的。

"我只是不喜欢我的模特花太多时间在其他事情上，工作时候你状态不好很影响我发挥。"叶峻成也不愿就手机的事情多说，带着淡淡的指责，"请你有点职业道德。"

"我能问最后一个问题吗？"苏子滢不死心地继续请教，"叶同学知不知道现在市面上最薄的摄像头是哪家公司出的？规格型号是什么？我的极致薄设计，瓶颈就在后置光学摄像头上！"

现在的电池、主板已经不是瓶颈，制约手机厚度的因素反而是一个不起眼的摄像头。

"你想知道？"叶峻成见她一脸好学的表情，竟有点不忍心拒绝，可又觉得帮她毫无意义。

"想。"苏子滢满脸期待地点头，只要有一丝希望，她就不会放弃。

张恒远帮她找过摄像头，但没有达到她的设计要求，可就像叶峻成说的，科技日新月异，电子产品每一天都在更新迭代，说不准已经出现了她想要的摄像头，只是尚未对外公布。

"那得先付钱。"叶峻成学着她的口吻，淡淡地说道。

"叶同学又不缺钱，可以提点除了钱之外的要求嘛。"苏子滢眨了眨水亮的眼眸，笑着说道。

"除了钱之外的要求？"叶峻成眼神闪了闪，意味深长地看了她一眼，"你真是为了钱，什么都愿意做？"

"那倒不至于，我是有底线的，只是可以为了钱把底线降低。"苏子滢大大方方地回答。

"降到多低？"叶峻成忽然绕过桌子，走到她面前，伸手撩起她脸颊边的一缕头发，掠过她柔嫩的面颊，别到耳后。

他的表情平静，没一丝欲望和暧昧，动作也干干净净，不带任何暗示，可苏子滢却蓦然脸红了。

她的心理素质一向很好，即使当人体彩绘模特，被一群人当街围观也不会慌乱。

可叶峻成在非工作时间触碰她，离得这么近，房间内又如此安静，静到都听到了彼此的心跳声，这让她不由得紧张起来。

"你可以提其他要求试试我的底线。"苏子滢深呼吸，很快调整好内心的波动，反而迎上他的目光，毫不回避地冲他淡淡一笑。

这倒让叶峻成微微一愣，忽然有些狼狈地后退半步，仿佛她是洪水猛兽，主动和她拉开距离。

"不要客气。只管提，我能做到的绝不会拒绝。"苏子滢以进为退，往前走了一步。她知道叶峻成不会提出非分的要求。

学弟虽然脾气怪，但内心纯洁，是那种毫无杂念搞艺术的人。

"你……"果然叶峻成见她一脸期待地等着自己提要求，又后退半步，似乎无法接受她为了钱"恬不知耻"的态度。

"叶学弟，你别走啊，有什么要求尽管说。"

苏子滢当然是故意逗他的，相处这么久，总有点熟人的感觉，气氛好的状态下，就放开了，像年轻朋友那样玩闹。

可叶峻成显然不适应这种"凡人"普通的友情关系，他是个从小就在艺术殿堂里长大的孩子，陪伴他的是梵高、毕加索、达·芬奇、莫奈……

还有那些名画里的女人，蒙娜丽莎、冬娜·薇拉塔、吉普赛女郎、维纳斯、爱神、圣母……

但没有哪个是活色生香真实出现在他面前的。

那些画里的人们不会娇俏戏谑地逗弄他，尽管他也在青春期对法国名画《土耳其浴女》有过幻想，可不像现在，面对自己模特忽闪的美丽眼睛、可爱的细微的表情、微微上扬的丰润的嘴唇，真切得让他有些慌乱，一时不知该怎么应对从未有过的入侵。

"叶同学，和你开玩笑呢。我真的想知道摄像头的事，你能告诉我吗？"苏子滢见他仓皇地往门外走，笑得更灿烂，果然学弟纯洁得经不起任何戏弄。

这种无措惊慌和平时的高冷反差感太强，倒是挺可爱的。

"谁愿意和你开玩笑？"叶峻成忽然停下脚步，有些气急败坏地转过身，正见她脸上笑容分外灿烂，不觉有些目眩神迷。

她很少开怀大笑，许多时候都是保持距离地礼貌微笑，如今这一笑，像烈日冲散了凛冬的严寒，屋内温度本来就高，此刻更高得让叶峻成口干舌燥。让他想到了意大利的名画《春》和《维纳斯的诞生》。

那种浓厚的理想和神秘色彩，那和谐的肉体之爱与精神之爱，让他的内心忽然百花齐放、万木争荣，像爱神走过。

"抱歉，我……"苏子滢见他真的不高兴了，敛住了笑容，反思自己刚才是不是有点越界。

小少爷高高在上，是雇主，不可能和她成为普通师姐弟或者朋友，她刚才不该逗他。

可看到他当时那个吃惊的表情……

只是苏子滢的话还没说完，就见叶峻成像是被踩了尾巴的小狼崽，气势汹汹地走到她面前。

然后以迅雷不及掩耳之势，低头咬住她的嘴唇。

苏子滢愣住，随后反应过来，想往后避让，不料身后是大床，她就猛然跌坐在床上。

而叶峻成没有跟上来欺负她，只咬了那么一秒半秒就松开了，舔了舔嘴角，冷眼看着她笑容凝固地坐在床上，才说道："你说的，提什么要求都可以。这只是预付。"

"我开玩笑的！"苏子滢摸了摸刺痛的唇，柔嫩的嘴唇被他咬出了血，学弟下口太狠。

也可能真的生气了。

"别跟我开玩笑。"叶峻成见她嘴唇的血丝，眼里闪过不一样的神采，但很快克制了内心的冲动，深深吸了口气，"我不喜欢。"

"……对不起。"苏子滢心里一凛，她高估了两人的关系。

现在好了，她被咬了，还得主动道歉。苏子滢心里狠狠抽自己几鞭子，警诫自己以后不要逾矩冒犯到他。

叶峻成狠狠盯了她几秒，眼神像是要把她吃掉一样："别装这么可怜的样子，你不适合。"

真正的美，是一种威慑，甚至是一种侵略，一种不合群，永远不会融入平庸的时空里，带着攻击和拒绝，不会为了让人接纳而自跌身价。

苏子滢身上的气质和五官无疑是美的，她身上拥有美的资本，可她偏偏总是忍让，努力让自己变得平凡普通。

美怎么可以去刻意讨好？

叶峻成希望自己的模特有一天能露出真正的样子，有资本冷傲地拒绝平庸的生活，不用刻意保持礼貌的笑容，更不用迎合每一个人。她就该让所有人知道，这样凛冽的美色不是每个人都可以去尝试碰触，他们该自惭形秽，不配动任何亲近的心思，只敢站在远处观望。

当然，他无法说出这样的话，他不是学姐的人生导师，他们之间只是庸俗的金钱雇佣关系。

"既然是预付，那是不是该给我点信息？"苏子滢低下头揉了揉嘴唇，几秒钟后，心理建设完成，微笑地问道。

她不是装可怜，只是被咬疼了，加上习惯了克制，无论遇到什么不公平的事，都会忍让和以礼相待。

但学弟绝对不了解她真正的样子,她是一路从泥潭中爬到岸上的人,心理素质比他这种没受过挫折的公子哥强太多了。

看得出学弟真动了气,所以才做这么幼稚的事。她不争辩,既然被占了便宜,就要得到该得到的东西。

"你……就没别的想法?为了达到目的什么都做得出来?"叶峻成没想到她是这样的人,竟能在被人欺负之后不慌不忙地说出这种话来。

"什么别的想法?"苏子滢站起身,舔了舔受伤的嘴唇,看着学弟一阵青一阵白的脸,笑道,"这是我可以接受的预付,现在换你兑现诺言。"

"你等着。"叶峻成抿了抿唇,看着她渗出血迹的嘴唇,内心又一阵气血翻涌,有对她态度的愤怒,也有奇异的回味。

刚才相碰时的柔软,就像春天撞到绽放的花瓣,忽地一下从上面滑走了。

那一瞬间太快,却像是三万伏电流,让他的肉身灵魂都化作尘埃。

又像是从艺术殿堂的云端忽然被人拽下,跌入万丈深渊,摔得支离破碎、魂飞魄散。

才知道人间的模样。

肮脏、泥泞,可泥土里又藏着生机,那是他从未接触过的力量——延续子嗣的本能。

简单来说,就是原始的繁衍冲动。

叶峻成狼狈地逃出房间。

他从未遇到过这么难以控制的情绪,也遇到了美的另一面——诱惑。

他不该给美下那么单纯的定义,美不只是拥有强大的侵略性,还有一种美是妖艳诡谲的,让人既不敢正视,又心生邪念想要独占。

叶峻成站在大雪覆盖的小院打了个语音电话。

寒冷没有浇灭他心里燃起的火苗,但让他冷静了很多。

他并不想帮苏子滢完成不可能完成的设计,但既然她那么坚持,那只能让她努力之后感受失败的痛苦。

一通语音结束后,叶峻成再次对苏子滢改观。

他回到屋里,看到苏子滢跪坐在客厅的茶几地毯上,手机放在旁边查资料,还在纸上写写画画。

"你从哪里找的这些资料?"叶峻成走到她身后,看了几秒,才问道。

原本以为她都是网上找的资料,可和专业领域的前辈聊后才发现苏子滢手上的一些资料是网上找不到的,只有内部的资深人士才可能弄到这些东西。

"到处搜集的。"苏子滢转头看了他一眼,露出甜甜的笑容,"怎么了?"

"已经有人在帮你找资料,何必再求我?"叶峻成又说道,不去看她的脸。

"可是我没有找到想要的镜头,所以才请你帮忙。"苏子滢没有否认,但也不愿多说张恒远的事。

张恒远以前就是恩师,经常照顾她,现在又免费给她那么多资料,情深义重,在她心里和叶峻成不是一个量级的人。

所以没必要在不是好友的人面前提太多自己的良师益友。

"现在手机摄像功能的完善已经严重打击了数码相机,几乎摧毁了这个产业,其中小型高清摄像头技术的积累与发展是一个重要的因素。"苏子滢见他不说话地盯着自己,收好纸和笔,认真地说道,"从智能机时代开始,光学摄像头的像素越来越高,体积却越来越小,这也保证了手机的厚度不至于超标,但是想要设计出极致薄的产品,依然得在要求的范围内寻找最薄的摄像头。"

见她又说起手机,却不愿意提那个人的名字,叶峻成心里有些不是滋味,感觉到自己根本就没有走进她的世界里。

他不知道她的世界里出现过什么人,不知道她看过怎样的风景,也不知道怎么才能画出她身上的故事。

"现在手机的外形已经成了定局,相当相似。想要在同类型的竞争中凸显自己,更需要在细节上下功夫。"叶峻成尽量平复心情,"设计要放飞自我，但重要的还是得回归产品本身。"

他恃才傲物，但看过苏子滢的草图之后，很佩服，学姐是个将细节考虑得非常周详的人，有无数有趣的末端设计，素材充足，可以看出她已经完全投入在这项设计工作里面。

"这一款手机是新一代的旗舰机，性能卓越，是与竞品对标的最高级产品。也意味着至少在设计上可以暂时不考虑成本，只考虑实现的难度……"叶峻成说到这里，被苏子滢打断。

"不行，有成本控制，大赛要求上写着。"

苏子滢忘了这个大少爷是没有金钱概念的，也没有遵循游戏规则的自觉。

"为什么一定要按照它的标准来？设计本身就是无价之宝，你要展现自己的才华，就不该受到规则的限定。"叶峻成如果做设计，当然不计成本，所以他讨厌那些条条框框，觉得这会扼杀选手的才华。

"叶同学，这世界上绝大多数人都是戴着镣铐的，无法像你这样自由。"苏子滢苦笑，轻声提醒他，"我倒是觉得，不管是谁，能用有限的资源完美地呈现一部作品，更能展现他的才华。"

叶峻成听到这句话，眼里闪过一丝复杂的沉思。

他就是厌恶规定，从小就想打破世俗的限制，所以放弃了最权威最专业的美院，来到这所综合艺术学院。

尽管这所大学实力雄厚，尤其设计系出过好多世界闻名的大人物，可是对美术生来说，能进入中阳美院找到自己的导师，有师承、有系别，一步步拿奖，慢慢走向国际，才是"绝大多数人"最想要的选择。

叶峻成想打破这样的学院制度，拒绝了大家争破头想进入的中阳美院，也没有去国外艺术学院深造，而是选择了这里。

他没想到，掉进钱眼里的俗气师姐早就看透了这一切，相比他内心的激愤，她真是世事洞明的过来人了。

所以，睡她床上也好，咬她也好，她能不动怒也不动心。

倒显得他像个不成熟的小孩子。

"我看了你的设计图，特点是轻薄。"叶峻成发现自己又盯着她微肿的嘴唇，急忙收回心神，"但是你知道，这是所有设计师都能想到的选择。同样的性能，更轻薄的产品当然更能得到消费者的青睐。所以，就算找到摄像头，你能确保可以胜出？"

"所以，绝知此事要躬行。"苏子滢温柔的语气里藏着执着。

她查阅资料，确定了使用的芯片、主板和其他材料，计算长宽高，并留出空间冗余，这种富有新鲜感的设计过程，也是一种享受。

结果很重要，过程也是一种收获。过程是总结经验教训和通往成功的重要途径。

"你的设计是想要让手机机身厚度控制在三毫米以内，目前市面上能找到的摄像头，最薄也在二点三毫米，考虑到必须留的光学谐振腔，机身想做到这个厚度很难。"

"不，我想把机身厚度控制在二点五毫米以内。"苏子滢纠正叶峻成的话，晃了晃手里的图纸，很期待地说道，"我知道今年摄像头的技术发展很快，一定有厂家能提供更薄的产品。这是一周前的数据，可能已经滞后了，我需要实时获得最新技术产品数据。"

"我让人帮你找，但是你最好做好心理准备。"叶峻成顿了顿，又瞥了眼她花瓣般的嘴唇，喉结动了动，"等我拿到了资料，你也得结清尾款。"

"尾款？刚才的那种？"苏子滢摸了摸嘴唇，见叶峻成忽然有些羞赧地扭头。

"谁要那种？我要你给我灵感。"叶峻成说得有点言不由衷。

太羞耻了，他没法当面承认自己想要缪斯女神一个吻。

"让我拿这一次国内画展比赛的金奖。"叶峻成补充。

"你想画什么？"苏子滢眼里闪过一丝诧异，她一直以为这少爷自视清高，看不上国内的这些奖项，没想到他居然也打算参加这类比赛。

还这么俗气地想拿金奖。

原来他们内心是一样的，都只想拿到"第一"。

难怪他这几天画画似乎有些焦躁,还带她出门写生,可能是找不到灵感了。

"还没想好,应该是现代画。"叶峻成早就打定主意,要将老一套的绘画体系冲击得体无完肤。

但这不只需要勇气,更需要无可挑剔的才华。

"美术的功底我是有一点的,但相比你们专业人士,我还是门外汉,不知道你想从哪个点着手……"苏子滢有些不好意思地说道,"要不你给我点时间,我恶补一下现代绘画?你准备画哪个派别?"

尽管苏子滢对现代绘画没有研究过,但好歹博览群书,也知道绘画史。

"你不用知道,今天陪我出去走走,找找灵感就行。"叶峻成看了她一眼,淡淡地说道。

屋外雪霁云收,露出一缕阳光,白雪映衬得天地分外明亮,适合踏雪寻梅。

叶峻成没有带画架,而是换上冲锋服,也给苏子滢扔了一套,车后的五个大皮包里衣服准备得很充足。

当然,这边的雪山是没有危险系数的,全是铺好的栈道,只是游客不多,下雪后有些小路没人踩过,别有一番静寂之美。

"寒假你要做什么?"叶峻成突然问道。

他对自己的创作要求越来越高,就没法像以前那样把她当成个塑料模特,只从她的外表和神态中汲取灵感。

需要了解更多,需要灵魂碰撞,才会有激情。

"不是给你当模特吗?剩下的时间我做好了学习计划……"

"和其他打工计划?"叶峻成接口说道。

"可能接点兼职工作,帮朋友做做服装设计。"苏子滢笑着说道。

"我要去冰岛。"叶峻成看着她,直接说道,"你跟我一起去。"

苏子滢愣了愣,随后笑道:"你雇我?"

"我要画画,你必须得做我的模特。"

"那得加钱。"

"你能别动不动就提钱吗?知不知道你一说钱,我就毫无创作欲望,甚至觉得恶心?"叶峻成皱着眉头,不高兴地说道。

"我可以不提,但叶同学你要提啊。"苏子滢反而咯咯地笑了起来,觉得他很可爱,又忍不住逗他,"以后把这个机会让给你,我只负责对价格点头和摇头,你看行吗?"

"……别跟我开玩笑,我不喜欢。"叶峻成板着脸,觉得自己被她调戏了。

可他又忍不住看着她的笑脸,在白雪皑皑的背景下,比春风温柔,比春花灿烂,比春光明媚。

那一瞬间,他忽然看到了自己想要的东西。

是的,他要画的,就是这样表面温柔但内心坚忍强大的少女。

一个少女。

但绝不是以少女的模样出现,而是她幻化的样子。

第四章　公牛少女

苏子滢周一去上课时，迟到大王林涵居然早早在教室门口等她。

林涵穿着时尚潮牌，戴着棒球帽，站门口跟个明星似的，见苏子滢走过来就一把将她扯到最后排。

"林涵，这么多人看着，放手。"苏子滢平时在公共场合避免和太过耀眼的林同学有过多接触，免得也成为焦点人物。

"我昨天给你发那么多信息，为什么不回？"林涵怒气冲冲地把她按到后排座椅上。

"我在工作……"

"你什么时候换的工作？云端咖啡为什么不做了？"林涵昨天晚上去云端咖啡厅找她，才知道她几周前辞职了。

林涵很生气，她不管遇到什么事，从不主动和自己说。

这段时间，他明显感觉到她家里有事，很缺钱，可却辞掉了云端咖啡厅的工作，而且周末总是找不到人影，也不回信息，偶尔还穿几件昂贵品牌的衣服。难道……像传言的那样，她真的被包养了？

如果颜值身材可以明码标价，她明显能拿到高价，加上聪明的头脑和优秀的基因，或许可以一劳永逸。

"我知道你关心我，但也不用这么凶，人家都看你呢。"苏子滢温柔地轻声提醒，她不喜欢大家投来的疑惑目光。

尤其女生们，仿佛才发现他俩关系很好，眼神里面充满了好奇和羡慕。

"你现在在哪工作？"林涵生日那天晚上没找着她就气了一夜，他关系网很广，托朋友查了一圈，竟然没人能找到苏子滢。

什么工作能这么神秘？

昨天他又找了一天，听到了一些流言蜚语，苏子滢被什么富豪包养了，晚上极少回宿舍之类的。

林涵当时就气炸了，冲着八卦来源发了一通火。他断然不信苏子滢是这种人，她要是想走捷径，不会等到现在才去找有钱人。

"我的工作对你来说很重要吗？"苏子滢不想说叶峻成的事，他俩本就签了保密协议，而且林涵对叶同学之前就颇有微词。

苏子滢是很敏感的人，一旦察觉到不对，能避免的麻烦会尽量避免。

"你知不知道……"林涵恼火地将声音提高，但看到周围同学竖起耳朵的模样，又狠狠压住了后面的话，把她往后门扯，"出来说。"

"马上要上课了。"苏子滢提醒他。

"上课重要还是我重要？"林涵气恼地反问。

她这种学神还需要听课吗？

"当然都很重要。"苏子滢被拽出去时，飞快地分析着这两天发生了什么事让林涵这么生气。

"那为什么不陪我过生日？你给哪个私人做事需要这么保密？到底做的是什么工作？"林涵把她拉到楼道，一连串地反问。

"我是私人画室的模特，工作期间不能随便请假。"

"你真是私人模特？模特工资才几个钱？子滢，你是不是有什么事瞒着我？你要是有困难就跟我说，我想办法帮你解决。"林涵打断她的话，生气地盯着她的眼睛，"你知不知道大家都在说你什么？"

"我不在意别人说什么。"苏子滢从来不为别人的目光活着，她只为自己和家人生活，"林涵，我知道你关心我。确实，我换工作没和你说，是因为我觉得这是自己生活上的决定，也是一些琐碎的小事，没必要惊扰朋友。"

"不只是琐碎的小事，你什么事都不愿和朋友分享，你根本就没有拿我当朋友！"林涵按着她的肩膀，眼睛都气红了，"你以为朋友是什么？不能了解你的生活圈，不能进入你的世界，像个局外人、工具人？不敢浪费对方一点时间和精力，不愿占用他半分感情，甚至平时在公共场所都要保持距离，这算哪门子朋友？"

"你今天怎么了？心情不好？"苏子滢见他双目通红，一通乱发脾气，完全不像以前那样嬉皮笑脸阳光开朗，怀疑他周末又失恋了。

"你就是个没心的人。"林涵见她依然平静地看着自己，手指收紧，狠狠地捏着她的肩胛骨，直到看到她眉头微微一皱，才猛然松开，愤怒地转身离开。

"林涵，你不上课了？"苏子滢见他往教学楼大门走，在后面喊道。

"上他×的课！"林涵爆了一句粗口，越走越快。

苏子滢伸手揉了揉被他抓疼的肩膀，默默思考了两秒，还是决定去追他。

不管是失恋了还是情绪不好发神经，就像他说的那样，朋友存在的意义是共同承担某种情感，尤其是痛苦的情感。

其实在她心里，朋友本质上也是外人，没有特殊的存在意义。

就像叶峻成，他似乎就没有朋友，绝大多数时候都一个人画画。

当一个人内心足够强大，可以独立自由地生活，不用依靠别人来获取快乐，也不用借助别人去消除痛苦，就可以自己做任何事，根本不需要朋友。

叶峻成和朋友众多的林涵相反，他极少呼朋唤友。他显得不合群，厌恶热闹，更像是无法融入凡人圈子的仙人。

他身边最多有个喜欢跟着他的方楠。

方楠总会帮叶峻成占座，保护他不被暗恋的女生侵扰，还会在有早课的时候给他带好早餐，在门口等着他，两个人总是形影不离。

同学们经常议论他俩的关系，方楠也不解释，而叶峻成更是不屑和别人说话。

方楠这天早上又和叶峻成一起往教学楼走。在拐弯处，一个风风火火的身影跑了出来，没来得及刹住脚，撞到了他的肩膀。

"抱歉抱歉，没撞疼你吧？"非常温柔有磁性的声音传到方楠耳里。

"没事,你小心点。"方楠见对方穿着学校发的长款羽绒服,毫无个人风格,不在意地说道。

方楠身边的叶峻成的眼神似乎忧郁了几分。

女同学急着追人,再次低头说了声抱歉,往前跑去。

"穿得真保暖,我都忘了学校发的衣服放哪了。"方楠见叶峻成停下脚步转头看着那个女生的背影,也一起看过去,说道。

"咦,那个是林涵吧?"方楠也是篮球场和足球场常客,当然认识交友广泛、迷妹众多的林学长,看了几秒,摸了摸下巴,八卦着,"又是被他甩了的女生?难怪追得这么快。不过这衣品……林涵能看得上才怪。"

叶峻成没有说话,只盯着银杏树下的两人。

苏子滢已经追上了林涵,拦在他面前,喘着气:"先回去上课,你不是让我给你补课吗?这一天天地翘课,我就算是神仙也没法让你拿第二名啊。"

"我不稀罕,你管我呢?"林涵气呼呼地推开她,但见她追出来,心情已经好多了,推得很轻。

他很了解苏子滢,她虽然外表温柔,但不会主动讨好别人,能追出来哄他,已经算待他不错了。

"我当然要管。"苏子滢拽着他的衣袖,试图把他拽回教室,"我收了你的补课费,要是你成绩一点都没进步,那我不是诈骗吗?我还得给你退钱!你想都别想,赶紧给我回去上课。"

"你平时给我发的讲课笔记,我一点都没看,别指望我期末考试的分数提高了。"林涵见她哈着白色雾气,两句话不离钱,原本绷着的脸,差点没忍住笑,"担心退钱的话,你线下好好盯着,别没事玩失踪,给我补课就能线上糊弄了?"

"是是是,是我不对,高估了你的自觉性,以后晚自习后留教室复习两小时怎么样?"

苏子滢很冤枉,她这段时间将他这两年所有的试卷都研究了一遍,针对他的薄弱项做了笔记和计划,她失策的是这家伙太贪玩,不盯着根本不用心学。

"所以你追出来就是怕退钱？"林涵故意露出失望的表情，"你果然没把我当朋友，只是拿钱工作，我只是你的雇主。"

说完，他转身往回走，不想被她拦着。

"不是，我不是没心的人，我关心你。"苏子滢急了，在他身后扬起声音，高声说道。

她没注意到教学楼门口来来往往的人群中，有道身影快步走了进去。

林涵的脸上再也绷不住地露出了笑容，放慢了脚步，装作风太大没听清："你说什么？"

"行了，回教室去，顺风还听不清我的话？多大人了还这么情绪化。"苏子滢冲到他身边，见他眼里藏着笑，显然心情已经好了很多，她也松了口气。

"那你告诉我，你换了什么工作？是正经工作吗？还是你为了钱……"林涵趁机逼问。

"我是有底线的人。"苏子滢打断他的话，也有些好奇同学们怎么会传出自己的八卦。

她除了上课、泡图书馆，剩下的时间就是在打工，几乎和大家没有交集。

每天回宿舍就很晚了，室友们打游戏的看小说的追剧的，各自躲在帘子挡住的床铺上，跟她也没什么交流。

"我当然知道你有底线，不然你完全可以考虑追我嘛，我家也算家底丰厚，聘礼少不了。"林涵说到这里，顿了顿，看着她，"你既然没把我当成朋友，要不就考虑下其他关系？"

"我把你当朋友，你却想让我成为你前任之一？"苏子滢很敏锐地察觉到他的意思，果断拒绝，"别和我开这种玩笑，你是不是又失恋了？"

"子滢……苏苏，太聪明的女生是得不到爱情的，你都二十了，就不想谈恋爱吗？"林涵叹了口气。他确实是失恋了——就在刚刚，他的试探被无情地拒绝了。

"谈恋爱有学习好吗？"苏子滢很冷静地给他分析，"知识是一辈子都不会背叛你的东西，并且会让你变得越来越优秀，而恋爱却是个没有正确答案的考题，可能花了许多精力和时间去解答，最终还是零分，还占用了你攻克其他考题的时间。"

"姐，恋爱是为了快乐，你需要多巴胺和激情，你也需要释放身体的需求，难道你在某个深夜，不会觉得空虚寂寞冷？不想要男人的温暖怀抱？不会被欲望驱使……"

"人类是高等动物，拥有自我意志，不是动物。"苏子滢打断他的话，年轻男孩子的想法她无法苟同，"一天没女朋友不会死的，你可以集中精神学习，学习也会让你快乐，知识也会让你释放多巴胺。你跟我学一天试试。"

"如果不快乐呢？"林涵这种学渣看到书就头疼，才不信她的话。

"不快乐肯定是学习方法不对，换个方式继续学，学到快乐为止。"苏子滢领着他走到教室后门，上课铃正好响起。

"苏子滢，你真是个魔鬼。"林涵咕哝了一句。

"不是说朋友要走进对方的生活，互相帮助，互相支持吗？今天就让你走进我的生活，你可别半途而逃。"苏子滢露出温柔的笑容，说的话却让林涵有点头皮发麻。

她的世界，和一般人的世界不一样。

反正林涵被她揪着学到下午，就忍不住求饶了要去打球，约了下次去图书馆学习。

周一晚上她有兼职。周二一整天都有课，是完全的"学习日"，她会在下午课程结束后去图书馆充电。

这次她带着林涵去充电，开了张书单，让林涵去三楼找书，自己则去最经常坐的角落先占座。

没想到那里已经坐了一个少年。

穿着黑色的半高领毛衣，露出一点喉结，显得脖子修长，下颌线的弧度优雅迷人。

第四章　公牛少女

　　他正在低头看书，长长的睫毛掩盖住那双漆黑的眸子，浓眉从上往下看去，让人想到古代剑眉入鬓的美少年。

　　苏子滢顿时停下脚步，看了眼周围，想寻找其他空位。

　　可惜附近都坐满了女生，大家倒是不敢坐他身边的位置，可能这位仿佛从世界名画里走出来的贵族少爷气场太足，让人不敢接近。

　　苏子滢正想转身去其他地方，身后传来不急不缓的声音："学姐。"

　　图书馆本就安静，只有翻着书页和写字的沙沙声，这低沉的声音一响，除了戴着降噪耳机的同学，其他人都齐刷刷地看向叶峻成，再顺着他的眼神看向苏子滢。

　　苏子滢有些尴尬地对他点了点头，怕他再喊自己，快步走了过去，站在桌子边，用嘴型无声地打了个招呼："你也在？"

　　叶峻成没再说话，而是指了指身边的座位。

　　他坐的位置是四人桌，一直空着没人过来入座。

　　见苏子滢没动，叶峻成微微皱了皱眉，带着一丝不耐烦，用眼神再次示意她坐下。

　　苏子滢只好坐到他左边的空位，对他笑了笑，放下书包，拿出纸笔，准备做笔记。

　　叶峻成翻着书，眼神却落在她的脸上。

　　明天周三，是她去当模特的日子，可现在叶峻成就想画她。

　　苏子滢感觉到他的目光，抬起右手撑着太阳穴，挡住了自己的脸，低头翻着书，很不自在。

　　和叶峻成签的合同有保密协议，苏子滢也知道他是个不喜欢热闹和八卦的人，上次在餐厅遇到，被他无视的细节还记在心里，所以刚才看到他才会犹豫，想着避嫌。

　　没想到他主动喊了自己，还让坐在他身边，这就算了，现在直勾勾地看着自己是什么意思？

　　即使苏子滢不在意别人的眼神，此刻还是有被严重侵扰的不适，他肆意的眼神让她很难集中注意力看书。

苏子滢撑着脑袋，勉强看了几行，就见一堆书砸在自己手边，弄出了声响。

林涵将书扔在桌上，看着苏子滢，又看了眼她身边的学弟，脸上藏着些许不快地坐到她对面。

苏子滢翻出他要看的书推了过去，用口型无声地说："注意重点。"

林涵长腿一伸，左腿故意伸到叶峻成和苏子滢中间，才翻起书来。

叶峻成察觉到了，不动声色地收回眼神，拿着笔在草稿本上唰唰地写了几个字，推到苏子滢面前。

——你和对面的人在约会？

苏子滢看到上面那圆润浑厚遒劲有力的颜体，转头看了眼叶峻成，眼里写着"与君何干"的不解。

她这么转头看了眼，面前的本子已经被对面的林涵伸手拿了过去，龙飞凤舞地回了一个字——是。

然后本子被不客气地扔回叶峻成面前，林涵叼着笔，用略带挑衅的眼神看着叶峻成。

还故意在桌下踢了踢苏子滢的腿。

苏子滢皱起了眉，显然不喜欢他这么蛮横无理的做法，正想解释，叶峻成已经站起了身，像是嫌脏，本子也没拿，直接离桌走了。

林涵勾了勾唇角，又踢了踢苏子滢的小腿，用嘴型无声地问："他在这等你的？他要追你？"

"不是。你好好看书。"苏子滢用力踹了回去，用几不可闻的声音叮嘱他。

随后，她拿起叶峻成丢在桌上的笔记本追了出去。

可惜他走得太快，图书馆岔路又多，一个转弯就不见了人影。

苏子滢不好在安静的图书馆里高声喊人，追出了大门口才掏出手机，给叶峻成发了条信息：你的草稿本忘了拿。

随后又发了一条：我给你拿到门口了。

可是等了几分钟，人家也没有回。

第四章 公牛少女

苏子滢只觉得应该解释清楚林涵的恶作剧,现在寒风一吹,她冷静了很多,有些后悔地想撤回发给他的信息。

可是已经过了两分钟,撤不回来了。

"你跟他怎么回事?"

林涵的声音蓦然从身后传来,苏子滢立刻收起手机,转身看着他。

"你是怎么回事?给人乱说话?"

林涵见她不答反问,一脸无辜的表情:"我没有乱说话啊,难道不是你约我来图书馆看书学习的吗?倒是他凭什么问我俩的关系?他跟你很熟吗?"

"你别管熟不熟,反正抢人家本子写字,是你过分了。"苏子滢没法解释她跟叶峻成熟不熟,但她知道叶学弟是个很敏感细腻的人,还是自己的金主,她不能得罪。

"你为了一个就见过两次面的帅哥怪我?你是不是对人家有意思?"林涵半开玩笑着,小心翼翼地观察她的表情,生怕她说"是"。

"怎么可能?我和他根本不是一个世界的人,我只是……想把人家丢了的本子还给他。"

"你知道就好,别有什么妄想。"林涵听到这回答,松了口气,补充一句,"这学校里不知道多少女生打过他的主意,都失败了。他的家庭你应该还不知道吧?"

"我为什么要知道他的家庭?"

"反正,我都望尘莫及。你是我见过最聪明、也最有分寸的女生,他以后是要成为顶尖大人物的,咱不要拖人家后腿,也不要成为人家的临时猎物。总之,离他远点。"林涵难得语气认真地告诫她。

换成其他人,早就被这番话吊起了胃口,会想知道让林涵都望尘莫及的"顶尖人物"到底是什么身份,家庭条件到底有多好。

可苏子滢却没有这样的好奇,她有意克制着对无关人物的好奇心,不愿意浪费时间在没有意义的事情上。

况且,她也早知道叶峻成不是一般的人。

他的品位和画功，以及平时所透露出来的贵族气质和生活细节，苏子滢比大多数同学都清楚他是个被无数金钱培养起来的小少爷。

"行了，回去看书，你还是好好担心自己的期末考试。"苏子滢拿着草稿本拍了拍他的肩膀，率先走了回去。

她很后悔追出来，还给他发了两条没法撤回的信息。

叶峻成是个追求自由的人，不喜欢别人干涉他的自由。

他不喜欢被贸然打扰，不喜欢别人碰他的东西，也不允许任何人走进他的世界。

从某些方面来说，他是孤独的，不合群的，因为内心过于敏感，仿佛有一丝阴晴不定变幻莫测的神经质。

不过这世上伟大的艺术家大多都是孤独的，他们的内心藏着和别人不一样的斑斓世界。

就像林涵说的，她比谁都清楚自己和叶峻成之间的关系只是雇佣关系，叶峻成不过是偶尔心血来潮问她几句私事，甚至做了一些他所好奇或者情绪过激时控制不住的事。

——比如那天忽然咬了她一口。

苏子滢摸了摸嘴唇，竟然有些失眠。

她打开床头小灯，已经十二点了，室友们都是夜猫子，玩游戏的，追剧的，每个床帘后都发着幽暗的光。

苏子滢翻开了放在床头的那本草稿本。

与其说草稿本，更像小学生的绘画本，18k的纯白纸张，前面十来页画满了各种凌乱的脸和线条。

后面的脸越来越清晰，是她。

尽管有的很抽象，可苏子滢一眼就认出是自己。

每天都画一个人，不会审美疲劳吗？

苏子滢翻到最后一页，上面是他写的那行字。

她看了一会儿，合上本子关了灯，闭上眼睛合计：明天周三，她下午没课，五点要去他的画室，到时候再将这草稿本带过去吧。

周三下午,苏子滢临时接到个兼职——动漫展需要模特,是cosplay(角色扮演)界大神阿紫喊她去的,两人也是在一次兼职中认识的,阿紫觉得有个角色特别适合苏子滢,在主办方面前极力推荐了她。

苏子滢作为打工女王,几乎什么样的工作都接触过,对她来说,接触不同的东西也是一种学习。

阿紫远远就看到一个女生背着书包走到凌乱的后台。

"散华礼弥!"阿紫喊了一声。

所有人都齐刷刷地看向门口。

在后台众人奇形怪状的造型中,苏子滢素面朝天,显得很普通。

可又不普通。

她眼里有智慧的光芒,身上带着名门的优雅气质和教养,即使穿着普通的羽绒服,也挡不住那股书卷气。

散华礼弥就是过分压抑、渴望自由的名门大小姐。

苏子滢的气质和她吻合。

"四点半结束?"苏子滢换上了角色服装,她坐在化妆台前边闭着眼睛让化妆师在自己脸上涂涂抹抹,边问道。

阿紫今天扮演的是杀生丸,早就换好了衣服并化好了妆容,对着镜子整理着银色的假发,不停自拍:"放心吧,不耽误你下一场活动。"

他见过苏子滢的日常计划表,排得满满的,所以知道她的意思。

散华礼弥的衣服很日常,一件JK制服(日语流行语,意为女子高中生制服)、过膝长袜,加上长长的黑色假发,和那些穿着盔甲或者奇怪制服的coser(扮演者)相比,是很普通的装扮。

但等她化完妆,戴上紫色的花朵发箍,阿紫惊叹地说道:"散华礼弥本弥!"

"别拍照了,赶紧去现场。"苏子滢见他凑过来就各种自拍,无可奈何地说道。

"你真像是千金大小姐,一看就是读书好、家境好的名门闺秀。"阿紫还在感慨,"所以我极力推荐你来……你说你长了这么一张不缺钱的脸，怎么就沦落到每天打工，为了两百块的工资不辞辛苦奔波。"

"你要是试过扛水泥袋扛到胳膊肩膀举不起来，就知道这样的两百块赚得有多幸福了。"苏子滢对着镜头微微一笑。

"说得跟我没去工地搬过砖一样……要不你跟着我走穴，我帮你包装一下，身价起来了，有了名气，一天走个场也能赚两千，一个月能接到十场就两万了。"阿紫叹了口气，他是穷人家孩子拼出来的，每个名利场的背后都充满了刀光剑影，漫圈不缺帅哥美女，想闯荡出点名气不容易。

每个职业都一样，只有站在金字塔顶端的那几个顶级的大佬才能傲视群雄，收入也是他们这种不上不下阶层的无数倍。

"积攒名气太耗费精力和时间，不一定能得到想要的回报，容易把其他的事都荒废了。赌运气的事我不做。"苏子滢冷静地拒绝，艺术学院随手一抓都是好看的人，更别说附近的影视学院。这世界不缺漂亮又有才华的人。

比如叶峻成，想直接出道都可以，可人家根本不屑一顾。

能把毕生精力都放在追求梦想上才是最令人羡慕的人生。

"天天读书有什么用……现在阶级差距太大，寒门再难出贵子。"

"多读书总是好的。"苏子滢没有和他辩解，微微一笑。

不是死读书，而是善于学习的人才拥有实现跨越阶级的能力。

书本里的智慧，相比人生中的教育，是最便宜最容易直接汲取的。

"所以你太像散华礼弥了。"阿紫替她整理紫色绣球花的发卡，再次感慨，"一看就是读书很好的名门千金。"

"别贫了，赶紧上台，我五点还有其他工作。"苏子滢算了算来回时间，怕去叶峻成那里迟到了。

"急什么，还有十分钟呢，等我发个微博。"阿紫是这里常客了，一点都不着急地拍照片，修图，美颜，写文案，一气呵成，不到三分钟，发了微博、朋友圈和抖音。

"别看书了。来，拍个东西。"阿紫发图空隙，见苏子滢拿着手机刷资料，说道。

苏子滢很佩服他的精力,要维护运营各个平台的账号也不容易,再看看自己手机下载的软件,都是什么各种大学的学习软件、幕布、方片收集、藏书馆、欧路词典、设计学习等,唯一的聊天软件是用来社交和找兼职的。

阿紫兴冲冲地找来手机支架,在苏子滢的配合下连拍了好几个视频,又快速处理好,发了抖音。

大数据的厉害之处就在于,只要你稍微关注过什么,或者接触过什么,就会给你大量推荐什么。

叶峻成很少玩手机,可方楠是抖音小达人,没事就泡在上面。这会儿他刷到了一条新的视频,那上面的女孩气质很独特,他忍不住多看了几眼,转发给了叶同学。

"'鬼面学姐'这扮相不错吧?"方楠发了条语音过去。

方楠关注了阿紫,点进去翻了几条抖音,看到他置顶的一条汉服秀,点赞数七万多,里面居然也有苏子滢。

发布时间是在半年前,阿紫就是在那场汉服秀上认识苏子滢的,当时苏子滢是工作人员,但因为长相温婉古典,被大家拖过去换装,和阿紫拍了个变装秀。

也就是这个抖音视频,让阿紫这个原本寂寂无名的小角色小小地火了一把,有不少公司找上门要签他。

但阿紫最终也没有签约,因为合约苛刻,公司手里一大批帅哥美女,自己能分到的资源有限。他只和平台签约,走走穴带带货,也过得不错,还更为自由。

"学姐还拍过汉服,涉猎广泛。"方楠把那条抖音也发了过去,给叶峻成留言,"不过古装扮相真好看啊,我都想请她做一次模特,画个唐朝仕女图。你觉得怎么样?会不会瘦了点?"

叶峻成没有回复,他其实看到了方楠发的视频。

自家模特的脸,让时光倒流回古代,她那张脸端正中和,眉似远山,目含秋水,尽态极妍,可又端庄大气,确实有盛唐之美。

而她身边的帅哥也是剑眉星目，面如冠玉，两人站在一起就是金童玉女，很般配。

叶峻成关掉了视频，站在老街的尽头，抬头看着电线杆上的几只叽叽喳喳的麻雀。在蔚蓝的天空和灰色的砖瓦下，这里很有年代感。

叶峻成拿起相机拍了几张照片。

不远处巷口走出两个年轻的小媳妇看到俊美干净的文艺少年在拍天空，捂着嘴偷笑着交头接耳，站在一家老店门口看着他。

叶峻成又对着老街积满灰尘的破旧招牌拍了几张照片，拉起围巾，挡住了半张脸，背着相机往外走。

对他来说，用摄影去记录人间的烟火，通过摄像头去看不属于自己的生活碎片，是一种艺术享受。

哪怕是苦难，隔着镜头，也能缓冲太过强烈的情绪，不会有太心碎的痛苦。

可刚才那两个视频却隔着屏幕，像一杯苦咖啡打翻在他的心里，又像是五颜六色的颜料泼在了蒙娜丽莎的脸上……

她身边原来有那么多男性友人，而且她和他们在一起时笑得那么开心，没有半点"营业性质"的笑容。

叶峻成又想到昨天她和林涵在图书馆约会，他的心里更堵得慌，一转身走到了旁边一家破旧的小饭馆，但很快又嫌弃地走了出来，往不远处新建的购物大厦走去。

苏子滢五点赶到叶峻成的住处，按了按门铃，没有人应答。

她又按了几次，眼看五分钟过去，依然没人开门。

苏子滢这才拿起手机给他发了条信息：我在门口。

那边没有回。

苏子滢只好打了个语音电话过去。

刚打过去，就有人接起来，但声音并不是叶峻成的，而是一个中年男人略带嘶哑的声音。

"你好，你的朋友喝多了，能过来把他接回去吗？"那边直截了当地问道。

这才五点,叶峻成居然喝醉在一家居酒屋里,等苏子滢赶去时,他还安静地趴在桌上,更像是个困极了喊不醒的人。

居酒屋老板第一次见到酒量这么小,一杯就醉倒睡过去的客人。

苏子滢帮他结了账,请老板帮忙把学弟给塞进车里。

"小叶同学?"苏子滢在车里喊了他两声,见他眼皮都不动一下,无奈地伸手拍了拍他细皮嫩肉的脸,又喊道,"叶峻成?"

"叶峻成,你喝的什么酒?一杯要我七百块?一会儿你醒了可不能赖账啊!"苏子滢见喊不醒他,只得把他脑袋摆正,免得他撞到玻璃上,低声吐槽,"还有来回打车费,我为你打了专车……"

她话还没说完,叶峻成一头往她肩膀上撞来。

苏子滢眼疾手快地扶住他的脑袋,闭上眼睛深深吸了口气缓和情绪,她在非工作时间接他回家,尤其还要倒贴出钱时,脾气可不太好。

叶峻成咕哝了一句,酒气喷在她的脖子边,还没等她反应过来,他"哇"的一声,吐在她脖子里了。

原来他咕哝的是:"好恶心……我要吐了……"

苏子滢半响没动,伸手抓着他的头发,咬着后槽牙,等他吐完,才挤出一个颤抖的微笑来:"叶同学,你弄脏了我最贵的衣服。"

"吐车上两百。这有纸巾和塑料袋,快拿去。"司机惦记着自己的车会不会被弄脏。

"不用担心,车很干净,我替您兜着了。"苏子滢微笑着放下一点车窗透气,回答道。

司机看了看车内后视镜,果然看到后座没弄脏,小帅哥全吐在女同学敞开的羽绒服里。

最让他佩服的是,看似娇贵的漂亮女生面不改色地用纸巾稍微擦拭了一下秽物,然后便拉起了羽绒服,生怕弄脏了旁边的同伴和座椅。

叶峻成吐完舒服多了,依然靠在她肩膀上呼呼大睡。

当他被胃里的灼热感烧醒时,才发现自己已经躺在柔软的大床上,身上的外套也被脱了，只穿着睡衣睡裤。

他喝断片了，记不得中间发生了什么，努力回忆了几秒，很快被外面食物的香气勾引得胃更疼了。

叶峻成揉着胃走到卧室门口，看到敞开式的厨房里站着一个白衣少女。她正背对着他，一边看着灶台上的火，一边看着手机，似乎在看电子书。

如果不是香味太浓太真实，他差点以为自己还在梦里，田螺姑娘穿越到了现代社会，给他煮醒酒汤。

白衣少女不知看什么看得入迷，连他走到身后也没察觉。

叶峻成瞄了一眼，她在看《艺术何为》。

锅里的水果粥已经开始翻腾了，食物的香气和她头发上的香味混在一起，成为最吸引人的人间烟火气。

"你喜欢他的作品？"

身后嘶哑低沉的声音惊得田螺姑娘一转身，那张素净的脸上没有一点脂粉，却含着满满的女性的温柔。

"你醒了？"苏子滢急忙收起手机，关掉火，"我是看你醉了，怕你晚上不舒服，给你煮了点醒酒汤。你一会儿可以喝点暖暖胃。"

"先回答我的问题。"叶峻成不喜欢她总是回避自己的问题，好像故意不愿意让他了解。

"我对他的作品印象很深刻，虽然抽象，但是能感受到灵魂的温暖和渴望，有一种浪漫的宗教情绪。我挺喜欢的。"苏子滢只是看他醒来，先关心两句而已。

因为工作时间也结束了，她本想煮好了醒酒汤，给他留个言就回去。

"你是为了我的画才看这个？"见她认真地回答了，叶峻成语气才缓和一点，继续问道。

"我看了画展大赛的时间，寒假之前截止，现在还有半个多月。每个人创作一幅画的时间长短不一样，这样的全国大赛至少要准备几个月吧？而且你状态……我有点担心。"苏子滢是个有良心的打工人，拿了人家的钱，当然要做出点成绩，不然多愧疚啊。

叶峻成微微一愣，看到她毫不掩饰地坦荡关怀，心头涌上说不出的情愫，在残留着酒精的身体里冲撞着。但想到她和别的男生也这么坦荡开心地笑着，他的胃又疼了起来，转身往卫生间冲去。

吐了几口酸水，胃里空空的再也吐不出东西，他洗漱了一番，浑身乏力脸色苍白地从卫生间走出来，看到苏子滢盛了一碗解酒汤，正用汤勺翻动着降温。

叶峻成这才注意到她穿的是自己的衣服。

白色宽松的T恤，下面是一条同样宽松过长的长裤，裤腿被挽了起来，露出细细的洁白的脚踝。

"多喝点醒酒汤胃会舒服点。不用担心，你应该不经常喝酒，所以对酒精敏感，导致轻型急性酒精中毒，因为短时间内摄入大量酒精出现的中枢神经系统功能紊乱。多吃点水分多的食物，补充补充电解质，睡一觉就好了。"

苏子滢将碗放在料理台上——他家没有餐桌，厨房的东西都是她临时让外卖平台送的。

叶峻成闻着香味，没法拒绝，于是走过去端起碗。不知是不是真的酒精中毒，神经平衡失调，他的手居然在发抖。

"我来吧。"苏子滢见他差点没端住碗，急忙接住，舀了一勺往他嘴边送去，低声说道，"不知道你爱不爱吃，我妈以前经常煮给我爸爸喝，把梨汁加绿豆和薏仁米煮在一起，热乎乎地喝下去，可以缓解胃里的难受。"

叶峻成看着她带着母性的呢喃和温柔，喉结微微一动，最终张开了有些干裂的嘴唇，将那勺不知是汤还是粥的混杂物吞了下去。

有一丝梨子的甜味和绿豆煮成沙的软糯，倒也不难吃。

"你的衣服呢？"喝下了几口，确实没那么难受了，尤其是她这么温柔的照护，叶峻成皱巴巴的情绪也被熨烫得服帖了些，哑着声音问。

他刚才去卫生间没吐出来，可见胃里的东西在之前就吐过了。

"你吐了我一身，你衣服也脏了，所以我帮你换了。临时借用一下你的衣服，我会洗干净还给你的。"苏子滢差点忘了这事，"对了，有厚外套借我吗？最好是学校的羽绒服。"

把他拖回来后就赶紧洗澡，也没乱翻他的衣柜，只从看得到衣服的透明玻璃衣橱里拿了两件干净衣服，帮他换了，也给自己换了。

可没想到叶峻成家里没有洗衣机！苏子滢猜想他每次都是让干洗店的人直接上门拿衣服去洗。

所以她只能把自己带着呕吐物的衣服给扔在门外，免得一屋子都是臭味。

"你穿男人的衣服回去，不怕室友说闲话？"叶峻成看着她递过来的勺子，长长的睫毛忽闪着，又问道。

"所以有学校发的统一羽绒服最好……"

"没有。"叶峻成说完，咬住勺子，眼底闪过一丝炽热。

"那我让朋友送到楼下，放物业那里……"

"你要暴露我住的地方？"叶峻成将勺子拿了过来，再次打断她的话，"再去盛一碗。"

嘿，这少爷，颐指气使惯了，她帮个忙，他就理所当然地把她当用人了。

"那我总不能穿着被你吐脏的衣服回去吧？"苏子滢替他去盛了一碗，放到他面前的料理台。

"当然不能。"叶峻成将勺子递给她，很自然地让她继续喂，"我想到模特这么回去，会恶心好几天。"

"……"

苏子滢挑眉看着他，又看了眼被他塞到手里的勺子，后悔留下来照顾他。

"今晚我要画画，你留下来。"叶峻成看着碗里的解酒汤，像是漫不经心地说出来，"明天我会赔你一套衣服。"

说完，像是怕苏子滢拒绝，他又补充了一句："加时费现在就转给你。"

苏子滢见他这么说，脸上立刻挂上了笑容："除了加时费，还有我接你的打车费和替你付的酒水费……"

"就是钱的问题？"叶峻成看到她那笑容，顿时松了口气，"直接告诉我多少钱，我一起转给你。"

"九百七十八，手机支付的截图发给你了，可以核对下。哦，今晚的粥是我请你的，没有算在里面。"苏子滢也松了口气，她知道叶峻成不缺钱，可刚见面时的八十块和他的"市场论"让她有心理阴影，担心他耍赖。

"只要钱给得够多，你是不是什么都愿意做？"叶峻成见她见钱眼开的样子，深吸了口气，问道。

"你真是喝醉了，又问这个问题。"苏子滢记得他上周刚问过。

她当然是有底线的人，不然早就走捷径赚钱去了。

青春饭虽然短暂，但也是容易变现的饭。

"一个贪财的人，一个有弱点的人，是守不住底线的。"叶峻成说完，张嘴将她喂过来的那勺汤吞咽了下去。

他从没吃过这么奇怪的混搭食物，很"平民"，每种东西都很便宜，混在一锅里却有奇妙的香味，和他经常吃的美味不一样。

"那是你接触的人太少了。我就不一样，君子爱财，取之有道。"苏子滢笑着舀起一勺绿豆粥，往他嘴里塞去。

她照顾起别人时很自然熟练，可见经常做这种伺候人的事。不跟叶峻成的想象力丰富，不觉就代入她以前也这么照顾男性的场景。

比如领导或同事喝醉了，她在饭桌上酒席下帮着照料，甚至送他们回家脱下吐得满是污秽的衣服，也许还要被骚扰……

"取之有道……我可没看到什么道。"叶峻成有些嘲讽地眯了眯眼睛。

他越想越不舒服，完全忽略了她的性格，只凭自己的主观臆测就幻想出她爱财如命，性格又温柔，肯定被人占了不少便宜的画面。

就像那天，他咬了她的嘴唇，她都没生气，为了拿到资料，一点尊严都不要。

如果做更过分的事，只要给钱给好处，她也不会拒绝吧？

"道在心里。"苏子滢习惯了他阴晴不定的态度，此刻他说话尖酸，也就当他醉意未消，她可不跟一个喝醉的人争辩。

"如果……"叶峻成忽然凑到她的耳边，喷着酒气，低语了一句，随后退回去，静静观察着她的表情。

苏子滢的脸上只是闪过一丝诧异，随后就恢复了正常，放下碗勺："你不会这么做的，我也不会收这种钱。"

"你怎么知道我不会这么做？你了解我多少？"叶峻成冷笑，"你只是嫌钱少吧？"

"你醉了，今天晚上还是休息吧，我先走了。"苏子滢觉得他喝了醒酒汤反而更不清醒，眼神都变了，炽热无比，里面燃着一簇令她有些不安的火。

她果断地转身就走，可下一秒，手臂就被拽住。

苏子滢心一沉，还没说话，就被他从身后一把搂住。

她的心更加下沉，像沉入了海底，低头看着搂在自己腰上的手，没动，也没说话。

那是一双艺术家的手，骨节分明，纤细修长。

"留下来陪我。"叶峻成的嘴唇轻轻贴着她的发丝，哑着嗓子说道。

"你需要休息。"苏子滢尽量温柔平静地说道，伸手轻轻攥住他的手腕，"先去沙发坐一会儿，我现在不走，给你烧点热水。"

叶峻成的手紧了紧，感受到那真实的温暖，隔着两层衣料下的那骨肉停匀的美妙，像维纳斯的身体在召唤着他。

同时感受到她肌肉绷紧的僵硬和抗拒，尽管有些宿醉后的头疼，但他也不是借酒撒疯的人，于是松开了手，任由她拉着自己的手。

"要不要来点音乐？"苏子滢见他没有进一步的过分举动，心底松了口气，拉着他走到沙发前，尽量打破令人忐忑的沉寂，问道。

"不用。"叶峻成闭上眼睛，头还是有些刺痛，胃里虽然有了点食物，可肚子却疼了起来。

他揉了揉肚子，没一会儿，额角冷汗就出来了。

等苏子滢端着水走过来时，叶峻成已经疼得蜷缩在沙发上，脸色苍白。

"你……是不是给我下了毒？"他咬着牙，断断续续地从嘴里吐出几个字来。

"是肚子疼吗？要不要去医院？可能是酒精性急性肠胃炎。"苏子滢倒是很有经验，放下水杯，半蹲下来察看。

"我不要……不要去医院。"叶峻成按着肚子，那股阵痛缓了过去，他幽怨地看了眼有些着急的苏子滢，直接命令道，"给我揉揉。"

"哪里？胃还是肚子？"苏子滢苦于他蜷缩着身子，没法下手，伸了几次手，不知道放哪。

"哪里都疼。"叶峻成见她一脸关切的模样，似乎那种疼也没么难忍，可是嘴上依然哼哼，甚至表现得更痛苦了。

生病的时候有个温柔靠谱的小姐姐在旁边照顾，尤其见她关心紧张的模样，叶峻成甚至有幸福的感觉。

"要去看医生，我送你去医院。"苏子滢伸手按了按他的肚子，摸到了少年消瘦却结实的身体，见他痛苦地皱眉，坚持道。

"不……我不要去，揉揉就好。"

年轻男女接触时，像是有说不清的化学反应，叶峻成感觉痛感被另一种痛感代替。

"不能强撑，万一胃出血或者……"

"用点力。"叶峻成打断她的话，苍白的脸上浮起了一层红晕，细密的汗珠黏在皮肤上，很不好受。

苏子滢知道他脾气古怪执拗，见他这么难受，只好先配合，手上加了点力气。

他的身体越来越烫，像生起火的火炉，呼吸也越来越急促，忽然一把推开了她的手，依然蜷缩着身体，像是非常难受。

苏子滢也发现了不对劲，伸手往他额头一放，黏湿的汗水下，皮肤温度有点高，但也没有到烫手的程度。

也许是低烧？

"有体温计吗？你好像有点发烧。先喝点水，不行的话我喊救护车。"

"不要……我讨厌医院。"叶峻成忍了一会儿，忽然起身，捂着肚子往卫生间走去。

他进去了好一会儿也没出来，苏子滢又开始胡思乱想，生怕他在里面晕过去，走到门口清了清喉咙，问道："你还好吗？"

没人应声，苏子滢敲了敲门，有些焦灼："叶峻成，你没事吧？"

里面还是没有声音。苏子滢沉不住气了，伸手按住门把手，微微扬起声音："叶同学，再不说话我就进来了。"

她脑补了叶峻成腹痛晕倒在马桶上的场景，尴尬地打了个冷噤，他要是没穿裤子，真被她给拖出来，以后两人的雇佣关系估计也走到头了。

"叶峻成……我要进来了。"等了几秒，不知是房门隔音效果太好，还是叶同学真的晕倒了，苏子滢伸手按住门把手，话音刚落，门就被人从里面拉开了。

俊秀的少年直挺挺地走出来，看着她，气息有些不匀，声音也更加低哑："进来做什么？"

"我……以为你不舒服。"苏子滢见他的表情有些不正常，原本宿醉后的苍白脸色泛着一丝潮红，像发烧的样子，伸手想去摸摸他额头，被他一歪头，伸手给挡了回去。

"我好得很，别碰我。"叶峻成像个喜怒无常的小孩子，走到大尺寸的画板前沉思。

他现在又没了任何的攻击性，仿佛沉浸在自己的世界里，不愿意被任何人打搅。

苏子滢默默观察了一会儿，见他呼吸渐渐平稳，脸上的潮红退去，眼神明亮，神志清醒，看上去精神了很多。

危险警报解除了，他的眼睛只盯着空白的画板，再也没有刚才带着灼热和醉意的光。

站在定制的画架前沉思的叶峻成是最纯粹和纯净的,那双眼睛像是深蓝色天幕之上的群星,璀璨又遥不可及。

苏子滢猜想这位艺术家正在寻找灵感,她无声无息地挪到厨房,想帮他将碗筷收拾好,就找个说辞离开。

"别碰那些东西,过来。"叶峻成忽然说道。

"你该不是……还要画画吧?"

"坐地毯上。"叶峻成已经在画台忙开了,打开调色盘,头也不抬地说道。

"挑个你舒服的姿势就行。"

"那我可以……听书吗?"苏子滢试探道。

当模特是件浪费青春的事。

虽然比当服务员之类的省事很多,但正是因为清闲,就有更多时间思考,时间既静止又飞速流逝,而她却什么都不能做,只能在脑海中一遍遍复盘那些学过的东西,或者在内心一遍遍思考设计图,无法学习新东西,自然觉得有些浪费。

"随便你。"叶峻成居然没有往日的严格要求,看来醉酒也带来了灵感,并不在乎模特是什么状态。

苏子滢这一夜过得很舒服,除了在地毯上睡得肌肉酸疼外,她听了半本关于美学设计的书,还做了个不长不短的美梦。

梦里拿到了设计大赛的冠军。

很多人说梦和现实是相反的,苏子滢却不相信这些封建迷信,连做梦的勇气都没有的人才可悲。

叶峻成一直没有帮她找到合适价位的摄像头,张恒远那边也是。倒是有很轻薄的镜头,可价位太高,超出了预算。

考试前的最后一个周末,苏子滢终于看到了叶峻成创作的作品。

"你画的是……我?"苏子滢从厕所回来时,看到叶峻成倚靠在桌边,用刮刀轻轻刮去多余的颜料。

她一直默默关注他的画,关心他的比赛,所以偷偷看过几次,可这次叶峻成在画布上涂抹的颜料乱七八糟，背景一片空白，根本看不出在画什么。

直到此刻，她才看到画布上一头精气神十足的牛略显雏形，牛角锐利、尖刻，不肯与这个世界妥协。

"没错。"叶峻成很专注地看着画布，可手上又似乎漫不经心地添了一笔，优雅随意的动作和认真的眼神形成了鲜明对比，"我在画你。"

"我没看错的话……这是牛？"苏子滢走到他身后，认认真真地打量，确实是牛。

能把一个好好的模特画成牛……饶是苏子滢，也无法理解这先锋艺术。

难道，她在他的眼里，就像一头牛？

苏子滢不敢多问，怕问了，人家点头，那就有点伤自尊了。

"没错，牛。"叶峻成依然不围围裙，白色T恤如同艺术家的涂鸦作品，沾满了颜料。

他的心情很好，可能是对作品很满意，所以创作时对模特的要求也没那么高，甚至允许她在一边欣赏。

"还是……公牛？"苏子滢看了好一会儿，看到那粗犷的线条，只觉得内心有一万头公牛在呼啸奔驰。

"难道是奶牛？"叶峻成像是自言自语，不等苏子滢说话，就否定了，"奶牛不行，奶牛太温顺了，吃草，挤奶，被圈养，被剥夺……那不该是你。"

苏子滢愣了愣，心里滋味万千，一时间不知道该怎么接话。

抽象画确实让人难以理解，但无论如何，这也是个公牛的形状，肌肉饱满而充满爆发力，与自己的性别以及亭亭玉立的少女身段哪里有一丝一毫的相像？

听他的意思，是气质像？

她是不甘心被圈养，吃着草挤着奶，她有自己坚持的东西，可那也不该是一头看着又倔又凶猛的公牛啊！

画只野狼或者母豹子，也比牛好！

第四章　公牛少女

"你不喜欢？"叶峻成咬着笔，挤着颜料，含糊地问道。

"你喜欢就好。"

拿了别人的工资，当牛做马都是应该的。

叶峻成看了眼苏子滢，像是在研究她的笑容有几分真几分假："别站我身边，过去。"

苏子滢立刻乖乖走过去坐着，拿起沙发上的书继续啃，这会叶峻成已经完全不要求她的姿势和角度，只要坐在沙发上就行。

所以她想看书也好，想睡觉也好，他都不管。

唯独不许玩手机。

苏子滢本来也不喜欢玩手机，除了查资料和临时做笔记，微信也只是早晚看看班级群和兼职群有没有什么事情。

期末考试快到了，她不但要做好复习，还得帮林涵复习。

想到林涵吊儿郎当的学习态度，苏子滢就头痛，恨不得退钱回去——这是她遇到的难度最大的工作。

"你在发什么愁？"叶峻成冷不丁问道。

因为没有姿势和表情的要求，苏子滢没有绷着神经，眉宇间闪过一丝忧虑，被他发现了。

"啊……我在想考试。"苏子滢没说谎，只是想的是好友的考试。

"你需要担心考试？"叶峻成扫了她一眼，继续不疾不徐地刮着画布。

他是个美术生，或许对生活的疾苦不太了解，可观察力是敏锐的，尤其对着自己画了几十上百遍的模特，更是能敏锐地捕捉到她的情绪波动。

"我这学期大多时候在外打工，复习的时间少，有一点点担心。"苏子滢说的也算实话，她这两个月读书的时间严重被工作侵占。

"为什么要撒谎？"叶峻成用晦暗的深褐色将画布的光线压暗，仿佛他此刻的心情，"你是担心别人的考试吧？"

"啊？"苏子滢哪里知道，叶峻成在图书馆和自习室刻意等了她两次，都看到她在陪林涵复习。

上一次她带回来的他的草稿本，被他转手丢到了垃圾桶，和她放在外面吐脏的衣服一起，让过来清扫的阿姨带走扔了。

可是林涵写的那个"是"字一直萦绕在他的心头，和那个叫阿紫的帅哥一起，让他时常陷入无法形容的情绪低谷。

然而偏偏是这种从未有过的烦恼情绪，让他的画笔瞬间变得更生动，饱含了感情张力。

"你们系的系草，听说收了性子，每天跟着你学习。你该不会是免费带他吧？收学费了？"叶峻成说话总是直白到不近人情的刻薄，满满的毫不在乎得罪别人。

"对，收钱补习。"也亏得是苏子滢，从不介意他这从小被宠出来的臭脾气，坦然应答。

"你担心他的考试？"叶峻成抿了抿唇，手上的动作变快了，阴沉地看了她一眼，不想看到她点头承认，又问道，"你有担心过我的比赛吗？"

"有……"苏子滢被他那阴沉的眼神弄得有些不安，放下了手中的书，正要认真回答，又被他打断。

"我没看出来。"叶峻成很无理取闹地冷冷说道，"是因为我还没有帮你找到摄像头，所以你也不准备对得起我付的工资，给我多点的关心和投入度，每次过来都像在熬时间一样，觉得这里很无聊吗？"

"还是因为面对我，所以才无聊？"叶峻成没等她回答，又补充了一句。

苏子滢面对他无情又锐利的质问，差点没招架住点头。

她深知这样很没职业操守，想了想妈妈的续命药，立刻道歉："是我让你失望了，没有给你提供更多的价值，我现在就改正。"

"怎么改？你以为这是什么工作？"叶峻成想到她在这里还记挂着林涵，克制不住地发火，"你是我的模特，我面对的创作对象。我需要将自己的情感和生命灌注到对象身上，由此而感到对象的亲切并与之发生情感共鸣。你从来不会主动与我共情，你就像个被设定好的机器人。不，你还不如机器人，至少机器人工作时不会想着其他男人！"

第四章 公牛少女

叶峻成说完，用力将手里的刮板往地上一扔，起身往外走去。

"叶……"

"别跟我说话，现在就从这里消失，我不想再看到你。"叶峻成头也不回地拿起挂在玄关处的大衣，套在染满颜料的五彩斑斓的白色长袖T恤外，摔门离开。

苏子滢坐在沙发上，眼神复杂，过了好几秒，才深深吸了口气，又吐了出来。

她走到画布前，看着那幅未完成的画。

公牛……她的形象。

圣诞节那场雪之后，元旦到现在一直晴好，昨晚气象台发布了降温预警，今天气温陡然降了七八度。外面寒风凛冽，而叶峻成只穿了一件羊绒大衣，一出门就领略到了小寒天的冰寒。

但都没有他内心的寒冷来得刺骨。

一辆黑色轿车恰好驶过来，停在了他的身边。

副驾驶走下来个西装革履的中年人，对着他微微一笑："少爷，叶老先生回来了，请您回去一趟。"

叶峻成没想到在国外旅行大半年的爷爷居然挑这么冷的时候回来了。

爷爷年轻时太拼，落下了些慢性病，天一冷老毛病容易犯，所以冬天几乎都在温暖的海岛或者热带地区疗养。

爷爷早年在东阳山设计了一座藏佛窟，那时候开发商还送了他一大块地，他顺便设计了一栋超现代化的宅子，全玻璃结构，花园前还有旧式古堡前的绿植迷宫，在当年十分新潮。

如今这座城市最东边的东阳山已经被完全开发成旅游景点，而那栋玻璃豪宅也成为其中一道风景。

叶峻成并不喜欢那里，因为太热闹了，而且远处总会有人拿着望远镜好奇地偷窥。

苏子滢今天运气不好，回去的路上就遇到和狐朋狗友搂着要去喝酒的林涵。

林涵远远看到她从对面的美食街走出来，立刻对她招手，扬声喊道："子滢？"

"你不是说要工作到八点吗？怎么提前出来了？走，一起吃饭去。"

现在才下午五点半，林涵正要和朋友们去吃火锅，看到苏子滢高兴得扯着她不放。

"你和你的朋友们去吧，我还有事……"

"有什么事？总要吃饭的吧？"林涵打断她的话，好不容易逮着她一次，怎么能放过，又是威胁又是央求，"别给我找借口啊，你都拒绝我多少次了，一学期都结束了，咱俩才吃过几次饭？走了走了，假期前的聚餐，陪我去哈。"

"可是……"

"我生日那天你就没来，说了给我弥补，也没个后续，你还是不是朋友？今天我给你一次机会弥补，你要是再啰唆，我可就生气了。"林涵嘴皮子快，噼里啪啦一通说，不给她插嘴的机会，"还有，最近你都说了我好好学习就给奖励，我先兑换一顿饭，不要你付钱。看我多体贴你啊，不给我点面子吗？"

"他们我都不熟……"苏子滢看了眼站在不远处插着兜等着林涵的几个男生，看身高应该都是校篮球队的。

"跟我熟就行了，谁要你跟他们说话？"林涵见她口气松动，笑嘻嘻地搂着她的肩，把她带到伙伴面前。

"林涵，介绍一下呗。"校队的一个男生嬉笑着，和身边的伙伴交换了个眼神。

"这是我的……"林涵故意顿了顿，看了眼苏子滢的表情，吊足了大家的胃口，"老师！"

"老师？"几个年轻男生面面相觑，林涵身边带的都是女朋友，第一次听他喊"老师"。

"没错，我的家教老师。"林涵说着，故意咬重她的名字，"苏子滢老师，今晚就在火锅店帮我补习吧。"

苏子滢对他的恶作剧波澜不惊，微微点了点头，露出温柔的笑容："好的，在火锅店补习。"

这回林涵觉得有点不妙，因为他知道，苏子滢很少在公众场合开玩笑，她是个说到做到的人。

冬天的火锅店太热闹了，鲜香麻辣的牛油锅底夹裹着热腾腾的雾气，温暖着阴冷的冬夜。

大学城这家声名远播的老火锅店里坐着的几乎都是附近几所大学的学生，充满朝气的面孔和欢声笑语充盈在两层楼的店里。

一起的伙伴此刻笑得很欢。看着坐在对面皱着眉头咬着笔看题的林涵，性格活泼的张勇忍不住拍了几张照片发到校队群里，和大家打趣。

"同志们，看到没，林队长在学习，太阳从西边升起了！"

"主要是私教老师长得好看……"

"那叫家教老师，不是私教。你健身房去多了，练傻了吧？"

林涵被一道三角函数题难住了，上周苏子滢刚给他说的公式也忘了，他恨不得拿手机搜索。

林涵偷瞄了一眼苏子滢，见她用手机看资料看得入神，于是偷偷伸手摸了摸放在桌上的手机。

"想不起公式了？"素净的手将他的手机拿了过去，苏子滢没收了他的手机，依然看着书，温柔提醒，"初中就学过的东西哦，再想想。"

"就是因为初中学的，时间太久了……"

"我上周也刚跟你说过。"苏子滢打断他的话，看了他一眼，对学渣的学习能力很失望。

"哎！小白，这里！"

林涵平时天不怕地不怕，可面对"苏老师"这样的凝视，也颇有压力。

好在几个人影远远走过来，他余光看到为首的男生，立刻兴奋地站起身，挥着手喊道。

一个男生带着两个漂亮时尚的女生走了过来，坐到给他们留的位置上。有了美女的加入，桌上的气氛变得更加热闹起来。

苏子滢这才发现那个将半长头发扎起来的男生是中阳美院的才子——白宁羽。

也就是那天在她后背作画的男人。

显然白宁羽也认出了她，放浪不羁地对她挑了挑眉："还记得我吗？"

"中阳美院鼎鼎大名的白宁羽白师兄，见过一次面就不会忘记的。子滢老师你应该记得吧？上次有一个活动，你们一起参加的。"林涵生怕苏子滢不记得让场面尴尬，贴心地抢答。

"记得。白师兄好。"

"我也一直记着你，背长得好，是上好的画板。"白宁羽唇边挂着一丝随意的笑意，夸道。

"谢谢。"

"真的很漂亮，皮肤细腻平滑，冰肌玉骨清凉无汗，不吃色，线条描绘起来很顺畅。我很想再约一次，我们来个更艺术点的造型……我后面找了好几个模特，都没那天画的鬼面有感觉。"

"可能因为你第一次给了她。"林涵大大咧咧地开着令人浮想联翩的玩笑，挺得意自豪地拍拍苏子滢的肩，"咱们苏老师，有名的学霸，只要和她合作过，以后再找其他同伴，都不得劲。"

"哦！我就说这个名字好耳熟，原来是年年拿奖学金的那个设计系学霸。"对面的张勇忽然一拍大腿，"好像之前还在宣传栏看到过照片……本人比照片好看多了！"

苏子滢正在尴尬，手机响了起来，她一看来电是爸爸，心里一沉，立刻拿着手机走到外面接电话。

门外的冷风扑面袭来，吹散了一身的火锅味，苏子滢才发现地面都湿了，已经下起雨来。

天气预报提醒，这场寒潮会带来新年的第一场大雪。

上一场大雪她还记忆犹新，万丈冰崖在眼前像一面巨大的镜子，明晃晃地折射着她内心深处的不安。

那是对妈妈病情的不安。

她对自己的未来一向很有信心。虽然现在到处打临时工，有的还是和自己专业完全无关的工作，可对她来说，接触的每行每业都是在给自己积累丰富的经验和财富，是人生必不可少的努力环节。

火锅店的玻璃门被推开，浓郁的火锅味被一个扎着小辫的高大男生带了出来，他从怀里掏了包烟，夹在修长的手指间，往薄唇送去。

白宁羽走到苏子滢身边，熟稔地点上烟，对着小雨吐了个烟圈才说道："听林涵说过你好几次，只要开价好，合适的工作都接？"

"你想雇我？"

苏子滢仰起脸，对他微微一笑。

那笑容与往日的客套礼貌不太一样，似乎有真正的欣喜在里面。

尽管黑色天空下着雨，可白宁羽还是看到了她眼里的光。

"是的，周二晚有空没？约一次？"白宁羽在那亮闪闪的光芒里沉溺了两秒，掏出手机，"上次工作群还没解散，我加你。"

"合适的价钱，合适的工作。"苏子滢顿了顿，微笑地补充一句，"我不是什么活都接。"

妈妈今天复查，恢复得很好。爸爸这次打电话是给她报喜的。

医生说按照这种恢复状态，再吃半年的进口药差不多就能换国产药了。

苦久了，累久了，提心吊胆久了，哪怕一个小小的不确定的好消息，都能让苏子滢燃起希望的快乐星火。

白宁羽吸了口烟，将烟雾喷向浓墨般的夜空，扭头看了她一眼，挑起眉："我也不是什么人都看得上。"

他可是中阳美院最负盛名的大师兄，长鬈发有些像忧郁版的金城武，女粉丝无数，拿奖拿到手软，未来美术界的大明星，还没人和他说过"不是什么活都接"，倒显得他不像个正经的艺术家。

虽然，和将画画视为唯一的叶峻成相比，他的人生复杂了一点。

除了画画，白宁羽还抽烟喝酒，有无数迷妹。

他从女人身上总能找到各种各样的灵感，就像妖精去吸取那些漂亮女孩的精气和灵气，将她们的爱和情注入自己的作品。

所以，苏子滢才会加上那一句"不是什么活都接"。

而叶峻成找她，不用多说话，只凭着那张高贵干净的脸，就能让人放心地跟他走。

这样不接地气、不食人间烟火、对俗世男女情爱不屑一顾、只沉迷于自己艺术世界的金贵小少爷，全天下也找不到几个。

小少爷唯一的缺点就是性格不稳定，染了不少艺术家的坏脾气，生气的时候莫名其妙。

吃完火锅回去的路上，外面的雨已经变成了雪，冷风直往苏子滢的脖子里钻。

她拉紧了外套，忽然又想到叶峻成穿得那么少，会不会冻感冒？

他的画才画了一半，马上就到截止时间，万一生病了影响进度怎么办？

这场雪比圣诞节那天还大，今年的寒潮据说五十年不遇，连小麻雀都冷得挤成一团，更别说人了。

叶峻成在玻璃房里陪着爷爷看了一整夜的雪。

后半夜最为安静的时刻，爷爷坐在扶手椅上打着盹。

而叶峻成端着一杯白水，靠在落地窗边，看着从漆黑的天空坠落的白色雪花。

好像这些雪花是从宇宙最深处，历经千辛万苦才来到地球。

就像他心中的缪斯学姐，单单看那张脸，是未曾受过欺负的娇贵模样，可却在这泥沼的尘世辗转腾挪，为了钱艰难地生活。

于是那些雪花变成了无数学姐的模样，落在树梢草间，落在河流山涧，最终全都落在他的心田。

手里那杯白水早就凉了，只带着一丝掌心的温度，叶峻成仰头喝完那杯水，看了眼熟睡的爷爷，静悄悄地退出了房间。

他要回去完成那幅画。

那头公牛，还在家里静静地等着他。

第四章　公牛少女

"你知道美学基质共通吗?"

白宁羽看着自己的模特,忽然问道。

他的画室是和朋友们一起租的仓库,很大,但乱糟糟的,到处都是颜料留下的痕迹,唯独窗边的桌子上放了一盆水仙花,在凛冬长出黄色的花苞,似乎随时会绽放。

苏子滢当然知道,这是美学家费舍尔的移情说,但她没有回答。她抱着琵琶,保持一个姿势不动,一张口表情就变了。

白宁羽也不需要她回答,他此刻陷入了巨大的创作热情中,拿着画笔一刻不停地描绘着,嘴上也不停地说着:"我们会欣赏自己的倒影,就像水仙花,就像希腊神话中那个爱上自己倒影、投入湖泊的美男子纳西索斯!这种为了爱牺牲一切的感觉,你了解吗?"

"我第一次画你的背,就特别有感觉,也许是因为……你和我的相似点多,我把你想象成我。"

说到这里,白宁羽咬住了手里的笔,换了一支,继续勾勒描绘着。

他画得太有感觉了,这幅《反弹琵琶》一定能拿到金奖。

白宁羽和叶峻成是完全不同的画手,他更外放,在创作时喋喋不休疯疯癫癫手舞足蹈,更像个疯子,寄情于模特身上,身体心灵双重融合,挥发出最大的才华。

而苏子滢想到了之前叶峻成生气离开时候的那番话,用荣格心理学的外倾与内倾来比较,小叶同学没有明显地表现出丰富的社会观念,更关注自我和内心,倾向于以自身条件为坐标寻找接近的审美范式,如函数图像扩张一般,在风格上自我延展。

他是内倾的人,所以,会选择她当模特。

因为他俩从外形气质上,某些特质有共同之处。

可白宁羽完全相反,他有丰富的社会观念,更外倾,却也选择了她当模特。

不过只要给报酬,对苏子滢来说,做谁的模特都一样。

雪下了三天,放晴了。

叶峻成将那幅画带回了爷爷的屋子，在上面绘制自己的灵魂，也在雕塑这个少女的心。

画笔与颜料并不足以绘制出他脑海中幻想的瑰丽情景的千分之一，但至少正在将这一切展现。

你我之间，难分彼此，画布上大面积晦涩的深褐色，压低整个画面的亮度，只在画面的左上角设置一小片蓝天作为光源，其余都是厚厚的云层。这让他的画多了一种奇异的光影层次感，仿佛梦境在现实的折射。

那是他的弥诺陶洛斯，是缪斯，是众神，也是地狱众生。

如果不是这个少女，这幅画会像以前一样过于犀利，最后也许甚至不能称其为艺术，只是一柄愤世嫉俗的刀，想划破这些禁锢，连画布都无法容忍与容纳这种情绪。

但有了苏子滢，他忽然与这个世界和解了。

浓重到沉闷的色块与温柔的线条，表现出画家深沉的爱意。在愤怒之后，多了一些宽容，也多了一些温暖。

她让这个泥泞肮脏的人间多了几分桃红柳绿、碧海蓝天的美好。

这头公牛就是苏子滢，有力量，有耐性，坚忍的外表下藏着对世界的温柔，从不开口抱怨，耐得住漫长冬季的寒冷，走得进春暖花开的四月。

"我们家峻成长大了。"一个满头银发但精神矍铄的老爷子不知站在门口多久，看到孙子"中场休息"，才欣慰地开口。

以前这孩子的画锋芒毕露，用色也极为狂野大胆，视觉冲击力很强，充满挣脱一切束缚的叛逆，仿佛不服管束的野马。

这就导致大家对他的画评价两极分化，喜欢的人，认为他是新生代的先锋画家，作品充满了后现代感；而不喜欢的人，只觉得作者狂妄，年少轻狂，不懂生活的沉重，画面冷酷，一味地炫技和宣泄，缺少与欣赏者的共情。

"爷爷？"叶峻成刚喝了一口咖啡，转头看到爷爷正在欣赏他的画。

"这头牛画得好。"叶博走近了欣赏一番，不动声色地点拨，"古人说画龙点睛，你知道为什么眼睛那么重要吗？"

第四章　公牛少女

"虽然可以通过线条描绘姿态动作来表达情感,可是所有的情感都不如从这里来得强烈。"叶博指了指尚未完成的牛眼,自顾自地说道,"你想要的,想说的,想传递给大家的,都在这里。虽然还没完成,但我已经感觉到了,我们的峻成,心里有温柔的爱。"

"……该吃饭了吧?"叶峻成放下咖啡杯,被爷爷最后一句话说得十分不自在。

"喜欢的女孩是谁?什么时候带回来?"见孙子想跑,叶博朗声笑着,开门见山地问。

"爷爷你在说什么?"叶峻成转身往门外走,"别瞎猜。"

"听说前段时间华家的闺女回国看你,你也长大成年了,喜欢的话和家人说一声……"

"你说华芸?"叶峻成发现爷爷猜错了人,立刻打断他的话,直截了当地说道,"我不喜欢她。"

"不是她?"叶博也愣了愣,随后笑得更爽朗开怀,"那就是另有其人了。爷爷很好奇,是什么样的女孩能让你画出这头公牛来。"

在叶峻成年轻的异性朋友中,叶博只知道华芸,因为两家是世交,两个孩子从小经常一起玩,长大后华芸去欧洲求学,小提琴拉得一流,又一直喜欢叶峻成。家长们都心照不宣,只等两个孩子毕业后办个轰动商界的豪华婚礼。

谁知醉心艺术的叶峻成长大后并不喜欢这个门当户对、才貌双全的美女。

叶峻成想到对苏子滢的自作多情,心底忽然烦躁起来:"反正华芸这事你和爸妈也说一声,没可能的,让她别没事来找我。"

"想让我帮你啊?行,那你得告诉我,这'公牛'是哪个姑娘?"叶博笑着说道。

叶峻成抿了抿嘴唇,半晌才说道:"只是画室的一个模特,普通同学。"

叶博听到最后四个极为勉强的字,连皱纹都展露出笑意,不由得想到了五十多年前在俄国遇到的那个少女。

"既然是普通同学,那你还是好好考虑华芸吧,这小姑娘去年进了帕格尼尼小提琴决赛,可不容易啊。人家也是个品学兼优的好孩子,而且跟你们门当户对……"

"我对她一点想法都没有。"叶峻成再次打断爷爷的话,"她是不是首席跟我也没关系。"

"你呀……你对青梅竹马都这么冷漠,怎么能感受到万物的情绪?"叶博伸手往天空虚虚一探,似乎抓了一把阳光,感慨道。

叶峻成也抬头看着明媚的阳光。他不懂,为什么要在意不在乎的人。

人生短暂,情感也是有限的,所以才要对自己热爱的事保持百分之百的专注和热情。

苏子滢周末也没找到叶峻成,趁着不用工作,刚好回了一趟家,看望父母。

妈妈恢复得很好,让她放心不少,而爸爸的债务也快还清了,在亲朋好友的帮助下重新开起了包装厂,一切似乎都在走向正轨,让人看到了希望,除了她和雇佣者的关系。

她现在想到那次他赌气咬自己嘴唇,之前以为他不过是想尝试男女之间的亲亲抱抱的感觉,只不过在气急败坏下搞砸了。

当时没放在心里,是知道他的挚爱是绘画,而不是女人,不管和自己的模特有什么亲密的接触,都是一时好奇,目的还是更好地创作作品。

现在一梳理细节,苏子滢有些后怕,担心那个古怪的学弟真的迷上了自己。

周二的下午,张恒远给她发了一份新的资料。

他最近很忙,很少嘘寒问暖说多余的话,这次也一样,发完资料就下线了,连一句叮嘱都没有。

资料是最新的摄像头厂家数据,苏子滢因为准备期末考试,还要带一个吊车尾一起复习,对设计大赛的事稍稍放松了些,这段时间甚至想要放弃寻找合适的摄像头,专注改进其他设计。

第四章　公牛少女

　　林涵看到她又在草稿本上写写画画，纸上一堆复杂的公式和草图，忍不住道："你之前的设计图似乎不是这样的吧？"

　　"我得做好找不到超薄摄像头的准备……你看什么？赶紧背书。"苏子滢见他探过脑袋研究自己的草稿本，拿着铅笔一敲他脑袋，"专心点。"

　　"小苏苏，那个，商量一下。今天下午有篮球赛，我背完书，你看我打球，行不？"林涵觍着脸，看着苏子滢清正秀丽的侧脸，央求。

　　"不去，我还得……"

　　苏子滢的话没说完，就见林涵把手机屏幕对着她，上面显示给她转账两百五十块钱。

　　"一小时一百块，两个半小时两百五十块，你就去篮球场给我加个油呗。"林涵对她撒着娇。

　　"干吗非要找我给你加油？"苏子滢一脸嫌弃地往旁边挪了挪，受不了他那矫揉造作的语气和表情。"虽然我很需要钱，但也不是什么钱都要赚。咱们是朋友，这种非劳动式的金钱，我不赚。"

　　"那你作为朋友，来给我打打气，行不行？"林涵可怜巴巴地望着她，苏子滢想到林涵平日对自己的诸多帮助，便答应了。

　　苏子滢哪里知道，这场寒假前的篮球联赛居然有个特殊的替补，此时这个替补正坐在篮球架下冷漠地看着热闹非凡的球场。

　　下午两点半，林涵的羽绒服里穿着球衣，下半身只穿了一条短裤，光着两条腿在篮球场热身，似乎一点也不冷。

　　"你可真是掐着时间来，还有五分钟就开场了。"林涵远远看到门口一个背着双肩包的女生走过来，立刻穿过队友们迎上去，说道。

　　"这么多人？"苏子滢被篮球馆内人山人海的阵势惊到了，她印象中的高中篮球联赛也不过老师领着一两个班的同学在球场边加油而已。

　　"我们是明星队啊，这都是粉丝，那边是中阳美院篮球队的应援团……"

　　"是我跟不上时代了？"苏子滢扫视一看，不只有穿着清凉的啦啦队，连什么手幅和灯牌都准备好了，和电视上那些追星族一样。

"对，你脱离生活了，现在这种校对校的联赛隆重得很，就差没来个电视直播。"林涵拉着她往球场边走去，已经让队友给她留好了位置。

"校内网直播？"苏子滢发现有穿着校内网小记者制服的同学扛着摄像机对着他俩走过来，立刻躲到了林涵身后，挣脱了他的手，低声嘱咐，"大明星，注意点。"

"怕什么，我的粉丝很有素质，不会攻击你的。"林涵说着又搂住她的肩膀，把她推出来，对着摄像机大大方方地介绍，"这是我的精神导师，我们系的学霸，苏子滢同学。"

苏子滢对着切换过来的镜头，只得露出个微笑，不着痕迹地用胳膊肘撞了撞林涵，示意他别闹了。

林涵身边的美女经常换，今天场上人又多，大家像是趁着寒假前在这里开超级派对似的，其实没人在意她——这些苏子滢都知道，可还是有种被人在暗处盯着的感觉。

是林涵的那些前任和爱慕者吗？

"这是给你留的位置，就坐这里别跑啊，不然得双倍退钱。"林涵领着她走到第二排，第一排是替补队员和啦啦队队员，他们正在互相嬉闹聊天。

这两百五十块赚得真不容易，苏子滢见他走上场，这才松了口气，拉开书包，里面放着两瓶水和复习资料，她戴上耳机，隔绝了周围的吵闹。

尽管篮球馆内的温度比外面高不了多少，可这些年轻人露着胳膊大腿，热情高涨，根本不怕寒冷。

相比之下，苏子滢太过安静了，安静得像一块背景板。

篮球架下一个颀长的身影站了起来，往她面前走去。

"嗨，你也来了？"

苏子滢的肩膀猛然被拍了一下，她一抬头，看到中阳美院的"小金城武"白宁羽，他将一头不羁的长发扎成了丸子状，穿着中阳的球衣，戴着护膝，正笑眯眯地看着她。

苏子滢立刻将耳机拿掉，和他打了个招呼："白师兄，你也来比赛？"

第四章 公牛少女

"你不知道我是大前锋吗？"白宁羽一脸失望的表情，"看来你私下没有打听过我呀。"

"这不是忙着考试复习嘛。你们快开始了吧？"苏子滢听到这句话，反应过来有点想笑，但出于礼貌还是忍住了——看来白宁羽比林涵还自恋，以为只要是妹子就会对他感兴趣。

他条件确实优越，不但艺术造诣高，长得又好看，还有一双乱放电的眼睛，多看女性一眼，都像是藏着三生三世的深情，能轻而易举地俘获无知少女的心。

"结束后一起去吃饭。"白宁羽刚说完，就听到身后队友喊自己。

"谢谢，我晚上没有……"苏子滢拒绝的话没说完，白宁羽就对她眨了眨眼睛跑了，剩下的话她还是喊了出来，"我晚上没有时间，已经有安排了。"

对面美院的师姐师妹们都在咬牙切齿地盯着她，自己这边还有一道复杂的目光……

苏子滢塞回耳机时，一抬眼，向着时不时看向自己的那道目光迎了上去。

这一看不要紧，她手一抖，蓝牙耳机也没塞住，滚了下来，骨碌碌地一直滚到第一排，好死不死地停在唇红齿白眉眼如画的学弟脚下。

她万万没想到，一时的心软会把她带到这种修罗场。

平时只搞文艺的叶学弟，怎么也是篮球队的？

怪她，都怪她，之前没有好好了解学弟的情况，只凭文秀精致的外貌就断定他是能文不能武的人。

叶峻成看着脚下的那只白色耳机，半蹲下身捡了起来，在指间夹着转了片刻，收入掌心，走到她正前方的位置直挺挺地坐了下来。

比赛的哨声吹响，苏子滢原本就没准备看他们打球，只想把《罗丹艺术论》的英文版听完，权当练习英语听力，谁知右边的耳机现在被叶峻成拿着，不还给她……

这是什么意思？

苏子滢盯着叶峻成的后脑勺几秒，见大家都在为场上的队员们欢呼，没人再注意她，才微微俯身，凑近前排的替补，尽量温柔地开口："叶……"

她刚张开嘴，叶峻成突然一回头，俊秀干净的半张脸离她就那么几厘米，身上也不知是不是喷了香水还是洗发露的香味，夹杂着颜料的味道，带着雪松的气息。

叶峻成看着苏子滢始料不及地往后缩了一点，她沉静的眼眸里浮起一丝惊讶和羞赧，随后这片羞赧扩散到整个面孔，像夕阳下的天空布满了粉色的云霞，无比美丽。

"我的耳机……"苏子滢看着他长长的睫毛，有些困难地吸了口气，不知道该怎么和他说话。

莫名其妙地生气又在瞬间消失，苏子滢已经分析出叶峻成那点隐藏的心思了。

可他俩不可能啊！

且不说家庭差距，苏子滢根本没想过跟他有什么发展，谈恋爱不在她大学四年的计划表里。

她要抓住这黄金四年，为自己以后的人生累积知识和财富。

恋爱不过是陪对方聊各种废话，接着约会、小矛盾、争吵，或者是想念对方，假期陪伴，又或者玩腻了分手……这些无一不花时间啊！

有这时间钻研学术，或者体验人生打工赚钱不好吗？

学到的知识永远不可能背叛自己。

叶峻成盯了她几秒，转回头，举起右拳。

"你也是校队的啊……"苏子滢伸手到他的拳头边，尽量自然地搭讪，"既然回来了，那明天下午，正常约吗？"

上周她发过信息：如果他回来，需要自己正常"上班"，提前告知。

可叶峻成一直没回信息，直到今天才见面。

叶峻成依然没说话，松开了手，白色的耳机滚落下来，掉在她的掌心。

还是这么高冷。

苏子滢心里默默吐槽，这么冷的脸想追别人估计很难了，也只能靠女生倒追……

既然他不理自己，苏子滢也就缩了回去，塞回耳机继续听书。

不过她手机里的信息不停地弹出——宿舍群里舍友们正在拼命地圈她。

苏子滢转头往后看了眼，宿舍的其他姐妹也来了，坐在最后排不显眼的地方，正对她挥着手机。

苏子滢看了眼直挺挺地坐在前排的叶峻成，猫着腰，悄咪咪地走到后面。

"你怎么也来了？也是看中阳帅哥的？"王钰一把将她拉到自己腿上坐着，咋咋呼呼的。

"你是来看林涵的？"张焕颜问话的语气有些微妙，喉咙像是被火烧过，说话有些嘶哑，"你俩这算对外公布了？"

"没有，林涵这段时间单身，你要是还放不下就去跟他说，天天躲宿舍打游戏他能知道吗？"苏子滢见张焕颜这颓废的样子就郁闷，可又没法干涉别人的生活。

"我放不下什么？我来这里是为了看白宁羽的，又不是为了他。"张焕颜咕哝了一句，拿着手机对着场上，捕捉着白宁羽的身影。

"要不换个位置，我书包里面还有两瓶水，一会儿你拿给林涵？"苏子滢扭头看了眼张焕颜，忽然说道。

"我才不要。"张焕颜生硬地拒绝了。

苏子滢其实不想坐回去，她看着叶峻成的后脑勺也不自在，这钱大不了不赚了，给林涵退回去。她想开溜。

"去吧，难得今天打扮得这么漂亮，别浪费你的妆。"王钰笑着推张焕颜。

"好马不吃回头草。"张焕颜依然盯着手机屏幕，面无表情地回答。

"好球！"

"白宁羽好帅！"

那边率先进了球，白宁羽被逼到三分线外，一个漂亮三分球入篮，对面的女生尖叫声此起彼伏，不停地喊他的名字。

白宁羽却看向苏子滢空荡荡的位置，对着这边笑了笑。

"啊！"

"那是林涵……"

哨声响起，球场上一阵骚动，传来惊呼声，苏子滢看过去，心里一紧。

林涵不知是被撞倒还是自己摔倒，他没戴护膝，能看到膝盖一片血肉模糊，被队友搀扶下去了。

"要送校医那里吧？这么多血，不知道严重不？"王钰远远看着都觉得膝盖疼。

苏子滢看到队友们已经给他裹上羽绒服搀扶出去了，转头对还直愣愣看着他背影的张焕颜说道："担心的话就去校医院看看。林涵是个高质量的朋友，如果你想和他相处好，就不要用女朋友的想法去禁锢他，要引导他。相处是灵魂与灵魂的碰撞，是人格对人格的影响，是精神对精神的探索。你要让他看到自己闪闪发光的心，而不是每天沉浸在游戏里杀来杀去。"

说完，苏子滢拍了拍王钰的手，从她腿上站起来，趁着教练换人中场休息的时候走回自己的位置。

林涵既然走了，那她也不需要留在这里，回头买点水果，慰问一下。

"你要去哪？"

苏子滢走回自己的位置，正在收拾书包，前排的叶峻成忽然转头盯着她，语气冷冰冰的，压抑着不悦。

"我去图书馆看书。"苏子滢愣了愣，还是礼貌地回答。

"你是去看林涵吧？"叶峻成目光阴冷地盯着她，开始逼问，"你为什么会来看比赛？是林涵让你来的？"

"……跟你有什么关系？"苏子滢对这孩子的臭屁态度非常不满，也确定了他是喜欢自己。

"你从来不看篮球赛，要么是为了林涵，要么是收了钱。"

叶峻成很了解她，一针见血。

苏子滢不想解释，拿起书包想背起来，却被叶峻成拽住了。

场上换了队员，气氛又热烈起来，大多数人的目光都跟随着篮球场上的大长腿小哥哥们，只有杨莉莉一直看着前排，碰了碰王钰。

"有一套啊！"杨莉莉眼里不知是羡慕还是嫉妒，"有没有发现，苏子滢身边全是帅哥？"

"校队的帅哥本来就多。"王钰神经大条地回应，"而且，子滢经常在外面店里打临时工，什么奶茶店咖啡店，都有附近学校的同学光顾，认识也正常。"

旁边的张焕颜已经不见了，就剩下她们两个人窃窃私语。

叶峻成不怎么参加校队的活动。听说他爱打网球，杨莉莉为此报了网球队，可叶峻成也不怎么在网球队出现——他不喜欢人多的地方，只会花钱去网球馆。

而这次参加校队比赛只是个偶然——他是替补的替补，美术系的几个队友都有事或者生病了，他是被方楠千求万求，使用各种计策硬拉过来的。

方楠昨天打球着凉了，今天拉肚子拉得实在没力气，怕叶峻成不去，特意用了激将法，说有林涵学长在，会罩着他的，不用担心输球。

叶峻成原本想看看林涵有什么本事，谁知林涵刚上场就被对方队员绊倒受伤，太让他失望。

更失望的是，苏子滢也在这里。

她的生活不是只有学习和打工吗？

所以叶峻成才会基于平时的观察和判断，推测她可能是收了钱才来当观众的。

因此，留住她的方法也只有一个。

"在这里画？"苏子滢觉得他是故意的，提出了现在就补上周的工作，要她留在这里。

"不行吗？"叶峻成冷冷地反问，拽过她的书包，从里面拿出笔记本和钢笔——他早就看到她书包里的东西。

"一会儿你还要上场，我们约个其他时间吧。"苏子滢不想在众目睽睽下被他一直盯着画画。

她今天够招摇了，从被林涵拖着坐下来开始，不少人就一直好奇又嫉妒地偷瞄她呢。

"不，我现在就想画。"叶峻成咬住钢笔帽，冷冷地看了她一眼，"我上场了你也不准走。从现在开始，三个小时。"

苏子滢很想问"你是不是对我有意思"。

她考虑过捅破窗户纸后的两种情况。

如果叶峻成大方承认，那她可能没法继续当模特了，得终止合作。

但这又有三种情况：

A.叶峻成大度地答应，并不追究违约金。
B.叶峻成大度地答应，但追究违约金。
C.叶峻成生气地拒绝，两人关系恶化后继续合作。

如果叶峻成不承认，那也回不到原点，因为她主动破坏了正常的社交距离……

苏子滢会习惯性地对一个问题提出多种解法，做出多种假设。

但生活和考题不一样，考题有标准答案，生活上的难题很多时候却是无解的。

或者说，爱是无解的。

至少她现在还没找到完美的解决办法。

"好吧，就这样吗？"苏子滢叹了口气，她一向将工作和生活切割得很清楚，既然已经开始工作了，那就等结束后再和他谈。

这三个小时的费用先赚到再说。

"你跟白宁羽认识？"叶峻成没回答她，只是侧身坐着，拿着笔记本，就用钢笔开始在上面随意画着，问道。

这问话听上去也充满了随意感。

可是苏子滢却觉得叶峻成很在意。

因为他画画时，很少会和她聊日常，更很少聊到其他人。

"中阳的头号种子，听过他的大名。"苏子滢看到叶峻成手微微一顿，果然很介意的样子。

"不只听过吧？我看到他和你打招呼了。"叶峻成语气依然很冷淡，但里面藏着一丝醋意。

"和叶同学有什么关系呢？"苏子滢微笑着反问。

叶峻成看了她一眼，继续在本子上画着钢笔画。

"为什么没有关系，我付过钱的，想多了解模特，画出更细腻的感觉来，不可以吗？"

"那也不用调查我的社会关系吧？我和别人的关系影响你画画吗？"苏子滢倒宁愿他直接说在意自己，便绕着圈子逼问。

这种局，先开口的人更被动。

苏子滢不能直接问，只希望这道无解的题还有些主动权在自己手里，好解决接下来的合作问题。

"不影响我画画，但是影响我心情。"叶峻成的手很稳，在纸上交叉排列着整齐细密的线条，勾勒出光线的明暗，色调和质感渐渐展现出来。

而周围是人们兴奋的喊叫声和遗憾的叹息，绝大多数人都被场上的比赛吸引，那是压倒式的精彩进攻和艰难防守，双方分数已经拉开了二十多分。

苏子滢看到叶峻成眼底的阴霾，识趣地闭嘴，没有再问他为什么影响心情。

咄咄逼人不是她的风格，太过反常只会让他更警惕。

而且看学弟这满面不爽怒气值快到顶峰的模样，再问下去，搞不好会引起原子弹当众爆炸。

"担心林涵的话就去看他。"见她不说话，眼神飘忽不定，不知在想什么心事，叶峻成又说道。

语气依然冷淡，嘴里却像含着半颗柠檬。

"好啊，你不画了吗？"苏子滢当然不会去看林涵，他身边还缺美女去探望吗？

"你还真要去？"叶峻成的怒气值果然被这一句话激到顶峰，狠狠地一扔笔，站起身来。

他本就长得贵气，五官精雕玉琢般，一直扭头对着观众席，引起一些女生偷看。

只是他的眉宇间带着几分凡人不敢侵扰的距离感，才让人不敢明目张胆地盯着。

现在他忽然站起来，顿时吸引了大部分女生的目光，大家都趁着这个机会光明正大地多看他几眼。

"不是你提出的建议……"苏子滢话还没说完，就见站在场边的教练大步走过来，打断了他俩的话。

"七号，你来换下八号。"篮球教练没见过叶峻成，上半场结束，他必须要换人，保存前锋的体力，等关键时刻再上。

上半场打得太激烈，分数差距太大，所有队员的精神和身体都十分疲惫，必须得调整战略。

不管替补队员什么水平，至少看上去能跑个半场。

"既然这么听我的建议，那就坐着好好看我打球。"叶峻成深吸了口气，将本子丢到她怀里，压着怒气，脱掉外套也扔到她怀里，转身上场。

"……"苏子滢无语地拿着带着他体温的外套，感觉到不少人在看自己，只得低下头整理好他的衣服，拿着笔记本伴装看笔记。

一眼就看到他画的半张少女的脸。

钢笔画看上去很简单，只是直线斜线竖线曲线各种线条交叉，可要画好却很难。

比如直线和竖线，需要勾线起笔，快速运笔，再勾线收笔，线条才能坚硬流畅清晰，还有各种抖动曲线和断笔，都需要深厚的美学和运笔基础。

叶峻成的手太稳了，没个十年八年的基本功，无法画出这么细腻传神的钢笔画。

他笔下的少女，从发丝到睫毛都有着温婉柔美的娇憨，可那双眼睛却像寒星，带着坚定的气质。

他已经能轻易地抓住苏子滢的神韵，不知是看久了她的脸，还是内心有了热切的欲望，所以哪怕是随手画画，都鲜活无比。

苏子滢内心复杂地看了许久，像研究一道难解的高数题。

当她合上本子，请前排休息的队员帮自己捡起钢笔，整理好书包的时候，听到场上的欢呼声："七号！七号！"

下半场刚开局，替补的七号队员居然抢了篮板，轻松绕过防守，和白宁羽一样，来了个三分线外远投。

原本紧皱眉头不停擦汗的教练眼睛一亮，问坐在第一排休息的大前锋唐宇："这是哪里找来的替补队员？以前没见他打过球，是咱们学校的吗？"

"他是美术系的学弟，方楠今天不舒服，换他来的。"唐宇对队友们的情况很熟悉。

"他叫叶峻成，画画很厉害，在国外拿过不少大奖呢。"和苏子滢坐在同一排最靠边位置的女孩激动地插嘴，一脸骄傲的表情，"他是我们班最具国际影响力的学生，画工吊打美院那帮人。"

苏子滢微微一愣，看着场上奔跑的少年，忽然想到了那天晚上他把自己拦在操场，画了一个超大的饼，要自己做他模特，卖了画给她佣金分成。

偏见真可怕。

那时候，她从"八十块"鲁莽地断定他是个剥削人的资本家。

即使后来谈妥了价格，他严苛的工作要求也经常让她有种"钱难挣，屎难吃"的感慨。

放下偏见才发现，其实他只是对一切要求完美，无论是模特，还是自己手里的笔。

"那这双手……岂不是很贵？"教练忽然更加紧张起来，不安地看着场上激烈的比赛。

因为中阳美院大意，上场就丢了三分，此刻他们都在严防新人七号，而教练生怕这拿过大奖的手给扭着了。

"叶峻成啊！"另一个队员也开口，有些好奇地八卦，"他这水平怎么不去中阳美院，要来我们学校？"

"这是个性，打破常规才能创新啊！"那个女孩显然是叶峻成的迷妹，默默偷看他好久了，趁着他上场激动地说道，"再说，人家名气在外，谁要美院的加持？要成为顶尖画家的人，在哪里都能发光。"

"咳，难怪手这么稳，平时练球吗？"教练边听边看着场上的七号，见他长臂一伸，快准狠地断了对方中锋的球，用防卫姿势胯下运球，速度快得惊人。

"听方楠说叶峻成小时候跟着NBA的教练练球，锻炼手指和手腕的稳定性和灵活性，指尖转球很厉害。可惜我们都没见过。"女生见周围同学们都对她的同班同学感兴趣，语气都夸张起来，兴奋地说着他们班的神仙同学，喋喋不休。

苏子滢拿起手机，默默去国外的绘画论坛搜了叶峻成的英文名。

她看到了几幅叶峻成的作品，色彩强烈大胆，充满了奇幻的浪漫和热情，一幅《熔浆》翻滚着让人窒息的滚烫，暗红火红赤红朱红各色的红仿佛要从屏幕中冲出来将她淹没。

苏子滢倒是经常看设计展，学习优秀的作品，但她对现在的美术界不是很了解，而且叶峻成之前的作品都是在国外拿奖。他也非常低调，一心画画，不喜欢抛头露面，属于墙里开花墙外香……

当然，中阳美院肯定早就关注到新秀，早就想挖他，所以才有了他放弃中阳美院抛来的橄榄枝来到这里的传闻。

"哇！七号！七号太帅啦！"苏子滢身后的女生忽然喊了一嗓子。

"流川枫！"

随后本院的同学们都欢呼起来，不知谁先喊了一句流川枫，大家都紧跟着喊了起来。

又是个姿势极漂亮的三分球，流川枫——不，叶峻成似乎很擅长三分线外投篮，刚开局就连追了六分，逼得对方不得不调整战术，重点防御他。

白宁羽下场休息，坐在前排观察着叶峻成的打法，对教练低语了几句。

眼看红队士气大振追了十分上来，中阳美院的教练吹了哨子，要求换人。

啦啦队队员们挥舞着彩条，趁着这空档上去就是一段热情四射的舞蹈。苏子滢第一次认真看这些短裙长腿的姑娘跳舞，眼都直了，这才是青春少女该有的样子啊！

这边的教练也把队员们喊到篮球架下，不知叮嘱着什么。

叶峻成像没心思听，所有人的目光都在他的脸上，可他的目光却投向了那个画了无数次的女生。

苏子滢的手机忽然振动起来，她今天忘了"工作"时静音，是林涵打了视频电话过来。

她换成语音通话，听到那边生气地质问："干吗不接视频？你一点也不担心我的膝盖骨有没有碎掉？怎么没来校医院看我？"

"你又不缺人照顾，躺好听医生的话就行了，碎掉的话你是爬不起来的。"苏子滢淡定又温柔地回答，"好好养伤，我等人少点再去看你。"

"你就算不来看我，也不用把你宿舍那位喊过来吧？知不知道刚才老子有多尴尬？"林涵刚把张焕颜给送走就气急败坏地给苏子滢打视频电话，想骂她，"我和她还能聊什么？你是怎么想的？好马不吃回头草，你还想让我俩和好？"

"她说是我让她去找你的？"苏子滢听出来了，张焕颜拉不下来脸，拿她当挡箭牌呢。

"难道不是吗？"

"是……没错，是我多嘴，看不下去了，这两年你换了一个个女朋友，可她被你伤害得缩在壳里不肯走出来，打了整整两年的游戏。人家本来好好一姑娘……"苏子滢发现自己语气有点严肃，顿了顿，叹了口气，

"林涵，你处对象我没意见，你之前找的那些跟你一样贪玩没个定性的小姑娘，或许只会为你伤心几分钟，转头就找到了新的猎物。但是，不是所有人都是那样的性格，有的人可能因为你，永远失去了自己的青春和爱情。你好歹为自己的行为负点责，别撩完就跑……"

"我受伤了……"林涵打断她的话，"我受伤了，你一句问候都没有，就知道教育我？你刚才这些话也伤了我的心，你负责了吗？我受伤了，你连看都不看一眼，算什么狗屁朋友！有什么资格指点我的人生？"

说完，他愤怒地挂断了语音电话。

苏子滢皱了皱眉，这臭小子！

她还想给他发信息过去，可忽然一个身影走到她面前，对她伸出手，漂亮红润的嘴唇吐出一个字："水。"

苏子滢抬头一看，是叶峻成。

这一小节休息两分钟，他已经不愿听教练的部署，见她一直在和人通话，忍不住走过来。

"叶峻成，这有水。"坐在最旁边的女同学立刻殷勤地拿起一瓶水递过去。

叶峻成看也没看她一眼，依然盯着苏子滢，等着她从背包里拿水。

苏子滢被周围好奇又嫉妒的目光看得想直接遁地而走，不愿和"流川枫"染上半点关系。

僵着只会让脸上的目光越聚越多，她考虑半秒，从背包里拿出给林涵买的运动饮料，递给叶峻成一瓶。

叶峻成的眼神始终锁定在苏子滢沉默的脸上，用命令的口吻说道："帮我拧开。"

苏子滢眼角跳了跳，觉得他是故意在这么多人面前展现和自己的亲近——冷冰冰的亲近。

叶学弟根本不懂怎么和别人保持友好的距离，更别说怎么博取女孩子的好感。

"拧开啊。"叶峻成很不高兴，刚才全场都在看自己，只有她没看，就算是普通的雇佣关系，老板打球，员工也应该表现得热情点吧？

"你手受伤了？没力气？"苏子滢终于忍不住问道。

别欺负她没谈过恋爱不懂这些，从来都是男孩帮女生拧瓶盖，哪有他这样故意反着来的？

"当然有力气，但我要保存体力，"叶峻成扶着前排的椅背，探身到她面前，咬着牙一字一顿地在她耳边说，"打废你那位白师兄。"

什么叫"你那位白师兄"？

苏子滢见裁判吹哨，提示准备上场了，狠狠拧开运动饮料递给他，微笑着说道："那你加油。"

叶峻成抿了抿唇，看她的眼神像是他画的那幅《熔浆》，里面翻滚着可怕的热浪。

她居然没否认？

这是什么意思？她没有第一时间解释"这不是我的白师兄"，而是一脸淡定地让他加油，仿佛觉得他根本打不过白宁羽……

裁判又吹了两声哨子，队员们都陆续跑上场。

叶峻成接过那瓶水，一仰头全倒进嘴里，喉结上下耸动，片刻就喝光了，然后将瓶子捏扁了往苏子滢怀里一扔，也不再说话，但眼里写满了"你给我等着"的威胁，转身上场。

苏子滢哪里知道，自己单纯的礼节性回复，深深地伤害了某个幼稚小孩的心。

她对艺术家并没有什么偏见，只客观地感觉大多数搞艺术的人都很特立独行，比如叶学弟就是古怪、敏感、细腻又暴躁，有时候都不知道是怎么得罪他的。

这次白宁羽也上场了，最后的十分钟，他要稳住优势局面。

比分差距还有十二分，不出意外的话，只要防住对方的七号黑马，就能轻松拿下这次的冠军。

叶峻成平时总爱穿羊绒大衣，因为个子高，皮肤白净，五官精致得像弱不禁风的贵族公子，现在穿着球衣，露出了纤细修长的四肢，连肌肉线条都很完美，让人不由得感慨上帝是偏心的。

他连动作都是协调优美的，可就这么一个看上去优雅的贵公子，这次上场后却像换了个人。

像出击的猎豹，原本游刃有余的狩猎变成了攻击性极强的掠食。

叶峻成身高一米八八，在一堆一米九以上的篮球队员面前不占优势，可他弹跳力好，动作迅捷灵敏，抢了几次篮板球。可惜对方调整了战略，对他严防死守，他完全无法输出。

而苏子滢对篮球完全不感兴趣。在一片打气声中，她发现林涵那家伙把自己给拉黑了。信息发出去后出现一个红色的感叹号，提醒对方已经不是她的好友。真小心眼，在这点上，他跟叶峻成差不多。

尖锐的哨声伴随着周围的惊叫声响起。

"七号犯规！"

"流川枫状态不太好？是被压制得太狠吗？"

"还有七分钟，追不上了，队员们都着急了。"

"是，刚才撞人有点急了……"

周围的人担心地窃窃私语，苏子滢看到吹哨裁判的手势是带球撞人，而白宁羽正揉着左肩，看上去是他被撞了。

现在处于白热化状态，气氛紧张激烈，苏子滢也忍不住仔细观察起场上的情况。

教练绕着圈子跑着，对队员们喊着什么，尤其关切地看着七号。

叶峻成虽然最后十分钟进攻得有些猛烈甚至急躁，但在点球时，手却一如既往的稳，"唰"的一声，球毫无意外地落入球网里，追上两分。

最后三分钟了，全场跑动下，叶峻成被对方逼在三分线外，忽然听到唐宇大喊一声："七号！"

篮球越过对方牛高马大的后卫，往叶峻成跟前飞去。

可是唐宇用力过猛，球飞得太高，对方高出半个头的后卫跳起来都没能截住，眼看就要飞出界了。

在众人的惊叫声中，叶峻成纵身跃起，在空中拧腰勾手，竟接住了这个球。他往右侧飞奔两步，在对方的后卫和中锋前来拦阻之前背对着他们运了两下球，忽然就出手了。

三分线外，背对着他们反勾手。

球像是长了眼睛，从众人的头顶直飞入篮。

"唰！"

现场瞬间安静下来，只能听到篮球重重地穿过球网的声音。

随后，场上响起一阵如雷的掌声和喝彩声，连蓝队的教练都忍不住叫了声好。

这命中率和手感，简直是天才球星啊！

但苏子滢没想到，赛事的最后半分钟，出意外了。

叶峻成在队友的掩护下三步上篮，飞身将球往篮筐里一扣，完成一个完美帅气的灌篮。对方的后卫冲过来想阻止，不知是有意还是无意，在空中撞到了叶峻成。

他落地时候，在空中失去了平衡，脚崴了。

原本这没什么，可在叶峻成重重摔倒在地的时候，右手被对方后卫狠狠踩到，对方也一个趔趄，倒在他身上。

裁判吹哨，教练紧张地冲过去，心想真是怕什么来什么！

苏子滢见他坐在地上低头捂着手，心里一紧，站起身，只听到旁边那个女生尖叫："叶峻成的手！叶峻成的手受伤了！完了完了！"

现场混乱，两队的人不知在争吵什么，叶峻成被扶了起来，但他站在原地没有动，而是捂着手，目光穿过人群看向苏子滢，对她扬了扬下巴。

苏子滢冰雪聪明，当然知道他是什么意思。

这人是想让她去照顾啊！

逼宫！

苏子滢脑子里蓦然冒出这两个字来。

众目睽睽下，还在直播，他对自己使这样的眼神，如果自己真下场扶他去医务室，那两人的绯闻就坐实了。

见苏子滢没动，叶峻成皱了皱眉，忽然喊道："苏子滢，你过来！"

苏子滢不介意别人的目光，她介意的是这剧情超出意料，两人以后该怎么继续合作下去。

叶峻成当众点名，表达了他俩之间特殊的关系，而她完全没有想过跟他有感情上的瓜葛。

"苏子滢？"叶峻成又喊了一声。

苏子滢提着包，抱着他的衣服，在大家艳羡嫉妒的眼神中走到篮板下，帮他披上衣服，看了眼他紧紧捂着的右手，低低问道："手还好吗？有没有伤到骨头？"

"你关心我？"叶峻成虽然受伤了，可眼神里藏着期待。

"你还要画画的……"苏子滢和他对视一眼，看到了他眼里的炽热光芒。垂眼思忖半秒，她靠近他耳边礼貌客气地低声说道："叶同学，我只是现在还在你的雇佣时间内，任你差遣。需要我送你去校医院吗？"

只能祈祷他的手伤势不严重。

不过如果严重的话，也没心思喊她陪着去医院吧？应该第一时间就让球队的人送走。

"跟我走。"叶峻成听到她带着距离感的后半段话，苍白的脸色本就不好看，现在更难看了几分，语气也变得强硬。

"脚还能走吗？要不要……"苏子滢还没说完，就被他伸手搭上肩膀，把她当成拐杖，往外走去。

"叶同学，这是什么意思？"苏子滢扶着他走到门口，才咬着牙强装微笑地问道。

"不是雇佣时间内随意使唤吗？"叶峻成的右手垂在身边，轻轻动了动，还好没伤到骨头。在对方踩到的那一刻，他握拳抬手侧移了半分，所以只是受了点皮外伤。

但那一刻，他看到了在大家的惊慌失措中，那个坐在第二排的美丽学姐紧张地站了起来。

叶峻成忽然灵光一闪，或者说脑子一蒙，夸张地翻滚着把右手抱在了怀里。反正大家也看不清具体的伤势，他也确实是被踩伤了。

第四章 公牛少女

"大家会误会的。"苏子滢又说道。

"你不是不介意别人的眼光吗？"叶峻成故意重重地靠着她，冷冷地反问。

她更不喜欢有后续麻烦的事情。

"怕给你带来麻烦。"苏子滢习惯了他讥讽的语气，学弟就不会好好和人聊天，她很怀疑以后两人还能不能正常相处。

根据以前的打工经验，她有预感，这份工作做不长了。

"叫个车，去春明医院。"叶峻成又刻意地往她肩头压了压，才说道，"怕给我带来什么麻烦？"

"你今天的做法，"苏子滢费劲地从后背的包里掏出手机，一边叫车，一边说道，"会给你的个人感情带来麻烦。何必违背之前的工作保密约定呢？"

"我个人感情很简单，不存在麻烦。你说来说去，只不过是觉得自己遇到了麻烦。你怕什么？讨厌跟我扯上关系？"叶峻成语气更尖锐，带着不快。

在遇到苏子滢之前，他在感情上确实简单得像一张白纸，从没有考虑过画画以外的东西，所以在面对喜欢的女孩子的时候没任何经验。

但他不是傻子，能敏锐地察觉到对方在不停地努力和自己划清界限，不愿和他有雇佣关系以外的发展。

爱情和画画不一样，热爱画画可以一直单方面输出，即使得不到艺术之神的回应，也可以不停地练习，不断地表白，用技艺和实力敲开艺术殿堂的大门……

爱情一旦得不到回应，叶峻成的内心就开始急躁，开始不安，不知道该往哪一处发力，整个人就变成了刺猬。

"确实……我不喜欢掺和私人感情的工作。如果你在工作上对我有意见，直接提出来，我改正；但如果是对我有意思……就不要浪费感情了，谈恋爱不在我的计划内。我对你也没有其他想法，咱们只是金钱关系。"苏子滢没想到这么快就要直面这个尖锐的问题，此刻的情形逼得她不得不立刻表态。

叶峻成像是刚出生的婴儿，不通人情世故，他身上有着横冲直撞的"无知"行为，配上迷人的皮囊，会诱惑成熟的人去呵护引导他。

苏子滢没法呵护他，一旦因为同情而给予温柔的回应，他就会深陷其中。

"我说过对你有意思吗？"叶峻成停下了脚步，从她肩膀上挪开了左手，内心翻涌着一股说不出的苦楚，让他胃里发酸，像被浓硫酸腐蚀了五脏六腑和他的骄傲。

"只是提出个假设。当然，希望我是理解错了。"苏子滢转头看着他，微微一笑，"毕竟你当众的表现和质问的那些话容易让我胡思乱想，怕你对模特有多余的感情。"

"别自作多情，我和你不过是金钱关系而已。"叶峻成看到她平静如常的客套笑容，更觉得胸闷气短犯恶心。他为什么要对这种爱财如命的女人动心？想到她每次算钱的认真劲，叶峻成就想抽醒自己。

"那我就放心了。走吧，车还有两分钟到校门口。"苏子滢见他眼里闪过一丝厌恶，松了口气，对他伸出手。

叶峻成跛着脚从她面前直挺挺地走过去，似乎被她刚才的话冒犯到，宁可忍着疼也不愿再跟她有任何肢体接触。

看着他踽踽独行的背影，倒让苏子滢忍不住自纠自查，反省自己是不是反应过激了，说话不留余地，伤害到他的自尊。

现在好了，叶同学一路上都和她保持两尺以上的距离，不再主动找她说话，冷着脸捂着手，像是被她撞伤了似的。

车内的气氛实在太凝重了，眼看到了医院门口，苏子滢示好地主动找话题："学生卡带了吗？我帮你挂号。"

"不用。"叶峻成离她远远的，"你可以走了。"

"还剩一个多小时……"

"你可以走了。"叶峻成听她提时间，怒火更旺，语气也更冷，咬着牙重复刚才的话，然后一个人往挂号大厅走去。

"那有事给我电话。"苏子滢对着他的背影说道。

她没有立刻就走,而是站在门口一直看着,发现他并没有去挂号区排队,而是走到了电梯口,和几个拿着挂号单的人一起等电梯。

春明医院是这里最好的私立医院,设备先进,请来坐诊的都是医学界的专家,许多进口药无法报销,需要自费。

不怪苏子滢看到医院就想到药费。家道中落之后,妈妈比谁都发愁,为了筹钱还债到处找工作,什么脏活累活都做,落下了一身的病,各种慢性病缠身,挣点辛苦钱还不够吃药。也导致她一看到医院就有心理阴影。

叶峻成直接去找副院长,他的堂叔叶琅。

叶峻成和父亲关系一般,平时父母工作忙,加上他叛逆的大学选择,与家里不常联系。但叶峻成和小堂叔叶琅偶尔还会深夜聊天,每周也会见次面吃吃饭。

叶琅没有艺术细胞,却深深迷恋艺术,小时候叶峻成父母工作忙,是他带着小侄子去全球各地的艺术圣殿打卡。

三年前的一次生病,叶琅遇到了一个小护士。他为了那个小护士,在春明医院安顿了下来。

虽然这个小护士至今也没能成为叶峻成的叔母,可叶琅依然没有放弃。

"……方楠那小子是想害死你吧?打什么篮球?打球不知道保护好自己的手?你还想不想画画了?

"我看你最近精神也不太对,是不是二伯回来给你说了什么?

"还是你妈又唠叨你了?心情不好?那喊我打网球去,跟一堆人抢什么篮球,看看你这脚踝也扭了,手也被踩坏了……

"怎么不说话啊?我说你该不是失恋了吧?"办公室里不时地传出叶琅抓狂的数落声。

"是不是寒假不想回家?"叶琅见侄子已经包扎好了,一脸沉郁的表情,叹了口气,伸手想去拍拍他肩膀,却被叶峻成躲开了。

"我也不想回去,家族聚会最烦了,又要问我什么时候带女生回家,又要问我什么时候结婚生孩子。可你不用担心，你还小，不像我已经到不惑之年了，再不成家就要断后了。"叶琅见他还是沉默不语，无奈地继续安慰。

"我想单独待会。"叶峻成受不了小叔的絮叨，默默靠在玻璃窗前，看着云层间的太阳往西坠。

整个城市的上空被染成深深浅浅的粉色，云层边缘似盛开着黄蔷薇和紫丁香。对美术生来说，落日时分的天空就像独一无二的珍宝，是自然界最华丽的颜色。

但叶峻成此刻没有心思欣赏美丽的晚霞，他心里很堵，想找个让自己不堵的办法。

苏子滢对他没有兴趣，甚至很抵触工作之外的关系，他如果再进一步，只会再次被拒绝。

"这表情……我们家的峻成有少年维特之烦恼了。"叶琅在旁边观察了一会儿，推了推金丝眼镜，啧了一声。他可是常青藤出来的心理学博士，早就觉察到不对，只是现在更加确定："我真好奇，谁能拒绝你呀？该不是个不喜欢男人的小姑娘吧？"

叶峻成紧紧闭着嘴，眼底已经浮现出了不耐烦和生气。

"难道是个老师？"

"别瞎猜。"叶峻成忍无可忍地扭过头，看着小叔，"我走了。"

"别走，等我下班，晚上一起吃饭。"叶琅哪能让他走了，"顺便让叔帮你分析分析，是你违背了道德，还是她有问题。"叶琅说着就去拿大衣，准备这就下班。

一心搞艺术的侄子，青春期一直对着各种圣母玛利亚描啊画啊，从不见他对身边的女孩子感兴趣，现在忽然开窍，叶琅兴奋无比。

"不用……"

"你就不想解决问题吗？忘了你叔是做什么的？心理学专家！那些女孩子怎么想我可一清二楚。"叶琅强行拽着他，"走，先带你吃顿好的，补充补充营养。"

不是叶峻成瞧不上叶琅的心理学，主要小叔连自己的女神都搞不定，追了三年也没到手，他实在怀疑叶琅的谈恋爱水平。

而且自己和苏子滢只是金钱关系而已！

叶峻成从没有受过这种难以宣泄的委屈。也不知是想通了，还是实在想不通，第二天，他带着黑眼圈来到了苏子滢的教室外。

倒是苏子滢，认为把话说清楚了，如释重负地继续自己的生活，尽管室友们都在八卦篮球场上她被关注的事，可丝毫不影响她认真听课。

林涵借着腿受伤没来，苏子滢给他发了好友验证，对方也没通过。

张焕颜今天坐在苏子滢身边，下课铃响的时候，她看了眼还在做笔记的苏子滢，不知在想什么。

"我有话想和你说。"

"什么？"苏子滢闷头疾写，将几个知识点串联到一起，这个准会考，她得让林涵考试前背会。

"林涵喜欢你，你知道吗？"张焕颜转着手里的圆珠笔，过了几秒，等旁边的人都离开后才说道。

"我们是关系不错的朋友。"苏子滢的手停了停，随后继续写着，"他很照顾我。不过你应该知道他的性格，他喜欢谁就会行动，不会憋在心里。"

"我知道，所以能让他憋在心里的肯定不是一般的喜欢。"张焕颜昨天和林涵说了几句话，不过不是求复合，而是将这两年对他的怨恨全倒了出来，把他痛骂了一顿。

"他这么跟你说的？"苏子滢合上本子，心想林涵是不是在拿她当挡箭牌。

"他没说，但我看得出来。"张焕颜看着苏子滢清丽的侧脸。

她们在一起住了三年，尽管苏子滢早出晚归，而她沉迷游戏，两人没真正说过几句话，但是大学期间，室友们之间点点滴滴的相处时间是最久的。

张焕颜见过苏子滢的各种状态。

无论是夜归还是早起，无论是疲于奔命还是神采奕奕，无论是刷牙洗脸还是吃饭喝水，她身上有一种珍贵的忍耐和奋发精神。似乎无论什么事都不能将她打倒，像沙漠中的仙人掌，无论烈日还是严寒，都无法阻挡她绽放出美丽的花。

这种看似温柔却格外强悍的生活状态，对养尊处优不必费力就能轻松活着的人来说很特别。

无论是中产家庭的纨绔子弟林涵，还是不接地气的艺术少爷叶峻成，当他们接触到和自己截然不同的人，见识了在底层的苦难中笑着长大的女孩后，都想走进去窥探。

"那是你看错了。"苏子滢收拾起书包，神色沉静。

"林涵说得对，你真是没心的人。"张焕颜忽然愤愤地站起身，先她一步走了。

但没走两步，她又反身回来，对着脸上波澜不惊的苏子滢说道："可能对你来说赚钱比什么都重要，可以牺牲社交，牺牲感情，牺牲青春。你一定觉得每天沉迷游戏的我很差劲，可我觉得你这样的怪胎也没好到哪里去，外面对你的一堆传言你根本不在乎，为了钱，你什么都能做出来吧？你这样的人根本就不值得林涵喜欢。"

张焕颜这通话说完，才觉得爽快了点，但她看到苏子滢眼底的惊讶和难过，心里也颤了下，自己是不是说得太过分了？

可难道不是吗？

苏子滢昨天是焦点，几个男神围着她转。杨莉莉给她们分析了一晚上，得出的结论就是，苏子滢不是什么正经打工人，能和这些有着顶尖资源的豪门公子牵扯不清，她绝对是下了功夫的。

她那么喜欢钱，智商又高，如果有捷径能轻松实现阶级跳跃，谁会选择辛苦地努力？

苏子滢坐在原位半天没动。

她坦然承认，钱对自己来说最重要。

如果没有钱,她就会家破人亡,连家人都无法保护,社交、感情、青春又算什么?

能上这所学校的人,绝大多数是小康家庭,从小能获得不错的教育资源。像她宿舍的其他室友,父母不是老师,就是个体户做点小生意,大多收入稳定,能给孩子正常的经济支持。

她不一样,她一直生活在危机里,从前经常在噩梦中惊醒,怕妈妈不堪重负丢下他们,怕那些要债的将爸爸抓走,怕自己真的被卖了抵债……

只有不断地获取物质,才能救这个家;只有不断地刻苦学习,才能救自己。

可苏子滢最终还是没和张焕颜解释,因为她知道,这世上没有真正的感同身受。

温室长大的花朵,就算在恶劣的环境中待了一天,也不能体会到沙漠里的花经历过怎样的风刀霜剑和漫漫长夜才能开放。

"你不准备去吃饭了?"

忽然,门口传来磁性低沉的声音,像低音炮撞得苏子滢心中一凛。

叶峻成怎么来了?

"叶同学?找我有事?"苏子滢转头,看到靠在门口、身材修长挺拔的少年,头痛起来。

无事不登三宝殿。叶峻成自从聘了她当模特之后,从没主动找过她。

"昨天你提前走了,今天中午陪我吃个饭,补上时间。"叶峻成语气里有一丝强硬。

教室的人走光了,她还坐在前排对着书包发呆。叶峻成一直站在人声嘈杂的走廊,没听清张焕颜和她说了什么,只远远看着,感觉她似乎有些孤独。

那种孤独,和一开始他感受到的孤独不一样。

记得第一次在画室里见她,裹挟着寒风走进来,那半裸的背显得优雅又清冷,孤傲得像雪地里长出的红梅。

即便她的脸温婉如玉,眉目温柔可亲,可眼底也有一片孤独。

正是那种故事感吸引着他,让他夜不能寐,想把她画下来。

此刻她的孤独,是他偶尔感觉到的孤独——几乎没有朋友,远离家人,一个人对着画架,现实意义上的孤独。

"去哪吃?"既然他说是工作,那苏子滢当然不会找借口拒绝。

"食堂。"叶峻成薄唇里吐出让苏子滢头痛的两个字来。

"食堂……你吃得惯?"苏子滢背上书包,走到他面前。

"你不敢陪我去?"叶峻成带着刺反问。

"当然不是,我只是觉得里面人多太嘈杂,而且都是大锅饭,你可能不习惯那环境和口味。"苏子滢见他反应过激,立刻笑道,"外面有一家老店的小吃做得很好,我请你去尝尝吧。"

"你请我?"叶峻成语气似乎舒缓了一些,可随后又冷硬地拒绝,"算了,给你省点钱,就去食堂。"

她是个爱财如命的人,居然宁愿请客也不想陪他去学校食堂,可见有多想"避嫌",不想在同学们面前和自己扯上任何关系。

"也就一碗馄饨的钱,请得起……"

"我不爱吃馄饨。"

叶峻成偏不让她如意,硬是让她陪自己去食堂。

"脚好点了吗?食堂挺远的……"

"上了药,好多了,这点距离没问题。"叶峻成再次打断她的话,微微跛着脚往前走。

他昨晚一夜没睡,心不甘情不愿地接受了某位自己都没讨到老婆的心理专家的建议。

叶琅给他做了计划:既然女孩子说明了没有恋爱计划,表白也一定会失败,就顺着毛往下撸,绝口不提感情。既然她爱钱敬业,那就只跟她谈工作。

但这女生身边还有其他的"狼",那就得让别人知道她是自己的人。

叶琅教侄子的方法是宣示主权不需要告知当事人,只要让除了当事人以外的所有人都知道就可以了。

苏子滢跟在他身后，默默对着天空无声地叹了口气。

平时她都会避开高峰期去食堂，节省排队打饭的时间，今天陪着这么一个扎眼的帅哥在高峰期来到食堂门口，很快就感受到了大家的注目礼。

尤其叶峻成在门口台阶处，忽然伸手搭上她的肩膀，像是脚伤走不动了，半个身体的重量都压了上来。

要不是苏子滢以前就有跑步锻炼的习惯，腿上有力气，只怕这一下就被压趴下了。

"脚疼？"苏子滢真想快走几步，离他远点，划清界限。

之前就说食堂太远，让他在校门口对面的老店吃点算了，他非要来这里。

"上台阶还不行。"叶峻成嘴上这么说着，眼神却扫了食堂一圈。

他没来过食堂，平时也不怎么参加什么活动，在大众面前露脸的机会不多，此刻发现一楼的同学们都在窃窃私语地看着他俩，还有女生拿着手机在偷拍。

"人太多了，你先找个位置坐下，要吃什么我排队帮你打。"苏子滢想找个单独的位置，发现没有。

"我只要一碗面。"叶峻成有些嫌弃地看了眼周围的环境。

"好，我请你。"苏子滢客气一下。

"……好吧，"叶峻成忽然想到小叔的话，"下次我回请。"

小叔说的，追女孩需要留"话头"的，别每次都带着刺，一副生人勿近的模样，也不要每次将所有的话都说死，有来有往才是人情。

苏子滢没想到他答应了，有点诧异，他今天不对劲，怎么忽然有点人情味了？

神仙下凡了，她却感觉陌生。

叶峻成却打着自己的小算盘，这么多同学看他带学姐来吃饭，应该都知道是什么意思吧？

瞧他们那惊讶又复杂的眼神，这个消息应该很快会成为传遍全校的八卦，想到这里，叶峻成又看了看对面端庄漂亮的学姐，觉得这里的面条也不至于那么难以入口。

"寒假我要回家照顾妈妈。"苏子滢端来面条，说道。

之前叶峻成说过寒假安排，当时她为了钱没有拒绝，但现在改变了主意。

"你妈妈身体不好？"

小叔说的，想了解和亲近别人，不要背着人家查资料，当面聊天才能交流出感情。

只是叶峻成实在不擅长聊家长里短，如果说说文艺复兴美术三杰，他或许会更自如一点。

"嗯。"

苏子滢有两三年都没和家人一起过年了，每年春节前后，尤其除夕夜，兼职费用是平时的好几倍，她舍不得回去。

"生病了？"叶峻成见她低头吃面，不准备多聊的样子，过了几秒，才硬着头皮继续问。

第一次主动问对方家事，叶峻成仿佛被迫加入七大姑八大姨中，努力营造出"亲民"的形象。

"身体不太好。"苏子滢也觉察到了什么，抬头对他笑了笑，主动转移话题，"你参加比赛的画画好了吗？"

"差不多了。"叶峻成花了一周的时间处理细节，只剩牛眼的部分还要继续润色。

"正好想提前和你请假了，考完试我想先回家。"苏子滢已经算好了工资，她无论如何都得将预付款折合的工时给做够。

"下学期才能再见？"叶峻成微微皱眉，看着她温雅的脸，像是想把她的每个角度每个表情都刻在脑海中。

苏子滢点了点头："下学期的画画时间回头再定吧。"

每学期的课程安排不一样，她的计划也不同。

明年如果家里情况好转，她就要将重心转移到自己最热爱的事情上了。

——不，无论有没有好转，她都必须在最后一个学期完成自己的目标。

"不行，你害我一个多月不能画画，没有职业精神。"叶峻成忽然语气严厉起来，"如果临时改了主意，不能陪我出国写生，那你也该按照正常的工作日来安排寒假。"

"你不是已经安排好了去……"

"我可以不去。"叶峻成也不知怎么，这么快地接口，轻易改变了自己的计划。

一反平时高傲矜贵的文艺少爷形象。

"不去？我……我是家里真有事，不要因为我改变主意啊。"苏子滢有点内疚，觉得自己耽误了人家的事。

她认真考虑两晚，如果叶峻成是喜欢上了自己的模特，他俩单独出国写生对她很不利，苏子滢担心会出现自己无法掌控的事。

并不是怀疑叶峻成的人品，只是在国外人生地不熟，叫天天不灵的，无论是她还是叶峻成，一旦发生意外就麻烦了。

她是家中独女，做事缜密，无论何时都奉行安全第一，不是迫不得已，她会远离风险。

如果妈妈病情恶化需要二次手术，急需大笔的医药费，或许她会为了钱冒险。现在一切都在好转，她没必要让自己人生遭遇不必要的风险。

"一周三次，我会跟你约时间地点，不耽误你照顾家人。"叶峻成唇角抿紧，又露出那种不容商榷的强势。

"可我在镇上……"

"就这么说定了。"叶峻成像是不想和她多说，其实是不愿再看到她略带拒绝的态度，面也不吃了，站起身就往外走。

"你吃好了？"苏子滢知道他不高兴了，也放下筷子站起身，但并没有跟上去，"那有事再联系。"

叶峻成听到这句话，拳头紧了紧，刺痛的右手提醒他要留点风度，不要当众对女生发火。

他真佩服苏子滢的"涵养"，或者说她对男性的态度。

年轻人的眼里多多少少都有些盛气，比如他，骄傲飞扬，不将寻常人看在眼里。

但苏子滢没有。

从第一次看到她，叶峻成就注意到她的眼神像平原上的溪流、中秋的月色，透着温柔娴静的柔光，带着一眼看到底的真实，又平静又镇定，却让人拿捏不住。

她有着同龄人所没有的稳重气质。

对任何事都深思熟虑，从不多嘴，也不见她有少年的冲动和对情爱的欲望，哪怕渴望金钱，也是掐着分寸，透露出一种看透尘世的出家人心态。

任是无情也动人。

这对第一次动心的叶峻成来说，像是在新手村接了个地狱级难度的任务，遇到了刀枪不入的怪物，不知道该怎么处理。

这学期的最后一天，考试结束，叶峻成转着铅笔，在老师收了卷离开之后一直坐在座位上没动。

"叶哥，你最近有点抑郁啊？别闷着了，刚好考试结束可以放松了。最近有两部电影口碑不错，我正好有两张票，你要不要约人去看电影？"方楠坐在他前面的桌子上，见人都走差不多了，意有所指地说道。

他知道叶峻成傲娇，直接说出苏子滢的名字，估计会被叶峻成丢铅笔。

叶峻成不理他，铅笔在他修长灵活的指尖转动着，他右手的伤已经好了，只在小拇指外侧留下一点点青紫的痕迹。

"你说你……总这样一声不吭，别人怎么知道你的想法啊？"方楠叹气，猜心思游戏多累啊。

"她什么都知道。"叶峻成终于开口了。

那女孩冰雪聪明，怎么可能不知道？

不管是她半开玩笑自降身份地事先拒绝，还是后来更加公事公办的态度，都意味着她在划清界限。

如果不是考虑已经到手的预付款，估计她早就客客气气地向他提辞职了。

叶峻成不是真的不懂人情世故，不过是不屑浪费时间在这些东西上。

"我分析吧，她可能觉得你俩差距太大，不敢高攀。"

"是我入不了她的眼。""啪"的一声，叶峻成手里的铅笔被掰成了两截。

方楠吓得跳下桌子，连连哄着："我的大少爷啊，可别再弄坏了手。你怎么能妄自菲薄啊，喜欢你的女孩子那么多……绝对是其他原因。"

爱情真可怕，居然能让心高气傲目空一切的叶峻成说出这么不可思议的话来。

方楠此刻十分怀疑他是不是被那个学霸师姐给精神操控了。

"她眼里只有钱。"叶峻成有些烦躁地将铅笔准确地投到放在门口的垃圾桶里。

"总比眼里还有其他男生好。"方楠的安慰很无力，他帮叶峻成边收拾着书包，边出主意，"叶哥你得多刷刷存在感，本来就不在一个班，交流的机会少……"

"我不喜欢交流。"叶峻成想到小叔教的那套，尝试了一下就觉得非常不舒服。

人与人之间，难道不应该是灵魂之间的共鸣吗？

不需要说任何的话，交换个眼神，就是一生。

"不能依着你的性子来啊！"方楠急了，抓了抓头发，"至少现在不能这样，你得给别人机会来了解你。走走走，我陪你去女生宿舍楼下等她。"

"我不去。"叶峻成才不要在众目睽睽下站在女生宿舍门口等人，这不是他的性格。

"真不去？我听说他们班考完试有聚餐，林涵组织的。你要不去，人家可就跟林涵聚餐去了。"方楠故意说道。

"跟我有什么关系？"叶峻成站起身，腿肚子狠狠撞到了椅子，发出摩擦地面的刺耳声音。

"那咱俩去看电影，两张电影票别浪费了。"

"你话真多，能安静一会儿吗？"叶峻成伸手拿过自己的书包，甩到肩上，大步流星地往外走。

"行，及时止损。"方楠追上去，喋喋不休，"巴菲特说的，投资犯错不可怕，重要的是及时止损。你只要把感情这事当商业投资来看，就变得简单。"

"闭嘴。"叶峻成真恼了，转头阴沉地看了他一眼。

方楠闭嘴了。

叶峻成虽然年轻得像初夏第一缕晨光，但已经带着让人不可直视的炽热光芒。

他沉下脸时，剑眉星目带着无言的压迫，周围的空气都凝固住，让人难以呼吸。

两人一前一后走到教学楼门口，恰好看到一群学生站在光秃秃的银杏树下围着一个女生，在激烈讨论着什么。

叶峻成停下了脚步，方楠差点撞到他的后背，也跟着停下来，眯着眼睛看了几秒，小心翼翼地问道："那是鬼面学姐吗？"

他没敢提苏子滢的名字，怕叶峻成还在生气。

高高扎起的马尾，没有腰身的黑色直筒过膝羽绒服，配上有些笨重却暖和的棉靴，身边还围着一圈衣品不错的同学。对比之下，被围着的苏子滢仿佛食堂的打饭阿姨。

"完了，感觉及格很困难。"

"今年的题目太难了，幸好我看了子滢在群里分享的重点笔记，不然挂了科，都不敢回家过年了。"

同学们和苏子滢对完答案，发出一片叹气声。

今天的天气特别好，没有风，阳光温暖，是个适合收拾行李回家过年的好日子。

叶峻成看着阳光下的少女，尽管她穿得那么普通，没有一丝青春的张扬，但也看不出寒酸之气，大概是她鹅蛋脸上有着大家闺秀的温婉淡然气质，尤其眼里淡淡的笑意，像是礼貌地迎合，却又带着真诚。

他一直都没能走进那双带着故事的眼睛里。

两个人完全不一样，如果他是尚未进入俗世的天界灵童，带着神的圣洁和刚下凡的懵懂，那她就是览尽疾苦的菩萨，不问情义真假，不问意义何在。

苏子滢像是感觉到了被人注视的目光，笑着转过头。看到是叶峻成，她眼里的笑意微微一顿，随后对他点了点头，算是打了招呼，又扭头和身边同学讨论起来。

"去啊，我帮你把票都取出来了。"方楠说着，从口袋里掏出两张票塞到叶峻成的手里，顺手将他的书包拽了过来，"她对你笑了。"

方楠外表看似玩世不恭，做事却细致周到，早就筹划着帮叶峻成追学姐了，细心到知道叶峻成不会网上取票，已经帮他取好了票。

"别愣着了，先约出来再说。"方楠见叶峻成还是不动，急了，推了推他的胳膊，"不然人家真要走了。"

搞不懂叶大少爷的想法，那天篮球赛结束，叶峻成还带着学姐去吃食堂，那么多的人在场也没见他犹豫，怎么这几天考个试，变得格外忧郁，像受了什么打击。

方楠特意打听了，学姐没和任何男生确立恋爱关系，除了林涵和她补习上课相处的时间多一点，学姐的感情状态没有任何更新。

叶峻成双手插在大衣兜里，慢慢走下台阶，长长的浓密的睫毛半遮着漆黑的眼眸，看不出他在想什么。

苏子滢还在给王琪说最后一道题的要点，忽然听到身后低沉充满磁性的声音："苏同学。"

他的声线迷人，高冷中带着一丁点温和，如果故意温柔些，好听得能让人起一身鸡皮疙瘩。

一众女同学不由得往旁边避了避，只觉得头皮都被"苏同学"三个字叫得发麻起来。

苏子滢听到他喊自己，无奈地闭上眼睛轻轻吸了口气，再转过头时，眼里盛满了耀眼的阳光，依然礼貌地微笑："叶同学，考完了？"

"有话和你说。"叶峻成从人群边走过，向通往操场的林荫小道走去。

"什么话？就在这说吧。"苏子滢站在银杏树下，笑着看着他的背影，"我们等几个同学下来，一会儿还有事。"

叶峻成停下脚步，转过身："你确定要在这里说？"

苏子滢静静地看着他，分析着他的心思。

她那双一眼就能吸引住他的眼睛，看向别人时既认真、情深意切，又坦然到毫不在意、云淡风轻。

黑亮的丹凤眼像是很明白那些形而上的感情无从论证，不像数学题可以有正确的解答，所以才从不渴望，也不回应这些命题。

叶峻成被她那不冷不热的眼神弄得心头烦躁，从深处涌起无法遏制的冲动，往她面前走了两步："你不跟我走？"

"就在这说吧。"

苏子滢唇边带着温柔的弧度，和足够礼貌的距离感。

叶峻成眼底闪着炽热的光，又往她面前走了两步，直到胸口快贴到她，闻见她头发的发香的时候才停下来。

阳光下，两人的影子叠在了一起。

苏子滢站着没动，脸上还带着笑容，看着前方距离她半尺不到的喉结，硬生生地控制住往后退的冲动。

"你要求的……"叶峻成微微俯身，嘴唇贴到她耳边，压低的声音带着罕见的诱惑，"那我就在这里收尾款了。"

苏子滢听到这句话，心中生出一丝后悔，显然没想到他说的竟然是这事。

她想后退，却忘了背后是银杏树，而叶峻成动作更快，一把揽住了她的腰，另一只手按在了她的脑后，护着她的后脑勺不被撞到。

他的手背擦到银杏树粗糙的树干上，嘴唇压了下去。

男孩子的嘴唇也可以很柔软，像春天的白玉兰，让人感受到春暖花开的美妙。

不，像是整个春天猝不及防轰轰烈烈地在脑中炸开。

叶峻成这一次磕准了，没撞破学姐，也不知道私下观摩学习了多久，反正对新手而言，很是成功。

最成功的是，对方被打了个措手不及，目瞪口呆之下居然没挣扎，让他没费什么力气就完成了真正意义上的初吻。

"啊——"旁边的女同学这么近距离地看到年轻学弟完美无敌的侧脸，心跳都加速了，再亲眼看到他这么劲爆的举动，血压瞬间升高，忍不住捂着嘴尖叫起来。

苏子滢在周围的惊叫声中回了魂，想推开紧紧贴着她的少年。

她的人生鲜有后悔的时刻，每一次的决定都经过了思考，只有这一刻，她特别想回到一分钟前。

看到叶峻成站在教学楼门口的那一刻，就该光速撤离。

察觉到她的抗拒，叶峻成甚至贴得更紧，但放过了她的唇，嘴唇沿着她滚烫的脸颊再次来到耳边，低声说道："是跟我走呢？还是继续？"

"走。"苏子滢从齿缝挤出了一个字。

她的脸通红一片，那双眼睛似乎罩上了一层雾气，眨了一下，睫毛便将那层水雾刷到了眼底，在阳光下波光粼粼，闪着细碎动人的光芒。

"要和你的同学们说一声吗？"叶峻成松开了扶在她后脑勺的手，但揽着她腰的手没松开，就这么搂着，低头看着她红到耳根的羞恼。

"一会儿你们等到了老师就先走，不用等我。"苏子滢尽量保持语气的平静，对王琪说道。

"那回头微信联系。"王琪还傻站着没反应过来，直到旁边的张焕颜用胳膊肘碰了她一下，她才擦了擦嘴角，急忙说道。

苏子滢点了点头，尽量让肢体放松些，伸手攥住叶峻成的手腕，想将他的手从腰上扯掉。

可叶峻成揽得紧紧的，亲亲热热地将她带出人群。

不远处的方楠都看傻了，半张着嘴——还可以这样？

叶哥不愧是哥啊，平时比石头还闷，从不理会女孩子，只知道画画、研究色彩，分析各种流派的画法……没想到上一刻还在教室高冷地拒绝任何建议，下一秒就在众目睽睽下直接上嘴了。

这少爷的心，才是海底针。

"能松开手了吗？"走了十多米，到了拐弯处，苏子滢终于开口，"我不喜欢这么走路。"

"你可以在这么走和牵我的手之间选择。"叶峻成心情好了很多，唇角忍不住地上扬，语气都带了几分愉悦。

然而苏子滢和他相反，心沉到了谷底。她没有选择，思忖片刻才说道："你找到摄像头了？先把资料给我。"

"尾款还没收够，怎么能交货？"叶峻成我行我素惯了，他现在也很后悔——早知道就该顺从本心，做自己喜欢的事。

克制隐忍是没好结果的。

"什么意思？你故意欺负我？"苏子滢停下了脚步，这里没几个认识的同学，她脸上的红晕尚未完全褪去，语气变得有些严肃甚至严厉。

"是又怎样？"叶峻成见她不再保持温柔有礼的微笑，露出了那少有的倔强神色，故意反问。

"这种游戏并不好玩，你应该先学会尊重女性……"

苏子滢的话还没说完，又见那张俊秀精致的脸在眼前放大。

有了刚才的经验，她这次反应更迅速，眼见被他搂着腰没法躲，伸手一巴掌就呼到了他的脸上。

"啪！"

她的手严严实实地挡住了叶峻成凑过来的下半张脸。

"叶峻成，你疯了吗？你大庭广众下做这种事？你在故意捣乱，你就不能提前和我在微信上联系，说一声摄像头的事？为什么要让我当众难堪，这是什么恶趣味？"苏子滢显然刚才忍得很辛苦，现在彻底被他惹怒了，没能控制住情绪，语速比平时温温柔柔说话时快了一倍，"你是小孩子吗？你做事不经过大脑的？你……啊……你咬我？喂，松口！"

苏子滢捂住他口鼻的手忽然被温热的口舌包围，随后手掌的拇对掌肌被他一口咬住，疼得她倒抽了口凉气。

这个疯子！

他以前是只沉迷于画画的疯子，痴迷于那一方画布，用各种颜色填充着内心世界。

现在因画移情，对她发疯了。

叶峻成这一口咬得很用力，拇对掌肌是一处对痛感很敏锐的肌肉，见她痛到眼圈发红，他才松开了口，温柔地在上面用嘴唇蹭了蹭。

苏子滢触电般地收回手，可又怕他再乱来，索性捂住自己的脸，深呼吸，缓和要爆炸的情绪。

"既然在你眼里我是小孩子，你是成年人，那就多包容点。"叶峻成此刻的心情比阳光还明媚，他终于找到了让自己开心的方式。

虽然是建立在别人的痛苦之上。

可那短暂的快乐令人上瘾。

他在人生其他事上本就是天真、鲁莽、纯粹的孩子，容易沉迷于那飙升的内啡肽。

"凭什么让我包容你？我们只是雇佣关系，没有血缘关系。"苏子滢要被他的无理取闹弄疯了，自己又不是他妈！

"因为你好为人师啊。"叶峻成不管周围路过的同学投来的惊诧异样眼神，学着林涵平时吊儿郎当的语气，在苏子滢耳边说道，"苏老师，人生这道题太难了，不如辅导我一下吧？"

"行了，别闹了。"苏子滢深呼吸，再深呼吸，顺便用力揉了揉脸，逼迫自己冷静，"你心理幼稚，但生理上也是个成熟的人了，能理性点对话吗？"

"至少，你先松开手，咱们找个安静点的地方聊一聊。"苏子滢用力掰开他的手，往前快走了几步，才觉得缺氧的大脑缓过来一点。

"陪我看完电影，就给你资料。"叶峻成松开了她，厚实温暖的羽绒服从身边溜走，仿佛也带走了他一部分体温，让他感觉有些孤独寂寞冷。

"这就是全部的尾款？"苏子滢转头看着他，下午的阳光从西南方洒在他洁白的脸上，她注意到少年的嘴唇红得像苹果，阳光在上面跳跃着，格外炫目。

她移开了眼睛，心里一万个后悔。

后悔那天在温泉酒店没有把他幼稚的行为当一回事。

学弟有着成年创作者最渴望的童真，无论是对色彩的大胆运用还是独辟蹊径的观察力和天马行空的创造性，都表明他是个只专注于自己内心的敏感孩子。

孩子身上有无数优点，但旺盛的好奇心带来的是对这个世界强烈的干预和控制欲望。

毕竟孩子不问对错，只顺从本心。

叶峻成一直活在自我的世界里，从没有为谁打开他的象牙塔大门。

这是他第一次约女孩子看电影。

他不喜欢电影院的环境，一堆陌生人在大房间关着，还要忍受一些素质不高观众的嘈杂，所以从小到大他几乎都是一个人坐在家庭影院刷片。

唯一一次被拽去电影院是华芸十八岁生日，几个朋友包了场，去看了一部沉闷无比的法国爱情片，看得他后半场都睡着了。

方楠选的是部据说是近几年最温暖的恐怖爱情片——一部关于末日丧尸的影片。

这部影片拿下过奥斯卡最佳导演奖，镜头充斥着暴力美学，四溅的脑浆和末日黄昏的荒芜公路让人不由得身临其境地想到如果这是自己生命中的最后一天，想要握紧谁的手。

苏子滢戴着3D眼镜，眼睛一眨不眨地看着IMAX巨幕，决定既来之则安之，沉浸到影片里。

她同样很少来电影院看电影，即使偶尔放松，也极少选择巨幕厅，总会找折扣最高的场次。

一个惊悚的僵尸袭击的场面引起电影院里众人的尖叫，胆小的女生趁势钻进男朋友的怀里，连一直镇定自若的苏子滢都微微往后靠了靠，本能地想避开逼真的3D视觉效果。

叶峻成根本没有看电影，他在忽明忽暗的光线中一直看着身边的学姐。

他好几次想伸手，想像那些情侣一样，自然地碰触到她，可对方始终双手抱在胸前——这是拒绝的肢体语言。

学姐外表和和气气，温柔礼貌，但其实就是一只刺猬。

叶峻成现在是狗咬刺猬无处下口。

"光影很美。"趁着大家都在尖叫时，叶峻成凑到苏子滢耳边，像个解说员，"橘黄色的太阳光和红色的血，刻意将亮度调低，在冷酷中带着一丝温暖。"

苏子滢沉默。

周围依然很吵闹，对这段持续的追杀窃窃私语。

"导演很喜欢三角构图。"叶峻成没话找话地又说道。

苏子滢只微微点头。

叶峻成见她对自己冷淡的态度，抿了抿唇，还要说什么，他口袋的手机振动起来。

"我去接个电话，等我。"叶峻成看了眼来电显示，立刻握着手机走了出去。

苏子滢等他走后，才轻轻吐了口气，紧绷的肩背稍微放松下来。

她已经给家人打过了电话，明天回去。

看完电影快七点，她还要和叶峻成好好聊一聊——这家伙自始至终没有和她表白，回避所有的问题，带着孩童无赖式的狡猾。

"最新的资料发给你了，但我还是想说，你不可能拿到比赛大奖的，放弃吧。"电影散场时，叶峻成坐着没动，给她发了个文件，兑现了自己的承诺。

江特助昨晚给他打过电话，说今天晚上七点之前会给他摄像头的资料，刚才给他打电话过来，说资料已经发到邮箱了。

妈妈身边的特助做事靠谱，时间也卡得刚好。

否则，叶峻成下午一时冲动做的事就没法和苏子滢解释了。

他不会表露心迹，因为知道会被拒绝。

"谢谢。"苏子滢看了眼文件，带着礼貌的语气，顿了顿，继续说道，"我想和你说几句话。我只是你的画模，不要代入其他感情。"

"什么感情？"叶峻成缓缓摘下3D眼镜，那双像冬夜寒星的眼眸，像是被乌云挡住，看不到里面璀璨的银河，阴沉、冰冷地看着她。

他的脸上如果硬说有什么感情，大概是压着的怒气。

识趣的人看到这么贵气的少爷沉了脸，会选择闭嘴。

偏偏一向善于察言观色的苏子滢这次非常不识趣地想站起身，说道："那天是我不对，同意了这么荒谬的'报酬'，所以今天的事我照单全收，只希望你也能忘记今天发生的事。如果你觉得回不到过去单纯的雇佣关系，那请立刻解雇……"

"学姐，你一定没有朋友吧？"叶峻成伸手按住了她的肩膀，把她硬生生地按回座位，站起身挡在她的面前，像是自言自语，"所以我觉得我们很像啊。"

苏子滢仰头看着他高大的身影，手指收紧，切换到了警戒状态。

"我们不需要朋友，只要同类在一起就够了。"叶峻成俯身看着她，另一只手抚上她的脸颊，将那上面的碎发捋到她的耳后，轻声说道。

她很有古典的气质。

是这个时代越来越稀有、越来越容不下的古典。

古代的大家闺秀，文静温婉，内敛柔和，连走路都要娉娉婷婷、不疾不徐。

而现代社会逼着女性更快更强更凶猛，要能和甲方拍桌子斗智斗勇，能抱着孩子扛着大米穿着高跟鞋奔跑着挤地铁，能在卫生间哭完补好妆再精神十足地继续工作。

甚至要比男人还要努力强大地活着，嘶吼着和命运抗争。

她的鹅蛋脸上写满了含蓄优雅的东方美，线条柔美，留白的地方风清月明，看不出那股拼过命的疲惫。

唯独那双眼睛，定定地看向人时，眼底有一种饱满热烈的悲怆和鲜活。

那一定是曾经努力爬过泥泞，经历过狂风骤雨之后才洗净了这天空，才能如此云淡风轻。

"我只是你花钱请的打工人。"苏子滢挡开了他的手，微笑地说道，"我先出去吧，清洁阿姨在等着打扫。"

门口确实站着拿着扫帚和垃圾桶的阿姨，看着两个年轻人暧昧的姿势，以为是热恋中的小情侣，见他们说了会儿话，才咳了一声，走了进来。

"确实，你打好自己的工就行了。"叶峻成直起身，收回手插进裤兜里，审视她几秒，话锋一转，"今天耽误你回家了，明早我开车送你回去。"

"不用……"

"既然是打工，总要忍受老板的一些古怪要求，不是吗？"叶峻成说完，率先转身往外走，"早上十点，我在校门口等你。"

"这也算打工？给钱吗？"苏子滢斟酌了拒绝的后果，最终问道。

听到后面三个字，叶峻成冷笑了一声："就当是下周的模特课吧。"

"不用我出油费过路费吧？"苏子滢说完，见他也不回答，气呼呼地甩手加快脚步。她在后面轻轻吐了口气，觉得自己遇到了最棘手的"甲方"。

好在这个甲方很年轻，还没久经沙场，也许能应付几个月，把预付款的工时熬过去毁约算了。

毕竟预付款都花光了，自己没资格谈条件，说话也不硬气。

但甲方有个致命缺点——有个纯粹的理想化的精神世界，厌恶世俗欲望。她多提钱，总没错的。

他们不是同类，她是个现实的俗人，每天计算着生活费、药费和未来各种花销，是他最厌恶的那种人。

只不过她长了张清丽沉静不染纤尘的脸，对涉世未深的小男生颇有迷惑性。

某些成熟男士也有着想要保护的欲望。

这天晚上,叶峻成一言不发地跟着她走到学校,像是赌气,也不和她说再见,就在学校门口对面的红绿灯下站着,看着她和自己礼貌地道别。

而第二天一早,一辆黑色的奔驰停在了学校门口。

一部分同学昨天考完试已经着急地回了家,有的同学定了今天早上的票,三三两两地推着行李箱走出来。

张恒远松开了安全带,靠在驾驶位上听着歌,安静地等待着苏子滢的出现。

艺术学院的少男少女光鲜亮丽,从他面前招摇过市,并不会引起他的兴趣,只让他感慨青春已逝。

离开大学已经太多年了,久到他几乎记不得自己的学生时代,仿佛从来也没有过青春岁月。那时候哪有那么多杂念?他的学生时代在赶论文、考研与兼职中匆匆度过,回想起来,只有枯槁泛黄与寒酸紧张。寒门出身的贵子,全靠那股努力拼劲和百分之一的运气。所以,在苏子滢的身上,他看到了自己。

她与他大学时一样,同时打两份工,似乎只要有工作,便感恩万分。张恒远一直记得他去流水线视察时,看到气质稳重的苏子滢像古代落难的千金,平静地接受命运的捉弄。他对苏子滢藏起了那份同情,因为他发现,她最不需要的就是别人的同情,她只要公平买卖——付出了多少,就给她多少工资。

他同情的是那个穿过时光隧道,从大山深处走出来的自己。

当苏子滢给他发信息寻求资料时,张恒远是高兴的,没有想到她会跟自己开口。

他亲自整理了供应商档案与技术参数,细致地打印、标注,尽管知道这个大赛的奖金可能和她无缘,可年轻人就该有股不畏失败的锋芒,那是能够挣脱自己命运束缚的锋芒。

苏子滢没有想到张恒远昨天半夜给她留言,说拿到了最新的资料,如果她还在学校,早上九点他过来送一趟。

"张总,您居然有空来这里。前几天见您朋友圈定位还在国外,回国了也没说一声。"苏子滢老远就看到奔驰摇下的车窗里那张成熟男人的脸。

"说了你能来找我喝茶？"张恒远笑了，打开车门走下来，一脸长辈的慈爱，"我想着你正好在考试，就没打搅你，考试怎么样？顺利吗？"

"还行。"苏子滢对他露出明媚的笑容，看了眼他手里拿着的牛皮纸袋。

"看这样子，奖学金跑不了。"张恒远看到她的笑容，就觉这些额外的付出有了价值，"喏，拿去。"

当年的自己也是靠拿到了全额奖学金去留学，才最终一步步走到现在。现在他比绝大多数的人都成功。

"拿了奖学金请您吃大餐。"苏子滢接过他的纸袋，笑着说道。

"你这样抠门的丫头，大餐最多是个全家桶，还是留着自己吃吧。"张恒远眼里满是笑意和淡淡的宠爱。

旁边不少学生对这个帅气有魅力的大叔投来好奇的目光。

"要是拿到了设计大赛的奖金，一定分您……"

"得得得，我可不分你的钱，那跟要你的命有什么区别？"张恒远笑着打断她的话，云淡风轻地说着，"只是正好公司也在整理摄像头的相关资料，我看了下没有保密级别的文件，就给你顺手复印了一份。希望对你有用。"

"谢谢张总，那……一会儿您是不是又要去忙了？"苏子滢提着纸袋，眼见正经事交接完毕，直接问道。

"是你要忙了吧？一会儿要去工作还是回家？要我送你吗？"张恒远无奈地摇摇头，他的临时出现估计已经打乱了人家的计划。

自己的学生时代都是密密麻麻的计划，比现在大公司总裁的行程还要紧密，严苛到了每分钟应该做什么。

生怕每浪费一秒，就离梦想远了一光年。

害怕回到祖辈怎么都走不出来的大山，害怕变成另一个面朝黄土背朝天一辈子连梦都不敢做就穷困病逝的父亲……

"我……和同学约好了回家,今年春节在家里帮帮忙,陪陪家人。"苏子滢看了眼对面的咖啡书店,算了算时间,把纸袋又塞回他的手里说道,"张总,等我两分钟。"

张恒远还没说话,就见她快步走到斑马线,趁着绿灯过了马路。

他靠在车门边,掏出一支烟叼在嘴里,看着那个纤弱的背影,莫名想到一句话——你当温柔,且有力量。

她是一个内心有着强大能量的女孩,不需要任何人为她谋划未来,所以不必担心,她比当年的自己还要清醒和努力,她也早晚能走到比自己还高的地方,看看这个世界的模样。

旁边的女生们纷纷偷看这个有型有款的大叔,艺术学院门口不缺豪车和大叔,但鲜有这么有魅力的帅大叔配置。

张恒远看着苏子滢从对面的咖啡书店提着个纸袋走出来,静静地站在红绿灯下等着。

尽管她穿得朴实无华,可朴素的衣着依然掩盖不住闪耀的风华。

像珍珠,像月光,有着明亮却不刺眼的柔和光芒。

"送您的。"苏子滢走过来,将纸袋递给张恒远说,"今天就不请张总吃饭了,开学后要是您有空回来,我们再约。"

这孩子可真忙……

张恒远接过纸袋,看到里面有一杯咖啡,还有一本书。他抽出一看,Life Aesthetics and Kant's Aesthetics。那天她在饭店等他时看的书,当时他想借来看看,被拒绝了。

"A deep soul, even if the pain is beauty。"张恒远看到扉页上她写的一行寄语,笑了,"我喜欢这句话。"

一个深刻的灵魂,即使痛苦,也是美的。

"我也很喜欢,共勉。"苏子滢拿回牛皮纸袋,对张恒远鞠了一躬,"再次谢谢张总,百忙之中还……"

"行了,别跟我这么客气,我就不能为小朋友做点事吗?"张恒远打断她的话,伸手拍了拍她的肩膀,真诚地说道,"我很开心你会找我帮忙，这说明还有人需要我，我的存在似乎更有意义了。"

"一直都很有意义。"苏子滢感激地说道。

刚入公司时，大家都吐槽张总监是个冷漠的人，从不参加各部门的聚会，也懒得加群和大家聊天，但她知道不是这样，张总监只是不会花费多余的时间和大家维系关系，但如果需要他帮忙，他会花时间给予指引和帮助。

"走了，有事给我发信息。"张恒远深深看了她一眼，拉开车门坐了进去，将书和咖啡放好，对她挥了挥手，也不再多话，掉头就走。

苏子滢抱着牛皮纸袋，目送他的车融入车流。

如果说同类，她和张总才是同类。

相近的人生，相同的努力，他们的每一秒都不敢懈怠，害怕稍不努力就被打回原形，人生倒退到最艰难的时刻。

离校期间，学校考虑到大家的行李多，特意开了北门，让车辆可以直接到宿舍楼下接人。

还没到十点，叶峻成的车停在了女生宿舍门口。

苏子滢没什么行李，只带了一书包的书，拉开后排的门，看到后排座椅上还是放着几个大皮包，没法坐人。

叶峻成像是没睡好，眼底有些发青，脸上也像憋着起床气似的，见她试图整理后排行李想坐后面，态度很差地开口："副驾驶有毒吗？谁让你坐后面的？把我当出租车司机？"

一连三个问题，配上他阴沉的表情，浓浓的火药味立刻出来了。

这什么逻辑？坐后排就是把人当出租车司机了？她只是不喜欢坐副驾驶，因为副驾驶最危险。

但要是这么说了，估计对方更生气。

"我放个包。"苏子滢将书包放好，到副驾驶坐下，拉好安全带，试图缓和叶峻成的情绪，"昨晚没睡好吗？要不送我去车站……"

"你怕我在路上睡着，怎么不去买杯咖啡？"叶峻成面无表情地设置着导航。

"你喝什么口味的?"苏子滢又解开安全带,从善如流地问道。

"我不喝劣质的咖啡豆。"

"那热可可怎么样?"苏子滢习惯了他忽冷忽热一直挑剔的少爷脾气,脾气很好地问道。

"不要加糖。"叶峻成勉强答应。

看着苏子滢走到对面咖啡书店,叶峻成瞥了眼她放在后排背包边的敞口帆布包。

那里面装着一个牛皮纸袋,露出一角。

等苏子滢捧着一杯热可可回来时,叶峻成正研究着导航。"高速今天堵吗?"苏子滢看到有一段红得发紫的线路,故意问道,又想趁机提出坐高铁回去。

坐高铁只要一个小时,开车要两个半小时,来回就是五个钟头,太浪费时间了。

叶峻成没说话,对她伸出手要可可。

苏子滢递了过去,正想着怎么委婉开口,手被他握住。她一惊,手一抖,热可可洒了出来。

"烫到了吗?"苏子滢眼疾手快地抽出纸巾放在他的大腿处吸掉饮料——热可可有盖子,也就溅出来几滴,与其说怕烫到,她更担心弄脏了叶峻成的裤子。

叶峻成垂眼看着她连抽了几张纸按在自己大腿上,纤细洁白的手指像春葱柔荑,将一个凛冬按在了掌心下,萌出花草繁茂的三月绿意。

他的心被这春意撩拨得狂跳起来。

"对不起,回头我帮你洗干净。"苏子滢见他没喊烫,那可可污渍在黑色的裤子上留下了几道不明显的痕迹,她稍稍松了口气说道。

叶峻成依然攥着她端着热可可的那只手,拽到自己唇边,就这样喝了口热可可,压下心中的躁动后才说道:"你加糖了?"

"没有,无糖的。"苏子滢被他这种喝饮料方式弄得很不舒服,在他松开手后,立刻将饮料放到了中控台边的水杯位,再次系好安全带。

"很甜。"叶峻成将音乐调小,掉转车头,说道。

"是吗?我特意叮嘱了不要放糖……"

"你联系了负责人吗?"叶峻成打断她的话,其实不是可可甜,而是因为她甜。

因为是她买来的热可可,因为是她喂到他嘴边,才甜。

但她的甜和可可一样,更多的是浓郁的苦涩。

尽管如此,叶峻成刚开始的闷气还是消散了很多。

"昨天太晚了没打搅,我早上联系过,她在开会,说今天下午和我联系。"苏子滢刚才还看了张恒远给她的资料,正在脑中消化。

这种资料,在网上查资料发邮件打电话询问的效率太低,语言不通与态度恶劣已经算是小问题,很多时候信息根本就是错误或者滞后的,由于难以及时沟通,一来一回可能就会浪费大半天的时间。

现在距离设计交稿的截止日期可不远了,如果她搞不到三毫米以内的摄像头,原本的设计概念可能就要完全推翻——她倒是还有几个有价值的设计概念,可始终不想放弃自己最想要的设计概念。

"我给你找的是最新的资料,不用浪费时间去查了。"叶峻成沉默了片刻,忽然说道。

昨晚他失眠了,被她在电影院说的那段话气得不轻,到了下半夜实在生气,给小叔打了个电话。小叔也在失眠,比他还惨,听说喜欢几年的小护士年假要回老家相亲。当一个人郁闷时,遇到一个比自己还悲惨的人,心情会好转一些。

所以他打完电话就睡着了,可早上九点多,被方楠发的信息吵醒。

当看到方楠发过来学校门口的照片,他再次心堵。

"我知道,谢谢你。"苏子滢拿出手机,找出自己设计图,在电子画板上调整。

她看了张恒远的资料,很有心,很多地方都特意标注出来,符合她要求参数的摄像头有好几款,有一款和叶峻成昨晚给她的重合了。

张恒远还贴心地将主打超薄其他主要配件的供应商也简略搜集了一

份,苏子滢甚至可以从中重新调整自己的产品结构,有更多的设计方案选择,留出更多的设计空间。

有这些资料打底,苏子滢的设计才真正有了工业化的概念。

"你也去其他地方找了资料?"叶峻成等着红绿灯,修长的手指有节奏地敲着方向盘,见她认真看着手机,终于忍不住问道。

早上看到她给帅气雅痞大叔递咖啡的照片,叶峻成感觉自己心口就像被泼了杯滚烫的咖啡……

可又没立场去要求别人,更无法管束她的交际圈。

小叔昨晚还跟他叮嘱过,苏子滢这种人内心坚忍有主见,对她千万别来硬的,得慢慢融化她的心。

也像方楠说的那样,需要让对方了解自己的内心,她这样聪明的人一定只相信自己所感受到的真诚。

"是的,到处找资料。"苏子滢说话时,目光离开了手机,很礼貌地看着他完美的侧脸。

"有人看到今天早上一个大叔给你送东西,是谁啊?"叶峻成压着脾气,状似无意地问道,"上次你在温泉酒店,说有人帮你找资料,是他?"

换他以前的性格,绝不会问这种问题,只会一直黑着脸找麻烦,也不让她过得开心。

比如,圣诞节那天,看到她送给林涵的生日礼物,他暗自生气了,还弄伤了她。

可苏子滢根本不知道原因,只会觉得他是个性格古怪阴晴不定的人。

这次也许是为爱成长,也可能是热可可的功劳,更多的是她身上有股温柔理性的气场,只要她不说那些讨厌的冷漠的话语,总能让他的心跟着静下来,于是他努力按捺着醋味,试图跟她沟通。

"嗯,是我以前的上司,电子产品行业的资深前辈。"苏子滢想到温泉酒店那次错误的判断就懊恼。

她以前总觉得他是个纯白干净的小孩子,所以无论是晚上怕黑爬上她的床，还是咬她一口，都没什么成年人的杂念，加上他本身就带着几分艺术家的神经质，做事不按常理，她并没有把这些反常放在心上。

现在回忆起来，那些点点滴滴的小细节都在彰显着他对自己的占有欲。

想把模特占为己有，无论是不成熟地混淆现实，还是过于沉迷精神的艺术世界，都是不正常的感情。

"叫什么名字？电子产品行业的资深前辈我也认识不少，说不准是熟人。"叶峻成其实早就找到了这个人的资料。

张恒远第一次开车送她来画室，叶峻成就记下了那辆车的特点，调出那个点进出小区的车牌号，再和她那天下午茶的高级西餐店里的高级会员，以及她曾经工作过可能认识的人交叉比对，很容易就找到。

——方楠这种整天无所事事到处玩的公子哥就能帮他查得清清楚楚。

"是谁看到今天早上我和前辈在一起，还告诉你的？"苏子滢听到他问得越来越细，笑着问道。

"我的同班同学，刚好认识你。"

"关注我？还把这事告诉你？所以你的同学是不是觉得，我俩……"

"只是八卦。"叶峻成打断她的话，"你从来不八卦吗？没有好奇的人和事？"

"我不喜欢讨论别人的事。"苏子滢刚才只是不想和他多说张恒远，担心给前辈添麻烦，见他不问了，更不会多说。

"那你有好奇的人吗？"叶峻成尽量掩饰好奇的口吻，露出漫不经心的表情。

小叔说得对，学姐这样的人内心成熟，是不会喜欢变幻无常的小男生的。

她需要靠得住的伙伴。

至少是不会给她造成困扰和拖后腿的伙伴。

而他以前从未想过这样的问题，习惯了想要什么就有什么的生活，像个无忧无虑的孩子，忽然遭遇了拒绝，那种感觉应了一句从没体验过的话——挫折才能让人成长。

"有，比如王莽。"苏子滢似乎对这个话题比较感兴趣，"我总觉得是现代人穿越过去的，他在当年的一系列改革举措，虽先进却又不成熟，工科知识……"

苏子滢猛然打住，她看到叶峻成似乎嘲讽地扬了扬唇角，好像想笑。

"相比人类，我更喜欢研究数学题。"苏子滢觉得和这种弟弟不该认真讨论具体的事情。

"我喜欢海德格尔。"叶峻成刚才确实想笑，因为没想到和学姐好好聊天这么有趣。

她竟然研究过王莽……

太可爱了。

他的心情就莫名舒朗起来。

"我也挺喜欢。"苏子滢没想到画风这么华丽诡谲的学弟竟然喜欢海德格尔。

一直觉得他应该倾向于灵感和天赋爆棚的人，或者神秘主义的赫拉克利特，这类人很适合他这种拿腔拿调的少爷。

"我很小的时候，喜欢叔本华。"叶峻成只是迎合她的喜好，猜想她这种理性的性格应该是存在主义者，果然她喜欢海德格尔。

只是，他也在不知不觉打开自己的世界，让她更了解自己。

小叔曾说，这世界上最高级的力量，就是温柔。

许多温柔的人，因为经历过无数难堪和挣扎，不忍心让别人也遇到那样的苦痛，这种人的温柔是最宝贵的。

他们的内心平静、头脑智慧，经历过人生百态、低谷高潮，很难再像孩子一样看到未见过的事物就贸然心动。

即使心动，也不会有必须得到的占有欲。

"他的宿命论和决定论，爱因斯坦十分赞同。"苏子滢很机械地聊天，不加入个人情感和评价。

"感觉很虚无，人的存在一定是有意义的，只是我没找到而已。"叶峻成一反常态地唠叨，"世界本质就是某种无法满足的欲求，所以从逻辑上说，它永远不可能被满足。所以如果不能满足的欲求是某种痛苦，那么世界就无法摆脱其痛苦的本质。"

苏子滢也感觉到了他最近的变化，和自己聊天的内容不再局限于工作，也不像一开始那样紧张僵硬地找话题。

他们这些少爷就是饭吃多了撑得慌，没事干闲出来的。

要什么有什么，还有什么欲求？

当然苏子滢没有这么说，只客气地笑了笑："我以为画画就是你的意义。"

"可每当我画完一幅画，依然会感觉不满足，重新审视的时候会挑剔，无论是色彩、结构、细节、意境，都不够完美，没有达到自己的要求。"

"我记得《作为意志和表象的世界》那本书的第四部分中，叔本华说人只有在摆脱一种强烈的欲望冲动的时候才能获得根本上的自由，只有打破意志对于行为本身的控制，才能获得某种幸福的可能。"苏子滢对看过的书简直倒背如流，平静地给他找解决办法，"所以可以用禁欲主义来克制不满足的痛苦。"

"那会更痛苦。"叶峻成才不是什么修行人，他在车流中缓缓减速，排队等着过高速口，说道，"可可。"

苏子滢看了他一眼，都停车等待了，还让她喂？

"学姐是禁欲主义者吗？"叶峻成等她将可可端到面前时，忽然问道。

"我不算。"苏子滢在很多人眼里是个克己复礼的三好学生，但绝不是他嘴里的那种禁欲主义。

她不是悲观主义，也不是虚无主义，更不是神秘主义，不像艺术生那样多愁善感。

如果一定要找个信仰，那一定是马克思主义，她是雄心勃勃的社会主义接班人。

"那就好。"叶峻成这次没抓着她的手，只配合地凑过去喝了口热可可，松了口气，"也是，你喜欢钱，追求物质生活，应该说拜金……"

"钱和物质不能完全等同。"苏子滢纠正他的话。

觉得学弟又在嘲讽自己。

其实她觉得自己不该多解释，别人认为她是什么样子根本不重要。

"总之，有欲望的人生才叫人生。"叶峻成看到前面的车动了，立刻跟上去。

外面依然很冷，但车里温度很高，飘溢着热可可暖涩的香味。

上了高速反而没那么堵了，叶峻成一直说自己有些困，得学姐陪他说点有趣的东西才能打起精神。

老实说，叶峻成用这张脸好好说话，态度好一点，稍微撒娇卖萌，没几个人能招架。

叶琅曾说每个人都有缺点，只要找到，无论对方多强大，都会被拿捏得死死的。

但叶峻成之前一直对小叔的话不信，因为小叔至今没将小护士追到手，他心理大师的名号徒有虚名。

小叔说他只是不舍得对自己爱的人下狠手。

岁月会将老男人打磨得温柔，可年轻的孩子们就该拼命去爱一次，遵从内心原始的欲望，像野狼争夺猎物，厮杀之后才不留遗憾。

"就在这里停吧，我家就在前面巷子里，开车不好进去。"

终于，两个多小时的东拉西扯后，两人到了小镇。

长乐镇有些历史了，这个镇子里在明清时期家家户户养蚕种麻，盛产丝绸麻布，是个富足的小镇。镇里大多人家都聘了教书先生，出了几个状元后，更是带起了这里读书的风气，至今街头巷尾还留着不少老书店，是个书香之地。

苏子滢不想请同学回家坐坐，甚至不想让他知道自己老宅的具体位置，所以车子到了镇东头的布店门口后便对叶峻成那样说。

南方丘陵地带的小镇，依山靠水，风景秀丽，加上这浓厚的书卷气息，像遗落在岁月长河里的明珠，没染上太多的商业气息，和大城市仿佛两个世界。

第四章 公牛少女

叶峻成来到她山明水秀古韵温柔的家乡，更能体会到她身上那股大家闺秀的气质怎么养出来的。

"我送你。"叶峻成靠边停好了车，和她一起下了车，先她一步提起她的背包和帆布包。

"谢谢，我自己来就好。时间不早了，你早点回去吧。"苏子滢觉得自己这么下逐客令很不人道。

现在已经是中午十二点半，人家开了一路的车估计正饿着，可她实在不想请他吃饭。

镇上都是老街坊，她带个男孩子回家，肯定会被盘问。

要是不带回家，只能去镇中心前两年加盟的炸鸡店，里面倒都是年轻的店员，可路上也会被熟人看到。

而且叶峻成嘴刁，他可不吃什么炸鸡快餐。

"真沉，你这里面装的都是书？"叶峻成不理会她的拒绝，提着包就往巷口走。

"是很重，我自己拿吧。"苏子滢正想着怎么把他挡在门外，伸手想夺回包，"真的不用送。要不，我带你去吃点东西垫垫肚子？"

叶峻成看出了她的不好意思，学姐是个温柔的人，但她不想做的事一般会微笑着直接拒绝，这次没有，显然动了恻隐之心。

果然他们说得对，追女神要花时间和精力，还要放低姿态。

"不用吃了，我送到门口就走。"叶峻成难得大度，他只是想亲自认个门。

"那多不好意思……"苏子滢的话还没说完，就听到身后一声尖叫。

"小滢！真的是你？你回来啦？"一个牵着刚会走的粉嫩娃娃的少妇惊喜地叫着，"苏子群！子群！你表妹回来了！快来帮忙拿东西。"

表嫂这一声喊，让几家正在屋里头吃饭的人纷纷放下饭碗走了出来。

巷口的绸布店是苏子滢表叔开的，今天正巧是二爷爷七十大寿，请了两桌人吃饭，也都是和苏子滢沾亲带故的长辈们，他们这一下哗啦啦全出来了。一看到小姑娘带了宽肩长腿俊俏贵气的男生回来，七大姑八大姨按捺不住全围了上来。

"小滢今年回来过年吗？你爸上个月还说你可能不回来……"

"还没吃吧，赶紧回屋，还有寿面，一起吃。"

"子滢，这是你同学吗？哎哟，长得可真俊！"

"噢哟，你们开车回来的啊？"

"这车可贵了，别乱摸！小滢，你同学送你回来的吗？先进屋去，走走……"

一时间，两人周围全是兴奋的询问声，说的都是乡音。苏子滢一时间不知道该先回谁的问话。

她只担心叶峻成被热情的亲戚们围着会生气。

老家的亲戚之间不像大城市人与人之间那么疏离，四婶直接伸手就想去拽叶峻成的胳膊，想让他去饭桌上吃饭。

苏子滢急忙挡在叶峻成面前，握住四婶沾着油的手，笑道："婶婶，我……我跟我妈说了回去吃，她在等我呢。我先回去了啊，一会儿安顿好了再来看你们。"

"来，我帮你拿行李。"苏子群扒开一众亲戚，擦了把嘴，身上还带着一丝酒气，说道。

"我行李不多，表哥你们回去继续吃吧……"

苏子滢的话还没说完，叶峻成按了按车钥匙，后备箱打开了。

几个叔婶正围着大奔窃窃私语，被忽然打开的后备箱吓了一跳。

"谢谢表哥，后备箱的东西麻烦帮我拿一下。"叶峻成听得懂这边的家乡话，只是一些词的发音轻了点，喜欢带着拖音和感叹词而已。

他带着一丝极淡的笑意，看着快崩溃的苏子滢，说话的语气听上去挺客气，但更像是高高在上地下命令。

偏偏这边淳朴的亲戚们都激动地上来帮忙。小姑姑还拍了拍苏子滢的手，在她耳边悄悄说道："好乖的男娃啊。我就知道小滢的眼光好，没想到这么好。"

用最乖的语气说着命令的话，哪里乖了？

苏子滢心里根本没来得及吐槽，就被几个亲戚从后备箱提下来的年货和营养品吓到了。

"表哥……叔……叔，别提，那个……先放回去，我就是先回个家……"后排塞满了叶峻成的包，苏子滢根本没注意到后备箱里放着的是什么，现在看到两箱茅台，两箱营养品，还有两大箱红福字包装盒的，也不知是什么东西，全被亲戚们搬下来了，她想要阻止。

"小滢回来了？"二爷爷苍老的声音传了过来，他虽然才七十，但身体不太好，拄着拐杖站在门口对她招手。

"二爷爷，身体好些了吗？您今天生日，大家都回来了，您要保重身体好好享福呀！"苏子滢在二十多个亲戚中晕头转向，也来不及阻止大家，只得先和老寿星打了个招呼。

"你妈说你今天回来，不肯来吃饭，在家给你炖鸡汤呢。"二爷爷看着热闹的场面，瞥见被亲戚们围着的高大少年，笑了，"带朋友回来了啊？小伙子这面相真好，眉眼秀长，大富大贵之相啊。"

"普通同学……顺路送我一截。"苏子滢头都大了，看着起哄的亲戚们往自家门口跑，也来不及多解释，"我先回去看看我妈……我妈还不知道我同学过来……"

她怕热情多嘴的姑婶们把最近一直在静养身体的妈妈吓到了，和七大姑八大姨表示歉意，要先回去看妈妈，硬拽着被大家围住东问西问的叶峻成走了出去。

"你……你干吗要搭话？不用理他们，直接走就行了。你看……这些东西怎么办？你回头想办法再拿走。"苏子滢拽着他往深深的巷子里走，甩开了众人后才郁闷地低声说道，"我妈身体不太好，我不希望她被多余的事情打搅到，才没有请你来家里坐坐……"

"我是多余的。"

叶峻成打断她的话，回头看了眼还站在巷口对他俩议论纷纷的人们，停下了脚步。

"不是，因为我没和我妈说要带朋友回来……你怎么不走了？"苏子滢眼看前面的表哥带着表嫂他们冲进巷道最里面的一家院子,而叶峻成偏偏不走了,杵在原地,像是在赌气。

"我的意思是亲友们会多事,没说叶同学。还有,我家简陋,怕你嫌弃。"苏子滢叹了口气,来都来了,还能撵人走不成?

"你刚刚明明抱怨我乱搭话。"叶峻成俊脸微沉,故意挑刺。

"对不起,是我表述错误,这边亲戚热情,我是怕吓着你。其实你不用理他们,让我来处理就行。"

苏子滢态度卑微,哄着他往前走。想想他后备箱那些东西,也许是他准备带回家看家人的,那堆东西价格不菲,可千万别被拆了。

她可不赔!

而在巷口那群姑妈婶婶的眼中,这走走停停的两个人简直是一对第一次上门有些紧张的小情侣。她们纷纷感慨苏子滢从小就争气,长大后果然一样争气,大家都知道她秀外慧中,肯定能找个如意郎君,没想到竟寻到这么好看的男朋友。

单说长相和身高就没得挑了,再看看人家年纪轻轻开的车,家里肯定不差钱,羡煞那群年轻嫂子了。

这条老街有年头了,青石板尚未铺成水泥路,巷子两边的墙根处长满了青苔,平时很幽静,此刻却像闹市。

苏子滢的妈妈和外婆在家,此刻她们正看着叶峻成笑得合不拢嘴。

苏子滢将看热闹的亲友们全送出去,关上了院门,深深吐了口气,一转头,见外婆抓着叶峻成的手不知在问什么。

她赶紧冲过去,将金贵大少爷娇嫩的手从外婆老树皮般布满岁月痕迹的手里拽出来,假笑着说道:"姥姥,我给您正式介绍一下,这是我学弟叶峻成,美术系的,我经常去他画室打工。他人很好,这次顺路送我回来……"

"蛮好蛮好,赶紧让人家坐坐呀,你去看看妈妈弄好了饭没?"外婆拨开苏子滢,冲着叶峻成笑得见牙不见眼,"小叶,饿了吧?开了多久的车啊?"

"妈，你坐着，我来端。"苏子滢还想说什么，见妈妈从厨房端出一瓦罐鸡汤，赶紧上前接着。

苏子滢的爸爸还在包装厂，年底有一批货要交付，他几天没回来了。

幸好外婆也才六十多岁，身体硬朗，可以照顾一下苏妈妈。

"我没事，你去陪同学。"苏妈妈冲女儿使着眼色，低低嗔怪，"也不早点知会一声，好多买点菜招待人家。"

"我哪知道……他本来只是送我一程，在巷口被表哥他们看到，他都准备离开了，被一堆人逼过来的。还有，我们只是普通同学，没其他关系。"苏子滢接过鸡汤，陪妈妈绕过小院子低声解释，"他一会儿就走，我去炒两个菜凑合一下就行了，他不会介意的。"

"那怎么行？你去韩叔的卤肉店再买点……"

"妈妈，人家时间很珍贵的，别耽误他赶路。"苏子滢打断妈妈的话，穿过小院子，将瓦罐放到了中堂的餐桌上。

镇上有些地方已经盖起了高楼，开发了现代化的小区，但这边的老街依然是古老的布局。

巷子里家家户户都是砖木结构的两层小楼，有个小院子，厨房都建在院子的西侧，连着条挡雨的走廊通到中堂。

尽管多年前已经用上了自来水，但厨房边还有一口吊木桶的水井，打上水用来洗衣浇花。

中堂正对着院门，里面摆着餐桌和木椅，传统的中式风格，中堂两侧是腿脚不便的老人的寝屋，爬上木质的窄小楼梯，二层有三间阁楼当作女儿房和书房，还有一间堆放着陈年旧物。

很老旧的屋子，连厕所都在院子后，是真正的"厨卫分离"，清爽归清爽，但对习惯了在大城市居住的人来说，十分不适应。

不过前些年通自来水后家家户户都在中堂后改了个小空间当盥洗室，里面有简单的冲淋房和蹲坑冲水马桶——但对叶峻成来说，还是前所未有的简陋。

他被外婆拉去盥洗室洗手洗脸，这是当地老式的迎客风俗。

客人风尘仆仆地来了之后，主人会递上干净的毛巾，打一盆热水，让客人净手洗面，热水也能醒醒神。

苏子滢顾前顾不了后，放下鸡汤就对外婆说道："姥姥，城里人干净得很，不用揩脸。"

"莫要急。揩揩面，擦点香粉粉，再吃饭。"外婆已经笑眯眯地从盥洗台上拧开了那罐润面的老国货护肤霜，对有些手足无措的叶峻成说道。

这边的方言有的词用古调，加上口音亲切，听着让人感觉很温暖。

苏子滢无法想象含着金汤匙长大的大少爷擦三块五毛钱一罐的雪花霜是什么样子。她只怕这娇贵的皮肤不适应廉价的甘油——过敏了自己回头赔不起，赶紧就把刚洗了手的叶峻成拉了出来，扭头对外婆说道："姥姥你歇着吧，我带同学参观一下灶台。"

还是把叶同学带在身边安全，不然过一会儿外婆可能就要从枕头下面摸出几年前藏的糖果往他嘴里塞了。

厨房里一边是老旧的带着烟囱的灶台，另一边倒也添置了燃气灶，但老家生活节奏慢，大家更喜欢生火煮米，做锅巴饭。

木头烧出来的饭，香。

锅里焖着米饭，木头锅盖还没揭开就能闻到饭香，勾得叶峻成胃里一抽，肠道咕咕地叫了起来。

他摸着肚子，有些不适地转过身，打量着这简陋的厨房，实在没想到自己对着被烟熏黑的灶台还有食欲。

可能是因为脱下羽绒服，穿着毛衣和牛仔裤，撸起一截袖子，露出一截玉藕般胳膊的学姐洗菜切菜的样子太秀色可餐。

她那双手细嫩娇柔，在水池里冲洗着的绿叶蔬菜颜色分明，根本没法想象这样端庄贵气的大小姐会拿着明晃晃的菜刀熟稔细致地切菜。

"我外婆好客，你还是在这里安静些。去窗户边，一会儿油烟大，别熏着。"苏子滢说着从一个粗陶盆里取了块蒸好的腊肉，切成薄片，"你吃腊肉吗？"

"还行。"叶峻成看了眼腊肉，其实他从小到大就没吃过这种东西。

第四章 公牛少女

他只吃最新鲜的食材做的菜。

而外面走廊上还挂着一些腊火腿腊鸡腊鱼，他注意到一只大黄猫蹲在腊肉下一直抬头盯着它们。

"有什么忌口没？葱姜蒜吃不吃？"苏子滢回到家里放松很多，反倒没有在外面那股生疏客气。

"没有。"叶峻成站在窗户边，看着她手脚麻利地配好菜，坐到锅灶前开始生火。

之前在电视里看过这种做饭方式，当亲眼看到时，叶峻成特别想画下这一幕。

古典淑静的少女坐在被烟熏得发黑的灶台后划亮了一根火柴，点燃了细细的干竹丝，橘黄色的火焰在她黑亮的瞳孔里跳跃着，燃烧着，充满了反差感，让人想知道岁月在这里怎样流淌而过。

"我以为你很挑食。"苏子滢将三四根木柴架在灶膛，在空气的助力下，木柴很快熊熊燃烧起来。

"大多时候很挑，饿的时候不挑。"叶峻成怎么可能不挑剔，他只不过想吃她亲手做的饭而已。

"这倒是实话。"苏子滢听到不接地气的大少爷说这么质朴的话，忍不住想笑，皇帝老儿饿了也觉得馒头香。

"你放的是什么？"叶峻成见她从一个瓦罐舀了一勺白色的东西放入锅里，很快就融化了，散出了浓郁的油脂香味来。

"猪油。有些食材加点猪油炒出来很香。"苏子滢见他刚下凡没见过世面的表情，猜想他肯定都没碰过油盐酱醋。

"确实很香。"叶峻成的肚子又咕咕叫了起来，看着扔下去的腊肉刺啦啦炸出油花来，喉结上下滚动，忍不住吞了口口水。

"油烟大，受不了就去走廊上待着吧。"苏子滢从窗口看了眼中堂，妈妈和姥姥都没出来，估计在收拾房间，给叶峻成包压岁钱之类的。

"这是你外婆家？你们这里的习俗是在娘家过年？"叶峻成不走，东拉西扯地问道。

"不是的。"苏子滢熟练地翻炒着菜，扭头对他微微一笑，"是我们只有这一个老屋。"

"你奶奶家呢？"叶峻成微微一愣，随后想到林涵之前打听过她家里的大概情况，只说她家里有些困难，似乎父亲做生意失败，欠了些外债。

"爷爷奶奶跟着小叔去城里了，现在我们家都住这里。"苏子滢像拉家常，平静地回答。

当年爸爸生意失败，爷爷奶奶立刻把名下的房屋财产都过户给了小儿子，让小儿子在外地买了一套房子，和爸爸划清了界限。

长辈们的恩怨她当年并不懂，只觉得有些孤单。

爸爸的生意红火那会，所有人都把她当成小公主，小叔最喜欢扛着她出去玩，总是开玩笑说要把她和自己儿子换了，让她当自己女儿。

那年冬天，人情像雪崩，那些热情地对她微笑的人忽然都逃离了，只有外婆还一如既往地将她捧在手心。

"这里挺好的，钟灵毓秀，我想住几天写写生。"叶峻成从她平静的语气里猜想了一出残忍的商战剧，不再问她家里事。

"镇上有两家旅馆，但你肯定住不惯。"苏子滢盛起菜，放在灶台边，用开水涮干净锅，煎了几块豆腐，将洗净的青菜扔下去，盖锅盖焖上，低头去看火。

叶峻成一直没说话，等她添好火才开口："你怕我给你添麻烦？"

"我只是说明客观情况。那里连单独卫生间都没有，热水也得自己去拿，和青旅似的，你会不习惯的。"苏子滢觉得自己听力出了点问题，怎么听到他语气里有一丝幽怨？

按照他那古怪的性格，应该凶巴巴地质问才对。

"在你心里我就是那种连丁点苦都吃不了的人吗？"叶峻成确实吃不了物质条件带来的苦，但他觉得，在苏子滢的家乡，他能忍受。

"好了，帮我端着，先去吃饭，下午你去看看条件再说。"

苏子滢不和他争辩，起身打开碗橱，拿出一个木质托盘，两副碗筷，给他盛了一碗饭，细心地用饭勺压紧实。然后将那盘腊肉炒蒜苗也放到托盘里，让他帮着端到中堂。

她将锅里的青菜豆腐翻炒几下收了下汁，盛出来端着，跟在他后面。

叶峻成注意到托盘里的碗碟都有些年头，粗陶碟的边磕掉了小小的一块，木质托盘也老旧不堪。

这个家像个古董，处处都透着岁月侵蚀的痕迹。

鸡汤还在中堂的小火炉上煨着。见两个孩子进来，苏妈妈立刻将鸡汤端到桌上，揭开瓦罐盖，浓浓的香味随着四散的热气冲到叶峻成的鼻子里。

他从没吃过这样的农家菜。

小镇古老的宅舍在他眼里，和农家没什么区别。

"要不要喝点什么？"外婆想去找点饮料，但家里只有今年四月份泡的青梅酒，"家里只有酒……"

她看到了叶峻成带过来的茅台。

"喝点茶就行了。"苏子滢看到外婆的眼神，急忙阻止她的想法，"学弟下午还要开车回去，不能喝酒。"

"下午就回去？不带着他在镇上转转？"苏妈妈轻轻看了眼女儿。

"就是，开了一上午的车多累啊，休息休息再走。"外婆也紧跟着说道，满脸开心地看着叶峻成那张英俊的脸，"晚上买点菜，做点好吃的，中午将就一下。"

"咳，姥姥，人家很忙的……"苏子滢原本连中午饭都不想喊他吃的。

"好啊。"叶峻成端着饭碗，微笑地点头。

苏子滢看着他极有教养的微笑，夹着腊肉的手微微一顿，送到他碗里，话里有话："吃得惯吗？多吃点，吃饱了我带你好好转转。"

"很香，我从没吃过这么香气醇厚的肉。"叶峻成饶有兴趣地问道，"这是怎么做的？太阳下晒晒就可以了？"

"咳……"苏子滢差点被鸡汤呛到，打量着他求知好学的表情，心想果然他一点常识都没有。

苏妈妈笑着跟他说怎么腌腊肉，听得叶峻成脑海中浮现出一幅《腊冬腌肉图》。

苏子滢没想到他听得津津有味，也吃得津津有味，鲜美的鸡汤没喝两口，倒是就着一盘老腊肉吃了两碗饭。

乐得外婆差点把锅都给端过来了，她觉得这孩子太瘦，爱吃是好事。

苏子滢则是完全没胃口，勉强陪着他吃完，收拾碗筷去刷锅，心里盘算着怎么把这尊佛请走。

最好下午出门，就让他开车回家去。

外婆虽然身体还不错，但这几年明显心态老年化了很多，外婆的太祖爷是大学士，她自己也是琴棋书画样样精通，从城市下嫁到镇上，身上带着浓浓的名门闺秀的书香气。

现在她更像个慈祥的老太太，越来越喜欢絮絮叨叨，盼着年轻人回来，盼着新的希望。她卧室里放着的那架古筝已许久没碰过。

当苏子滢收拾好厨房回到屋里时发现外婆已经带着叶峻成上楼参观了，不由得叹了口气。

"不喜欢那孩子吗？"苏妈妈在中堂整理着叶峻成让人提进来的礼物，看到女儿走进来，低声问道。

"只是普通同学，不用对他太热情。"苏子滢对叶峻成说不上讨厌，虽然他很多少爷做派让人不习惯，但他那张脸太好看了，足以抵消那些小缺点。

"人家挺喜欢你的。"苏妈妈慧眼如炬，笑着说道，"你还没把他列入计划？"

知女莫如母。

苏子滢从小就是个有计划有行动力的人，无论是学习还是生活，都会严格按照自己的计划表来。

"没有这方面的计划。"苏子滢看着堆在条几上的礼品，"门不当户不对"六个字留在心里没说出来。

"以后你就会发现，能在计划内处理的事越来越少。"苏妈妈笑了，尤其是感情，不可能按照计划来的，但她能理解女儿的心情，体贴地说道,"既然如此,这些东西一会儿让孩子提回去,太贵重了。"

"嗯。"苏子滢点了点头,看了眼木楼梯,楼上传来温柔的乡音,但听不太清楚,"我带他出去走走,下午就送回去了。"

"去吧,到长乐桥看看。"苏妈妈点了点头。

长乐桥是长乐镇的灵魂,是镇上许多孩子梦开始的地方。

至今到了夏天,还有一群老头老太拿着蒲扇去桥上纳凉,抱着孙儿孙女,说些怪谈奇事,也会给孩子们编些童话故事。

夕阳下,站在古老的桥上远眺,河面上闪烁着孩子们金灿灿的未来。

长乐河载着一代代人的梦,东流而去,奔向大海。

风景也确实很美,即使是这冬日里平平无奇的下午,一望无际的河流从地平线和天际流淌而来,桥下的水清澈见底,几头小牛懒洋洋地站在河床边的草地上晒太阳,充满山野风韵,但河岸不远处正在开发的高楼又带着现代的气息。

"这座桥明年就要重建了。"苏子滢站在石桥边,看着叶峻成全神贯注地摄着像,有些遗憾地说道。

时代的巨轮,谁也无法抵挡。

"你小时候一直在镇上读书?"叶峻成将镜头移到她的身上,问道。

"不是,在城里。"

苏子滢看向水流的方向,像是想到了什么。

她小时候在城里最好的幼儿园读书,然后是最好的小学,接着考上了最好的初中……

直到那年寒假回来,大雪下了几天几夜,爸爸的事再也瞒不住,她一夜间长大了。

无忧无虑的童年,除了学习,她的心理年纪似乎也一直停留在七八岁,纯真无邪。

总以为小叔偷偷给她买巧克力吃,她穿着公主裙,踮着脚趴在窗台看着蝴蝶在院子的金银花架上盘旋还是刚上小学时的事……

小学时光太快乐了,她学芭蕾、钢琴、架子鼓、搏击、画画,总能不费吹灰之力拿到市里的各种奖项，赢得所有人的宠爱和赞赏。

那时候，她是市里有名企业家的独女，学习又好老师都会多照顾她。回到镇上，亲戚们的那些孩子想亲近她却又不敢，总蹲在外婆的院子里不走，想摸摸她的白皮鞋和蝴蝶结，想看看她书包里的故事书和游戏机。

"所以，那时你家在城里就有学区房？"叶峻成打断她的思绪，问道。

苏子滢忍不住笑了。

"你笑什么？"叶峻成看着镜头里笑靥如花的少女，心脏忽然跳得激烈起来，将镜头拉近，想将此刻定格。

"你居然知道学区房？"苏子滢只觉得浓浓的世俗气息的"学区房"三个字从他嘴里说出来很违和。

"我为什么不能知道？"叶峻成又不是真的两耳不闻窗外事，新闻天天播报、同学们也经常议论的词，他当然知道，只是不在意。

"是啊，有学区房，但后来卖了，现在只有这个老宅。"苏子滢笑容变淡了些。

"会觉得人生不公平吗？"

"为什么这样问？"苏子滢有些诧异地反问，人生什么时候公平过？看看普通人和叶同学，就知道什么叫上帝偏心了。

所以他问这样的话，显得格外讽刺。

"外婆说了一些你小时候的事，阁楼上的一个房间放的都是你读过的书和奖状奖杯，所以……就有些好奇。"

"好奇我打工时的心情吗？"

苏子滢有些无奈地摇摇头，看来外婆也很喜欢他，竟然连这些事都跟他说了。

"是……怎么能接受卑微的工作……"叶峻成顿了顿，觉得自己的表达不是很礼貌，怕她生气，试图弥补，"不是觉得你赚钱的方式不好。相反，我想象了一下，如果是我，我做不到。所以，你很了不起。"

苏子滢的笑容顿了顿，没料到叶峻成竟然说出人情味这么浓厚的话。

"别这样。你很少夸人，突然夸起来让人不适。"随后，苏子滢转过头，看着远处的河水感慨，"也别小看自己，你现在是有选择，当一个人没有选择时，就会逼迫自己变成另一个人。"

"我不是夸，我只是……"

只是心疼。

只是难受。

只是说不出口的复杂感情堵在胸口，让他恨不能穿越到过去，早些认识那个曾无忧无虑像小公主一样的女孩，为她做点什么。

哪怕只是在暴雨中递一把伞，对视一眼，说几个鼓励的词，也能弥补一丝这样的疼痛。

"我姥姥还和你说什么了？"苏子滢见他欲说还休，和平时不太一样，也没有深究。

她不喜欢和人聊自己的家事，也不喜欢被同情或者被调侃，不需要别人的任何多余且无用的感情。

姥姥一定被他的脸迷住了。

姥姥从小就喜欢一切美的东西，估计从没见过长得这么好看的男孩子，掏心窝的话都说完了。

"没说什么，我只是看了你以前的照片和奖状，猜想你小时候应该过得很幸福。现在半工半读的状态，还要照顾家人，总觉得你辛苦。"叶峻成确实很少有"有人情味"的一面，他似乎也感受不到世间的冷暖，所有的热情和专注都给了画笔。

而今天，于他而言，吃了人生中最粗糙的一顿午饭，却吃出了从未有过的感情。

像这条静谧流淌的长河，这座带着留下几代人记忆的老宅，冲进了他的内心，浸润席卷着曾缺失的麻木的情感。

"叶同学对幸福的定义是什么？"苏子滢忽然歪过头，眼里含着淡淡的柔柔的笑意，看着他问道。

"……和所爱在一起。"叶峻成想了片刻，回答。

无论是画笔，还是她，在一起的时候，他会有种满足的感觉，那大概就是幸福。

"如果你觉得这就是幸福，那我现在守护着家人，一直都在幸福里，怎么能说辛苦？"

苏子滢微笑着反问，在她心里，只"在一起"是不够的，太流于表面，经不起风刀霜剑。

幸福有一种万能的治愈能力，能够让人为爱付出，治愈这不公平不完美的人生。

幸福更能够让人为所爱披星戴月披荆斩棘，有奋勇前行、逼着自己更优秀的勇气。

"做你的家人很幸运。"叶峻成似乎在自言自语，声音很轻。

从镜头里看她，那双眼睛笑起来弯弯的，温柔明朗，含着坚定的信念。

会让异性渴望得到这样的优秀伴侣，似乎选择了她，人生就能规避许多风险。

她持家有道，能相夫教子，上得厅堂下得厨房，一直温柔地对待家人，为他们的人生负责。

"拍好了吗？要不要去河边走走？还是早点回去？"苏子滢看了眼远处的河水，替他回答了，"河边的风太冷了，还是回去吧。"

"我挺喜欢这里的，想住下来画几天画。"叶峻成忽然说道。

"你确定？这边风景很一般，旅馆条件你也肯定受不了。"

"我可以住你家啊。"叶峻成用尽量轻松的语气，说出了令苏子滢笑容僵住的话。

"我家？不行。我家地方小，还不如旅馆呢。"苏子滢没想到他竟然能这样"委曲求全"，能接受窄小的阁楼。

"我可以付钱……"

"不是钱的问题，确实不方便。我有个建议，你可以多拍点照片回家画。"苏子滢打断他的话，生怕自己为钱折腰。

这是她唯一的老宅，周围都是住了许多年的亲友邻居，家里要住了个男同学，她倒不介意流言蜚语，就怕给家人带来麻烦。

"那你带我去旅馆看看。"叶峻成竟然没有勉强,说道。

"你真的要住这里?"

"写生要面对活的景,对着照片就算画得再好,也没有灵魂。"叶峻成煞有介事地回答。

"这附近有名的古镇很多,你可以换一个地方找灵感。"苏子滢看着他认真的表情,顿了顿,直问,"怎么才能让你今天下午就回去?"

"我画我的,你怕什么?"叶峻成第一次看到她害怕,他知道原因。

是另一种的"近乡情更怯"。

她不希望自己给家人带来麻烦,被亲友们议论,让外婆和妈妈沦为话题中心的谈资。

"……那你去镇中心老邮局边的春林招待所,那里虽然外面看着旧,可前几年翻新过,一般招待领导都在那里,应该不会太差。"

苏子滢原本想解释妈妈身体不好,需要静养,她带了个男同学回来,这几天没法安静了,要是这么好看的男生在镇上多待几天,家里怕是过年都消停不了。

可转念一想,如果他是真的想画画,她有什么资格阻止别人呢?

哪怕不去揣测他真实的心思,只要对方不打搅她的生活,她就不会插手别人的计划。

"麻烦学姐带我过去。"叶峻成露出一丝计谋得逞的笑意。

先提出最过分的要求——住她家,被拒绝后再退而求其次,她就不好意思再拒绝了。

苏子滢将他带到春林招待所,在门口看到里面坐班的是她高中同学顾云云,她立刻停下了脚步:"就这里,拿身份证进去办理入住就行。我就先回去了。"

她不喜欢有额外的社交,哪怕亲友间走动,她都觉得浪费时间。

用外婆的话说,要将自己的好情绪和时间留给最重要的人。

她人生中最重要的人,只有父母和外婆。

经历过大起大落的孩子总能够看清人生,也能看到深藏的人性。

不要对别人抱有希望，也不要对自己失去希望。这是苏子滢初中时写在日记本里的一句话。

"身份证在车里，我跟你回去开车。"叶峻成也没进门，转身跟着她走。

苏子滢点了点头，和他拉开一点距离，往家走去："一会儿把东西也带回去吧，我妈妈收了这么贵重的东西会睡不安稳的。"

"哪有送出去的东西还提回来的？如果真过意不去，请我多吃两顿饭吧。"叶峻成一脸期待地看着她，语气里满是渴望，"你家的腊肉可真好吃……"

"回头送你点，就别来我家吃了。"苏子滢打断他的期待。

"你可以请我吃点其他东西。"叶峻成缠着她，随手指了指街道对面招牌被油污沾满的老字号小吃店，"感觉这边的小吃很好吃的样子。"

"你的标准降低了好多。"苏子滢深深看了他一眼，没法接受娇贵少爷的忽然改变。

"我以前要求很高吗？"

叶峻成摸了摸鼻子，他这还不是为了能融入她的生活圈，只好委曲求全嘛。

小叔说的，人需要牺牲，才能得到自己想要的东西。

越是难以得到的，牺牲就会越大。

既然想和她产生"羁绊"，无论是精神上还是物质上，都要有更多的交集，这样才能有无法分割的感情。

"不是一般的高。"苏子滢又看了他的侧脸，虽然是剑眉星目，但他的眉骨和山根生得绝，够高够挺拔，贵气又带着一丝凌厉。

现在他尚年轻，这种凌厉更像年少艺术家的忧郁和目空一切，再等几年褪去这一尘不染的青涩稚嫩，恐怕就完全是攻入人心的"坏男人"了，不知要祸害多少女孩。

一看这张脸，苏子滢就觉得两个人不般配。

"我以前是有些苛刻，总喜欢追求完美，现在忽然觉得不完美的东西也很独特。"

"追求完美挺好的，做自己就好。"

叶峻成越是放低姿态，苏子滢越是心里不安。

当一个人愿意为对方改变时，意味着他在付出和退让。

这是爱的表现。

苏子滢又失眠了，就像怕他半夜敲院门似的，坐在窗户旁看着小院，听了一整夜的老歌。

第二天，小镇上全在议论城里阔少爷和苏家那位学霸小姐的事。

苏子滢凌晨鸡叫时才睡，难得睡了个懒觉，第二天十点多起床下楼，就见院子水井边坐着两个婶婶帮着洗菜，其实是在和外婆八卦她的事。

"子滢，你香表妹一早就过来喊你去店里玩呢。洗漱一下，去玩玩。"苏妈妈正在晾衣服，见苏子滢下楼，说道。

"不玩了，一会儿去说两句话，中午还得去爸爸厂里帮忙。"苏子滢快步走过去，帮妈妈晾衣服，"你还是多歇着，别碰着伤口。"

"快长好了，都不疼了。"苏妈妈笑着说道，"你也歇两天，去找同学们玩玩去。"

长乐镇也叫状元镇，苏子滢那个班也出了不少学习很好的同学，只是有些同学因为家庭和自身原因，高中毕业就不愿意再读书了，比如顾云云这种重点高中的好苗子，就因为早恋导致高考失利，又心高气傲不愿意复读，索性回镇上找个有钱的老乡结了婚。

现在女儿都一岁多了，自己也成了春林招待所的老板娘，走上了另一种人生。

"是啊，小滢你别每次回来都忙得不见人影。和表姐妹们走动走动，你经常一年到头不回来，大家都想你呢。"二婶在水井边打着水，笑着说道。

"好。"苏子滢微笑点头。

她不愿意多走动，不只是因为觉得浪费时间，还因为爸爸出事后落井下石的亲戚不少。

从那时起，她就觉得再好的亲戚关系也比不过钱可靠。

这两年家里快还清外债，她考上了所谓"前途无量"的好学校，爸爸在几个老战友的帮助下又弄起了包装厂，虽然一切刚开始好转，可亲戚们的态度已经和几年前大不相同。

昨天又有个阔少爷送她回家，估计有些势利的亲戚已经想着她飞上枝头当凤凰的场景了。

苏子滢从不解释，用外婆的话说，她本来就是凤凰，用得着攀高枝来变身？

她带了家里蒸好的腊肉和蛋炒饭，在巷道门口的小商店等车，和表妹客客气气地聊了几句。

苏香还没来得及问阔少爷的事，班车就到了门口，苏子滢礼貌地和她道别，上车走了。

"还是这么疏冷，谁都焐不热的样子。"苏香见她上了车，冷哼了一声，说道。

"不是挺客气的嘛。再说她本来就跟你不熟。"表嫂逗弄着孩子，故意说道。

"小时候一起摸过鱼捉过螃蟹，怎么不熟了？"苏香有点意难平，"考了个好学校就跟中了状元似的，谁都看不上眼。"

"你自己就爱多想，一点都不自信，非得所有人都跟你低声下气说话才行啊？"表嫂早就受不了小姑子的性格，趁机唠叨了她几句，见苏香要翻脸了，立刻对牙牙学语的宝宝说道，"刚才那表姑姑长得漂亮吧？小滢可真是越来越好看了，你以后要是像表姑姑那样好看孝顺又学习好，妈妈就太满足了。"

苏香听到嫂子这带刺的话，脸色更不好看，哼了一声，转身往里屋走去。

苏子滢一直都是"别人家的孩子"，从小到大，平辈的表兄妹堂姐弟没少被跟她放一起比较过。尤其家道中落之后，她一声不吭地撑起了大半个家，让人无从可怜，更让人嫉妒。

只可惜爷爷奶奶搬出了小镇，他们以前最喜欢听别人夸子孙有出息。

外公家和爷爷家本相邻，当年他们两家都在学校门口租了门面，门对门，一家开书店，一家开米店。奶奶相中了对面出落得水灵的爱看书的闺女，没事让苏浩去送米送油借书看，果然没多久两个孩子就成了，生了个同样爱看书的苏子滢。

可惜是女孩。

要换成孙子，奶奶的生活就更圆满了。

苏子滢搭车到了爸爸厂里，简易的塑钢棚里面，几个人忙得汗流浃背。他们脱掉了厚厚的棉衣，戴着防尘口罩，只穿着背心光着膀子打包纸箱。

"这里这么脏，不是让你别过来吗？"苏浩一抬头，看到门口提着包的纤细身影，眼里像是飞进了纸屑，酸酸的，忍不住揉了揉，生气地说道。

"爸，你吃饭，我帮你打包。"苏子滢笑着说道。

"这都是苦力活，你别碍手碍脚，回去陪你妈。"苏浩红着眼睛，拉下口罩撵她。

有时候不敢多想，也不敢多看孩子一眼，总觉得亏欠她太多。

别人的父母是上辈子欠了孩子的，这辈子用不求回报的恩情去宠孩子。

他的女儿却是来报恩的。

这么漂亮可爱有出息的女孩子，本应该得到更多的爱和幸福才对……

"年底还有这么多的活，雇我吧。"苏子滢将饭盒递给爸爸，笑着脱掉外套，从旁边拿起口罩和手套戴上。

"没钱雇，你还是找其他活去。"苏浩见说不动女儿，无奈地摇摇头，"你说得对，这几年电商红火，包装盒市场很大，你郭叔叔介绍了两家大店，过年前要一批货，也不知道能不能年前赶出来。"

"怎么不知道？人家要多少货？机器现在能生产多少？摆个公式就知道了。"苏子滢轻松笑道，"别焦虑，交给我吧。"

苏浩看着女儿年轻却沉静的脸，这一瞬间，忽然觉得自己可以安心老去了。

苏子滢在厂房里忙了好几天没回去，叶峻成竟也没找她，她的手机静悄悄的。

她不知道叶峻成在这边住了一晚，夜里回看录像时，放大她的眼眸，忽然想到了爷爷说的那幅画的点睛之笔。

他原本已经画好了，但总觉得差了些什么，现在看着那双温柔清澈如长乐河的眼睛，他找到了自己想要的灵魂。

第二天叶峻成就开车回去，在画展之前，将牛眼画好。

周五下午苏子滢回家洗了个澡，之前她全身都是灰和汗水，按照约定，周五是当叶峻成模特的时间。

但他周五这天一直没有发信息，似乎忘了这事，直到晚上，苏子滢主动给他发了信息提醒。

她这几天在厂里帮忙，脑子里却一直想着和叶峻成相处那天的点点滴滴。

苏子滢亲身感受到了厂里现在的情况，现在更想找个机会结束和叶峻成的雇佣关系。

叶峻成很晚才回了一条信息：今天有事，过来不了了，明天早上找你。

苏子滢想到他车停在巷口又要引起一阵议论，赶紧回复：巷口路窄，长乐桥上见吧。

那边好一会儿才回了几个字：我让你这么难堪？

苏子滢想了片刻，才谨慎地回道：不是难堪，是没有必要给别人添茶余饭后的谈资。

叶峻成又过了好一会儿才回：我不在意，一直都是你介意。你嫌弃我给你带来了麻烦。

看到最后一行字，苏子滢差点就回了个"是"。

好在她忍住了，冷静地回了一句：我不喜欢给别人无望的希望和多余的困扰，同样也不喜欢别人给我带来这种麻烦，请谅解。

她等了好久，那边都不再说话。

苏子滢看着叶峻成的头像，他换成了自己画的一幅《雪山仙子图》，和《熔浆》这样滚烫炽热大胆的画作不同，这幅画显得安静神秘文艺了很多。

她又点进去他的头像，看了眼最近他的朋友圈，发现什么都看不到——不知他什么时候屏蔽了自己。

苏子滢很少刷朋友圈，因为她实在没几个好朋友，也没空关心别人的生活。

如今想想，可能她骨子里真是凉薄冷淡的人，家里出事之后，她眼里除了工作赚钱，再不信任别人的感情，也不在乎别人的感情。

她希望叶峻成能知难而退。

可是，第二天刚起床，苏子滢拉开窗帘，从阁楼上往外眺望，看到院门口站着的男生，脸色顿时变了。

他这次倒是没带什么东西，但手上提着一篮新鲜的蔬菜，正和外婆低声说着什么，哄得外婆一脸笑容。

苏子滢看了眼书桌上的闹钟，才早上七点。

他居然来得这么早。

意味着他天不亮就开车过来了。

不，更早，因为他是陪着一早出门买菜的外婆回来的。

外婆一向早睡早起，早上五点就起床烧水，熬好粥后去菜市场买些新鲜的蔬果肉类回来，回到家差不多就是七点。

苏子滢伸手拿起一件外套，边穿边往楼下冲。

叶峻成刚走进小院，就见一个少女风一般地从中堂冲了出来，带起一股冷寒的风，混着院子西南角那两株梅花的清香，往他面上扑来。

"跟我来。"苏子滢一把拽住他的胳膊，将他往外推。

"等我先把菜放下。"叶峻成话音未落，就被苏子滢抢过菜篮丢在地上，不由分说地把他拽出了院子。

苏子滢大多时候做事慢条斯理、不疾不徐，时光到了她身边都会慢下去，很少见她这样着急上火。

"你什么时候来的？不是说长乐桥见吗？"苏子滢有些恼火地压着声

音，怕巷子里其他邻居听到了。

"是你提出在桥上见，我又没答应。"叶峻成耸肩，声音不大不小，在窄小的巷子里转了个圈。

"出去说话。"苏子滢担心被邻居听到，示意他跟自己走。

"小滢，不让人在家坐坐吗？有什么话去屋里说。"外婆站在门口笑着说道。

"就是，先回来洗漱。"妈妈把她给拽了回来。

叶峻成趁机回院子挽上了老太太的胳膊。

苏子滢并不喜欢请同学去家里坐，初中之后，来她家玩的同学和表姐妹们都不再是单纯地来玩，多少是借着安慰来看笑话的。

苏子滢小时候也是个极为热情真诚的人，见别的小朋友眼巴巴地看着自己的小人书和游戏机，总会偷偷塞给他们。

大家一开始对她敬而远之，后来一起在长乐桥下摸鱼讲故事，整天有一大堆小伙伴跟在她屁股后面，盼着她放假回来一起玩。

那时候，老宅这一条巷子都是孩子们的欢声笑语，外婆家每天热闹得很，什么姑姑婶婶姨娘都爱在这里扎堆聊天。

后来这里变了，她也变了。

木楼梯发出咯吱咯吱的声音，苏子滢回过神，挂好毛巾，一转身，见苏妈妈靠在门口看着她。

"想和你说两句话。"苏妈妈笑了，眼里的温柔和女儿十分相似，不同的是，她是彻彻底底的温柔，没有半分其他情绪。

"什么话要特意上来说？"苏子滢走出来，看了眼楼梯，"你被烦到了？以后我不让他过来……"

"不是这个。"苏妈妈意味深长地笑了笑，"有同学愿意主动找你玩，妈妈其实挺开心的。"

她也知道叶峻成家里条件好，两家门不当户不对，没法往太远的方向发展，但还是为女儿开心，至少有这么优秀的孩子喜欢她。

"妈，你担心什么？我交了很多朋友，只不过离得远，他们不方便过来找我玩而已。"

"已经有八年,你没有带新朋友回过家,我又不是不知道,你哪有时间交朋友?"苏妈妈叹了口气,"别这么紧张,我这几天想了很多事,小时候你朋友最多了,大家都爱找你玩,那时候你多快乐啊……我只是希望你能像个普通的年轻女孩子一样,有自己的交际圈,不要害怕接受新的东西。"

"就跟我说这个啊?"苏子滢笑了,挽着妈妈的胳膊,把她拉进房间,"赶紧躺着休息,别瞎操心了,我除了怕你休息不好,什么都不怕。"

"你把太多的时间和精力都花在了家里,该留点给自己,妈妈不鼓励你盲目谈恋爱,只希望你能多体验自己的人生。"

"我一会儿要出去工作,你就别多想了。叶学弟是我的工作伙伴,马上合约到期就没什么交集了,人家长得那么好看,家里条件也好,不缺恋爱对象。"苏子滢附在她耳边低声说道,"干吗让我去给人家练手?我根本没这个陪练计划。"

听到女儿这么说,苏妈妈也不禁莞尔:"瞧你说的,我可不是这个意思,只是说你应该多交交朋友,多发展发展个人生活。我们家闺女也不差啊,又漂亮又能干,就该好好享受青春年华。"

"我得去把人带走了,今天晚点回来,别等我吃饭啊。"苏子滢听到楼上的脚步声,叮嘱一声,着急地转身上楼。

苏妈妈无奈地笑了笑,她很少见到女儿火烧眉毛的着急样,那个孩子果然是她计划之外的人。

是劫是福,都得她自己去应对。

"别乱碰我的东西。"苏子滢冲到书房,见叶峻成正在翻自己很久以前的成长相册,立刻扑过去抢来,脸色微沉,"谁让你上来的?"

"你外婆……姥姥啊。"叶峻成学着他们这边的口音,尾音微微上扬。

"你不是要写生吗?早去早回。"苏子滢将相册放回书架,只想赶紧把他撵走。

"谁说今天要写生？"叶峻成这么早过来，是要带她去另一个地方。

"反正按工作时间算钱。"苏子滢拿出手机看了一眼，"我开始计时了。"

换成以前，她这么说话，叶峻成肯定会生气，可这次他慢悠悠地看着书架上的那些书，淡淡地说道："财迷。"

细听似乎还带着一丝宠溺的味道。

这让苏子滢鸡皮疙瘩都起来了，十分不适应地伸手按住他想抽出来的书："工作地点是老板提供的，不能在我家吧？这里租金很贵。"

"你不是还没吃早饭吗？"叶峻成将她手边的一本被翻破皮的志怪小说抽出来，翻了翻，看了几眼里面的插画，被那老旧的审美劝退，又合上了。

"我不用吃早餐……"

"那可不行，我要吃早餐。"叶峻成放回那本书，见她憋着一股邪火似的抑郁表情，昨晚一直闷着的不爽心情莫名愉快起来，添油加醋地说道，"你姥姥说我这个小伙子长得俊人又好，一大早帮她买菜送柴，一定要留我吃早餐。我可不能拂了她老人家的好意。"

"你几点就守在我家门口了？这也太刻意了，叶峻成同学，我告诉你……"苏子滢果然被他那故意挑衅的表情给气着了，硬生生挡在书架前，脸色更阴沉。

眼看她就要翻脸，不等她将话说完，叶峻成的手就伸了过去，按在她耳侧的书架上，混杂着一丝松节油的气息袭到她的鼻尖。

"告诉我什么？"叶峻成倾身，看着她面颊迅速起了一片云霞，像夏日黄昏最美的火烧云，轻声问道。

这个冬天很冷，可看着她的时候，却觉得是春天，是夏天。

他的心里盛放着花朵，阳光温暖，连阴影处都被光照亮。

"我想告诉你，别浪费时间，别对我抱有什么不切实际的幻想。"苏子滢侧过头，皱起眉，想往旁边挪，避开他这么近距离的"审视"。

可叶峻成另一只手也扶住书架，将她框在自己胸前，近距离地打量着她细嫩的皮肤，看着那长长的睫毛都挡不住眼里的那一丝严厉甚至反感。

"我的幻想能让你生气，挺有趣的。"叶峻成喜欢看她露出温柔礼貌以外的表情，那是她难得暴露出的个人情绪，是她真正的"人性"。

"因为你还是个什么都不懂的小孩子，只知道自己开心，不管会不会给别人带来困扰。"苏子滢真生气了，差点就骂他"臭小子"。

他才是完全不懂人情世故的大少爷，没事往拒绝他的女同学老家跑。

"你以后正式工作了，也会这么冷漠地撵同事和上司吗？"叶峻成被她骂了不但不生气，还似乎更高兴了，饶有兴致地问道。

他觉得自己够古怪了，不喜欢和人交往，现在喜欢上个更冷淡的女孩，果然他们是同类。

"不要多管别人的事，让开。"苏子滢伸手推了推他的胳膊，没推开，一矮身从他胳膊下钻了出去，深吸了口气，从松节油味里面平复刚才暴躁的心情。

"我很喜欢看你生气的样子，和平时温温柔柔引诱异性的时候完全不一样，这感觉对我很特别。"

"请注意用词。"苏子滢原本平复的心情被他这句臭屁自恋还贬低对方的话撩得火又冒了起来，语气更冷，"你不觉得让一个好脾气的人生气是自己太失礼？还有，我什么时候'引诱异性'了？"

"无时无刻。"叶峻成见她抿紧了嘴唇，平时春水般的眼神也冷得像结了冰。

"现在算工作时间了吧？"

苏子滢咬紧牙根，默默在心里对自己说，看在钱的分上，别跟这毛头小子一般见识。

"看在你家请我吃饭的分上，当然算。"叶峻成见她憋得心口疼的样子，想继续欺负她又有些舍不得。

"那你也要给我解释清楚刚才的话，不然这算职场骚扰！"苏子滢要不是怕楼下外婆和妈妈听到，都想吼他。

"不算。我只是陈述，越是具有魅力和异性缘的女性，她的姿态、语速和所有的举动,越是缓和温柔的,微笑和眨眼的速度都会刻意放慢,这类女性,比起什么小野马更能击中男性的心。你就属于这种……"

"别给人随便归类。"苏子滢对他的歪理邪说听不下去了,她习惯"以和为贵",否则早就发飙了。

"打工菩萨"名不虚传,只要付工资,苏子滢觉得还可以再忍。

"小滢,带同学下来吃饭了啊。"

外婆的声音在楼下响起,桌上已经摆好自家腌制的小菜,青翠的萝卜丝淋上了香油,刚蒸过的腊肠切得薄薄的,油亮亮的香味扑鼻,腌好的小葱头和辣椒看上去十分爽口下饭。

苏子滢率先下楼,在外婆和妈妈面前,她脸色已经恢复了正常,帮她们拿碗筷,盛好玉米粥端上桌。

外婆和叶峻成聊得很开心,竟聊到了波普艺术。苏子滢闷头吃饭,苏妈妈笑着看她几眼,感受到女儿比往日冷淡,极力想和这位不速之客划清界限。

苏子滢从来没有这么快地吃过饭,两倍速吃完,说要上楼收拾一下背包,就离桌了。

从小就被教育做事不能急躁,要优雅,要有计划,要循序渐进,想到这些优点被叶峻成说成故意引诱人,苏子滢就觉得自己的修炼远远不够,还是太稚嫩了,容易动气。

等她坐进停在巷口那辆引人注目的车里时,苏子滢已经深深反思了一番——她确实对叶峻成越来越没耐心,态度也和以前不一样。

她不该这样,求人时百般忍耐,现在家里稍微情况好转一些,就对曾经的"金主"臭脸相对。

可是,先变的人是叶峻成啊。

他要还是当初那个不接地气的高冷少年,对她爱搭不理,除了工作时候有点接触,其他时候像陌生人似的,她也不至于会想躲着他,甚至言语上毫不客气,希望能把他那点念头早点打消。

"你要去哪?"苏子滢看着窗外的风景,想着怎么让他死心,忽然发现车子离开乡道，开始在尘土飞扬的国道上疾驰。

"一会儿你就知道了。"叶峻成看上去心情很好，没有被她之前冷漠的态度伤害到。

也可能是他性格古怪，就喜欢她的愤怒状态。

"这是国道，注意限速。"苏子滢看了眼中控台的显示屏，上面显示着地图和现在的车速。

"你昨天又对我说了那个词。"叶峻成略微减速，说道。

"什么词？"苏子滢昨天就没和他说几句话，她记忆力好，略一思考，立刻了然，"多余的困扰？"

"我是你人生中多余的人吗？"叶峻成略带嘲讽地勾起唇角，"你需要钱的时候一定不这么想吧？学姐，你这个人特别薄情。用我的时候一点也没客气，开的价可不比市场价低，现在似乎应急期过去了，也是一点情面也不讲，连一丝同学情都没有了，比资本家还残忍。"

苏子滢没想到他这么记仇，居然还记得第二次见面时她说的那些话。

当然，她清楚记得自己说过的每一句话，是因为记忆力好，没办法忘记，不是为了翻旧账……

不过他长得太好看，声音比隔壁广播学院的同学还有磁性，平时有一种谁也看不上的小王子式的高傲，但刻意撒娇或者想要透露其他情绪时，就很……欲？

凭借声音和颜值让别人服从他的想法和欲望的欲。

如果再加上眼神的传递，大概女生们真的会心底一颤。

"同学情还是和你讲了的，不然你以为你能吃到我家的饭？真正的资本家，连他身边的空气都不会让你多吸一口。"苏子滢的视线从他迷人的侧脸移走，看着外面的大片农田，一点也不开玩笑地回答。

"你没邀请过朋友来家里做客吗？"叶峻成故意好奇地接着她的话问下去。

"很少请。"苏子滢正说着，手机响了。

她的手机在家都是开着声音，除了工作，找她的人不多，来来回回也就那几个稍微熟一点的朋友。

是林涵给她打的视频电话，苏子滢不喜欢视频这种沟通方式，看着屏幕里对方的脸，总觉得有些奇怪。

她习惯性地想切换成语音电话，可忽然想到了什么，手一划，拒绝了通话。

林涵上次把她从黑名单加回来之后，很久没主动和她联系了，这次好不容易打个视频还被挂了，不由得火大，发了一条长达四十五秒的语音。

苏子滢转换成文字，全是对她的抱怨，也没说什么正事，便只回了两个字：在忙。

随后又补充一句：重要的事留言。

林涵对她很无语，拍了张照片发了过去，发了三个字：去不去？

是两张画展门票，白宁羽送给他的。据说这次画展规格很高，门票预售时就被一抢而空，一票难求。白宁羽让他带最喜欢的女生去看。

苏子滢现在当然去不了。

林涵知道她百分之九十会拒绝，但之前还抱着一丝希望，现在得到去不了的回复，失望地把票转给了队友。

林涵对画展没太多兴趣，他更喜欢脑洞大开的行为艺术和服装设计展，只是想找个机会来看看苏子滢。

反正高铁不到一个小时，开车只要两个多小时就能过来接她，在过于繁华拥堵的大城市里，随便约个人吃饭也要花上半天时间，林涵不觉得麻烦。

"有事？"叶峻成见她拿着手机打了半天的字，忍不住问道。

"没事。"苏子滢收起手机，说话都干脆利落，不留话头给对方继续聊下去。

她只在心里想着林涵发的那个失望的表情，觉得自己确实像叶峻成控诉的那样"薄情"。

可是，人生太短暂了，她没有时间去寻找生活的意义，也没有时间照顾朋友的情感……

叶峻成并不死心，忽然问道："手机设计完成得怎么样了？摄像头找到了吧？"

"嗯，谢谢你的帮忙。"

"我记得我对你说过，不要浪费时间在这次比赛上，你说不试试怎么知道。其实，这对我的触动很大。"叶峻成看着前方的高速出口，打转向灯往左侧辅路上转，继续说道，"所以，当你对我说不要浪费任何时间和精力在无望的结果上，我就想到你这么双标，我一定不能被你骗了。我也得试试，不然怎么知道行不行？"

苏子滢愣了愣，看着他，似乎没听懂："试什么？"

"试试会为了一个人改变多少。"叶峻成绝口不提"爱"，他不表白，就不会被拒绝。

但他的每句话，都在隐晦地表白。

他知道学神姐姐是假装听不懂，她心里跟明镜似的，不愿意接他抛来的任何东西，除了钱。

"还不如多看看书。"苏子滢果然不再搭话，从书包里翻出一本书，低头看了起来。

也不再问他去哪。

问了一遍，别人不愿回答，她很少会追问第二遍。

记得小时候看过一本书，里面有一句话：情啊爱啊的，是阻止人类成为神明最大的绊脚石。

苏子滢深以为然。

陷入情欲中的男女会被虚无的情感折磨得遍体鳞伤，倒不如好好学习，超越这俗世的感情，研究更为瑰丽的宇宙星辰。

苏子滢的第一梦想是做个科学家，能够以最快速度推进人类文明进程的就是这群人。

她还在年幼时，用天文望远镜看着遥远星河，想着有一天能登上那发着光的地方，后来，就不敢做太远的梦，变得急功近利，接受了现实。

灵蕴美术馆这些年举办了不少知名的画展和艺术展，一直名声在外。

这是当年最负盛名的海归画家秦灵蕴女士四十年前拿出毕生积蓄打造的一座美术馆，光看这有浓厚人文气息的设计外观，就能感受到厚重的时光之美。

美术馆的设计者是苏子滢最崇拜的当代老艺术家——叶博。

四十年前，叶博刚到而立之年，他设计的省博物馆刚刚画完图纸还未动工，灵蕴美术馆就已经一砖一瓦地垒在了这里。

苏子滢没想到她拒绝了林涵的邀请，却被叶峻成直接拉到了画展门口。

因为寒假，画展门口一大堆年轻人，大多是学生打扮。

"你今天不是要画画？"苏子滢忍不住问道。

他平时想画个主题，会提前和她说一声，或者有什么服装要求，也会准备好，可他刚才下车，放在车里的画板美术袋也不带，完全不像准备画画的样子。

"跟我走这边。"叶峻成还是不回答，带着她从贵宾通道进了美术馆。

苏子滢进门时，看到了门口的宣传海报，终于想到今天是叶峻成口中一直说的全国绘画比赛的日期。

她没有刻意留意过时间，只知道比赛寒假截止，因为这次画展的画太多，先展后评。

这种重要时刻，叶峻成当然要和她一起分享。

因为他的模特是她啊！

虽然……谁也看不出来。

苏子滢被他拉到那幅公牛图前，难以呼吸。

她之前只看到未完成的画作，并没有想到，完成后的这幅画，居然被命名为——《少女》！

将一头抽象化的公牛命名为《少女》，她实在很佩服创作者的脑洞，甚至怀疑叶峻成的大脑是不是被艺术细菌感染了！

那些昨晚就来观看了一番的评委老师也一样，盯着这名字嘀嘀咕咕议论甚至是争论了很久。

不过，撇开命名，这幅画的构图充满冲击力。

雪域高原上，红眼的公牛占据了画面的大部分，粗糙的褐色皮肤与尖锐的牛角证明了其攻击性。扭曲的身躯，加上细节凸显的肋骨与胀大的睾丸，证明了这头公牛的饥饿与勃勃的生命力。

苏子滢和大部分观众一样，完全没法忽略牛鞭处，只觉得有种被侵犯的窒息感。

"《少女》？你眼里的我可真特别。"苏子滢咳了一声，试图夸几句，"那个……眼睛画得好。"

公牛的面部除了双眼之外，完全用黑色的色块代替，极度地强调了角与眼睛，无论站在任何角度，都仿佛能看到这头愤怒、饥饿又充满繁衍渴望的公牛瞪着自己。

"再仔细看看。"叶峻成站在自己满意的作品前，想将秘密分享给最喜欢的人，眼底藏着一丝期盼，希望她能发现这头公牛和她的相似之处。

苏子滢往前凑近半步，正要仔细看看，忽然听到一声含笑的招呼："这不是苏同学吗？"

苏子滢一转头，看到扎着小辫子、胡子拉碴不修边幅，穿着松松垮垮的毛衣和牛仔裤、浑身上下充满艺术气息的中阳"小金城武"——白宁羽。

这里有不少中阳美院的师兄师姐，白宁羽无疑是本次大赛最被看好的参赛者。

"叶同学也在？这是你的画作？"白宁羽走过来，看了眼公牛，看到旁边的标题，眼里似乎闪过一丝轻视的笑意，"这题目取错了吧？首先它是头牛；其次，还是头公牛。哪来的少女？"

"内心庸俗的人当然看不到。"叶峻成毫不客气地回答，不着痕迹地挪过身子，将苏子滢护在身后，不想让他俩交谈。

"苏同学，你看到了吗？"白宁羽也不生气，对着叶峻成身后衣着保守的苏子滢问道。

"呃……正在看。"苏子滢还没说完，就被叶峻成转头狠狠瞪了一眼。

她只得佯装继续欣赏那幅画。在公牛的眼睛里,她似乎还真看到了……一个少女。

"不如来看看我的少女吧。"白宁羽眼里是藏不住的得意,伸手向前面指了指,"挂在那儿,叶同学一定会喜欢。"

"为什么我一定会喜欢?"叶峻成一脸鄙夷,用毫不掩饰的嘲讽口气补充道,"你们美院,不外乎那些传统老旧的做派,老气横秋,毫无新意,还自以为是……"

"牛眼里,好像有个少女。"苏子滢忽然温柔地开口,打断了叶峻成要引起美院同学围攻的那番话。

她确实有些薄情,但也真的温柔,不愿看到让人难堪的场面。

白宁羽也一向心高气傲,况且中阳美院的地位堪比江湖中的少林寺,哪受得了其他学院美术系出身的学弟的嘲讽,也不管苏子滢打圆场,皮笑肉不笑地说道:"因为我的模特,叶同学一定很喜欢。"

苏子滢听到这句话,有种大事不妙的感觉。

她从小就感知敏锐,善于观察,从细微处寻找规律——不,从细微处看人情绪。

她给白宁羽做过模特,他画了那幅反弹琵琶的少女。

白宁羽虽然没说过参赛的事,可也极有可能拿了那幅作品来比赛。

"我那幅画的模特是子滢同学。"白宁羽微笑着补充一句。看着叶峻成年轻俊秀的脸上掩盖不住的怒意,他有些内疚。

似乎把苏子滢卷进来不太好。

无论公牛也好,琵琶少女也好,跟她都没有什么关系,可是,能刺激到目空一切的叶峻成,实在太爽了。

叶峻成没有说话,抿紧了嘴唇,像珠穆朗玛峰峰顶的千年冰岩,散发着冰寒彻骨的气息。

"我失陪一下,去个卫生间……"苏子滢确实想去卫生间洗把脸,去去晦气。

篮球赛后,她也听舍友们八卦过,说叶峻成威胁到中阳美院白宁羽

"一哥"的地位，好几年前，这两人就互相看不顺眼。在他们的圈内，众人经常捧一踩一，两家的粉丝常常因为两人的画作和颜值吵得不可开交。

不过那时候她已经见钱眼开的给人当过模特了。

叶峻成依然没说话，但那眼神比风刀霜剑还狠厉，他忽然伸手，像是脑后长了眼睛，准确无误地攥住了苏子滢的手腕，拽住了她。

"本来以为叶学弟有这么美丽的模特，能画出最美的少女神韵来，没想到……居然画了头这么狰狞的公牛。"白宁羽挑了挑眉毛，看热闹不嫌事大，一脸可惜地说道，"还好，我画的少女，应该能完美呈现模特的古典美感。"

"完美呈现？别开玩笑了，临摹根本不算创作，你不懂欣赏真正的美。"叶峻成怒极反笑，唇角露出嘲讽的弧度，说完拽着苏子滢转身就走。

居然被白宁羽"玷污"了自己独一无二的模特。

苏子滢感觉到了叶峻成的怒火，因为他的手像要捏碎她手腕骨似的，用力钳着，怎么都挣脱不开。

她也没怎么挣脱，直到被他拽到停车场，才说道："你可以放手了。"

叶峻成将她拽到自己车边，依然没放手，阴沉着脸问道："你是有多缺钱？我给你的还不够吗？为什么要去给他当模特？你去过多少次？你……"

"这些问题都和你没有关系，别问了，我不会回答。"苏子滢打断他的话，刚才在众人的目光中被一路扯过来，她就想好了怎么和他摊牌。

尽管他没有表白，可现在这一切已经表明了他的心迹。

她必须明确拒绝。

"苏子滢，你是不是觉得我平时对你太好了，就这么糟蹋我的心意？"叶峻成气急了，口不择言。

他是个衣食无忧要什么有什么的小少爷，遇到她之后，才知道被人戳到心脏的感觉。

以前那种不被回应的难受，尚能忍受。

甚至像昨天被她无情地回复，他也能咬牙吞了，依然天不亮就出发，盼着见她。

可现在，想到她做了白宁羽的模特，之前所有的委屈愤怒一并涌上心头，叶峻成觉得自己纯真的感情被践踏得体无完肤，可她因为不爱自己，根本无法感受到他万分之一的痛苦。

"你在工资上待我是很好，我很感激，但是……"

苏子滢的话还没说完，就被他一把捏住了下巴，清爽的少年气息夹杂着松节油的味道，截断了她的呼吸。

什么心意？我一直以为我们只是普通的雇佣关系——这句话被他堵在了嘴里，苏子滢没有机会说出来。

叶峻成疯了！

和之前的克制不同，他此刻像是失去理智的魔鬼，疯狂地啃噬着她，没有半点温柔。

见她想要躲避，叶峻成手上更用力，故意弄痛她，想让她感受到自己那万分之一的痛苦。

苏子滢也是个倔强的人，被他按在了车门边，躲不开便紧紧抿着唇，用沉默的态度抗拒他的入侵。

直到叶峻成咬破了她的唇，腥甜的血将他刺激得疯狂，他只觉得身体里燃着一把火，烧得他五脏六腑都快成了灰烬，唯有触碰到她肌肤的地方才能感受到清凉。

"啪，"不轻不重的声音，在安静的停车场响起。

苏子滢力道很轻。

妈妈常说，君子动口不动手，她再怎么被欺负，也很少动手还击。

更别说打别人的脸了。

还是这么好看的脸。

"但是，"苏子滢趁着他被打蒙了，转过头，轻喘了口气，尽量用平时温柔舒缓的语调，礼貌地说完刚才的话，"如果是这样的心意，请你收回……"

她的话又没说完，就被更愤怒更凶悍的亲吻堵住了嘴。

叶峻成像是想把她撕碎吞下去，抓住了她刚才袭击自己的右手，按在车上，双目赤红，泛着泪光。

"叶峻成，够了，别太过分！"

她嘴唇被咬破了，在幽暗的地下停车场，像是暗夜盛开的玫瑰，诱惑人心。

可她的眼神却洁净而清澈，没有染上一丝情欲，甚至没有轻微的情感波动，只有淡淡的不满，像一盆冰水，将叶峻成内心的火焰兜头浇灭。

他松开了手，慢慢地离开她，直到两人贴合时的体温被地下停车场的冷风吹散，感受不到一丝刚才的温软。

叶峻成往后退了一步，眼眶红红的，死死盯着她，漆黑的眼眸里写满了令人无法直视的悲伤。

苏子滢低下头，揉着发红的手腕，在一片令人绝望的死寂中苦笑，没想到要在这里直接做出决定。

"我们的合约……给我点时间，解约费我会还你。"

"那我的心呢？"叶峻成的嗓音嘶哑，像是从一场大火中遍体鳞伤地被拖出来，平时那双亮如星辰的眼睛现在一片灰暗，他像在自言自语，"你怎么还？你拿什么还？"

"我……我是个庸俗的人，你根本就不了解我。当然，也没有必要浪费时间来了解。所以，别喜欢上我，不值得。"

苏子滢吸了口气，没想到说这些话时竟然感觉有些凄凉，大概她太不习惯如此妄自菲薄自己。

"你为什么不敢看我？"叶峻成收紧了拳头，指甲深深嵌入掌心，他讨厌这样语气卑微的苏子滢。

值不值得，他说了才算。

"叶峻成，我们根本不是同类，我一直都想和你说这句话，可我以为你这么聪明，我不必说出来，也知道我们之间根本不可能发生什么……"

苏子滢不想看他，是因为怕看到那眼里的伤痛。

她不想伤害他。

他从小到大被保护得这么好，一定从来没有受过这样的伤害，哪怕是短暂的伤心，也让苏子滢过意不去。

"为什么不看着我的眼睛？"叶峻成打断她的话，"你看着我的眼睛说一遍'不值得'。"

苏子滢缓慢地匀着气息，咬了咬嘴唇，被他咬破的地方又渗出血，又麻又疼。

"别喜欢我，不值得。"过了几秒，她抬起头，坦然地看着叶峻成的眼睛。

"你没有喜欢过我？一点都没有？"叶峻成紧紧盯着她黑白分明的澄澈眼睛，试图从里面找到一丝情意。

"我很尊重合作方，从不会有合作伙伴之外的想法。"

"我只是你的甲方。"叶峻成没有从她的眼睛里找到任何想要的东西，他最后的希望也破碎了，眼神像海底午夜区，寂静、漆黑，没有光，没有风，只有缺氧的窒息感。

"是。"

"只是因为钱，才对我那么温柔？"

"是。"苏子滢语气平静真挚，但心底微微一慌。

因为眼前的少爷，眼眶红得像落霞，眼里泛着泪光，似乎下一秒就要哭出来了。

别哭啊，可别哭啊！

苏子滢受不了他这副脆弱的模样，正要移开眼睛，叶峻成已经转过身快步走到驾驶位，拉开车门坐了进去。

苏子滢看到他脸上似有泪水滑下，想说什么，又默默咽了回去，看着他一脚油门离开了，将自己丢在了停车场。

这时，她眼里才露出一丝复杂的神情，有难过，也有喟叹，还有淡淡的烦恼。

她得解决后续的合约问题，不知道要花多少钱……

"咳。"一个声音从电梯口那边传来。

苏子滢转头一看，是眼神深邃、有点混血感的帅哥，中阳美院的"小金城武"白宁羽。

白宁羽搔了搔扎成小丸子的头发，从暗处走了出来，不好意思地开口："不是故意撞见的啊，我正好想来车里拿个充电宝。"

说着，他按了按车钥匙，对面那辆路虎亮了灯。

"要不要喝点水？"白宁羽见她没说话，走过去拿了充电宝，顺手拿出一瓶水来，问道。

苏子滢摇了摇头："不用了，谢谢。"

"你这里……"白宁羽拿着水走到她面前，这才看到她嘴唇有一道血痕，指了指。

"哦，没事。"苏子滢伸手摸了摸嘴唇，这里也不是第一次被他弄伤。

"喝点水吧，润润。"白宁羽说着，把手里的矿泉水往她怀里扔去。

苏子滢不得不接住，挤出一丝笑容来："谢谢。"

她的话没说完，一道刺眼的光照了过来，那辆刚开走的大奔，竟然转个弯又回来了。

叶峻成刚才气急了，开车到门口，忽然想到丢下她一个人孤零零的，她不知道舍不舍得打车回去，一咬牙，又拐回来了。

没想到……他多虑了。

那么美丽的模特，身边怎么可能缺献殷勤的男生呢？

见学姐没有半分难过，对白宁羽盈盈笑着，他只觉心脏刀割似的疼。

以前他从不在乎有没有人喜欢他，甚至连胜负心都没有——因为他总是赢。

无论是画画，还是他自身的条件，走到哪里都能不费吹灰之力得到关注。

伴随他成长的，是无数的赞美和钦慕。

可遇到她之后，一再被无视，被霸凌——情感上的霸凌。

在叶峻成简单的生活里，她依仗着自己的偏爱，肆无忌惮地伤害那份独一无二纯真的感情。

"他生气了。"白宁羽看着那辆大奔愤怒地打开了大灯，伸手挡住刺眼的光，却十分愉悦地勾起了唇角。

苏子滢还没说完，那辆车粗暴地掉了个头，风驰电掣地离开。

感觉到他的车尾气都带着无比的愤怒和恨意，苏子滢掩去了眸中的担忧，微微一笑："我先走了……"

"不去看看我的作品吗？"白宁羽打断她的话，"我会用那幅画拿到比赛冠军，会有无数人看到我画里的模特有多美丽，以后你就当我的模特吧？"

"其实，我不准备当模特了，下学期我有自己的安排。"苏子滢委婉地拒绝，没有打击他的自尊心。

她不是叶峻成那样刻薄无礼的人，听到白宁羽这么自信的话，也只是礼貌地笑了笑。

虽然她不太能理解自己在叶峻成的眼中怎么就是一头公牛的形象，但那幅画确实很有冲击力，艺术造诣极高，无论是色彩还是线条，都彰显着画家与生俱来的天赋。

而她更是见过无数次叶峻成画画的样子，专注、认真，似乎投入了自己的生命，所以，她内心希冀这样一心画画的少年能得偿所愿，拿到应有的奖励。

"好奇地问一句，叶峻成给你多少钱？我刚才无意听到你们说解约的事，不知道苏同学有没有兴趣来我的工作室接点活？"白宁羽像是没听到她上一句话，自顾自话地问道，"只要我的画拿了金奖，你的身价也会跟着涨。金奖的模特啊，说不定咱们配合，你就是第二个李薰，用另一种方式永远留在美术史上。你们做工业设计的又累又苦，不如看得远一点，考虑一下我的意见，怎么样？"

再次听到李薰的名字，苏子滢微微一愣，想到了当初叶峻成找她时画的那个大饼。

他们画画的，都很自信啊。

现在想来，这份自信甚至自恋，倒也挺可爱。

"等你拿了金奖再说吧。"苏子滢微笑。

她小时候学过国画，还在少年宫拿过奖，但她对画画兴趣不大，只不过是当年爸爸妈妈给她把所有的兴趣班都报上了。

当年请的全是有名的老师，而她从小就喜欢学习和尝试，无论什么都学得有模有样。

初中之后，她就再也没碰过国画，颜料、画纸和乐器舞蹈鞋一样，太贵。

但即使对现代画不熟，且很多年没有画过真正意义上的画，更不能和美术专业的同学相提并论，可苏子滢的审美还在。

白宁羽的画，雏形她看过，堪称完美。

白宁羽在绘画的过程中，会偶尔丢下画笔，抱着头呻吟，有时候冲到阳台上去抽烟看风景，处于癫狂状态。

与之相比，叶峻成那种疯狂的迅捷，反而是种异常的表现。

苏子滢合作一次之后就知道，这就是普通天才与有天赋的天才的区别。

苏子滢看半成品的作品，就已经有了评价，即使白宁羽绘画的过程要比叶峻成痛苦一百倍，但传达出来的效果也远不如那幅《少女》。

白宁羽的画当时是雏形，她看了几眼，画得圣洁端庄，简直是圣女下凡。

他的画过于完美，以至于缺乏一种直达心灵的冲击力。

这种画放到宗教场所，配合气氛没准更有感觉。除此之外，也就是完美美术生的水准。

老师们也在审视这两幅画。

评审需要相当长的时间，但冠亚军无疑会在这两幅画中产生。

一个是最负盛名的美院得意门生，一个是拒绝了中阳美院，选择去清远艺术学院的天才画手。

一个是"正统出身"，老师都是业界前辈，国内的泰山北斗，只要是中阳出来的画，评委们都会给几分面子；一个是旁门别支的叛逆学生，可偏偏名声在外，国外那帮人对他的画赞不绝口，还圈了不少圈内的"女友粉"，是炙手可热的新生代代表。

评委老师们为这两幅画，整整争论了三天。

白宁羽的《反弹琵琶》有着炽烈的色彩与优雅的线条，让这幅画绽放出来自古老东方的神秘与生机，无论是造型还是配色，都可以看得出来深受敦煌壁画艺术的影响。

白宁羽曾经狂热地在莫高窟住了七八个月，每天对着魏晋的浓艳壁画临摹写生，从阴暗的光线中寻找千年前遗落的灵感，用尽自己的才能将之展现——这来自他老师的建议。

从传统中汲取营养，跳出原本的窠臼，去表达自己的艺术理想。

所以这幅画有飞天的影子，画风稳健飘逸，画面中央的少女柔美纯净，半透明的孔雀色薄纱在微风中扬起，身体的每一寸线条细腻得让人仿佛能走进画中感觉到柔软和酥麻。

白宁羽的这幅《反弹琵琶》展现了他一贯水准，少女的灵动与琵琶的凝重古典，形成了二元对立的文化冲击，铮铮淙淙的声响在耳边流淌。

"就像是标准答案。"

中阳美院的一个教授嘴角微微抽动，在画的右上角贴上了红色标签。

画室内油彩与帆布带来的陈腐气息，让一群评委有些头闷眼胀。

白宁羽是本校最优秀的学生之一，他的画作没有任何瑕疵，模特也选择得极好，面容古典，气质澄净，姿态清绝，无论从哪个角度来说，这个金奖不会旁落。

可是，有的人并不这么想。

这幅画里面看得出白宁羽的努力，然而这种努力让人感觉到更深的绝望。

就算是熟极而流的技巧，任凭画笔随着本能的冲动流淌，仍然有种落在先人窠臼的平庸。

白宁羽的老师是国画泰斗张源，他的强大影响让白宁羽在画面中难以表达出自我。

这幅画，行家透过画面、色块，看到的并不是白宁羽，而是他的老师张源。

叶峻成最后还是看了对手的这幅画，他一眼就看到了让自己痛苦的少女的面庞，古典得温雅素丽，画得栩栩如生，可是，却缺少了很重要的感觉。

——她最符合飞天的一种气质：安宁感。

在她身边待着，会觉得安宁。

物质和精神上都得到了满足，可以慵懒随意地挥霍时间，不必为寻找生活的答案而着急，时光会慢下来，可以为自己的灵魂驻足，可以细细描绘内心的世界。

但白宁羽反弹琵琶的少女，无论画得再怎么灵动，再怎么美丽，如同窑变的瓷器精致华丽，可没有灵魂，赢得再多的溢美之词也依然是失败的作品。

即使有苏子滢做他的缪斯，也不能改变最终的结果。

古典元素与西洋画的结合是一个长盛不衰的主题，在肉眼可见的将来，这个主题仍将兴盛下去。

常玉创作于二十世纪三十年代的《八尾金鱼》刚刚拍出一亿七千万的天价，其他中国元素的作品随着时间的流逝，也将会有更令人咋舌的价格。

而且无论是中美、国美还是鲁美，油画系的主流都是中西结合。

这并不是说不好，但是看多了之后难免就会有点腻。

教授们赖以成名，学生们拾人牙慧，无非是选择更多不同的元素，使用更大胆与前卫的技巧，但最后的结果在大数据筛选面前，难免有一种千人一面的遗憾。

无论是大奖赛还是全国美展，油画给出的优秀作品风格之局限，是大家默认的一个前提。

唯那头公牛，桀骜不羁。

中阳美院出身的大多学生创作时一笔一画都不敢逾矩正统，哪怕是大胆的运色与线条，也在整体的技法预估范围之内。

而《少女》这幅画的作者有着孩子般的勇气，也有着多年训练的细腻，从某种角度上来说，这就是创造力。

以圈子的规矩来说，别的大学的学生无论多优秀，终究不是美院正统的学生，能得到提名就是极限了。

然而那头公牛漆黑的眼睛，却似乎装着整个春天。

再仔细看，里面有个人的倒影，那是个婀娜妩媚的少女身影，又像是在凝视河对岸一棵摇曳的柳树。

狂野与妩媚，在这一头抽象的公牛身上完美融合，画家似乎是在用笔的手法描绘着爱人的曲线，带着莽撞与冲动的野性。

这才是古典与现代的交融、是力与美的合体，是公牛，也同样是少女，这对看惯了正统画法的评委们来说，是一种触及灵魂的冲击。

评审期很长，公布金奖那天已经是春天了。

苏子滢脱下了厚重的羽绒服，换上了春天穿的毛衣裙。

阳光从玉兰花间洒落，透过东楼二楼的玻璃，将花影打在了桌上。图书馆里安静得很，只有翻着书页和写字的沙沙声。

冬天的图书馆总是很多人，挤在一起像是寻求知识的温暖，春天一到，年轻的学生们像是被春姑娘召唤走了，这里空荡了不少。

苏子滢坐在窗边，翻着书，不时地记着笔记，没多会，她就全神贯注地拿着软尺在笔记本上描画。

图书馆是L型结构，是当年学校出国留学回来的程教授亲自设计的，有"learn"的意思。

她画得入神，完全没有感觉到隔着两层玻璃，一个年轻英俊的学弟在另一侧默默拍她。

像是在拍满校园绽放的白玉兰、紫玉兰。

在他心里，那整个春天的玉兰花加在一起也比不上在花影中的她。

午饭的时间快过去了，苏子滢才匆匆提着书包往外走。

刚出大楼，就看到花树中有个熟悉的身影一闪而过。

苏子滢立刻加快脚步追了上去。

"叶峻成？"

她平时总是不急不缓，唯独遇到这个人，总会乱了阵脚。

因为苏子滢找了叶峻成两个月，寒假期间发信息不回，转账不收，开学后去教室两次也扑了个空，问方楠更是得不到任何消息。

她甚至去叶峻成的住处等了两三个晚上，也没见到人。

后来没辙，让林涵打听了一下，才知道叶峻成作为交换生去国外深造了一个月，又被选去参加什么全球艺术画展。

"叶峻成，你回来了？"

即使现在的男孩子们营养足，发育得好，校园里一水的大长腿高个子，但看着背影，她也能认出那是叶峻成。

他的背格外挺拔，肩宽和腰臀的比例完美，哪怕连发际都长得极具美感。

苏子滢不会认错。

"叶峻成，能耽误你两分钟吗？我有话和你说。"苏子滢终于追上前面那径直往前走的大长腿，挡在他面前。

她调匀了呼吸，抬起头，果然是那张熟悉的脸。

但过个年，学弟似乎变了，说不清哪里变了，大概是长大了一岁，更成熟了？还是清瘦了点，显得个子更高了？

当然也可能是真的长高了，毕竟是二十岁的年轻人，蹿个子不稀奇。

叶峻成抬起手腕，看了眼手表，又瞥了她一眼，淡淡吐出一个字："说。"

"合约的事我给你发过信息，你看了吗？上面我和你说过了，解决方案也发给你了，剩下的费用我退……"

"什么解决方案？我没看到。"叶峻成打断她的话，漆黑的双眸在她身上扫了一圈，便移到了路边开得轰轰烈烈的玉兰花上，看上去有些不耐烦。

她的眉目如画，温柔可亲，穿着一身素净的连衣裙，看得出裙子有些年头了，洗得发旧发白的奶茶色，却更柔软熨帖，像她家中那些老家具，染上了时光的颜色，仿佛多了许多故事来。

"我给你发了文件，要不我再发给你一遍？"苏子滢习惯把所有的事情列得清清楚楚，解除合约这种事，当然列表写好，把责任写清楚。

"学姐，现在谁会看文件？"叶峻成扯了扯唇角，似笑非笑，也看不出是不是在生气。

苏子滢被他那漫不经心的嘲笑弄得愣了一下，总觉得他哪里变了。

虽然叶峻成依然带着疏离感，可是曾经的那种任性傲慢却被另一种让人捉摸不透的神态代替。

之前他的脸上有种不通世事宛如孩童般的稚气和少年桀骜不驯的躁动，一直介于男孩和男人之间。

可过了个年，他就像是神仙历了劫，眼神更加深邃，盯着别人时，超乎少年感之外的荷尔蒙陡然散发。

就像此刻，他漫不经心甚至略带鄙夷地看着对方，眼里有一种奇异的洁净，却又混合着攻击力。

盯着异性时，足以让每个女生脸红。

"那我给你读一遍？"苏子滢很快收回心神，从背包里拿出手机，一边翻找文件一边说道，"因为你后期也不联系我了，找不到你的人，我……"

"你根本没有真心来找我，不会想把责任推到我身上吧？"叶峻成打断了她的话，一针见血地问道。

"当然不是，责任在于我。所以，我在解约合同里写得很清楚。你看一下。"苏子滢快速地找到那份文件，点开来，拿到叶峻成的面前。

叶峻成并没有看文件，只是看着她的眼睛："两分钟到了。"

说完，他迈起长腿，从她面前绕过去，继续往前走。

"再耽误两分钟……"

"我的时间可没那么贱。学姐，你又不是我什么人，不过是我曾经的合作对象而已，没资格耽误我的时间。"叶峻成头也不回地说道。

"是合作对象，所以你至少表个态，回个话。不管要不要合作，不能两个月无声无息没个交代，这事总得解决。"苏子滢快步跟上他的脚步，顾不上周围零散走过的同学的目光。

"学姐，你知道吧，我的画拿了金奖。"叶峻成忽然没头没尾地说了一句。

"恭喜。"苏子滢当然知道，校内网把这个消息置顶了好几天，据说还拿去国外参赛，热度很高，深受国外艺评家好评，也获了奖。

"所以呢，我现在很忙，时间很宝贵。以后找我，麻烦你先发信息约时间，别冒冒失失地和我说话，你打断了我的创作思路怎么赔？"叶峻成故意顿了顿，看了眼跟在身边学姐的脸色，加快脚步，大步流星地离开。

"那你至少把钱收着啊！不看文件就算了，收了钱我们就扯平了，行吗？"苏子滢无奈地在他身后喊道。

可惜叶峻成不再理她，前面不远处一个同样高高大大的男生正提了个包，冲叶峻成招手。

远远地，苏子滢还是认出了那是方楠，见两个人亲亲热热地肩并肩离开，她也不好意思再上前拦住，只得低头看着手机，给叶峻成发了八个字：请问什么时候有空？

叶峻成听到手机响了，没拿出来看，他对苏子滢设置了强提醒。

只要她发信息，不管什么时候，手机都会响到他打开微信。

"哥，手机响了！"方楠忍不住提醒。

"她居然毫无反应！就说个'恭喜'！"叶峻成没打开手机，依然快步往外走，有些愤懑地说道。

"没有生气就不错了，毕竟第二名的《反弹琵琶少女》画可就是她的模样，要是人家的画拿了金奖，应该不少人会找她来合作吧。你那头牛，简直断人财路。"方楠故意说道。

"闭嘴。"叶峻成的脸色沉了下来，想到白宁羽的那幅画他就万分不悦。

他这才拿出不停振动的手机看了眼，见苏子滢就发了四平八稳没有感情色彩的一句话，脸色更阴沉。

就在这时,聊天页面一闪,她又发了个可爱的萌萌的小女孩的笑脸表情过来,像是也发现自己说话有些冷淡,想要弥补。

"别生气,你家学姐还是挺有自己想法的一个人,不会那么容易随波逐流,也不是真的见钱眼开。美院还有人来找过她,都被拒绝了。她好像还在忙那个马上就截止的手机设计。"方楠说到这里,立刻拿出手机搜索设计大赛,记得没错的话,说是三月底结果就出来了啊,这都三月底了,苏子滢怎么还在设计?

"说是年关受到海外政策影响,比赛推迟了一个月,但也该交上去了。"叶峻成说到这里,脸上略有一丝鄙夷,无情吐槽,"这种比赛完全不需要改变时间,肯定是自家产品不成熟,或者什么环节出了问题。这么大的公司还犯这种低级错误,让同行们看笑话,真够丢人。"

"叶哥很了解情况嘛,没少打听吧?"方楠心里暗笑,脸上一本正经地补充,"就是不知道她能不能像你一样,拿个冠军回来。"

"本来就轮不到她,再说……她设计得毫无美感。"叶峻成冷哼一声,想到镜头里那张草稿纸和她存在电脑里的设计图,对她拿奖不抱希望。

他更是对华晟那套营销很鄙视,明明已经做好了产品,偏要来一波所谓的征集全球最有创意的大脑这种广告,耗费了多少心怀梦想的年轻人的时间和心血。

"多可惜啊,学姐不但人美,还努力,这个月还推掉了那么多的活……我真佩服这种人,对自己每一步都有清晰的规划,又认真投入,就算这次拿不到奖,以后也肯定不愁吃饭,说不定靠自己就能成一方人物。"方楠感慨地说道。

叶峻成伸手在他后背用力拍了一掌,酸溜溜地开口:"你观察得真细致。"

"那不是你在国外,叮嘱我……"方楠吃痛想解释,还没说完又被狠狠拍了一掌。

"别瞎想了,学姐再好,也跟你没关系。"叶峻成打断他的话,眼里闪过一丝失落。

"怎么没关系？"方楠不怕死地先躲一边，没等叶峻成发作，露出个贱兮兮的笑容，"那可是我叶嫂。"

叶峻成皱了皱眉，显然不喜欢这么无聊的讨好，但"叶嫂"两个字，却被施了魔法似的在脑海里转，转得他唇角压不住地往上扬。

就那么几步路，他已经想到了他们孩子叫什么。

叶苏苏，这个名字好，像她一样可爱聪明的小公主，当个真正的小公主，打工是不可能打工的，这辈子都不会让女儿像她那样出去打工……

苏子滢要是知道自己女儿的名字都被起好了，肯定不会这么有耐心地拿着手机等回复。

她这一等就是一天，直到第二天一睁眼，看到他还是没回复，忍不住又发了条信息过去：没空的话，可以电话里说，或者留言也行。

最近学校也有个省级美术交流赛，刚拿了金奖的叶峻成用他那头公牛一战成名，甚至打破了美院历届的评奖陋习，以黑马之姿冲到了艺术界。

但流言蜚语也跟着席卷而来。

"你知道叶峻成的爷爷是谁吗？"杨莉莉下课时，忽然戳了戳苏子滢，忍不住八卦。

"不知道。"苏子滢不只忙设计大赛，还有林涵的一堆破事等着她去帮忙，忙得焦头烂额，哪有时间和心思打听这些东西。

"这次评审几乎都是中阳美院出来的老前辈，按理说，都该投给白宁羽，他的那幅画那么完美，没有拿到冠军太奇怪了。"杨莉莉不急着说结果，故意绕弯子，观察着苏子滢的表情。

自从叶峻成拿到了金奖，清远整个美术系都扬眉吐气，毕竟大家能记住的，只有第一名。

"完美不等于艺术性。"苏子滢不动声色地回了一句。

"可那幅画的模特是你啊，要是拿了金奖……"王钰坐在苏子滢的另一边，也忍不住加入八卦。

"那也不能改变我的人生计划。"苏子滢示意她小声点,她实在不愿卷入这种无聊的探讨中,翻着书,"聊别人的事没有什么意义。"

李薰是不可复制的传奇,可李薰的最终归宿也只是模特,因为钱得到的太容易,她在短短几年迷失在物欲中,没人知道她的下落。

"你不是和叶峻成很熟吗?他拿奖了你也没有惊讶,我还以为你早就知道他是艺术世家。他爷爷就是你的偶像,建筑设计界的泰斗,叶博老先生。"

杨莉莉说完,看到苏子滢一贯沉静的表情闪过一丝惊诧,确定了她和叶峻成没有传言中的那种关系,也确实不熟,至少没见过对方的家人。

否则,她怎么可能连叶博是叶峻成爷爷都不知道?

不过,叶峻成本身就高冷低调,在班里也极少和人说话,除了方楠,其他人一学期都未必能和他搭上两句话,怎么可能知道他的家庭背景。

这次拿了金奖,叶峻成捅了美院那个马蜂窝,以一己之力,将数十年评奖规则打破,当然会引起争论和好奇。

中阳美院那帮人习惯了自家人拿奖,其他派系出身的美术生,最多拿个个优秀奖给个鼓励,他们自诩名门正统,哪里能容忍被其他人抢了桂冠。

尤其白宁羽的粉丝,恨不得捏造出叶峻成的黑料来。

"叶老先生……"苏子滢根本没有想过这两个叶是一家,就在这时,放在桌上的手机屏幕一闪,叶峻成回复她信息了。

——四点,802教室门口。

苏子滢立刻发了个OK的表情过去。

一会儿就四点了,她还有一节课。

"所以啊,大家都说这次是给叶博面子,否则怎么可能把金奖给中阳以外的学生?"杨莉莉继续说道,瞄着苏子滢的表情。

"说这话的人看过作品吗?"苏子滢一向公正,听不得别人对叶峻成的诋毁,真想建议这些人带着脑子去分辨,别人云亦云。

"就是,评审老师又不瞎。我在网上看到了那幅画,第一眼很奇怪,

第四章 公牛少女

尤其跟那个标题，故意博人眼球似的，但看着看着就觉得……嘿，这牛真有少女的清纯和青春，一股子十七八岁女孩才有的朝气，越看越喜欢。我怕是变态了。"王钰又插嘴说道，"至于白宁羽那幅，不就是你的照片吗？超现实主义的临摹手法，换咱们学校美术系的也能画出来。"

"我出去一下。"苏子滢不想和她们讨论这种无聊的话题，她拿起手机对王钰说道，"要是下课了我还没回来，帮我把书包带回宿舍。"

"你要翘课？"杨莉莉见她站起身，似乎有什么急事，忍不住追问，"找林涵去吗？"

林涵今天又没来上课，听说准备做点正事了，和几个学长准备做设计工作室，还拉了苏子滢当顾问。

"不是，其他事，可能一会儿就回来了。老师点名帮我请个假。"苏子滢说着，从王钰身后挤了过去。

美术系正在上水粉课，前后门紧闭，像是怕被人偷听到里面的讲课。

与此相反的是隔壁班，前后门都敞开着，站满了学生。

这是抖音上走红的网红老教授黄雨媛在给大家声情并茂地讲着教育心理学，教室里座无虚席，站了一堆旁听的学生。

苏子滢每次看到旁听的学生们站满走廊，挤满了前后门，就会有种身为清远人的骄傲感。

没有哪个艺术学院的学生能有清远学生这样的自律和向上的活力。

尽管每个周五晚上，学校西大门外豪车排着长长的队，女生们奇装异服浓妆淡抹，男生们一窝蜂地去隔壁的电影戏剧学院蹲守漂亮学妹，可论学风，清远学院绝对严谨认真，绝大多数同学都是求知好学的，专业的含金量也是实实在在努力出来的。

像林涵这样的翘课大王是罕见人物，老师都头痛。他去年被约谈训诫了一次，如果这学期期末考试出现挂科，不但要被学业警告，也不会让他再这么混日子了。

没想到，这次期末考试，他每一科都勉勉强强地挂在了及格线上。

辅导员这才知道，林涵是得到了"上分学神"的保佑——不，辅导，这才放下心来，希望他再接再厉，今年继续找苏同学辅导，别给班里拖后腿了。

苏子滢也站在后门口，听了两分钟黄教授的精彩授课，这时，隔壁教室的门打开，陆陆续续有同学走了出来，有的同学一眼就注意到她，表情很复杂地交头接耳。

篮球赛那天的事大家还没忘记呢，加上美术系都十分关注的画展大赛，白宁羽的模特是她，大概又拉了不少本校美术生的仇恨。

只不过苏子滢偶尔听到些不好听的话，也当作没听到。

她此刻站在教室门外，心想叶峻成如果真的是从三岁开始画画，现在少说也十七八年的绘画功底了，他在国外拿了不少奖，国内也刚刚捧回金奖，现在还是和普通学生一样乖乖上课，比林涵那臭小子上进多了。

美术系的学弟学妹们走出来不少人，见到素衣白裙的苏子滢像一幅水墨画似的静静站在走廊边，大多都认出她来了，眼神复杂。

苏子滢面对这些好奇、羡慕，或者不友善的眼神，面色不改，气定神闲地等着叶峻成。

直到没什么人走出来了，叶峻成还没出现，苏子滢忍不住走到教室门口往里面看了眼，赫然发现讲台上站着的人就是叶峻成，而老师和几个女同学围着他说着"辛苦了""感谢分享""受益匪浅"这样的客套话。

原来他出国交流学习，回来后老师让他给大家讲点不一样的课，传授传授经验。

叶峻成一直低头整理着什么，随后对老师低语了几句，合上笔记本电脑，拿在手里从人群中走出来。

苏子滢立刻退到走廊边默默等着。

她在想一个微不足道的细节问题——他既然在上课，怎么给自己发信息？

刚才瞄了眼电脑投影，没切断媒体连接之前，她似乎看到了他的电脑微信挂在上面。

叶峻成走出来，看见苏子滢靠在走廊边，右手揉着太阳穴，微微蹙着眉，似乎有些头疼。

苏子滢见他走出来，立刻放下手，微微一笑："打搅了……"

叶峻成打断她客气疏离的话："跟我来。"

苏子滢亦步亦趋地跟着他上了楼，来到九层供大家休息的空中园林。

空中园林的设计师也毕业于清远，这个设计师祖上有一座苏式园林，里面亭台楼榭布局精巧，可移步换景，又不完全是中式园林的古典，有些角落还带着一丝日式园林的精致，让尘世间的喧嚣顿时安静下来。这个设计师就仿照祖上的园林为母校设计出了现在的这个空中园林。

叶峻成走到花亭里，停下脚步，将笔记本放在了石桌上，看着默默跟进来的苏子滢。

"我不解约。"叶峻成一句话堵死了苏子滢的路。

"是解约费太少吗？"苏子滢半晌才问道。

她当然知道人家不在乎这点解约费，可总不能问他是不是还喜欢自己所以不肯解约吧。

果然叶峻成像是被她的问题气笑了，扬了扬嘴角："你爱钱如命，怎么就对我这么大方？"

"难道我在你心里就这么特别？"叶峻成见她神色不定地思考怎么应对自己，又问道。

一时间，苏子滢竟然无法回答这么刁钻的问题。

她不想招惹他，怕再这么合作下去，两人有了感情纠葛，到时候费心费时还费情。

"奇怪啊，苏同学说话一向有条有理，怎么这会不吭声了，是被我说中了？你想解约是在逃避我？"叶峻成在脑海中想象过无数次两人约谈的场景，但没想到她竟一声不吭，这倒让他有些意外。

意外之余，是从心底深处溢出的一丝欣喜。

换成从前，他会按捺不住这样的欢喜去握她的手，做些少年莽撞冲动的事来。

"两个月没能联系上你，按合同也该解约了，我愿意付解约费是因为我觉得自己应该承担一半的责任，并不是我在逃避。"苏子滢很快就稳住了阵脚，清晰地指出事实，"相反，我觉得逃避的人是你，不回信息的人是你，失踪的人是你，胡思乱想的人也是你。"

她大多时候都是大家族里温柔有包容心的长姐，对弟弟妹妹们的胡闹只莞尔一笑，叮嘱几句别玩闹受伤，极少有疾言厉色的时候。

"还有，最后一次我们见面，抛下我离开的人也是你。叶峻成，你说走就走，说不解约就不解约，能不能不要让自己成为问题，好好解决这件事可以吗？"苏子滢不疾不徐地补上这一句，听上去只是平静地陈述事实，没有指责的语气。

"你在怪我抛下你？"叶峻成抓错重点了，但他是故意的。

"不是。"

苏子滢只是想表达他也不是个成熟稳定的合作对象，孩子气、意气用事……

"那我道歉好了，那天把你丢在美术馆是我不对，后面一直没有回你信息，也是我的错。"

像是看到太阳从东边落下，苏子滢真的忍不住抬头看了西南天空的太阳，炫目的阳光笼罩着亭子边含苞待放的蔷薇花架，向阳的蔷薇早已轰轰烈烈地盛开，在三月的暖风中摇曳。

苏子滢眨了眨眼，看着那摇曳的粉色紫色花朵，有种不真实的感觉。

叶峻成一脸真诚地道歉。

"因为我那天生气了，气了很久，不想和你说话。"叶峻成见她看看天又看看他，忽闪的眼里藏着的那惊疑不定倒是挺可爱，于是继续说道，"你做白宁羽的模特，对我来说就是一种背叛，就像……我信任的员工被对手挖去。评奖期间，无数人说到那幅《反弹琵琶》，很多时候避无可避地将我的'少女'和他的'少女'放在一起比较，你知道那种感觉吗？"

"为什么要有多余的感觉？我只是个底线太低、想要赚钱的员工罢了。我的建议是，不开心就辞退。"苏子滢不愿意和他共情，表面上表现得像个冷漠无情的赚钱机器。

第四章 公牛少女

可叶峻成却没有生气，反而笑了："一个想要赚钱的人，主动放弃工作，刚才还问我什么来着？问我是不是'解约费太少'。你最近似乎也没什么收入来源，难道是觉得设计大赛一定能拿冠军？还是你即便借别人的钱也要先和我解约？"

叶峻成句句戳她要害。

"那你现在想怎么办？"苏子滢反问。

从昨天再见到他时，她就感觉到了他的变化。

成熟稳重了很多，不好哄了。

去年他找自己时，恰好妈妈生病，急着用钱，最难熬的年关过去，她帮爸爸出了一个寒假的货，妈妈身体也恢复得不错，她确实不想再勉强自己了。

但如果只是如此，她也不至于自掏腰包主动解约吧？

说到底，她还是为了他好，不希望他陷入一段没结果的感情。

只是对方不领情。

"我知道你下半年很忙，大四要准备论文和实习，为了表示我的歉意，咱们的合作还剩下一百七十次，我可以尽量配合你的时间来约，但至少一个月得保证约一次。"

叶峻成这话说的，让附近聊天走路的两个女生像是忽然发现闯入了别人的禁地似的，赶紧转个方向，往另一头的假山走去。

"你真有心了。"苏子滢沉默了几秒，叹了口气，"为什么非得找我？"

"因为你是我的缪斯，对着你的脸我才能创作。"叶峻成看着她略有些无奈的表情，主动提出，"当然，你可以趁机加价，合理范围内我可以接受。"

"给得够多了。"苏子滢淡淡拒绝，"我只要再加一个条件。"

"什么条件？"

"缪斯也好，同学也好，别对我有其他感情。"苏子滢说完，见叶峻成一脸不明白的样子，直截了当地说道，"不要爱我。"

别人听来，对天之骄子叶峻成说这话，简直狂妄。

可偏偏从苏子滢嘴里说出来，温温柔柔，带着真诚的恳求，像这三月的春风，吹拂着嫩柳花苞，让人不觉她张狂自大，只觉她是世间美好，有足够的底气去拒绝别人。

"那是我的事，和你有什么关系？"叶峻成竟然又没有生气，学着她平静淡然的语气，反问。

"不为对方带来困扰、互相尊重的合作，当然是合作的最好状态。"苏子滢对他点了点头，一脸公事公办的礼貌笑容，"这个月我可能很忙，下个月有时间我给你发信息。"

"这个月不行？"叶峻成这时，才往她面前走了一步，"总能挤出时间的，对吧？"

苏子滢总是把距离保持得刚刚好，不超过一米，也不过分得近，离他两尺多。他这一步，直接就到了她的面前。

苏子滢没有后退，默默地抬头直视他的脸。

不得不说，这同学的脸长得太好了，眉骨和鼻梁有一种男性的坚毅，那双眼睛却带着几分谁也看不上的高傲。

他五官里唯一带着感情色彩的地方就是那嘴唇。

如果这张嘴说出请求和道歉的话，也让人很难拒绝。

"月底……"

"这周末，没有其他安排的话，我有幅画需要你配合来完成。"叶峻成帮她定下了时间。

"我这周要交设计图，下周二行吗？"

下周二是三月三十号，她刚好交完设计图，剩下的就是等结果了。

"这样吧，这周末你带设计图去我那边，我要是有时间，还能帮你看看图。"

"这倒不用麻烦……"

"你可以继续工作，我只是想找个感觉。"叶峻成怕她拒绝，拿出手机，找出那幅未完成的画，"这幅画是作为国际交流生的作品参赛，四月份就得完成，我也没有时间了。"

苏子滢看到他手机的那张照片，微微一愣。

他一个后现代先锋气息浓厚的画者居然画这种国画风格的作品去交流。

照片里是一幅尚未完成的画，长河落日，石桥芦苇——长乐桥。

苏子滢终于点了点头："好吧，那我先走了。"

她又要临时改变计划，周末顺便回家一趟，看看妈妈。

"我也要走，一起。"叶峻成心底松了口气，原以为她看到自己画的长乐桥会说点什么，没想到她一脸事不关己的淡然。

但只要她不再拒绝，哪怕是普通的合作，他也开心。

因为这段时间，无论什么创作，都无法激发他的灵感。他在几十个深夜，将和她有关的录像和照片翻来覆去地看，只有看着她的脸，他才有那么一丝画画的欲望。

叶峻成知道自己的灵魂病了，他得医治好它，只能回来找病根，找药引。

两人都没坐电梯，从九楼往下走。苏子滢到了五楼，停下脚步对他微微一笑："我还有课，再见。"

"周五晚上我接你。"叶峻成掩住了眼里的热切，和她一样克制有礼地点点头。

他看上去成熟了很多。

苏子滢那半节课都在心里给叶峻成画侧写，这个小男生变了，像是狮子长大了，为了让猎物放心接近，想要隐藏满嘴的钢牙利刃，装成小奶猫的样子。

不成熟中的成熟，是更大的危险。

但她还有什么办法能应对呢？逼得他变成狮子吃了自己吗？不不不，那是下下之策。

人只有对不了解的事物才会充满好奇，一旦了解，就会厌烦。

所以，让他了解自己是个多无聊的人就可以了。

苏子滢将林涵借给她的那笔钱转了回去。

林涵第二天下午早早来到教室等着她。

平时室友们互相占座，经常坐在一起，遇到不喜欢的课，张焕颜和杨莉莉坐后面开小差聊天画画，王钰倒是喜欢跟着苏子滢。

她是苦学成才的那种人，总得下十倍百倍的功夫才能有别人一半的成绩，高考时也是复读了一年，愣是头悬梁锥刺股地考入了清远，可这里都是全国各地来的尖子生，想跟上大家的脚步，依然要付出更多的努力。

而上课时跟着苏子滢，只要有不懂的就请教她，或者借她的笔记学一学，就会轻松些。

苏子滢的解题思路和老师的不一样，她总能举一反三，深入浅出地给她解答。

今天还没入座，王钰就被林涵撺走了。

王钰知道林涵最近和几个师兄在创业，还拉着苏子滢一起，便以为他们有正事要聊，麻溜地坐到后排去了。

"你怎么把钱转回来了？不需要了？"林涵昨天昼夜颠倒，下午三点睡到凌晨一点多才醒。看到她转账回来，想问她，又怕太晚打搅到休息，忍住了，今天特意过来当面询问。

"暂时不用了。"苏子滢带着歉意说道，"你最近也要用钱，我的事……解决了……"

"没花钱就解决了？你是不是背着我卖身去了？"林涵在寒假就从家里"骗"来了一笔创业费，还没想好做什么，苏子滢就来找他借钱了。

苏子滢平时拼命打工，绝不会向朋友借钱，这次开口借十万，林涵以为是她家里出了事，二话不说给她打了二十万。

然后他也想好了做什么——之前篮球队的学长想和他一起做个创意设计工作室，他当时对电子类的工程设计不感兴趣，一心想做个原创设计的汉服店，因为家里本身就是做服装的，有一些优势，但始终犹豫不决。

现在趁机把苏子滢拉入伙，不管做什么，就当这二十万是请个大神设计师来坐镇，林涵摇摆不定的心就踏实了。

"要卖身早就卖了，哪会等到现在？"苏子滢笑了，拿出书来瞥了他一眼,"最近工作室进度怎么样了?"

"注册好了,正按照咱们的设计图装修呢,跑装修真累。"林涵最近都晒黑了不少,叹了口气,要不是为了省钱,装修全包出去多好啊。

不过,还是省下了一笔设计费。

找好了房子,是苏子滢和他一起拿着图纸在现场研究,想着用最少的钱,装出最帅的工作室。

"我下个月不忙了帮你去监工。"难得看到贪玩的林涵收心做正事,苏子滢当然得帮忙。

"那地方又脏又乱,你可别去,等硬装弄完,进行软装的时候你再去看看。"林涵以前总是大手大脚,自从准备创业,顿时感受到了父母辈的辛苦。

"你真不用钱了?别跟我客气啊,这点钱我还是能拿出来的,咱家有钱。"林涵看着她,忍不住又说道。

"没和你客气。"苏子滢见林涵几天没刮胡子的沧桑模样,感慨男生真是得经历事才能成长。

瞧他创业后,不再隔天换女朋友了,半夜也不去蹦迪了,就围着工作室转。

"是不是设计大赛……你有把握拿冠军啊?"林涵从不问她为什么借钱,却想知道她为什么要还钱。

"还在做最后的修改,要真的拿了冠军,奖金也有你的一份。"苏子滢说到设计,眼睛亮了,拿出厚厚的图纸,翻开给林涵看密密麻麻的各种数据和文字,"光是外形我就优化了七十五版,至于里面……"

"别给我看,我看到这堆东西眼睛疼。"林涵实在佩服苏子滢,她以后不管在什么地方工作,都会是甲方最满意的合作伙伴。

因为她无须别人要求,自我审查就极为严苛。

精益求精,颇有工匠的精神。

"你就不想看看现在的最后一版吗?"苏子滢改了多少天,每一个细节都不停地打磨,可林涵一眼都不愿多看。

因为大赛延后一个月，她千辛万苦找到的摄像头降价了，这让她的产品预算又空出来一些，所以这几天一直忙着进一步优化。

"不要，留点惊喜，我想在电视上看到你的设计。"林涵对她露齿一笑。

因为晒黑了，显得牙特别白。

"对了，晚上一起吃饭，帮我补下课，免得期中考试老刘唠叨我。"林涵见她对自己淡淡笑着不说话，不觉心里有些热，脸也跟着热了起来，竟被她看得有一丝害羞，赶紧说道。

"别出去吃了，省点时间，我请你吃食堂。"苏子滢每次都被他请，有些过意不去。

"食堂那环境怎么补习啊？当然得找个安静舒服的地方学习。"林涵说着，晃了晃手机，笑道，"我已经定好了位置，就在咱工作室隔壁，网红咖啡厅。那是大咱们四届的学姐开的店，校友去了还有折扣，顺便去看看人家的设计。"

"对了，学姐还是壁画师，我请她来帮我们画个壁画，你看看她的方案怎么样？"林涵一口一个"我们"，但其实初期累活脏活全是他自己在忙。

这让苏子滢很过意不去，她看着林涵手机里的草图，认认真真地写了二十多条意见……

从清远出去的斜杠青年太多了，其中美术专业出身从事时尚和各种设计行业的最多。

相比之下，做工业设计出来的，几乎都是拿了各大龙头企业的offer，拿着百万年薪，工作紧张但也充满挑战。

仿佛他们和科学家一样，是推动文明进程的中坚力量。

苏子滢做过很多工作，每一份临时工对她来说都是珍贵的人生体验，给她积攒了宝贵的经验，让她更清醒地知道自己想要什么——不是百万年薪，是自我价值的实现。

周五的下午没有课，苏子滢去听黄教授的公开课。这次的公开课名字很文艺——《美和审美的终极意义》，她听得很认真。

黄教授用史铁生写的一句话结束了这节课：生命的终极价值和意义是美，请好好享受这如歌如舞如醉如罚的生命之旅。

苏子滢来这里只是想放松一下大脑，感受感受黄教授的美学教育，最近对着手机里各种芯片配置还有尺寸设计，她的脑子快转不动了，得缓一缓。

三点五十刚下课，苏子滢的手机屏幕亮了一下。

叶峻成给她发了信息，四点在学校门口等她。

再晚一点，校门口又该停满各种豪车了。

叶峻成去过不少地方，却对长乐桥一见钟情。大概是因为这里承载过他喜欢的人的童年。还有就是他想做一件于她而言最浪漫的事。

她很少会露出多余的情绪，诸如伤心难过很难从她脸上看到，可那天面临长乐桥即将被推倒重建的遗憾表情，叶峻成记得清清楚楚。

所以他想用另一种方法永远地留住它。

或许，也能够真的留住这座载满小镇人回忆的桥。

"我昨晚没睡好，有点困，路上你最好能和我说说话。"叶峻成上了高速，开口说道。

苏子滢正在翻着她那厚厚的图纸，听到这句话，顿时坐直了身体。

"要不要下去找个代驾，或者坐高铁？"苏子滢看到他眼圈有点发青，显得脸色更苍白，确实没睡好。

"这倒不用，说说话就行。"叶峻成昨晚确实失眠了，一想到今天可以带着她回去，就睡不着。

"你听过黄教授的课吗？"苏子滢找了个绝妙的学习话题。

她决定复述一下黄教授的美学教育，差不多一个小时就过去了。

"当然听过。"叶峻成就是美术系的，黄教授没事就来给大家上课，熟悉得很。

"哦……"

"你手里的这些设计效果图都是你一点点手绘出来的？"叶峻成主动

问了个很污辱自己智商的问题来。

"嗯。"

不然呢,只要不瞎,都能看出这是自己手绘的效果图啊。

"晚上能借我看看吗?学习一下你们做工程设计的人对数字和细节的认真态度。"叶峻成想帮她改进一下效果。

他从高倍摄像机里见过很多次她画的效果图,总觉得外观不够优美。

换以前,他就直说这图太丑了。

但现在,见到她一次次地改,不停地打电话核实各种资料,费尽心血,独立完成这么复杂的工艺设计图,他也被触动了。

从第三者的视角去看一件艺术品的诞生,和自己创作时的感觉截然不同。他从这份设计图里看到了另一个灵魂的挣扎、自省和成长。

"怎么?怕我剽窃你的成果啊?"见苏子滢整理着手里的稿纸,没有立刻回答,叶峻成追问。

"不是,版本和细节太多了,我将最后几版整理好给你留下。"苏子滢不介意和他分享。

因为叶峻成绝对不会将她的作品占为己有。

相处快半年,她见过叶峻成创作和生活上的习惯,他是一个高傲的小王子,和寻常人多说一句话也仿佛在施舍。

叶峻成听到这句话,嘴角抑制不住地扬起,她还是信任自己的,而且还是那样地坦荡。

即使说了"不要爱我"这样伤人的狠话,即使从不做普通同学之外的亲热举动,即使带着打工人的无奈,可她依然温柔如水,也不拒绝自己偶尔无礼的要求。

"今天晚上还能赶上落日吧?"叶峻成语气都有些轻快。

"应该不行,但晚霞还是有的。"苏子滢说着,拿起手机,"我查一下经纬度,很久没注意家乡的日落时间了。"

"也不用这么精确……赶不上就算了,明天晚上可以提前去。"叶峻成见她这么认真地对待自己的问题,心里更是暖暖的,有种欢喜和满足感，连带他的话都变多了，"我订好了房，还是那个招待所，回头先送你回去……"

"直接到招待所，我从路边下车。"苏子滢不想再招惹一堆亲戚来家里议论，微笑着拒绝，"明天工作时间我去长乐桥上等你。"

"不请我吃饭了？"叶峻成原本心情挺好，被她一拒绝，嘴角的笑容消失了。

因为想到和林涵出去吃饭时，她可是抢着请客买单啊！

"你住的招待所隔壁就是一家老字号面馆，你可以尝尝那家的牛肉面，味道纯正。"苏子滢当然不会陪他做工作以外的事，她还想着赶紧回去看看爸妈，晚上继续改细节。

叶峻成不再轻快地应和，修长的手指轻轻点着方向盘，那双黑亮的眸子也变得深邃起来，像夜空下深不见底的湖水，将所有的星光都吸了进去，只在风吹过时，才荡出一丝微波。

这一路，无论苏子滢再找什么话题，他都像个没要到糖吃又心高气傲不愿再提的孩子，态度冷淡地回应。

虽然错过了长乐桥的日落，但高速有一段向西的路，恰好正对着夕阳，就连苏子滢都拿起了手机，在车里拍下了好几张夕阳的照片。

他们都是每日奔忙的人，日复一日，年复一年，很少再像祖辈关心风雨寒暑那样，抬头看这日月星辰的变迁。

长乐桥下的河水铺满了艳红色的晚霞，越临近黑夜，那霞光就越艳丽，挣扎着不肯被黑暗吞噬。

三月底的深夜，还是有些冷的，叶峻成坐在河边刚萌发的草芽上，看了半宿星星。

镇上的光污染没有城市那么严重，河水也带走了空气中的灰尘，尤其深夜，这里格外安静，让他想到了小时候跟着父母徒步穿越沙漠时看到夜空那道璀璨的星河。

如今，这星河依然璀璨，只是每颗遥不可及的星星上，都住着一个姑娘。

他爱而不得的姑娘。

第二天，苏子滢还在电脑上完善各种细节，最终的效果虽然与自己最初想要的有些差别，但她在其中所付出的努力也会带来一种满足感。

她也清楚，想斩获第一太难了。不只是叶峻成的告诫，还有她本身的经验，都知道这只是一种尝试。

可一旦开始就无法停下来，内心驱动着她一次次修改和寻找完美的配置。

"嗵嗵嗵"，老旧的木楼梯传来上楼的脚步声。

苏子滢正全神贯注地对着电脑上的设计图翻来覆去地看，直到脚步声消失，才一个激灵，猛然回过头——刚才的脚步声不是年迈的姥姥和正在休养身体的妈妈的。

那脚步轻而有力，速度快而稳，不属于她的家人。

书房的门口，站着一道修长的少年身影。

"不是说下午在桥上见……"

"下午是我的工作时间。"叶峻成打断她的话，手里拿着一个文件袋，不请自人。

刚才在楼下看到了姥姥和苏妈妈，她们似乎一点也不惊讶他的到来。外婆不像第一次那么热情，但也十分开心，跟他小声寒暄了两句，告诉他苏子滢正在书房"学习"，让他上楼去。

"那你这是……指导我来了？"苏子滢见他将手上的文件袋打开，一堆设计稿倒在书桌上，没想到这尊大神竟真的看了她的设计。

原本以为他昨天只是随口说说，毕竟对于斩获国内外大奖的新人艺术家来说，凡人的设计只会污了他的眼。

而她当时答应，也抱着一点请教的侥幸心理——万一这尊大神真的提一点批评意见呢？

她需要真诚又有深度的批评，叶峻成审美超绝，嘴巴也够毒，从不会给谁留情面，或许会一如既往地打击她几句，指出设计图里的缺点。

"不用紧张，只是讨论一下。"叶峻成看到她没有撵自己，那双明净的眼里有藏不住的惊喜和期盼，觉得自己没白忙。

他昨天睡得很晚,一直到早上十点才醒,也没去吃面,这会肚子咕咕叫着,黑着眼圈,倒是让苏子滢有些过意不去。

"坐,我给你倒点热水。"苏子滢以为他昨晚看自己的设计图影响了休息,见他揉了揉胃,立刻往楼下走。

叶峻成只是看了半宿的星星,至于她的设计图纸,其实早就在录像里看过无数次了,甚至早就在心里默默修改过——他实在无法容忍不完美设计的存在。

叶峻成一向看不起工业设计,觉得没有什么美感,但是苏子滢却能在机械中找出一点灵气,比起大部分的设计好多了。

而且,他内心有着偏爱。

她的设计图纸上,有她手指和眼神留下的痕迹,抚摸那些图纸,仿佛也在抚摸她闪闪发光的认真的灵魂。

苏子滢揭开厨房的木头锅盖,里面还有几块蒿子粑粑,散发着一股春天的青草香,她拿来配白开水,放入木托盘,和外婆说了两句话后便端上了楼。

"吃过蒿子吗?要不要尝尝?"苏子滢听到他肚子咕咕叫,怕他不吃这种野菜,又说道,"里面有一些腊肉,味道还不错。"

开春了,腊肉也不好存放,即使有冰箱,储存过后的口味也不如寒冬腊月。

可是腊肉和青翠的蒿子结合在一起,再加上软绵的糯米粉,就发生了奇妙的化学反应。

这是炸过的蒿子粑粑,边缘泛出金黄,更加香味扑鼻。

叶峻成几乎不假思索地直接上手拿了一个,好像在她家里,什么东西都会变得神奇,都会符合他的审美和口味。

蒿子粑粑只有巴掌大,外皮香酥焦脆,里面的糯米粉口感绵长,混着清香的蒿子和肥美的腊肉,令人回味无穷,他忍不住连吃了四个。

"糯米不好消化,少吃点垫垫肚子,吃多了胃不舒服。"苏子滢见他一口气吃光了自己拿上来的蒿子粑粑,还意犹未尽地看了眼托盘,不等他开口，递了杯水给他，先说道。

"我看了你的设计图，设计理念很前卫，表现风格也简约现代。"叶峻成舔了舔嘴唇，她可真小气，就给他吃这么点！

不过，吃人嘴软，尤其吃到的可能是她亲手做的美食，抵消了大半昨天她拒绝请自己吃饭的不爽心情。

叶峻成喝了口水，继续说道："直角线条与大屏幕排除了冗余的外观装饰，极致薄与金属外壳配合了现代质感，作为艺术品而言肯定有许多缺憾，但作为一件工业产品，可以了。"

"我想听缺憾。"苏子滢单刀直入地说道。

叶峻成翻着桌上那堆草纸，沉吟片刻。

虽然美学上没有入他的眼，但这么一件完整成熟的工业设计产品，出自一个尚未毕业的学生之手，确实很厉害。

这世上除了他，到底还是有其他天才存在的。

不是他情人眼里出西施，带了太多的感情色彩，而是他见过其他手机设计，有了对比，就知道沧海和寻常水池的区别了。

"你的设计是面向绝大多数普通人，能惊艳他们就够了。听我的意见就还得继续修改。"叶峻成故意吊她胃口。

"不能止步于当下，我知道这些设计在你眼里可能很普通，所以才想听听你这样的大神的意见。"苏子滢很虚心真诚地请教。

大神目无下尘，能看得上眼的东西太少，像白宁羽那种第一眼很震撼的油画，在他眼里也与垃圾无异。

喊他大神？叶峻成听着心里舒坦极了，五脏六腑都被她吹捧得轻飘飘的。

瞥了眼苏子滢，叶峻成坐到了书桌前硬邦邦的木头椅子上，似笑非笑地扬起嘴角："学姐敏而好学，不耻下问，求人的时候，态度特别好。"

"不是下问，是请教。"苏子滢可不敢否认他现在的艺术成就。

和艺术界新贵相比，她不过是个在温饱线上挣扎的藉藉无名的普通学生。

没有拿得出手的作品，成绩再好也不过是个三好学生罢了。

"好吧，希望你以后不用我的时候，也能保持这么好的态度，别像个渣男，翻脸就不认人。"叶峻成挑了挑眉，意味深长地看了她一眼。

"我……态度一直挺好的。"苏子滢被他这眼神看得浑身发毛，似乎她真是个"渣男"，面对被伤害过的少女的控诉，没有还嘴的勇气。

"那可不一定，我想想你对我发过几次脾气……"

"别想了，先说说你觉得哪里不好。"苏子滢生怕他真的翻旧账，赶紧进入正题。

"这里……"叶峻成见她脸都微微发红，见好就收，指着设计图的下方。

"这里？很有科技感是不是？"苏子滢在这里加了个金属环片，想要提升产品的科技感。

"挺丑的。"叶峻成学着她，用最温柔平静的语气说着残忍的话。

苏子滢想拿起图纸仔细看看哪里丑了，却没扯动。

叶峻成压着图纸的一角，露出迷人优雅的微笑。

"如果换个颜色，会不会更能凸显你的意图？"

说着，他拿起放在一边的笔，在苏子滢的图纸上画了个圈，然后开始上色。

"摄像头位置应该按黄金比例布置……

"这里也丑，需要重新设计。

"为什么不能彻底放飞一次，既然想要未来感，不妨脑洞再大一些……"

苏子滢站在旁边，看着他一边圈圈画，一边无情地吐槽。

"不过，工业设计专业出来的人就是严谨，对强迫症很友好，不需要大动，只要稍微改改，就让人看着赏心悦目。"发现苏子滢已经半天没说话了，叶峻成终于收起了毒舌，亡羊补牢地安慰一句。

"确实是我束缚了自己。"苏子滢神态认真地看着他圈圈画的那几处，不知不觉弯下腰，伸手撑着桌子，重新打量这张被改得不像样子的设计图纸。

"不过华晟也接受不了太有未来感的设计，成本一高，他们针对的审美刚刚起来的下沉市场就买不起了，要考虑到他们的目标市场……"叶峻成一转头，看见苏子滢那张白净娇柔的面孔就在自己的肩膀边，忽然说不下去话了。

浓密的睫毛下，那双瞳仁又黑又亮又清澈，比昨夜的星河还美丽，叶峻成的心忽地就被吸了进去，正在设计图上画着的笔，忽然就变了主题。

不知不觉，他盯着她的眼睛，手下的铅笔，也画出了一双眼睛。

苏子滢一开始见他笔下画了个黑圈圈，还以为他又有什么设计。看了片刻，才发现那是一只含情目。

"你对华晟也很了解。"苏子滢这才发现他一眨不眨地盯着自己的脸，立刻直起身，接着他刚才说着说着便断了的话。

"从它家的产品价格和广告代言人，还有广告投放的地方，就能看出它的市场定位，你既然想做它家的东西，就得研究它家以前的产品和设计喜好。"叶峻成虽是个搞艺术的人，可他妈妈是纯粹的商人，多少会耳濡目染。

"我研究过。"这些是基础工作，苏子滢当然会做。

"华晟现在虽然打着原创设计的口号，但一开始它是借鉴了瑞典一家设计师的极简风设计。"叶峻成也注意到自己画的画，立刻拿起下一张内部构造图，对别人无情地嘲弄，"与其说借鉴，不如说抄袭。近几年华晟站稳了脚跟才开始了所谓的原创设计，那帮人都是些快退休的大叔阿姨，审美固化，整天拿些年轻人设计的东西模仿，没多大前途了。"

"不是招聘了年轻的设计团队吗？"

苏子滢也感觉到现在新设计层出不穷，新生代的设计师们在不断提高市场的审美。去年开始，华晟就打着天价招聘九〇后、〇〇后团队设计师这种噱头，试图做出更受年轻人欢迎的产品。

"他们最擅长的不过是廉价的炒作。比如，一百万就买来那么多优秀设计师花费几个月熬出来的心血。"叶峻成翻着图纸，越发觉得她这么认真做出来的东西,不值得给华晟做噱头。

"内部设计你也懂吧?不过内部空间就这么大,我已经尽力合理安排位置,电路板只能这样了,有些地方实在顾不上美观。"苏子滢听他这么锋利地吐槽华晟,顿时觉得,他以前对自己的嘲讽都还算温柔的,赶紧转回话题。

"我觉得你可以设计得再凌厉一点。"叶峻成又翻到了第一张设计图,上面他无意识画的那只眼睛,凤目含春,温柔得像是四月的阳光,可里面其实带着锋芒。

那温柔只是表象,坚定锋锐的意志才是真正的内核。

苏子滢的母亲和外婆在院子里忙碌,难得的好天气,得将冬天的衣物洗洗晒晒,将夏天的短衫裙子全拿出来熨烫整齐给孩子装好。

三婶和二表姑送了些自家的鸡蛋和半只鸭过来,絮叨了许久,也不见楼上的贵客露面。

三婶实在忍不住了,帮着苏妈妈边择菜,边悄声问道:"那个俊后生是不是和小滢定下来了啊?"

昨晚叶峻成住到招待所,平静的小镇就掀起了新的话题。但这次不止是儿女情长的问题,据说镇长领着市委宣传部的人一早去招待所等了三小时,等叶峻成起床,神神秘秘地聊了十多分钟。

"定什么啊?他们在交流学习呢。"苏妈妈平静地回答。

"真在学习啊?"二表姑拍着被子,抬头看了眼窗户虚掩的阁楼,低声笑道,"滢滢小时候就有一群孩子没事来找她请教功课,一眨眼这么大了,还是有同学来找她学习。这天天学习学习的,明年也要毕业了,该为自己的终身大事考虑考虑啦。"

"我家小滢还年轻,才二十一,有什么好着急的?"苏妈妈维护着女儿,孩子太年轻,选择对象全靠荷尔蒙,来得快去得也快。

"女人青春不就这两年吗?过了二十五就不值钱了。"三婶思想一贯封建,这句话刚说完,就听外婆笑眯眯地插话。

"什么叫不值钱？你把孩子当什么啦？人啊，跟这些棉被、衣服最大的区别就是时间越长，越是贵重。现在的女孩子又不是为了传宗接代，十年后，二十年后，三十年后，那都是各行各业了不得的人物，身边还缺优秀的男人？那时候是人家男孩子等着她来挑。"外婆一向思想开明，虽然这些年家里担子重，她越来越恋旧越来越啰唆，也希望女孩子不要那么辛苦，可听别人这么说外孙女，还是很不乐意。

她的外孙女从小努力，不是为了攀高枝，当货品找个好人家，而是为了自己长成参天大树，变成栋梁。

"噗……"听到这话，三表姑乐了，"三四十岁的老姑娘，挑人家男孩子？您也真敢说。"

"行了行了，都回去做中午饭吧，别搁这抬杠。年纪轻轻思想一点也不开化，也不看看都什么年代了。"外婆不高兴了，一看十一点多也到做饭时候了，把看热闹的姑婶们都撵了出去。

"真是，嫁姑娘就跟卖宠物似的，这可是传家宝，咱才不卖呢。"人都走了，外婆还在不高兴地嘀咕。

"她们也就是嘴上爱说闲话，都说了一辈子了，听听就是，别放心上。"苏妈妈坐在灶台后烧起火，轻声细语地安慰。

外婆沉默了好几秒，给锅里加满了水，才说道："小叶挺不错的，就是条件太好了，怕是要委屈滢滢。"

"瞎操什么心呢？滢滢未必看得上。"苏妈妈轻笑，"你不是等着她以后自己挑男孩子吗？"

苏子滢正专心致志地和叶峻成讨论设计图，根本没有注意到家里来过人，等她写好修改方案已经十二点半了，楼下传来一阵阵饭香味，勾得她肚子咕咕叫。

叶峻成倒是被那几个蒿子粑粑撑得一点也不饿，趴在书桌上看着她改，看着看着，春困就来了。

他昨晚睡得太迟，这会趴在她身边打着盹。

在这处处充满时光痕迹的老屋，木桌因千百次擦拭而质感温润，肌肤触到,像是碰到了她年幼的时光。

苏子滢放下笔,看到他枕着手臂趴在桌上轻轻呼吸,心头忽地一软。

他乌发红唇,睡着的时候看上去人畜无害,像极了小时候奶奶养的那只名贵的波斯猫,谁见了都想摸一摸。

想起来,已经有好多年没见过奶奶和小叔了,也不知他们带走的波斯猫现在是不是还活着。

苏子滢这么想着,手像是一块铁被磁吸着,向他散落在额前的碎发摸去。

"小滢,带你同学下来先吃饭。"苏妈妈在楼下喊道。

苏子滢猛然收回手,立刻站起身,轻手轻脚地走到门口,对楼下说道:"妈妈你们先吃,别管我们,我还要改东西……"

"那怎么行?人家是客人,等你忙完一起吃好了。"苏妈妈说得很客气,已然将叶峻成的身份隔在了"男友"外。

"他睡着了,估计昨晚没休息好,还不知道什么时候醒,你和姥姥吃点,一会儿我陪他吃好了。"

叶峻成听到模模糊糊软软糯糯的对话,穿插在他半睡半醒的睡眠间,仿佛精灵在他耳畔窃窃私语,让他梦见了小时候第一次看到杰克逊·波洛克的《1948年第5号》,那种没有任何定形、充满自由精神的抽象画,仿佛开满了生命力旺盛的野花,里面藏匿着他想追求的缪斯,就在那些浓稠的棕色黄色白色的颜料里。

又像是穿越到了古典神话的油画中,在春的山峦间看到一些温柔母性的身影,等他追进去时,看到的是半裸的维纳斯,站在湖水中,微笑地对他伸出手……

只是那面容,变成了苏子滢。

叶峻成看痴了,只觉得呼吸急促,身体焦急,应该做点什么——可怎么都找不到画笔和纸,急得他想跑过去,却只觉得一脚踩空,心被猛然提起,身子一颤,惊醒了。

一睁眼,就看到温柔的维纳斯——不,苏子滢正聚精会神地在电脑上修改小细节。

只是个梦啊。

叶峻成想闭上眼睛继续回味那一刻，却听到苏子滢温柔的声音："醒了吗？先去吃饭吧。"

"不饿，想再睡一会儿。"叶峻成喃喃说道。

"要不要去床上躺一会儿。"苏子滢见他一脸没休息好的样子，从昨天就挂着淡淡的黑眼圈，又为自己的设计费心了，不忍看他趴在这一方小桌上。

他长腿长手，在椅子和书桌上显然伸展不开。

"你的床吗？"叶峻成似乎没睡醒，嗯了一声，带着鼻音问道。

"我去换个床单，你先躺一会儿。"苏子滢见他困得睁不开眼的样子，不忍再打搅他。

她倒不觉得让出闺房给客人睡一觉有什么不妥，反正自己也不经常回来，小时候表妹表弟家里来人住不下，都会来她家里住。

苏子滢走到自己房间，正想找新床单换上，身后晃晃悠悠跟着的大长腿公子直接往她床上一扑。

"不用了，就这样。"

声音从枕间闷闷地传出来，接下来任苏子滢怎么喊，都没了声音。

苏子滢无奈地站在床边看了片刻，蹲下身，帮他脱了鞋，给他盖了薄被。

他个子高，她的床还是十多年前的小床，被他占得满满当当的，躺下的时候几乎和一米九的床一般长。

如此简陋的阁楼和木板床，真是配不上这样金贵的少爷。

苏子滢盯了一会儿那头发茂密的后脑勺，无声地叹了口气，轻手轻脚地走了出去。

老旧的木质楼梯还是发出了咯吱咯吱的声音，伴随着隔壁老人家听的越剧，像催眠的摇篮曲，在满院春色中飘浮着，一点点沉入长满青苔的砖缝。

叶峻成闻着枕头上女生特有的淡淡香气，迷迷糊糊地想，如果时间就这么静止就好了。

他想到了去年温泉酒店的那一夜，那之后他经常梦到身边有个女孩躺着，醒来后看到空荡荡的房间，心也变得空了。

日影西斜，到了他们约定去长乐桥的时间。

苏子滢将改好了的部分设计保存好，走到自己卧室门口，看到叶峻成竟然还保持她离开时的姿势，趴在枕头上酣睡，便抬手敲了敲门框："可以起床了。"

叶峻成抱着她的枕头，脸埋得更深了。

"醒醒，四点了，再睡，你又要错过落日了。"

苏子滢喊了两声，见他没反应，走到床边，伸手去拽他的被子。

"才四点……五点再过去好了。"叶峻成咕哝着，压紧被角，还在贪恋她的床。

"五点过去，画架都来不及支太阳就要溜走了。"说起工作，苏子滢比他上心多了，她主要是怕他错过落日，明晚还得陪他去看一次。

"拍下来就行了，那点时间哪够画？"叶峻成的话还没说完，就被她用力扯掉了被子。

从小到大，还没人这么粗鲁地喊他起床。

"已经计划好的事，不要轻易改变。拍下来容易，可你得记下那一刻的感受。"苏子滢在工作上一点也不马虎，为防止他赖床，直接将被子抱到窗口的藤椅上。

长乐桥面临拆建，周围已经围起来了，车子无法通过，也没几个行人从这里走，只听到静谧的风从河岸吹过，不知名的野花点缀在茵茵绿草上，被夕阳拉长了影子，染上了金色光芒，仿佛一幅绝美的油画。

叶峻成将三脚架支好，对着渐渐西沉的太阳。

苏子滢在桥下的河边摸鹅卵石。

她曾经对叶峻成说过，小时候的小朋友们最喜欢在这里摸鱼捉螃蟹，找漂亮的石头，收集起来当作宝石。

于是，叶峻成让她给自己找几颗。

这些年，河床改变了一些，但找石头的感觉却没有变，苏子滢仿佛回到了小时候，和一群小伙伴比赛谁找的石头最好看。

"叶峻成，你要不要自己来挑？"苏子滢今天受了他的点拨，对他的态度好了不少，在桥下仰起头问道。

叶峻成没有回答，默默将镜头对准了她的笑脸，随后缓步走下桥去。

夕阳一点点被长河吞噬，像被河水冲到了地球的另一边，只留下漫天的云霞，和水光相映成辉。

等到那晚霞再消散，天色越来越暗，河边只剩耐心挑拣石头的一对年轻人。

"你可以试试找泥沙下的石头，那些石头长时间受到流水的打磨，会更圆润，而且容易找到火石。"苏子滢教他挑石头，从水里掀开一块大石头，摸了一会儿，果然找出颗形状更完美还带着黄白晶体的石头来。

苏子滢用两块石头对敲了一下，轻松地溅出了火星。

那颗火石在暗淡的光线下，像是流星从叶峻成的眼里划过，他伸手就去拿："给我。"

"教了你方法，自己去找。"

"你真是好为人师。"叶峻成见她手一扬想躲开，速度更快地攥住了她的手腕，硬抢她手里的石头。

苏子滢哪等他真抢，直接松开了手，石头滚落到他的手心，她笑着说道："天黑了，该走了。"

叶峻成这才发现，夜空已经能看到星星，河边暗得只看得清她洁白如玉的脸。

中午慢下来的时光，这会加速飞驰。他握着那颗火石，深深地看着苏子滢的眼睛，不觉都忘了呼吸。

在能见度很好的黑夜，人的眼睛可以看到三千多颗星星，可那些星星加起来都不如她的眼睛璀璨。

苏子滢也被他炽热的眼神看得感觉有些发麻，想站起身先走，却发现……自己的感官没出错，确实身体发麻。

第四章　公牛少女

蹲河边摸石头太久，腿发麻。

还没站起来，腿肚子一抽，苏子滢一屁股往后摔。

叶峻成还攥着她的手腕呢，见她重心不稳地往后倒去，顺势一拉，她就撞进了他的怀里。

清淡的青草味和松节油的味道，混杂着少年好闻的气息，直袭鼻腔。

苏子滢的心像是被按下了暂停键，片刻之后，血液加速流动起来。

"抱歉，蹲久了……腿麻。"苏子滢急忙低下头，腿还是麻得使不上劲。

"没事。"

叶峻成一动不动，垂眸看着她闪过一丝慌乱的羞赧表情，静静欣赏了一会儿，才将她拉起来。

"好点了没？"见苏子滢寻找平衡勉强站着，叶峻成很想伸手扶住，但忍住了。

"马上就好了，你先去收三角架吧。"苏子滢跺了跺脚，弯腰捏揉着腿肚子，轻轻松了口气，在星光下看了眼叶峻成，眼里有一丝温柔。

她没想到叶峻成刚才这么绅士，没有毛手毛脚地顺势揩油。

苏子滢喜欢有礼貌有分寸的人，即使在荒郊野外孤男寡女也让人有安全感。

"不着急。"叶峻成蹲下身，用手抓住她的腿，帮她揉搓着活血。

苏子滢这次没拒绝，就算她想收回腿，也动不了。

更何况他手上的力道很轻，没有威胁感，指尖灵活而温柔，像拨弄琴弦，像风吹拂柳枝，替她按摩着压麻了的小腿。

"可以了，走吧。"苏子滢看着他浓密的头发，过了一会儿，轻声说道。

叶峻成抬头看了眼她，松开了手，大概是感受到那股蔓延开的温柔，连空气都安静了很多，一时间，两人之间的气氛变得有些古怪。

长乐桥的一边，两岸冒出绿意的树林顺着波光粼粼的河水一直延伸到看不见的墨蓝色的天际，带着大自然古老的诗意；而另一边，高楼大厦正拔地而起，建筑灯光比夜空的星星还要亮，工程车还在工地上进进出出地忙碌着，仿佛另一个世界。

叶峻成周日上午一直在简陋的招待所里疯狂地画画，连午饭时间都忘记了，但他并不是在画长乐桥，而是在画别的，像零碎的灵感，用画纸先记住。

苏子滢也连夜改好了设计，在截止日之前，将电子版设计的资料发送到了比赛指定的邮箱。

华晟一向的宣传手段，从一开始的百万悬赏最牛设计师，到后面忽然延期，都让这个比赛充满了话题度，而截稿之后的初赛，更是全程网络直播，就差没让网友一起投票了。

选个手机设计方案都能搞出选秀的热闹，也只有精于宣传炒作的华晟了。

业界不少同行都让人盯着这次所谓公开透明的初赛选拔，想从中寻找点灵感。

苏子滢的设计顺利挺进了决赛。

但最终结果还需要继续等。

此刻，十来份设计图纸放在会议室的桌子上。华晟公司工业设计部门的主管悉数到场，算是给这一场百万设计大奖赛一个面子。

虽然大家心里都清楚今天不过只是走个过场，但必要的流程总是要过一过。

与最初预料的情况不同，此次参赛的作品虽然或多或少有稚拙之处，但也有别开生面的创意，让人忍不住拍案叫绝。

更有几份作品完成度很高，即使即时匹配产品生产也不为过，这就是大赛带来的惊喜。

苏子滢很感激这个时代，正是由于信息高度透明与快速流通，让许多原本无法跨越的行业壁垒降低了门槛，只要用心学习，哪怕是外行人也能在感兴趣的领域展现实力。

"有几个作品真不像是学生做的。"

从查看效果图开始，就有好几位设计师在暗自嘀咕，心生警惕，危机感很重。

长江后浪推前浪，自己可不想被拍死在沙滩上。

大家对着效果图窃窃私语，只有杨总监闭目养神，似在沉思。

他原本对市场部搞出来的这个设计大赛嗤之以鼻，只当作是一个噱头。但现实打了他的脸，也让他有了意想不到的惊喜。

且不说这些优秀的作品能否被正式采用，单是其中透露出来的设计者的才华与能力，就对自己手下的团队起到了鲶鱼般的刺激作用。

这五年来，华晟在手机市场上取得了巨大成功，一开始出色的工业设计功不可没，但到了现在，老团队难免故步自封，有些跳不出自己的窠臼。

而且新生代设计师越来越强，现在新崛起的几家电子产品公司，设计感快要吊打他们了。

是时候该引入些新鲜血液了！

杨总监睁开眼睛，眼角的余光落在桌面角落的一份设计图上，设计风格相当现代化，简约、线条刚硬犀利，与华晟公司一直偏于中庸、讨好下沉市场的设计理念不太相符，但不知为什么，自从看到这一件作品之后，就总是惦记着它。

他老想着如果这件设计做出实际产品，握在手中会是一种什么感觉？等他回过神来的时候，才真切地意识到，这就是产品设计的魅力。

但他知道，如果按照原本的流程，这个作品不可能赢得大奖。

想到这份设计图不会成为X230的主设计，也基本上不可能真正面世，他的内心就很煎熬。

所以考虑了几个晚上，他终于做了个决定："今天召集大家开会，就是市场部主推的百万设计大赛活动已经到了尾声，经过几轮筛选之后，剩下的设计作品都有不错的完成度，稍加修改就能直接向公司提报，作为下一款旗舰机型的外观设计。"

"我听说有好几位同事都有自己的偏好，争执不下，所以今天开会就是为了讨论投票决定这次比赛的一二三等奖。这里总共十二件作品，按照市场部初期拟定的名额，我个人建议，淘汰一半，设三个三等奖，两个二等奖……"

杨总监顿了一顿，观察着众人的反应，之前这些原本就是计划内的，下一句话，才会让大家都清醒起来。

"……一个一等奖，除了独享百万奖金之外，也作为设计部提报为X230的主设计。"

惊呼声此起彼伏。副经理抹了一把头上的汗，悄声提醒："杨总，我们原定的是一等奖已经有了。"

倒不是华晟舍不得一百万的奖金，这对于一款机型销售额达数十亿的大型公司来说不过是毛毛雨，只是在决定举办这个百万设计大赛之前，各部门就有了共识，不可能接受业余者的作品为主力机型的设计方案，这冒的风险太大，没有必要。

这一次是市场部的推广活动，设计部主要是配合，不应该喧宾夺主。

"计划没有变化快。"杨总监力排众议，"就是我在之前也没料到参赛作品中能有这么出色的理念和完成度。如果参赛的都平平无奇那就算了，但明明从沙砾里面发现了黄金，我们还要假装不知道，将其掩盖，未免就失去了这次活动的意义。"

大家又是一阵议论，不少人面露不满。

"会后我会向上面打报告，如果有什么问题我来扛责任！"

杨总监熟稔地点着了香烟，正要往嘴边放，旁边的副经理提醒他："上边检查5S管理效果，刚刚严打会议室吸烟……"

杨总监怏怏地掐灭了烟，但眼里的那丝光亮像是打了个胜仗，他希望在自己的坚持之下，能从参赛作品中选出真正的胜出者。

他那一票早已决定了要投给谁。

一个名不见经传的新人设计者，一个在校学生。在这个论资排辈的设计圈内，该来点有创新的方案了。

当然，这个设计者所在的清远学院工业设计系也是大名鼎鼎，从那里走出了很多研究高精尖科技的大师。

第四章　公牛少女

林涵的工作室装修了几个月，终于开始了收尾工作。

苏子滢这天周末买了些摆件送去林涵的工作室，顺便帮他看看还有什么地方需要改动的，趁着收尾前全搞定，下个月就开业了。

"……好嘞，就这么定了，我有个客户过来了，回头再联系。"林涵正在打着语音电话，看到苏子滢抱着一个大袋子站在玻璃门外，立刻挂了电话迎接上去。

"你买的什么这么重？"林涵开门想帮她拿，谁知道沉得很，差点没托住。

"花瓶。"苏子滢走进来，打量了很有工业风的工作室几眼，"我定了几盆绿植，回头往那一摆，就没这么冷了。"

"我要的就是这种冷的感觉，一进来就觉得我们这里高不可攀。"林涵开着玩笑，带着她往里面走，"现在只能租这么大的地方，等明年毕业了，咱们可以再升级。"

"我就是来告诉你，马上要小考了，你赶紧把我发给你的资料都看看。"苏子滢担心他熬不到毕业就被劝退了，他的成绩实在让人担心。

"这里面该不是还有书吧？"林涵终于知道这包东西怎么这么重了，下面方方正正放着的都是书啊。

"不只是书，还有我觉得有用的参考资料。"

"……这花瓶很贵吧？"林涵听到读书就转移话题，"你要是接下来一个月都得吃白米饭了，我会心疼。"

"二手市场淘的，没多少钱。"苏子滢最近手头没那么紧，爸爸的小工厂进入正轨，家里的债他也能自己慢慢还，只要妈妈身体不出大问题，一家人就能放松点。

"不对啊，你不是随便给别人花钱的人。"林涵把玩着那个花瓶，她的眼光好，也不知从哪淘来这么一个宝贝，可能也花了不少时间。

"是不是咱们手机设计大赛拿奖的事稳了？"林涵想了想，只有这个原因。

设计大赛他一直在关注，只是因为忙于装修，只看了初赛的两场直播，具体的设计那边不公布，只是先从外观评选，苏子滢的设计图一路过关斩将，人气颇高地进入了决赛。

"没有，六月六号才公布，还早呢。"

现在已经是五月中旬，进入了初夏，下午要是在柏油路上走，能感觉到渐渐升腾的暑热。

早晚的温差依然很大，苏子滢穿着软软的针织薄衫，里面是最简单的白T恤，穿了条洗得泛白的牛仔长裤，配上白色板鞋，这副装扮在艺术学院里，普通得像个被父母严管不准奇装异服的高中生。

可是这么普通的衣服，却衬得她像是千年古刹外的一树海棠，在春天里不急不忙温柔娴静地绽放着。

"肯定能拿大奖，到时候要请我吃大餐。"林涵见她将袋子里的参考资料和学习笔记一本本拿出来，似乎要给自己上课，立刻转移话题，"我刚接了个活，给你接的，钱不多，但作为咱们开业第一炮，就全交给你了，你设计，你拿钱，怎么样？"

不知何时开始，林涵不管说什么，都用"我们""咱们"，好像他们已经是不可分割的合伙人了。

自从创业后，花钱大手大脚的林涵就收敛了很多，似乎知道了生活的艰辛。

果然社会才是最历练人的地方。

就像叶峻成从长乐桥回去后，也不再像个孩子缠着她。

苏子滢偶尔会点开叶峻成的头像，往上翻看聊天记录，他们最近好长一段时间的聊天对话都是这种商业合作性质的约画。

下周有空吗？三号行不行？十号下午蔷薇山？周末约一次……

再往上翻，是寒假期间他的那些话。

眼看小考结束，六月到来，叶峻成竟然没有主动和她联系。

苏子滢从室友们的八卦里得知，他作为交流生代表去了巴黎画展，那里有他的初恋女友——华芸。

华芸是华晟集团董事长的独女，外界眼中与叶峻成是天造地设的一对。然而华芸守在画展三天叶峻成也没出现，连展后颁奖都没出现，不知道去哪了。她从没被男人这么冷遇过，去年回国见叶峻成时，约他出来喝咖啡，他虽然态度冷淡，但也没有直接拒绝。

但是现在想想，他对自己的态度始终很冷淡，哪怕答应跟她出来，似乎也只是长辈让他关照一下两家的关系，跟她并没有多余的话。

而且那次在咖啡店她和别人起了冲突，他也是事不关己，就算是普通的朋友也会在那种时刻站起来帮忙，可他却嫌他们吵闹似的走了。

再想到他在学校里的绯闻……

华芸的心像是掉入了翻滚的油锅里，被炸得一片焦黑。她从小就是家人捧手心里的小公主，长得漂亮自己也争气，小提琴拉进了世界级比赛，虽然还没拿到金奖，但早晚能拿到第一，身边追求的人大把，哪里配不上叶峻成？

她怎么也比那个家里负债累累，父亲做着又脏又累包装盒的女生强无数倍吧？

叶峻成从小就是个古怪的人，在学校里也很少和大家一起玩，只喜欢在纸上涂鸦，或者对着天空发呆，对俗世人情嗤之以鼻，所以他和别人说话都是看心情。

叶峻成自从听说了林涵和苏子滢合伙开工作室的事，心情一直不好，关了手机，去圣彼得堡找灵感。

但很可惜，越是华丽的建筑，漂亮的街道，越是让他觉得空寂，内心缺失的地方像个巨大的黑洞，把他的一切都给吞噬了。

他找不到理由去阻止苏子滢和林涵合伙，但是他知道大学城这一块的设计工作室太多了，能闯出名堂的可不多，大家都知道这里大多是学生创业，价格便宜，压榨起来毫不手软。

叶峻成也会想，是不是得不到，才有念念不忘的白月光和红玫瑰，得到了就是令人厌烦的黏在衣服上的白米粒和蚊子血。所以是不是该远远地欣赏、遥望夜空的月光。或许远眺不属于自己的玫瑰园也是一种美丽。

"你喜欢叶峻成吧？"林涵在工作室里忽然问道。

"不要问我私人感情。"苏子滢放下手里的水杯，觉得自己确实不配拥有朋友。

在与朋友相处时，她更像个严苛的老师，会时刻检查监督对方——这是行不通的。

这也和她少年时家里发生变故，一夜之间朋友们都变得陌生有关系，从那时候开始，她就排斥任何亲密关系。

越亲密的朋友，背叛和抛弃自己时带给自己的伤害就越大。

"只是好奇嘛。"林涵故作无所谓的语气，心底有些紧张，因为这段时间苏子滢好像没有再去做画模了。

"喜不喜欢都是自己的事。"

苏子滢沉默了片刻——这句话就是默认了吧？

林涵一脸震惊，失去了追问的勇气。真是报应不爽，他以前伤害过的女孩子，恐怕就经历过这样的痛苦吧？

他一直很珍惜和苏子滢的感情，因为太珍惜，所以想要占为己有。

苏子滢一向对事不对人，说完一件事，只要对方没有异议，那便结束了，不会再提。

所以，她现在已经投入到新的设计里，研究起元青花的图案来。

她并不知道叶峻成回来了，而即将宣布的手机设计大赛结果也出了意外。

因为华芸也回国了。准确地说，她是追回来的。

叶峻成的《长乐桥》不出意外地拿到了这次画展的头奖。

苏子滢是在校园网查直播课时看到的消息，也第一次看到了那幅画的全貌。

她从未见过这么有才华的画手，将长乐桥的过去和未来，完美拼合在了一起。

长乐桥斜穿整个画面，左下方是波光粼粼月色皎洁的河面，萤火虫在河岸的草丛里闪着光，画风极为细腻，放大来，能看到那光亮晕染的小小的绿色。

草丛边站着两个小小的孩子，一个借着月色摸鱼，另一个正扑着流萤，这个小孩天真无邪的脸庞被萤火点亮，正是苏子滢小时候的模样。

而桥的右上方，是另一番奇异的景象，后现代的建筑拔地而起，霓虹灯和天空倒悬着的街道色彩奇诡，超现实的笔触将人们带入了另一个奇幻的充满无限期望的未来世界，在古老静谧和热烈希望的碰撞下，相隔百年甚至千年的世界隔着一座古老的桥，仿佛两个平行空间。

苏子滢看着左下方的两个孩子，尽管这两个孩子没有任何交流，互相背对着玩耍，却让人感觉到了无法言喻的甜美。

那是童年无忧无虑的甜，是孩子纯真的美，是月色下河流和土地的和谐美，是草在结它的种子，风在摇它的叶子。

苏子滢下载了那幅画，保存在笔记本电脑里，设置成了桌面壁纸。

画画的技术和手法固然重要，可意境最难得。

这幅画，她一看到，就仿佛被拉回了遥远的美好的童年，那河水荡漾，青草细软，天空碧蓝得像是没有任何烦恼，让人的心立刻沉静下来，甚至浸泡在幸福里，穿越到画中，在河岸边和流萤一起归于自然。

下周一就是公布大赛获奖名单的时候，苏子滢内心其实很期待。

所以，她需要看着这幅画，让自己情绪平静下来。此时她并不知道，自己的设计陷入了一场无妄之灾。

华芸回家了，因为给叶峻成发信息始终没有得到回复，一连几天东奔西追加上心情抑郁，她的脸都瘦了一圈。

她躲在房间和几个闺密打着视频电话，一边吐槽男人都是大猪蹄子，一边骂让大猪蹄子神魂颠倒的女人。

华芸早就查到了苏子滢的资料，不过是个什么都没有的穷人家的女儿，除了一张还算端庄的脸和只会死读书的脑袋外，没钱、没衣品，连朋友都没有。

华志安平时最宝贝女儿，晚上九点多回来听保姆说她不吃饭，特意把她叫到书房谈心。

其实他知道女儿为什么回来，巴黎画展过后，华芸丢下学业回国找叶峻成，随后还给叶家打了几个电话问叶峻成去哪了，再后来就气呼呼地回来了。

"是不是小叶又惹你生气了？他们搞艺术的脾气总有些古怪，你要多体谅。"华志安平时忙于工作，不清楚两个孩子发展到什么程度了。

但女儿一年回来两三次，每次回来肯定会找叶峻成，见面后就是晒合影，配上暧昧欢喜的文字，跟异地恋似的，家长们也常开玩笑让两人早点结婚之类的，她就开始提嫁妆要多些，甚至想着在哪个海岛举行婚礼……总之，就像热恋中的小儿女。

"爸，你不知道……"华芸不敢说叶峻成对自己的态度，怕丢脸，她郁闷地跺了跺脚，"他学校好像有个女孩……喜欢他。"

"这不是正常的吗？他那条件，没人喜欢才有问题吧？"

华志安也觉得两家门当户对，虽然叶峻成的妈妈比较挑剔难缠，但这些都不是大问题。

"可他好像也……也喜欢那个女生。"

"哎哟，你们是异地，小叶又是年轻人，总有需求的嘛。他就是玩玩，真选媳妇了，就朱音这婆婆，普通人能过得了她这关？"

朱音是叶峻成的妈妈，强势精明，控制欲强，一般人受不了她。

"爸，你自己在外面乱来也就算了，我要是和叶峻成在一起，他这样绝对不行！"华芸不是不知道老爹的那些花边新闻，想起来就生气。

"小叶最近回家了吗？正好我有个事想和他妈聊聊，我安排两家聚个餐你看怎么样？"

华志安有两年没见到叶峻成了，这孩子当初一根筋地留在国内，还不是中阳美院，而是去了清远，惹怒了朱音，连一些熟人的大聚会也不愿带小叶出现。但听说小叶专业上还是很厉害的，连连拿奖，在业界已经小有名气，和家里的关系应该缓和了。

再过十年八年，少年锋芒渐钝，或者江郎才尽，早晚会回到生意场上来，叶家发展势头一直稳定，女儿嫁过去不亏。

"我都找不到他人！"

"行行行，别急，我这两天忙着设计大赛的事，现在正好结束了，回头我给你找人。"华志安说着，看了眼桌上打开的文件袋，里面那几份设计稿他已经看了很久了。

华芸这才高兴了点，也凑过去当起了乖女儿，关心一下爸爸的工作："这就是公司百万设计大奖的获奖作品吗？已经选出来了？"

"是啊！"

本来大赛的结果只要设计部和市场部共同认定拍板就行，谁知道设计部的老杨看中了一个参赛作品，有意让它成为新款手机的主设计方案，这就与之前做营销推广的意图不符合，所以最后获奖作品就送到了董事长案头。

是否用在产品上，要老板来决定。

华志安一向重视设计，华晟能够崛起，优秀的设计理念和风格是重要原因之一，所以他下班了就把设计图带回家仔细研究，尤其是老杨力挺的那份设计图。

"公布了吗？"

"刚刚公布了。"华志安还挺高兴，"现在看来，设计部确实是要时常引入新鲜血液，学生群体中也藏龙卧虎。这次老杨力推的金奖作品就是小叶学校的一个学生做的……"

他从设计效果图中抽出一张，递给了华芸。

简洁大气，极致超薄，即使只看效果图，也足以让人赏心悦目。

华芸原本只是随便看看，她对这个不懂，想着点头附和就行了，但直到看清楚下方的署名——苏子滢。

华芸的脑袋里轰然一响，真是冤家路窄……

华芸不知道是怎么走出父亲的书房的，晚上躺在床上翻来覆去地睡不着，和几个小闺密咬牙切齿地吐槽这件事，得到了一堆烂主意。

而此刻，苏子滢在火锅店里被熏得眼睛疼。

早上公布了大奖名单，林涵比她还关注比赛结果。等到上午十点，华晟官网终于出了公告,他不顾老师刚进教室,就激动地拿着手机对苏子滢大喊恭喜。

原本这事没几个人知道,结果林涵比她还高兴,嚷嚷着要请全班去吃火锅,随后大手一挥,包下了学校对面老川香火锅店二楼的群英阁。

苏子滢还没拿到头奖的奖金呢,林涵就替她庆祝开了。

全班三十多名同学也很给面子,除了两个重感冒生病的,其他人晚上全去了,正好在群英阁坐满三桌。

难得全班聚会,大家很兴奋,一群爱玩爱闹的年轻人敞开了喝酒,连带把苏子滢也灌了几杯。

苏子滢平时从不喝酒,所以几杯啤酒下肚,白皙的皮肤上泛起了一层红晕,加上火锅的油烟味和有几个男同学抽烟,她有些坐不住了,靠在窗边透气。外面的月光清冷,仿佛稀释了一屋呛人的气味。

"林涵,苏子滢拿奖你请客,这逻辑有点不对吧?"男同学们哄闹打趣起来。

林涵今晚心情特别好,伸手搂过苏子滢的肩膀,豪气万丈地说道:"这可是我搭档,我的老师,而且她现在是我工作室的伙伴。你们知道拿这个大奖意味着什么吗?"

苏子滢觉得林涵喝多了,看自己的眼神都是热烈的,但他说的话却一点也没过界,哪怕在这种氛围下,同学们乱开玩笑,他也清楚两人的关系。

"这意味着我们的苏同学,是工业设计专业的最强学生,她以后的设计费是百万级、千万级的。"林涵用力拍了拍苏子滢的肩膀,一仰头将啤酒对瓶吹干,打了个酒嗝,看着苏子滢,像是对她一个人说着,眼里充满了爱慕,像看着天上遥不可及的月亮,温柔地呢喃,"这可是我的伙伴。"

"你喝多了,去吃点东西。"苏子滢一直很冷静,注意到不少人在起哄一样地拿着手机拍照录像,立刻将林涵手里的啤酒瓶拿走,借着放回桌子的机会离开了他。

第四章　公牛少女

杨莉莉也一直拿着手机对着他俩，见她回来，收起手机笑嘻嘻地说道："林涵可捡到宝了，瞧他高兴的，估计以后娶老婆也不会这么开心。"

"他喝多了而已。"苏子滢端起桌上的水杯，想喝点水。

"来来来，咱们宿舍的喝一杯。"王钰立刻戳了戳旁边吃饱喝足又玩起游戏的张焕颜，"听到没，一起端起酒杯。"

"行，喝完这杯我就回去了啊。"张焕颜似乎对林涵已经没什么留恋了，一心沉迷于游戏，咕哝道，"这里太吵了，都听不到队友说话。"

"我也跟你一起回去。"苏子滢见大家都吃差不多了，也快到十点半，该回去了。

火锅店和烧烤一条街倒是灯火通明，夜市刚刚开始，会一直持续到深夜两三点。

这个热闹夜市旁边的那座高楼，就是苏子滢去年冬天最常去的地方。

在这么热闹的包间里，苏子滢却想到了那间充斥着颜料味的屋子的清净。

她一定是喝醉了，否则，怎么如此渴望给一个人发信息，分享获奖的喜悦？

最后两杯酒让她的头有些晕，以前从不需要朋友这样的角色来分担各种情感和压力，现在却渴望将成功的喜悦馈赠他人。

可能，他不算朋友吧。

林涵还没尽兴，想拉她再去唱歌，被苏子滢拒绝了，拉着张焕颜赶紧离开。

明天恰好周末，不少人选择了继续玩，毕竟对工业设计专业的书呆子们来说，这么热闹开心的局面不多，连王钰和杨莉莉都跟着大部队去唱歌了。

月色下，两个女生结伴而行，张焕颜忽然说道："你应该跟他们去玩的。"

"我只会冷场，还不如回来睡觉。"苏子滢晃晃悠悠，笑了笑，"我这样……挺讨厌的吧？"

"平时算不上讨厌，但要是喜欢你，也确实够讨厌。"张焕颜像是在说绕口令。

"以前，我觉得自己挺好，但最近我也有些讨厌自己。"夜风一吹，苏子滢有点头晕，靠在张焕颜的肩膀上，像个哲学家，"所以，人不能囿于感情，不能过多思考，否则早晚陷入烦恼里。"

"哦？"张焕颜在旁边看着她靠着迎面走过来的帅哥肩膀，觉得自己也喝醉眼花了。

这不是……美术系的天才学弟？

"你怎么站这么高？"苏子滢原本想将脑袋搭在她的肩膀上，结果发现够不着，抬起头，看到一张白净的脸。

气质高贵，五官像米开朗基罗精心雕刻出来的一样，浓密的睫毛下，眼神清冷，带着贵公子的散漫和不屑。

她曾见过里面狂热的火光——在画画时，他眼里有着比太阳还炽热的光。

"叶峻成？"苏子滢歪着头，看了他几秒，伸手捏了捏他那不太爱笑的俊秀面孔。

这一捏，捏出了完美的笑弧，看呆了张焕颜。

"真是你啊。正好，跟你说个好消息，手机设计大赛，我拿奖了。"苏子滢抬头看着他，神经系统被酒精麻醉，手上的力道没轻没重，将他细皮嫩肉的脸都捏红了，嘴上却十分礼貌，"谢谢你，是你最后帮我修改……"

"我想单独和她说话。"叶峻成看着一直在旁边当电灯泡的张焕颜，她似乎也喝多了，攥着手机眼睛一眨不眨地盯着他。

"哦……噢……那我……我就先回去了。"张焕颜这才回过神，赶紧整理了一下被夜风吹乱的头发，尽量保持脚步的稳定和优雅，拍了拍苏子滢的后背，"先走了，拜拜。"

苏子滢点了点头，非常细心地叮嘱她多喝水，早点睡。

叶峻成见她这比平时多出百倍的客气，就知道她醉了。

他一把扯下捏在自己脸上的手，扶着她的肩膀，让她转个身往校门外走，路上明知故问道："跟谁庆祝，这么高兴？"

学姐以在校学生的身份拿下了一个商业性质的大奖，虽然不像他的画得金奖那么轰动，但百万奖金也足以让同学们关注到。

而叶峻成在比赛结果公布之前就得到了她的设计稿过关斩将拔得头筹的"小道消息"。

他在家族群里面看到几个叔舅闲聊这次华晟很有魄力地放弃了原有设计，决定采用一个新人的设计图，就明白那一定是苏子滢的设计稿。

"是林涵要庆祝，我怎么可能请客？"苏子滢在全神贯注地控制自己的脚步，紧紧盯着脚下的路，"但我想过，等我拿到奖金，要分你……分你多少合适？"

说到钱，她似乎清醒了点，忽然停下了脚步，想到这次帮过她的那些人。

张恒远、林涵、叶峻成……

这么多人，奖金有点不够分啊！

"不过你最后改得真好，虽然就改了那么一点点，可提升了整体感觉，我得分你设计费。你现在一幅画多少钱啊？

"算了，别和我提钱，想到钱我就心疼。

"你知道吗，我很长时间都没自我，直到今天……只要奖金拿到了，我就是个自由人了，彻底自由了！家里的债还清了，妈妈身体也恢复得很好，就算未来还有什么变故，也是我能承受得起的明天……"

叶峻成把变成话痨的缪斯带了回去，看着她赤着脚踩在沙发上兴奋地转圈，甚至跳起舞来。

他一只手撑着额头，另一只手在画架上随意地描绘着，听着她絮絮叨叨地说个不停。

谁也想不到平时温柔大方，时刻保持优雅的苏子滢学姐喝醉之后是个话痨。

和平时完全不一样，她碎碎念心疼钱的样子活泼又可爱。

可爱得让叶峻成头痛，不该把她带回来画画的。

这一夜怎么过？

反正他是没办法睡了。

苏子滢后半夜终于说累了，追忆完最苦的初中高中，展望完未来没多久，就躺在沙发上进入了甜蜜梦乡。

夜里三点多，月光从落地窗照进关了灯的房间，笼罩着她洁白的面庞。借着月光和霓虹灯的光，叶峻成忽然想到了自己想画什么。

沉睡的少女。

披荆斩棘一路拼搏，怀抱梦想从不放弃，在宁静的夜晚，将那些过往和希望尽情倾吐的少女现在睡着了，她在梦里微微扬起嘴角，像是找到了童年最美好的时光。

此刻，月光同样落在华家的别墅里，衬得院子里面的那些绿植有些阴森。

华芸轻轻推开门，潜入父亲的书房，从文件袋里找到苏子滢的整套设计图，神情中带着一丝狰狞。

这个女人啊……

决不能容忍自己的情敌获奖。

第二天一早，华志安正准备出门，发现女儿神态疲倦地坐在楼下客厅等着他。

"爸爸，昨天我看到你说的那个大奖的设计图，总觉得不对，连夜查了一番，发现了问题，这是我让同学查到的资料。这设计可千万不能用在我们的产品上！"

见华志安下楼，华芸立刻将放在茶几上的一摞纸递到父亲面前，封面上写着"2020日本NPD设计大赏优胜"。

内页是一部超薄手机，外形与苏子滢的设计有几分相似。

华志安眉头皱了起来，伸手接过管家递过来的咖啡，喝了一口，按下怒火，像是自言自语："老杨啊老杨！"

他带着那个设计图，给秘书打了电话，嘱咐将其他事情推迟，先召集设计部的人开会。

苏子滢头痛欲裂地醒过来,闻到了熟悉的颜料味,看到了熟悉的场景——周围全是各种各样的画,尺寸不同的画架围在她身边,三脚架上的摄像机正对着她。

她怎么在这里?

苏子滢猛然坐起身,发现自己睡在沙发上,身上盖了一条薄薄的羊绒毯,衣服倒是都还在,除了宿醉带来的头疼,身上也没有其他不对劲的感觉。

她昨晚喝断片了,只记得和张焕颜结伴回去,之后完全不记得发生了什么。

叶峻成的声音从卧室里断断续续地传了出来,似乎在和谁打电话。

苏子滢梳理了心情,实在想不起昨晚怎么过来的,她看到还亮着灯的摄像机,急忙起身,想过去看一眼之前的录像。

没想到脚下是一堆画纸,宿醉让她的反应变差,平衡力也变差,"扑通"一声,她被那些画纸绊倒在地。

苏子滢这才发现,地上散落的画纸是无数座长乐桥。

古典的,抽象的,现实的,虚幻的,各种各样风格的长乐桥,唯一不变的,是桥下总有两个人,有的是背影,有的是模糊成一团云色的脸,有的是天真无邪的孩子,有的是身量颀长的少年,有的是耄耋白发、相依看晚霞的老人。

那座桥,像是长在了叶俊成的心上,桥下的一对男女,就是那天晚上的他们。

深情和执念,隔着画纸,冲破他内敛克制的情感,在画纸上肆意宣泄。

"你没事吧?"叶峻成听到了动静,挂断电话从卧室走出来,看到苏子滢趴在地上,急忙过来扶她。

"没事……"苏子滢一开口,喉咙像被火燎过似的难受。

"昨晚喝了多少,就这样了?"叶峻成语气依然带着些嘲讽,像嫌弃她一身的酒味,但手上却温柔得很,把她扶到沙发上,"你别乱动了。"

"我怎么……来这了？"苏子滢有点尴尬地问道。

"我怎么知道，你喝多了自己敲门来的。"

叶峻成一本正经地胡说，可苏子滢却红了脸，一个劲地道歉。

"对不起，给你添麻烦了！"

"我记得要回宿舍，可……可能以为周末要来你这里工作……对，上学期不是每周末都要来当模特吗？估计大脑弄错了。怪我，对不起……"

苏子滢见叶峻成不说话，心里更是惶恐，她从小就怕给人添乱，所有计划好的事情都是自己来执行，尽量不牵扯到其他人，没想到喝多了来找他……

想到那天他喝醉了，吐得到处都是，她警觉地摸了摸胃，声音越来越虚："我……我没弄脏你家吧？"

"家没弄脏，不过，你弄脏我了。"叶峻成让她别踩坏画，可自己却毫不在意地踢开脚下一堆画纸，走到摄像机前，看了眼镜头。

正对着她羞愧又慌乱的表情。

真是难得让她表露这么多有"人性"的情绪。

"弄……弄弄脏你？"苏子滢舌头都打结了，拼命地回想自己到底做了什么惨绝人寰的事来。

"是啊，玷污了我的思想。"叶峻成想到早上接到的电话，忽然没兴趣逗她了。

原本这个清晨多美好啊，可偏偏……

"……思想？我是不是乱说话了？"苏子滢懊恼不已，"你是被精神污染了？"

如果说叶峻成的酒品好，喝醉了就乖乖睡觉，她就完全相反。

有年寒假，她陪失意的爸爸喝酒，之后在楼上背了半夜的书，惹得邻居半夜敲门，求她别吵了。

结果她把邻居留下，硬是讲起宇宙起源，又跟人从大半夜说到天亮。

现在想起来，她酒品确实不好。

"倒也不算污染，只是你和我说了很多秘密。"叶峻成叹了口气，

"我最不喜欢听别人的秘密。"

"对不起，我……我说了什么？"苏子滢没等他说话，赶紧又说道，"不不不，不用告诉我，不管我说了什么，你都忘了吧。"

"我不喜欢听别人的秘密。"叶峻成拿了瓶矿泉水，拧开瓶盖递给她，重复了刚才那句话，但语气温柔起来，"可是关于你的，我不讨厌。"

苏子滢冷汗涔涔，不知道自己到底说了些什么，也不敢问，只能掩饰性地喝水。

"哦，你还和我表白了。"

叶峻成看着她喝水，很平静地告诉她。

但他心里一点也不平静，紧紧盯着她的反应。

苏子滢"噗"地一口水喷到他身上，随后狂咳起来。

叶峻成也不生气，去画桌上拿过纸巾递给她，体贴地问道："是不是感觉很糟糕？"

苏子滢咳得眼泪都出来了，火燎得喉咙更疼了，说不出话来。

叶峻成颇有耐心地等着她缓过气，见她抽出纸巾擦着眼泪口水，满脸涨红的模样，再想到早上的那个电话，现在开口，她一定觉得自己今天早上被下了降头。

"我一定是喝多了胡言乱语，你不要介意……"苏子滢好一会儿才缓过来，眼眶都红了，看上去弱小无助又可怜。

"我不介意，我也理解你的苦恼。毕竟我太优秀了，你觉得配不上我，不敢奢望跟我在一起是正常的想法。"

"咳……我……我有这么说？"苏子滢不敢想自己昨晚到底说了什么胡话。

"暂且不说这个，反正我也没把你当朋友，不介意你的想法。"

非但不介意，还喜欢得很。

叶峻成看着也差不多给她做完心理建设了，随即转入酝酿已久的新话题："半个小时前，你的手机来电话了，我接的。因为是大赛组委会打过来的电话，你睡得很死，我怕错过了什么消息，所以才接的。"

趁着她脑子还不清醒，叶峻成耐心解释。

"打电话说了什么？"苏子滢这才发现自己的包放在玄关处，手机被从包里拿出来放在画桌上。

"你的设计稿被撤了。"叶峻成实在不会安慰人。

"为什么？"苏子滢有点蒙。昨天刚公布，今天怎么就撤了？

"涉嫌抄袭。"叶峻成当然知道她的设计图都是自己呕心沥血一点点做出来的。

可是组委会只一句涉嫌抄袭，就从官网上撤掉了她的名字，还是换成了他们计划里的设计方案。

对一个新人设计师来说，上哪说理去？

"怎么可能？"苏子滢有些失态地站了起来，"组委会说我抄袭谁的作品了吗？"

"没说，只说这是高层决定，他们肯定不愿承担任何风险和责任。我怀疑你的作品被投诉了。"叶峻成接到电话后没有问出有用的信息，就回卧室给自家律师打电话去了。

他知道行业内的不堪，苏子滢身为尚未毕业且毫无背景的大学生，打破规则，拿到百万奖金，不知多少人会嫉妒。

背后想踩死她的不是一两个人。

但能用"涉嫌抄袭"这四个字迫使华晟出尔反尔，直接出个公告撤掉苏子滢的作品，这绝不是一般人能做到的。

要么就是华晟高层极为信任的人，要么就是抄袭确有其事。

可第二种可能不成立，叶峻成是看着她的设计图一点点做出来的。

"我看一下。"苏子滢去拿手机，找到官网点进去，首页公告栏赫然显示着头奖因涉嫌抄袭被撤的新闻。

"别看了，公告上什么有用的信息都没有。"叶峻成拿走她的手机，不让她继续看下面的新闻评论，免得受到更大打击。

华晟近年来行事越来越暴露自身缺点，以前抄抄北欧风，走走小清新设计路线，受到一帮人追捧，之后渐渐昏了头，加上不断融资扩大，业务上有些尾大不掉，丢掉了专业性。用叶峻成妈妈的话来说就是本末倒置，不好好研发产品，净搞些花头，早晚会遭到市场的反噬。

"我给他们打个电话。"苏子滢很快稳住了心神，想要拿回手机。

她清楚地知道自己作品的原创性毫无问题，不管是谁投诉，主办方总要给她一个明确的回复。

否则，她会死磕到底。

即使大公司根本不在意一个学生的申诉，她也要维权，绝不能让一个语焉不详的公告毁掉自己的未来。

"没用的，他们不会理会你，估计也没有律师会认真帮你申诉。你要先考虑能不能等得起漫长的起诉维权，这种事很耗费精力，而且未必能成功，要做好打持久战和心理战的准备。"

苏子滢愣了愣，看着叶峻成。

他明明是个只会画画不接地气的艺术家，可有时候却像看透一切似的。

也许因为他家也是做企业的，所以很了解这些东西吧。

"但是必须要让他们给个交代，把抄袭的作品拿出来，用'疑似'两个字太不尊重设计者，也不尊重比赛规则。你一定也这么想的吧？"叶峻成看着她，补充说道。

华晟摆明了恃强凌弱，也习惯了这种作风，从随意更改比赛时间，到昨天宣布获奖作品今天又撤回，一切都充满了一言堂的自负。

而苏子滢的性格，看着外表温柔，内心却相当坚定，一定会坚持底线，要争取公平。

"谢谢。"苏子滢有些感动，半天才憋出两个字，想了想，对他又鞠了一躬，"给你添麻烦了，昨晚失礼之处请多多包涵。手机……"

她想拿回手机，这就走。

"你不多休息一会儿？"见她恢复了客气礼貌，叶峻成眼色一沉，不给她手机，"浑身酒味的去哪？"

"我要回宿舍……"

"回去听别人嘲笑你吗？"叶峻成不让她走。

"嘲笑没关系，我总不能一直躲在这里吧？"苏子滢什么时候在意过别人的看法。

但宿醉确实让她的头特别沉重，太阳穴隐隐作痛，刚才走两步就头疼得像是被刀刮似的。

但无论如何，她的设计已经公告得奖，她也没有抄袭，大奖不能就这么被取消，她必须向华晟讨要公道。

"谁让你躲了？"叶峻成将她推回沙发上，"休息好了，脑子清醒点再做计划。"

苏子滢又愣了愣，看着他宽宽的肩膀，也许是酒精干扰了她的大脑，今天的反应有些迟钝，此刻竟觉得叶峻成特别可靠。

"反正，你现在回去只会被那些看笑话的人干扰心绪，我点了外卖，一会儿吃完再说。"

叶峻成几乎是命令的口气。

他说得没错，此刻苏子滢宿舍炸开了锅，昨晚一起吃饭的女生都来这里了，十来个女生七嘴八舌地讨论着，宿舍里乱糟糟的一片。

其中一个尖酸刻薄、暗含得意的声音说道："我早就说了，苏子滢怎么可能得奖？这里面肯定有猫腻！没想到她胆子还真那么大，居然明目张胆地抄袭，真是丢学校的脸！"

王钰一脸气愤地看着黄媛，这女人昨天还假惺惺地用甜腻的声音恭贺苏子滢，现在回想起来，简直像是拌了砂糖的毒液。

"人家说抄袭就是抄袭啊，华晟都没说抄的是什么作品……"宿舍里也有微弱的辩驳声，听不清楚是谁，但显然没什么底气。

毕竟苏子滢是学霸，也拿过几个学校举办的设计大赛大奖，更是年年奖学金得主，有实力，可也遭人嫉妒。

以前她忙于打工，和同学们没有过多交集，像是隔了座山，是世外的高人，天上的仙女，可上学期和几个帅哥纠缠不清的各种小道消息，让仙女下凡了。

既然下凡了，自然就有人看不惯。

"华晟连公告都发出来了，难道还有假？"

杨莉莉一直皱着眉，在那儿叹气，一脸帮不上室友的痛惜模样："真没想到她会是这样的人。"

有人帮腔，黄媛更加得意："我就觉得，苏子滢一天到晚地往外跑，平时都不见人。说是打工，谁知道到底在干啥？你看她昨晚就夜不归宿。啧啧，知人知面不知心。还记得上学期篮球赛吗？那些都是名门贵族的顶尖帅哥啊，被她玩弄于股掌之间，再看看林涵昨晚那个样子，简直是个卑微舔狗……"

"啪"！

张焕颜狠狠一摔手机，这一局又输了。

她不知骂队友还是骂谁："××的，滚！"

吵吵闹闹的宿舍立刻一片安静，黄媛知道林涵和张焕颜曾经的暧昧，便故作平静地喝水，却不小心呛着了，发出一阵剧烈的咳嗽声。

杨莉莉瞟了眼张焕颜，小心翼翼地像是关心又像是盘问："焕颜，昨晚你们不是一起回来的吗？她人呢？微信也不回，会不会出事啊？"

张焕颜看了眼杨莉莉，她在宿舍和学校的时间长，知道杨莉莉那双看似无害的大眼睛喜欢努力装无辜，可其实最喜欢八卦。

这种拙劣的演技只让人觉得恶心。

张焕颜没理她，拿起手机，塞上耳机，躲进被窝，与这个世界隔绝。

杨莉莉觉得没面子，脸涨得通红，叹了口气："你干吗这样，我也是关心她！"

黄媛哼了一声，好不容易缓住了咳嗽，抚着胸悄声说道："听说昨晚她跟叶峻成走了，你说一个喝醉的女生去男生的住处，孤男寡女的能做什么？百万奖金没了，金龟婿总要捞着吧？"

"行了，别酸了，一个个说什么风凉话？苏子滢要是这样的人，早就找人结婚去了，还打什么工啊？"王钰也听不下去了，赶着大家出去，顺便警告，"都散了散了，我头都被吵疼了，反正这事都别乱说，本来没几个人关注，你们不要大嘴巴！说出去对大家也没什么好处，这说不定又是个乌龙事件。"

"是啊，主办方这么大公司，一开始的审核肯定很严格，怎么会弄错？"杨莉莉看似为室友说话，但语气满藏幸灾乐祸，"之前也没说抄袭，你说是不是有人看到比赛结果嫉妒啊？"

"别瞎猜了，反正没有抄袭就得维权，哪有这么欺负新人的。"王钰也是看着苏子滢一点点搜集资料做效果图，怎么都不相信涉嫌抄袭。

而此刻，苏子滢正坐在叶峻成的家里，拿着手机找律师和相关的文件。

叶峻成站在画板后，调着水粉的颜色，可眼里没有之前的专注，不知在想些什么，偶尔看向撑着脑袋刷手机的苏子滢。

苏子滢自动屏蔽了微信里的一堆信息，室友们在小群里问她情况，她没回。

因为现在她都搞不清楚情况，试图和大赛组委会联系，那边只客客气气地说如果有疑问，可以请法律顾问。

就在苏子滢想着找哪家律师事务所时，手机一个陌生的号码打来，苏子滢按下了接听键。

"苏同学吗？我是华晟的设计总监。"那边开门见山，直奔主题。

老杨一直在想要不要打这个电话，因为董事长带过来的图纸，外观跟苏子滢设计的确实很像，可是内部构造也相似，这就很奇怪了。

因为那是日本去年的产品，当时还没有超薄摄像头，可他还没来得及找人一一核对，部门里面的马屁精已经在董事长的暗示下火急火燎地发布了公告。

武断地毁掉了一个年轻设计师的前途。

老杨无从改变。

这也是部门内部对他的敌意。因为当时是自己坚持己见，好不容易说服董事长，硬挺了这个设计图，取代之前的计划，触碰了不少人的利益。

这些老顽固还不抓着这个机会整治他？

"我是。"苏子滢本来以为是个推销电话，没想到是华晟的设计总监，立刻坐直了身体。

"是这样的……这次设计……我认为你的作品是完美的，而且比赛期间我们也做过各处对比，并不认为涉嫌抄袭。"

老杨想过站出来为苏子滢辩驳，但在董事长面前，他这个设计总监什么都不算，而且这个第一名是他提着脑袋硬气地提上去的，现在高层却下了这样的结论，以后他能不能继续在华晟吃饭还是个问题。

思前想后，他什么都做不了，他能做的只是给苏子滢打个电话，希望她不要因此受到影响。

老杨也很清楚，遇到这种事，只能算这孩子倒霉。

真可惜啊，原本前途光明、才华横溢的设计师，刚露锋芒就要夭折了。

"既然没有抄袭……"苏子滢忽然想到什么，点开了录音功能，继续说道，"既然比赛期间你们已经做过了严格的把控，认为没有抄袭，为什么要发出那种公告？"

"这可能是误会，至少从我的角度来说，我并不认为苏同学有抄袭。可是高层那边的决定，我实在没办法反驳……"老杨的语气有些迟疑和无奈，不知道是为了撇清自己，还是为了内心残存无多的道德感。

他自己都能感觉到言语的无力，微凸的额头沁出了汗珠。

"我想知道，他们认为我抄袭的作品是哪个？公告里没有提到。"苏子滢觉得最不公平最令人气愤的就是这个，说她疑似抄袭日本作品，却不肯说清楚具体是哪个作品。

如果明确地指出来，大家自行对比，还能还她清白。

"他们觉得你抄袭了2020……"

老杨的话还没说完，那边有人喊他，让他去董事长办公室一趟。他只能匆匆挂断电话。

去董事长办公室的路上老杨有些懊恼，觉得自己都自身难保，哪有余力去照顾一个新人的情绪。

有才华的年轻人只要不被挫折打败就还能往前挣扎。

而他这样年近半百准备熬几年就退休的中年人，再无从头努力奋斗的勇气。

"谁打的电话？"叶峻成听到了对话，知道是华晟那边打过来的，但不是客服部。

也许是华晟哪个良心发现的人透露了一些比赛的内部消息。

"华晟的设计总监。"苏子滢放出录音给叶峻成听，只觉得讽刺。

老杨的电话并没有给她安慰，反而让她更觉得身处于荒诞不经的世间，所有美好的向上的东西仿佛都是虚幻的。

但冷静下来想想，这次通话也透露了重要的信息。

连设计总监都认为她的设计没有问题，那就是比赛有黑幕。

当然也不排除华晟的恶意炒作，牺牲她换新手机的热度。

"等我一下。"

叶峻成立刻回卧室打了个电话，很快拿到了华晟设计总监杨林的资料。

苏子滢去了卫生间，昨天不知是不是火锅太刺激肠胃，还是不适应冰啤酒，蹲完厕所觉得腿都软了，扶着面盆用冷水冲了冲脸。

头还是很疼，太阳穴跳得更厉害，脸有些发烫，大概是因为喝醉了又吹了风。

熬过初中，还以优异的成绩考上了明哲高中，一路半工半读走到现在，苏子滢觉得生老病死天灾人祸，都不能再打倒自己。

所以今天早上那个荒谬的公告，不过是她人生无数挫折中的一个而已，她应该和以往一样，正视它，面对它，解决它。

等她在心里做好计划，打起精神走出卫生间时，一堆包装考究的外卖已经放在了料理台上。

叶峻成正在拆包装盒，外卖食品被他摆得整整齐齐。

苏子滢极少吃外卖，第一次看到包装这么高档的外卖，上面的店名恰好是她大一时打过工的一家。

卖得死贵的燕窝粥。

"给你打电话的是杨林，在华晟待了十九年。"叶峻成见她走出来，继续摆着碗筷，说道，"华晟做电子也不过二十年时间，杨林也算元老了，这次设计大赛，他说话也算有分量的。既然他都只能说这是个误会，那就说明这并不是误会，而是阴谋。"

"我会帮你找到涉嫌抄袭作品的资料，律师这边，我也给你找了徐春团队，等你舒服点了他们会和你联系。"

叶峻成说完，也"张罗"好了一桌早午饭，拉开高脚凳，示意她过来吃饭。

"谢谢你的好意，这是我的事，我自己可以解决。"苏子滢有些惊讶，她只是蹲个厕所洗把脸，叶峻成竟然做了这么多事。

不，他接完早上的电话后就已经在帮着询问律师团队了。

"我不白帮忙，打赢了官司我要分一半钱。"叶峻成就知道她会这样说。

"为什么要浪费时间精力在这上面？你不缺钱，有时间多画画吧。"

叶峻成见苏子滢一直没走过来，站在卫生间门口，离玄关很近，看上去想随时逃跑的样子，对她勾了勾手指："你先过来，我告诉你真实原因。"

苏子滢定定地看着他，还是没动。

因为她忽然想到了华晟公告之前，叶峻成那句轻描淡写的"你跟我表白了"。

夹在这么多重要讯息中间，在宿醉的上午，差点让人忽略了这句话的威力。

叶峻成见她不动，无奈地叹了口气，往她面前走来。

"我先回去了，今天还有工作……"苏子滢立刻转身，抓起玄关柜子上挂着的包。

当自身状态不好时，遇到让人头痛的局面，那就三十六计走为上计。

叶峻成比她还快，她还没来得及开门，他就伸手按在了门上，那双漂亮的眼睛似笑非笑地看着她。

"现在才想起工作是不是有点晚？"叶峻成细细欣赏着她脸上窘迫的表情，她此刻像是在猛兽面前暴露了伤口的小动物，脸上有一分脆弱和几丝惊慌无措。

苏子滢松开了门把手，定了定神，脑壳还在一阵阵地疼，和他的气息一起侵扰着神经。

"你帮我的真正原因是喜欢我，而我想走的真正原因是不希望我们之间有什么感情纠葛。"苏子滢缓了片刻，抬起头看着他，脸上的脆弱和惊慌慢慢被冷静代替，"我没有计划交男友，更没想过谈婚论嫁……"

"总之，我不在你的计划内。"叶峻成给她做了总结，脸上竟看不出生气，"你昨晚跟我说了。"

"我喝多了说的话你别放心上。"苏子滢肠子都悔青了，她为什么要来这里啊！

想到自己话痨的样子，她就觉得羞耻。

"你说了一堆自己的计划，还把你的三年计划五年目标的文件发给我了。"

苏子滢听到这里，低头看手机，她早上被班级群和一群女生私聊问公告的信息刷屏了，往下翻了好久才看到自己昨晚十二点多真给叶峻成发了几个文件。

可惜撤不回来了。

见她攥着手机僵立的模样，叶峻成都有点同情她了，学姐一向淡定，什么大场面没见过，今天大脑一定忙不过来了。

他可不得趁火打劫？

"我之前说最不喜欢听人说秘密了，因为我没有义务保守他们的秘密。可他们却理所当然地认为，信任你才会说出心底的秘密，试图从情感上和道德上捆绑你，让你充当树洞和垃圾桶，被迫接受他们转移过来的压力。"叶峻成说到这里，满是宠溺地拍了拍学姐发痛的脑袋，"但是，因为是你，所以当垃圾桶也好，被情感束缚道德捆绑也好，我都可以接受。"

"我没把你当垃圾桶，我很尊重您。"苏子滢一着急，都用上了敬语，"我昨晚可能就是多说了几句无聊话，不是什么见不得人的事。你别有压力，不用放心上，也不需要帮我保守秘密。"

"有压力的人是你，你是不敢把我列入计划，你觉得棘手，觉得搞不定，所以才想逃走。"叶峻成逼近她，脑子里都是她的身影，他无法抹掉她的存在。

"你知道我认识你之后，流了很多血，这里。"叶峻成拉起她的手，放在了自己的胸口。

苏子滢手掌微微一颤，睫毛忽闪了一下，内心似乎在纠结着，但最终轻轻地按了按他的胸膛，低声说道："我在你心里是个胆小鬼吧？懦夫似的，总希望你能主动离开。"

叶峻成听到了她那几不可闻的微弱回应，眼睛都亮了，像是盛满了夏夜的星空。他立刻抓紧了她的手，压抑着激动："不，你不是懦夫，我才是懦夫，不敢太近，不敢太远，怕吓跑了你。怪我没有经验，我如果勇敢点，让你看到我的决心，也许你就不用害怕了。"

"人心总会变的，当下的决心和未来的心，是没有关系的。"苏子滢像是认命了，闭上眼睛，深深吸了口气，试图压住跳得更厉害的太阳穴，"我不喜欢变动，如果你想跟我开始一段新的关系，就按照计划来，不要有意外和变动。"

叶峻成的眼睛更亮了，一把将她拽到怀里紧紧抱住，激动得大脑有些空白。

只记得昨晚，她说到家里变故，几个从小玩到大的好朋友背弃了她，那些平时与她相处得和和气气的亲戚也一夜间变得陌生，所有人都怕和她家沾上关系，哪怕打个招呼都不愿意，生怕多看一眼就被借钱……

大概是在脆弱又敏感的青春期被伤害得太深，和她外婆说的一样，从那时候起，苏子滢就觉得能力和金钱比任何感情都可靠，再也不想主动结交新朋友，也不愿在维护感情上浪费时间精力。

"按照计划来，不会有任何意外和变动。"叶峻成过了好久才松开了手臂，用额头抵上她的额头，亲昵地蹭了蹭，"我都听你的，所以，把我列进你的计划，就现在。"

"我会把计划书做好……"

苏子滢的话还没说完,就被叶峻成堵住了嘴。

"在此之前……你别这样。"苏子滢好不容易推开他,缺氧让脑壳更疼。

"我很荣幸进入你的计划!"叶峻成激动地又把她抱在怀里,紧紧箍住,这才感觉到她身体热得很,"你发烧了?"

刚开始他太兴奋,身体火热,现在才察觉到学姐有点发烧,估计昨晚吹了风受了凉。

"宿醉,不舒服。"苏子滢很快就恢复了冷静的表情,按着太阳穴,从他温暖的怀里挣脱出来,"多喝点水就好了。"

"先去喝点粥。"叶峻成立刻把她推到餐桌边,按着她坐下,拿起勺子,舀了一勺粥往她嘴里送去。

"我自己来。"苏子滢接受不了这么亲密的动作,她也不是那种饭来张口的人,接过勺子闷头吃了起来。

叶峻成像是得到期盼已久的宝贝,上一分钟还觉得她窘迫得可爱,这一分钟换成了自己手足无措,不知道该怎么讨好她,也不知道对这珍宝怎么"下手"。

哪怕自己的画拿到了世界第一,都不如此刻激动。

叶峻成尽力平复内心的波澜,毕竟学姐看上去很淡定,似乎并不觉得把他列入计划是一件多么重要的事。

在后来回忆起这一刻,他总会觉得不公平,想讨要更多平等的感情。可此刻他丝毫不介意,不停地给苏子滢夹菜,希望她多吃点,多长点肉。

"我胃不舒服,你吃吧。"可惜苏子滢没什么胃口,只喝了一碗粥就放下了勺子。

她还是得早点走,因为这个周末连着端午节,昨晚要不是聚餐,她就回家了。

现在想想,幸好没有回去告诉家人自己拿下设计大赛头奖的消息,不然出了这意外,家人要担忧了。

"我也吃饱了。"叶峻成也放下了筷子，他一口没吃，可胃里全是满足感。

大概是因为苏子滢秀色可餐。

看着她，刚才那一幕和曾经被冷落的场景不停地在脑海中交替回放。

第二次见面时，他在楼道看到她，"关心"地搭了句话，学姐一点没对自己展露温柔的一面，满是看他不顺眼的模样，让他气结了好几天。

之后，时不时听到她那句温柔又疏离的"和你有什么关系"，让他恨不得编出点什么故事让两人的关系更牢固。

"你吃什么了就吃饱了？"苏子滢叹了口气，看着他比往常更灿亮的眼睛，里面藏着明灭不定的光，"别替我担心，这事我自己能解决。"

"我知道那是你的原创，我一点也不担心。"叶峻成只是压抑着自己被列入计划的喜悦。

至于设计大赛，该担心的是大赛组委会。

华晟店大，根本不在意一两个人的投诉，出了事也有专业的律师团队处理，组委会根本不会认为一个毫无背景的普通大学生能翻出浪花来。

对高层来说，这事发个公告就结束了，顺便用回之前的设计方案，不会耽误新机发布。

尤其对华志安来说，哪怕知道那是女儿的小计谋，也不会放在心上。

亲爹都是无条件支持闺女的，能让华芸在意的问题，他当然会让她称心如意地解决。

尤其是面对这个设计大赛杀出重围的设计方案，华志安和一帮保守派内心其实是不想采用的。

那张设计图也太洋气，让人怀疑这是出自一个没有毕业的大学生之手。

原本安排的新机设计师采访也取消了，华志安并不关心设计者的处境，他只关心季度销售报告。

公司的销售额已经连续三季度下跌，后起之秀越来越多，尤其那群八〇后、九〇后创业的新人，头脑灵活大胆，营销手段也越来越厉害，让他压力很大，有时都想提前退休。

"爸，记着端午聚餐。"华芸见爸爸要出门，趴在栏杆上提醒。

华芸这几天回国，华志安罕见地每天回来，他推掉了不少应酬，想多陪陪孩子。

他对华芸很歉疚，年轻时忙于创业顾不上照顾孩子，等事业稳定又和原配离婚，孩子一直在国外上学，一年见不到几次，所以现在才对她特别迁就。

"知道了，我已经和你叶叔叔说好了，几家一起吃个饭。"华志安知道女儿从小就喜欢叶家的少爷，现在两人已经老大不小了，女儿在想什么他当然知道。

"几家？不是咱们两家吗？"华芸惊讶地问道。

"哎呀，都是些生意上经常往来的老朋友，有两家你也认识，老王家和张勋家，他们家的孩子你也认识吧？你们年纪差不多，一起见见面多玩玩挺好。"华志安匆匆忙忙地看着手机说道。

"那……好吧。"华芸有些失望，但很快就带着笑撒娇，"爸，晚上早点回来，帮我挑一套衣服。"

"你穿什么都好看，喜欢就去买。"华志安觉得自己已经老了，眼光也越来越陈腐，有些跟不上年轻人的审美。

"我穿上次领奖的那条裙子会不会太隆重？"华芸是紧张，和叶峻成的妈妈见面，她要拿出未来儿媳妇的样子来。

"和你的小闺密们商量吧，我要去开会了。"华志安的手机不停地振动，他笑着对女儿摆摆手，迅速出门上了车。

华芸慢慢走下楼，透过落地玻璃看着轿车离开，这才拿起手机在闺密群发了条信息，约了在市内的朋友们一起喝下午茶，顺便逛街买买礼物。

华芸知道叶峻成的品位很高，寻常礼物是看不上的，自己很难讨好他。

但朱音——叶峻成的妈妈，只要送的够贵够独一无二，她就会开心。

她尤其喜欢各种石头，美玉和钻石是她的心头好，华芸在国外时就已经定好了一条钻石项链，再去买点时尚奢侈品，足够了。

而叶峻成的端午假期，已经"计划"好了。

对，学习苏子滢，有计划的生活，他等学姐……不，应该说女朋友酒气都散尽了，彻底清醒后送她回家。

　　这一路上，叶峻成费尽心机，软磨硬泡说要和她一起过个有意义的节日，要去她家看望家长。

　　苏子滢没有立刻答应，像是在思考什么。

　　叶峻成有时候觉得她很遥远。

　　明明已经离得很近了，可她的心却在远处，不愿和他贴近。

　　也许是她打工多年，内心比普通女大学生多了几分成熟，也许她就是外热内冷，待人淡漠的性格。

　　但无论是遥不可及的星辰，还是已经得到的月亮，叶峻成都计划好了。

　　计划着让她变成炽热的阳光，让她真正的温暖幸福起来。

　　"现在身份不一样了，我是不是可以不住招待所了？"叶峻成旁侧敲击，想光明正大地住她家里。

　　此刻的晚霞正好，路上的车也少，沿途的风景美得让人心悸。

　　苏子滢不知在想什么心事，半合着眼，金色的夕阳在她眼底跳跃着，仿佛微醺未醒，没听到叶峻成的话。

　　叶峻成真想靠边停车，把这一幕画下来。

　　"你还在想大赛的事？"叶峻成伸出右手，想握住她的手。

　　这回苏子滢反应很快，"啪"地一下把他的手打回去："认真开车。"

　　她没想大赛的事，下午和这边的律师联系上，把需要的资料发过去，剩下的让律师处理就行了。

　　她刚刚发呆，是在想意外的计划。

　　昨晚喝多了，也不知道说了多少丢脸的事，不过她是个顺应局势的人，也顺从内心选择。

　　酒后吐真言，既然吐了，再难收拾的局面也得好好善后。

　　她在想，叶峻成在自己的生命里，有多重的分量，是怎样的存在。

　　试图用质量分析情感，是很难找到答案的。

　　但可以用另一种方式量化，他出现之后，除了工作，平时占用了自己多少时间。

无意有意中,被他占据了多长时间。

折算下来有些心惊,他们才认识半年多,可失眠想着他的次数就不少了。

更不要说平时在同学友人面前听到他的信息,空闲时想到他的画,他的行为所造成的困扰……

"你好歹和我说说话,这么冷淡,我会觉得你在敷衍我。"叶峻成沉默了一会儿,还是忍不住抱怨了。

因为刚才那毫不客气的一巴掌,伤到了他敏感的少男心。

之前他沉浸在突破关系的喜悦中,叶峻成当她是没做好准备,内心害羞,可以原谅。

可行为上的拒绝,让叶峻成很受伤。

"我没有想大赛的事。"苏子滢心思细腻,听到了他的不满,立刻解释,"我只是在做心理建设和计划,不想聊这些让你不高兴。"

"你做计划我为什么不高兴?"叶峻成听到她温柔地解释,怨气已经消了大半,"和我在一起还要做心理建设?压力很大吗?"

"我们之间的家庭差距很大。"苏子滢清楚自己想要什么,一旦决定,就会努力前行,有压力也会想办法解决。

"这是我俩的事,家庭是次要的。再说,我喜欢的,我家人都会支持。"

叶峻成也想过如果在一起,父母那边会不会同意。

但他觉得,那些都不重要,重要的是两人相爱。

学姐这么优秀,他还担心被别人抢走。

"如果结婚呢?"苏子滢淡淡地问道。

当下固然重要,但是生活从来不只是眼前。

结婚,会涉及两个家庭。

叶峻成微微一愣,他不敢奢望太遥远的未来,但无数次在梦里梦见过这样的场面。

结婚，多美好的两个字。

"你计划到结婚了？"叶峻成真想把车靠边停下。

这是他最渴望的事。

"你难道不是为了结婚而跟我交往？"苏子滢皱了皱眉。

当初就是不想成为他"练手"的对象，所以跟他划清界限。

既然决定在一起，必须好好规划啊。

不然像林涵那些前女友似的，给他送经验值，她可没时间和精力陪人玩恋爱游戏。

"当然是要结婚！"叶峻成只是不敢提。能让学姐接受自己，做梦都要笑醒了，哪敢立刻考虑余生。

这么想来，叶峻成发现自己被她拒绝了几次，变得卑微了。

原本骄傲的少年，为爱低下了头……这需要多喜欢她，才能心甘情愿地弯下腰。

"所以准备结婚的话，你准备怎么和你家人介绍我？"苏子滢已经想好了带他正式见家长，在爸妈面前开诚布公地宣布叶峻成是她男朋友的事。

这种事最好别兜圈子，尽量让事情简单化，反正家人也见过叶峻成几次，心理上也好接受。

"我是不是有些着急？"苏子滢见他在思索，意识到自己公事公办的口吻，像是在谈工作。

"不着急，我很喜欢，你这么认真谋划咱们未来的态度值得我好好学习。"叶峻成嘴越来越甜了，尽管听上去像嘲讽，"只是没想到你进度这么快……我还在想着刚才你说的结婚，先给我一点时间消化。"

学姐做事效率太高，还没好好牵手就说起结婚，进度条拉得太快，他得适应。

"我想过这个问题，如果咱们结婚会让你的家庭反对，或者给你带来压力，那最好在一开始就权衡处理。无论是及时止损还是未雨绸缪，总要做好准备。"

"你就一直在想这些？"叶峻成原本充盈着幸福笑容的表情凝固住，皱起了眉头，打开右侧转向灯下了高速。

什么叫"及时止损"？

她以为这是交易吗？

"还想了你晚上睡哪里。"苏子滢缓缓地说着，语气很真诚，"我家书房有点小。"

叶峻成觉得学姐就是玩弄人心的高手！

至少是玩弄他情绪的高手。

让他爱得牙痒，也恨得牙痒。

而且学姐虽然外表一团温柔和气，可内心比他还古怪孤僻，那是他很难进入的世界，这让叶峻成有挫败感。

不知道心爱的人究竟在想什么，仿佛找了蒙娜丽莎当女友。

但学姐大部分时候又坦诚得可爱。

就像她大大方方在那些表姐妹堂兄弟的注视下领着他回家，进门就对正在收衣服的外婆说道："姥姥，我带叶峻成回来了。"

这边的方言很柔软，荡漾着一层水色，像落日下的长乐河，波光粼粼。

叶峻成听出来了不同。

学姐的话里特意提及带某人回来，不是做客，也不提做什么事，让人有一种归属的意味。

意味着他会成为这个家的一分子。

那种归属感很奇特，就像外婆倏然明亮的眼睛，就像那些皱纹里温暖的笑意。

让他的心都暖了，安定了。

之前的那些不确定和不开心都被她的话融化，醉人得像炉火上炖着的土鸡汤，那是人间的味道。

就连在厨房里正在忙碌的苏妈妈都为这句话冲了出来，有些惊愕地看着两个年轻人："滢滢，你带小叶回家了？"

"是的。正式给大家介绍一下，这是我男朋友，叶峻成。"苏子滢微

第四章　公牛少女

笑地将叶峻成推到院子中，让他接受两个长辈的打量。

"哎……哎呀，不早点说带人回来，我们好多准备点饭菜啊！"还是外婆先反应过来，转身回屋拿钱，"我再去买点酱牛肉回来。"

"不用了，都是自家人，我们吃什么，他跟着吃就是。"苏子滢倒是很不客气，拦住外婆。

叶峻成甚至忘了和长辈打招呼，还沉浸在这恍若梦境的幸福场景中，直到苏妈妈笑着喊他进屋，他才回过神。

"阿姨，我……"

"以后空手来，别带礼物。"苏妈妈心情复杂，但脸上浮起温柔的笑意，打断他的话，"开车回来的？累了吧？去里屋歇歇。"

苏家上下都有一种老旧却充满温情的亲和魔力，他们对身边的人和物都格外珍爱，就像那把用了几十年的木椅，即使留下无数岁月的痕迹，依然被爱惜地使用着，不会随便添置新的替代，不会随意扔掉。

大都市经常用快消品的年轻人很难感受到老物件上留下的迷人光泽。

"开车两个小时当然累了，先去洗洗吧。"外婆还是习惯让人到家后洗脸净手，擦去一身风尘。

而苏妈妈对女儿使了个眼色："来厨房帮我打打下手。"

苏子滢知道妈妈要"训话"了。

她做决定总是先斩后奏，习惯了跳过父母的意见。

这并不是她不尊重家人。家里刚出事那会一团糟，很多事情她如果不自己做决定，日子就没办法继续。父母坚决不会同意她那样的年纪去想方设法做兼职，从一开始有偿帮同学补习功课，到后来的各种临时工，如果每一件事都听父母的安排，恐怕她早就失去了妈妈。

但是不打招呼带了男朋友回来，不给家人缓冲的时间，确实有些过分。

苏妈妈在煮粽叶，厨房里一股粽叶的清香气味。

"你最好给你爸打个电话，让他晚上早点回来吃个便饭。"苏妈妈翻动着粽叶，缓缓开口。

苏子滢点了点头，爸爸平时在厂里忙，晚上回来得晚，有时候一周也见不到人影。

"什么时候的事？"

这些话本不该多问，苏妈妈知道女儿的性格，外表柔弱，内心却很独立自主，可她还是担心孩子受伤。

毕竟对方这么优秀，长得又帅气，一看就不缺女孩子喜欢，听说人家家里也家大业大的，万一强横起来，普通的女方家庭哪吃得消。

"就今天。所以没来得及和你们说。"苏子滢坐到灶台后添了把火，平静地回答。

"你想好就行，妈妈只希望你能平安快乐。"苏妈妈看着女儿眼里跳跃的火光，欲言又止，最后还是忍不住问道，"怎么就忽然接受人家了？"

"就忽然觉得他挺可靠的。"苏子滢抬眼看着妈妈，笑了，"也许是吊桥效应。"

"什么桥？"妈妈没听清楚。

"听说长乐桥被保护起来了？"苏子滢不再和妈妈解释，笑着转移话题。

她其实清楚，不是什么吊桥效应，虽然早上的大赛通知确实让她有那么一瞬间觉得不可思议，情绪也受到影响，可那不算什么压力。

人们很容易因为压力去寻找一个发泄口，或者寻求同伴的关怀和爱，寻找躲避风雨的港湾，甚至因压力而组建家庭。

她不是。她是看到叶峻成的眼睛，某一瞬间，忽然觉得两个人也可以在一起。

或者在酒精的影响下，觉得应该像年轻人一样，去他的计划里做点喜欢的事，年轻就该肆意一些。

"说是出台了什么保护文件，三个多月没动工，倒是在旁边修路，河边可能要建一个公园。"妈妈听女儿说小叶同学可靠，那就没什么好说的了，絮絮叨叨地说起了小镇上的大事，"那边修路不好走，你明天可以带小叶去北边河岸看看，那一块还没围起来。"

"嗯。"

叶峻成还在淋浴间，他被外婆推进去冲澡了。

因为家里只有一个浴室，晚上回来的人多，回头得排队洗澡，所以外婆就让客人先用。

苏子滢很有责任心，既然带他回家，就得把人家安顿好。

阁楼太小又简陋，容不下娇贵的大少爷，所以把楼下姥姥平时住的客房收拾了一下，换上了新床单。

等叶峻成甩着湿漉漉的头发走出来时，看到苏子滢正抱着一床新被褥往客房走。

"我可以睡书房。"叶峻成立刻拦住她，抢过被褥往阁楼走去。

"我都收拾好了……"

"我想睡楼上，跟你近一点。"叶峻成脚步飞快地上楼，他不想半夜找苏子滢说话时候木楼梯咯吱咯吱地响，影响楼下其他人睡觉。

"再抱床被褥上去吧，楼上地板硬。"外婆笑呵呵地对站在原地的苏子滢说道。

年轻人嘛，总想离得近一点，老人家能理解。

苏子滢无奈地叹了口气，忽然觉得妈妈刚才说的有些话很对。

大家门户的公子少爷有自己的小脾气，会任性甚至跋扈不讲理，她要忍让，但也不能过分忍让，他们得花很多时间和精力去互相磨合，慢慢成长。

巷口几家小店一到傍晚就聚满了熟人，今天大家都在看着巷子最深处的老苏家。

苏浩六点半才赶回来，一下班车，就有一堆亲友围上来寒暄。

说是寒暄，其实是想八卦他女儿带回来的大画家。

端午节把人带回家，也没听说叶峻成订这边常住的招待所，不知道晚上回不回去。

而苏浩平时不会回来得这么早，今天赶回来吃晚饭，很不寻常。

这一晚上，小店门口的人都盯着叶峻成停在旁边的那辆车，第二天，苏子滢留宿男同学的事情传遍了小镇。

苏家当年是大户，经历曲折，给小镇人贡献了无数茶余饭后的话题，而叶峻成更是足够引人注目，他前几次来镇上就被大家议论，现在被苏子滢带回家一夜没出来，可见两人关系非同寻常。

早上外婆出门买菜时，三婶就凑过来，一副了然的表情："什么时候结婚啊？"

"至少等明年毕业吧？"四姨也在小店门口溜达，插嘴说道。

"你们懂什么啊，现在大学就能结婚，还能带孩子上学呢。"表嫂是年轻人，抱着一大早就嗷嗷叫着要吃糖的娃，也凑了过来。

"别瞎猜了，孩子们的事八字还没一撇呢。"外婆提着篮子，虽然嘴上这么说着，脸上还是露出了舒心的笑容。

外孙女很要强，太过独立，老人家其实是担心的。

女孩子能找个可以依靠的肩膀，哪怕是偶尔停靠，也不会那么累。

外婆当年也是开明自强的女强人，现在年纪大了，经历太多的变故，只盼着子孙后代能平安快乐地成长。

不再漂泊无依，不再孤身奋战。

端午节当天，华芸也穿得美美的跟着爸爸来到酒店餐厅，却没见到叶峻成。她一打听，才得到消息，叶峻成昨天送女同学回家了，一直没回学校……

这让她胸口闷着一口气咽不下去了！

叶峻成的老妈朱音更没把这些聚餐的人放在心上，忙着开国际会议，面都没露。

母子一个德行！

华芸脸色难看得要命，只顾着拿手机给叶峻成留言。

叶峻成根本没开机。

他忘了带充电线，车里有车载充电，可他也没上过车，更没空看手机。

叶峻成在陪苏子滢包粽子。

院子里面放着几个矮木凳，中间围着一个不知用了多少年的大木盆，里面泡满了雪白的糯米，旁边放了几个木桶，有的放着碧绿的粽叶，有的里面是切好的大块红烧肉，还有的木桶装着包好的三角粽。

朴素的劳动场面和叶峻成的贵族气质格格不入。

原本是外婆在包粽子，苏子滢来帮忙，叶峻成也跟着凑过来。外婆一看，索性不当电灯泡，去厨房里忙去了。

"你爸爸在厂里很忙吗？一早就走了？"叶峻成没话找话。

昨晚他缠着苏子滢说话说到十二点，见她困得不行，没忍心再纠缠，也是一夜没睡好，听着阁楼外的鸡鸣犬叫，看了大半夜她书桌上的笔记。

好像这样就能加入她的过去似的。

"嗯，厂里忙，如果你没来，他昨晚也不会回来。"苏子滢教他包粽子，见他怎么都包不对，再次给他做示范，"这么一卷就行了。"

苏浩五点半就坐早班车去厂里了。他昨晚和妻子为女儿这事聊了一夜，说不出是高兴还是担忧。

"这样？"叶峻成很自信，他这可是画画的手，只要是手上的活，一看就会。

"不是，你得预留两厘米出来，这样糯米才不会漏掉。"苏子滢见他手笨，飞快地扎好手里的粽子，抓过他的手，手把手地教，"大概在三分之二的位置折一下，这样裹起来……"

苏子滢忽然停住，抬眼看着贴向自己的美少年，被他反抓住了手指，亲昵轻柔地摩挲着，才知道他刚才是故意的。

"这样裹起来啊？"叶峻成温柔说话时嗓音迷人，很能惑乱少女的心。

他湿漉漉的手沾着粽米的清香，抓住了她的手。

还有他迷人含笑的眼睛，像一场春雨，落在她的身上。

苏子滢的心微微一颤，垂下了眼眸，任他亲热地贴过来。

"啪！"

院门忽然被推开，一群放了假正撒欢的孩子冲进院子里，一双双亮晶晶的眼睛肆无忌惮地打量着漂亮哥哥。

随后是大人们在后面高声叮嘱:"小宇,别跑太快,看好妹妹。"

"阿勋,你缓些个……"

苏子滢立刻抽出手,低声对叶峻成说道:"你回楼上歇着吧,一会儿这里会很吵闹。"

每年端午节,七大姑八大姨们都会来她家包粽子。

因为外婆的肉粽做得好,大家帮忙包完,回头都会拎十个八个回家解馋去。

"陪我出去走走吧。"叶峻成见进来的一堆大姑娘小媳妇都带着笑偷瞄他。刚开始他心里很得意,女方的亲友越多,似乎自己的地位越稳。

嗯……这是什么卑微的念头?

一定是以前被苏子滢精神操控得太厉害,加上即使现在被接受,苏子滢的表现也太过云淡风轻,仿佛有他很好,没他也一样。

没有被特殊对待,没有糖分超标的宠爱,让他心底多少还有不安感。

"反正这么多人……也不需要你帮忙。"见苏子滢还在包粽子,叶峻成以为她没听到,又贴着她耳边说道。

苏子滢知道他喜欢清静,点了点头:"知道了。"

传统节日浓浓的乡情味很珍贵,孩子们高一声低一声地喊叫着,绕着院子疯跑,有些去厨房问外婆讨要正在煮的粽子。

大人们拉着家常吼着调皮捣蛋的孩子,没两分钟,叶峻成耳膜就有些受不了。

苏子滢将手里的活忙完才站起身,和几个姨娘姑婶客客气气地打了个招呼,把叶峻成拉了出去。

小镇比平时热闹得多,因为端午节,大多在外的年轻人都回来了,这里还有端午回娘家的风俗,许多女儿女婿提着水果礼品回家团圆。

粽子的香味笼罩着整个小镇,叶峻成的衣服上也沾满了清香。

苏子滢领着他穿过一条窄窄的巷道,来到一个非常安静的小山坡。

山坡不高,却足够俯瞰整个小镇。

河水像一条银色的腰带,绕过小镇往东而去。

第四章 公牛少女

"应该带画板过来。"苏子滢爬到山头,看着眼前的镇子,有些地方已经盖起了高楼,建了新小区,有些地方还保存着老宅,独门独户,烟囱飘出炊烟。

新旧的对比,让她想到了叶峻成的那幅《长乐桥》。

再过多年,她家的老宅也会被拆了,变成统一规划的小区,那时就再也看不到端午节孩子们推开院门冲进来要粽子吃的热闹场景了。

"你可真敬业,还帮我惦记着画画呢。"叶峻成蹲下身,看着脚边一簇不知名的野花,语气里藏着一丝不爽。

白色淡蓝色的小小花瓣绽放着,花蕊努力朝着天空伸展,试图吸引蜂蝶来授粉。

自然界的植物尚且如此努力地想传播种子,更何况正值青春的年轻人。

苏子滢心思纯正,以己度人,觉得他也是个工作狂。

毕竟见过无数次他画画时狂热的眼神和废寝忘食的专注,总觉得他是个纯粹的艺术家,对自己的喜欢也不过是因为画久了产生感情。

"这是直刺变豆菜,我国特有品种,全草有清热解毒的药用功效。我小时候要是谁家孩子得了麻疹或者跌打损伤,老人会采回家入药,消除热毒。"苏子滢见他盯着野花,以为感兴趣,在旁边充当植物百科的解说员,接着又指着旁边另一种小小的五角星似的花,"这叫蛇根草,内服外用都可以……"

"你对野草都比对我了解得多。"叶峻成在生闷气呢,结果她非但没察觉到,还兴致勃勃地给他科普起花花草草。

谁在意这些野花野草?

"你研究过我是什么品种吗?你知道我有什么功效吗?你仔细看过我是什么颜色的吗?"

叶峻成忽然站起身,盯着她,咄咄逼人地问道。

苏子滢哪里知道自己对男朋友的平静态度早就惹得人不满。

热恋期像关系不错的朋友似的相处,谁受得了?

叶峻成见苏子滢一直对自己不温不火,并没有显露出特别的亲热,就觉得有必要和她聊一聊这个问题。

"你的品种是人类，难道还能是其他品种？"苏子滢站的位置高，正好可以平视他，一本正经地回答。

"那你有好好了解我吗？知道我生日哪天？知道我喜欢吃什么？知道我喜欢哪种植物？知道我最喜欢的城市是哪座？知道我今天穿的内衣颜色吗？"叶峻成牙痒痒地看着她平静温柔的表情，学姐身上有一种让人静下来好好说话的魔力，可越是这样，就越让他生气。

"当然知道。你生日是八月二十五，喜欢吃贵的东西，植物最爱玫瑰，喜欢现在的城市，穿的内衣颜色是……"苏子滢看到了他眼里冒出的火光，顿了顿，平静地说道，"白色。"

濒临爆发的叶峻成像是被千万吨巨浪扑灭了怒火，脸上说不出的别扭，半晌才问道："你怎么知道？"

"校内网的画家介绍里面有你的生日啊，我看你平时画的大部分画里面都有玫瑰，猜想你这样追求完美的人配玫瑰很完美。"苏子滢只是不习惯和人保持过于亲密的距离，但并不代表她是个傻子。

她平时观察力就好，加上过目不忘的学霸属性，从叶峻成的画里就能看出他的喜好。

"城市嘛……你上次拿了金奖，接受采访时说过一句，哪里有你喜欢的人，你就喜欢哪座城市。"苏子滢没有看过他的采访，是室友们八卦这句话时，她恰好听到。

"你……你早就在关心我？"叶峻成的表情管理失控，眼里溢出藏不住的幸福，他内心就是个傲娇的玻璃心的小公主，被喜欢的人关注，觉得刚才阴暗的世界立刻充满阳光，生机勃勃。

苏子滢该怎么回答呢？

她只是过目不忘，过耳也能记着，平时女同学们太喜欢议论他。

尤其宿舍里的杨莉莉，作为崇拜他的小画手，好几次给大家说过这位大神出圈的作品。

但看着叶峻成那么幸福的眼神，苏子滢实在没法回答是道听途说的，所以只能微笑。

"那你……怎么连我内衣颜色都知道？"叶峻成忽然想到了重点，眼底露出了纯情少男的羞涩。

难道她早上过来偷看了？

"哦，上次你喝醉了，我给你找衣服，看到衣柜里全是白色的内衣。"

可惜，苏子滢打破了他的幻想，淡定地回答。

"这样啊……呵……"叶峻成发现是自己想多了，干笑了两声，低头看了眼脚边的小野花——那个什么直刺变豆菜，缓了缓欢喜又失落的心情。

"走吧，看看山坡那边的景色。"苏子滢对他伸出手，怕大少爷走不习惯山坡小路摔着了。

"你应该早点告诉我，我喜欢你喜欢我。"叶峻成欢欢喜喜地伸手将她拽到怀里，一脸孩子式的满足。

就在这时，苏子滢的手机响起来。

苏子滢从家里走时，怕家人喊吃饭，带上了手机。

她第一反应是家人打电话喊他们回去，拿出来一看，是林涵的视频电话。

昨天是假期，前一天林涵又替她高兴，和朋友们出去浪了一晚上。第二天他睡到晚上八点多才醒，然后发现好几个朋友给他留言，说了苏子滢设计大赛作品被撤的事。

他当时就蒙了，给苏子滢发了好多信息她也没回，林涵以为她情绪不好，加上时间不早了，没敢多打搅，只叮嘱她看到信息给自己回复。

昨晚八点多，小镇上大部分老居民都已经休息了，苏子滢和家人们聊完天，被叶峻成缠着说了好久的话，最后倒头就睡，哪顾得上看手机。

今天早上，她起床后才看到林涵发的一堆信息，给他回了句"不用担心这件事"后又被叶峻成听到动静，过来敲门和她道早安。

林涵担心得一夜没睡，六点多迷迷糊糊睡了一会儿，梦里全是设计大赛这事，也就睡了三个小时，醒来看到苏子滢的一条信息，立刻打视频过来。

他得看看苏子滢的状态才安心。

可是没想到……

万万没想到，他看到后更扎心了！

叶峻成无意间瞄见她的手机屏幕，眼里的笑意瞬间消散，伸手拿过她的手机，声音也沉了下来："怎么不接？有什么不方便当着我面说的话吗？"

苏子滢只是习惯性想将视频通话切成语音通话，还没操作就被他抢了手机，无奈地叹气："我这不是准备接吗？"

她的话没说完，叶峻成帮她接通了，举着手机，看似体贴地帮她当手机支架，其实心里已经醋海翻腾，寻思着怎么处理她身边的这些花花草草。

"你在哪？我担心死了，你知不知道？给你留了那么多话，你就回一句……"

"我回家了，陪家人没看手机。"苏子滢打断林涵的话，免得他又唠叨一堆。

"你发个定位给我，我过来跟你说。"林涵昨天知道这事就给华晟大赛联络部打过电话，可惜被那边很客气地打发了。

百万奖金对苏子滢来说，那可是命啊！

而且，背上抄袭这个名头，她以后的前途也岌岌可危。

回头他的客户都留言要换设计师，就没人能救苏子滢了。

"说什么需要跑过来？"苏子滢看了眼默不作声的"手机支架"，"有事给我留言就好，没事我挂了。"

"我给你留言，你好好回过吗？"林涵急了，"我很担心你，知不知道？"

"所以我回应了你的担心。"苏子滢也服气了，她回了一句自己很好，不用担心，就是字面上的意思。

"就一句话？我怎么知道你真正的心情和想法？"

第四章 公牛少女

"那就是我真正的想法。林涵，你总喜欢把简单的事情想得复杂。"苏子滢见叶峻成的脸色越来越黑，不准备多聊，叹了口气，"我在陪男朋友，好得很。"

叶峻成听到"男朋友"三个字，阴郁的表情稍稍缓和。

林涵一脸愕然，像是画面卡住了几秒。

男朋友？

前天晚上聚餐，还没听说她有男朋友，一夜之间就多出了个男朋友。

她回家相亲了？

"你……你什么时候交的男朋友？"林涵觉得她一定是开玩笑。

"你认识的，叶同学。"

林涵的表情复杂，震惊得沉默了，那句"恭喜"怎么也说不出口。

叶峻成心情大好地上前一步，转过身揽住苏子滢的肩膀，一改平日对林涵的倨傲，主动和他点了点头打招呼："林同学，不用担心我家子滢，我会照顾好她的。"

林涵那边的镜头像是受到了什么袭击，晃了晃，随后他终于也露出一丝笑容，从牙缝里挤出一句话来："不好意思，我想单独和她说话。"

"什么话不能直接说？"这是苏子滢问的。

她擅长观察别人的神情，来判断下一步怎么行事。

而且事情的轻重缓急苏子滢会在心里列个表，比如林涵现在离得远，叶峻成却就在眼前，如果一定要惹怒一个人，她会选择远的那位。

至少他不会像近在眼前的这位，伸手就能把她推下山坡。

当然叶峻成是不会那么做的。

而且叶峻成的身份和林涵不一样，在列表里他的位置更靠前，是新晋男友，内心还娇贵脆弱，当然得哄着点。

林涵听到她这句暗中叶峻成维护的话语，沉默了片刻，才说道："这边的设计图，别忘了明天要交给甲方。"

说完，他挂了视频，怔怔地看着她的头像几秒，忽然狠狠地将手机砸向对面的墙。

她确实很好，生活依旧在前行，可他是怎么失去了这么好的女孩？

大概是以前游戏感情的报应，现在百倍地落在他的身上。

而叶峻成想到她和林涵还有工作的纠葛，内心稍许不悦，但转念一想，女朋友态度至少端正，他俩也刚建立关系，不能过于心急，免得惹她厌恶。

"我和林涵是相处多年的老同学，没有暧昧关系。我对他也没有多余的想法，只有友情。"苏子滢收起手机，看了眼叶峻成的表情，主动开口解释。

她冰雪聪明，很快就能明白叶峻成内心深处的不安，他在感情上像个幼稚的孩子，需要每时每刻告诉他"我爱你"，才能满足他的需求。

"不用和我解释。"叶峻成听到这番撇清的话，心里受用，可嘴上假装大方，"我没有那么小气。"

"那也要和你说清楚，这是我对你的尊重。而且……说了要好好计划未来，我们可能也会在需求上有些分歧，能早点提出来，早点解决最好。"苏子滢昨晚被他缠着聊些过去时，就想好好和他谈一谈现在。

她不是小鸟依人的甜美女友性格，她习惯了隐藏内心的情感，外露的温柔只是过去种种经历所赋予的保护色。

"你也太认真了，我没什么需求，只要你在身边就够了。"叶峻成觉得她什么都好，就是太过较真。

但她认真地说"这是我对你的尊重"的样子，格外可爱。

学姐身上古典温柔和隐忍克制并存，交织出一种洞察世事的吸引力。

哪怕是物欲，她追求金钱，却又严守底线。

我想要它，但不会被它驾驭，我要做自己永远的主人——她乌黑的眼睛深处写着这样的誓词。

"陪伴的方式有很多种，如果我的方式让你失望……"

苏子滢的话还没完，就被他揽住腰，用嘴堵住了剩下的话。

很快苏子滢察觉到他太过热情，她只能找个空隙撇过头，躲开他的亲热，低声提醒："好了，小心摔下去。"

叶峻成看着她脸颊绯红，连耳朵都红了，偏偏语气还很沉静，极力保持镇定的模样，他心里的邪念更盛。

幸好这时苏子滢的手机又响了，家人喊他们回家吃饭。

中午的阳光已有了暑气，两个人沿着绿意盈盈的树林往下走，一路上叶峻成都紧紧攥着她的手，像是怕一松手她就会不见。

叶峻成的心底也清楚，苏子滢没法做一个黏着他贴着他、每天甜言蜜语哄着他的女朋友，她真正的内心，并不经常对他人敞开。

她只是习惯坦然地面对生活所夺走的，或者赋予的一切。

所以，即便是生平第一次交了男朋友，也淡定得不像话。

可是对苏子滢来说，内心已经为他清出了一片空地，让他在这块地上随意开垦打理，未来这里变成花园也好，垃圾场也罢，她心甘情愿扫出这一片来善待他。

这就是她的感情。

也许过于理性，但她会做好未来的计划，尽量让他在这块土地上规划出美丽的花园。

苏浩对叶峻成的态度和女儿相似，不是非常热情，但也不失礼数，中午特意赶回来和大家吃午饭。

父亲对女儿的男朋友都会挑剔，生怕他欺负自家孩子。

而且作为父亲，会理所当然地认为，这世间没有一个男人会像自己一样不求回报无条件付出地宠爱女儿。

吃完午饭，苏浩要回包装厂时，叶峻成这个不通人情世故的艺术家终于想到这位长辈以后是自己的岳父，便拿起车钥匙要送他去厂里。

苏浩没有拒绝，一脸疼爱地吩咐女儿在家多休息，显然想找机会单独和叶峻成说几句话。

"别担心，你爸有分寸的。"见叶峻成和苏浩走了，外婆才笑眯眯地开口。

"我没有担心。只是爸今天表现得太刻意了，不需要这样……"苏子滢既然将人带回来了，就做好了心理准备。

但是爸爸这两天对她表现得过于宠溺，让她很不习惯。

"你爸爸是想让小叶看看，虽然我们家坎坎坷坷的，没人家富裕，可你也是掌中宝心尖肉，曾经是小公主，现在也是，不能被人瞧不起。"苏妈妈打断她的话，从女儿手里抢过碗筷收拾，"平时半工半读的多累啊，回家就好好歇着，上去看看书也好，别碰这些。"

苏子滢忍不住笑了："你们这逻辑有问题。叶峻成要是瞧不起咱们家，就不会追着我来这里了。"

"你这孩子懂什么？现在是现在，时间久了……"

苏妈妈打住了下面的话，委婉地将"喜新厌旧"换成了"摩擦"。

"时间久了难免会有小摩擦，这是先打预防针，你爸给他做示范呢，家人怎么爱你，他就得怎么宠你。"

说起来很惭愧，虽然苏子滢是家里的独女，是家人愿意用生命去保护的孩子，可是因为那场变故，却变成了她来保护家人。

苏妈妈想到这里就觉得难受，孩子如果换个家庭，一定会幸福很多。

"别担心，我不会被人欺负的。"苏子滢察觉到妈妈眼里的难过，立刻安慰道，"你看，从小到大都没人敢欺负我，你别跟爸爸一样瞎操心。"

苏妈妈更说不出话来，嗓子有些发哽。

女儿从小学习好，她小时候家里条件也不错，别人只有嫉妒的份。但初中之后，她没少被挤兑，连从小玩到大的好朋友都不跟她来往了，此后她也再也没有交过什么朋友。

青春期受过的委屈，默默流过的泪水，还有家庭变故带来的迷茫不安，太多不该她承受的压力，让她一夜长大，努力变得成熟，努力想成为拯救家人的英雄……

苏浩擦着汗，看着叶峻成汗流浃背地给货车上货，觉得一个搞艺术的大少爷肯弯下腰做这些，有些出乎他的意料。

叶峻成其实也想花钱请人干活，只不过现在没手机，厂房又离居民区远,附近哪有人过来帮忙?

偏偏昨天和今天苏浩回家时间长,耽误了出货,今天下午必须上完全部货,叶峻成只能撸起袖子帮忙。

等这两车货上完,叶峻成摘下沾着血水的手套,他那双娇嫩的手没搬多久就磨出血泡,现在血泡也被磨破,看着挺可怜。

中途手疼得不想动的时候,叶峻成就脑补回家苏子滢看到这双手的惨状后的反应,又觉得干劲十足。

但是很可惜……

他晚上一身灰尘地开车载着苏浩回家后,没有看到苏子滢。

苏浩早就注意到孩子手磨破了,干完活就让他去最近的医院消毒包扎。

白色的纱布裹着他瘦瘦的手,外婆一眼就看到了,紧张地拉过叶峻成的手,心疼地抚摸着:"怎么弄伤的?苏浩,你怎么照顾人家孩子的?"

"今天小叶帮忙上货……"

"没戴手套吗?弄成这样?疼不疼啊?"苏妈妈听到动静从厨房里走出来,看到叶峻成两只手都缠着纱布,也一阵心疼,忍不住埋怨苏浩,"人家送你去厂里,一下午都被扣那里给你当工人啊?人家画画的手多金贵,你……"

"不关叔叔的事,我是看车子等着要送货,厂里人手少忙不过来,就主动帮忙的。"叶峻成虽然没等到苏子滢的关怀,但苏家女性长辈的心疼让他心底很暖。

他的妈妈从不会捧着他的手说这么温柔的话。

和小镇传统的贤妻良母型女性不同,朱音甚至不怎么在家出现,她是个比男人还要强的女强人。当时正是公司研发新项目的关键时刻,生完叶峻成的第二天,她就把会议室搬到了医院里,第三天出院后把叶峻成丢给了月嫂和爷爷奶奶。她的月子期几乎是在公司的研发部度过的。

虽然小时候几乎没带过他,可朱音给他制定的"成长计划"一点也没少,比带团队还严格,每个月回去见他的时候,就是各项考核,哪有慈母的温柔。

"这手不能碰水，会发炎，一会儿等小滢回来，让她帮你擦洗消毒一下。"外婆拉着叶峻成回屋，想给他打点热水擦擦脸，看着他的手发愁。

"小滢去哪了？"叶峻成听到外婆这句话，心里不由得浮想联翩起来，嘴上却装作不经意地问道。

"她啊，被隔壁二舅家的孩子请过去辅导奥数，一会儿就该回来了。"外婆刚说完，就听到院子里苏妈妈隔着墙喊苏子滢的声音。

二舅家就在隔壁，嗓门高点那边的人就能听到。

这种亲密的家族关系也让叶峻成羡慕。

传统的老屋，传统的亲情，鸡犬相闻的亲近，是大城市富家少爷很难感受到的温情。

苏子滢很快就回来了，刚进院门就听妈妈在轻声埋怨爸爸，唠叨他不好好照顾客人，怎么能让人家干重活之类的话。

"回来了？去给小叶找两件你爸的干净衣服换上，他一身好衣服被你爸弄得那么脏。"苏妈妈见女儿拿着二舅给的一斤牛肉回来，立刻接过来，对她努嘴说道。

"穿不上吧？他比我爸高不少。"苏子滢想到他车里总是放着的几个大皮包，里面或许有衣服。

"我去找吧，上次给你爸买的一套衣服正好大了，就试穿了一次，洗干净放那再没穿过……"苏妈妈忽然想到什么，低声问苏子滢，"他不会嫌弃吧？"

"没那么挑剔。"苏子滢这么说着，走进门，绕到卫生间门口，看见外婆正拿着热毛巾举着胳膊在叶峻成脏兮兮的脸上擦，赶紧走过去喊道，"姥姥，人家这么大了，有手……"

她也看到了这么大的人手上缠着的白纱布。

"他手在你爸那里弄伤了，不能沾水。这几天你好好照顾人家啊，别弄发炎了，要是耽误画画可怎么办啊！"外婆说着，将热毛巾顺势塞到苏子滢手里，"你帮人洗洗头擦擦身，这一身灰，你爸可真是不把孩子当外人。"

苏子滢拿着热毛巾，眼神从他手上移到脸上，见他正忍着笑含情脉脉地看着自己，像是在等着她伺候。

"你去当搬运工了？"苏子滢拉起他的手，举起来仔细瞧着那纱布，用眼神认真打量，仿佛能穿透纱布看到伤口。

"你家出货的时候还挺忙的，是不是该考虑多雇两个工人？叔叔年纪大了，什么都自己做多累啊！"叶峻成攥住了她的手，不让她看纱布了。

苏子滢听着外面院子里父母的轻声对话，低声说道："现在刚有起色，不敢多开工资。我爸又创业失败过，被打击得厉害，做什么都很谨慎，本来以为我能帮上忙……"

想到设计大赛，苏子滢不再说了，转了话题："伤得严重吗？画画怎么办？"

"只是磨了一点皮，结痂……"

叶峻成见她担心的样子，心一软，想安慰她没事，不知怎么就想到刚才外婆的话，顿了顿，变成了："医生说结痂之前不能碰水，得你帮忙照顾我了。"

"当然不能碰水，长好之前你就别用手了。"苏子滢帮他擦着脸，有些后悔下午没跟着过去，她要是在，绝对不让这双手磨破，"以后不要这么傻，我爸厂里都是小活，你两天不能画画，损失多大？"

这可是千万级别的艺术家之手，在利润几毛几分钱的包装盒前，孰轻孰重？

她想到上学期的篮球联赛，他这双手在篮球场上扭伤后吓得同学们议论好几天，也害得她几天睡不好觉。

"就算两年不能画画，帮咱爸做事也是应该的。"叶峻成的声音从毛巾下闷闷地传出来。

苏子滢愣了愣，忽然明白，这不是能够理性分析轻重的问题，而是无法用金钱来衡量的感情。

他把自己家的事看得比画画更重要。

"你知道我看到手破了的时候，在想什么吗？"叶峻成拽下毛巾，眼睛格外地亮，凝视着她，"不是第一时间想到伴随我二十年的画笔画布，而是开心。"

"好像我终于能够为你做实实在在的事了，能为喜欢的人付出的开心。"叶峻成说着，摸了摸她柔嫩的面颊，眼神越发热烈起来，"会想着，我竟为她做这样不可思议的事，我竟为她流血了。多神奇的体验啊，这就是真实的生活……它又是这么不真实地发生在我身上。接着会想她看到后是会心疼？会生气？会安慰我？还是会主动抱着我亲一口？"

苏子滢默默看着他，五味杂陈。

既觉得他幼稚，又有说不出的感动。

于是，迎着他期待的眼神，苏子滢放回毛巾，无言地抱了抱他结实的瘦腰。

她知道他的需求很纯粹，只不过渴望被爱，被她深爱。

可是人类的需求会随着得到而产生改变。

想要更多，或者，不再想要。

"衣服……"苏妈妈找出衣服来，走到卫生间门口，立刻又退了回来，咳了一声，"衣服我放这里了，小叶你看看能穿吗？不能的话让小滢去表哥家给你拿一套。"

"对，毛毛个子高，他衣服可以穿。"

外面传来外婆的声音，她还想走过来，被苏妈妈推了回去。

"让小滢去管，妈你去把米煮上。"

炊烟又起，小镇的黄昏像一幅油画。

叶峻成听着脚步声离开，在苏子滢耳边低语两句，见她脸颊又红了，忽然有一种冲动，将此刻的心情和此刻的她留在画纸上的冲动。

可惜他今天就算能拿笔，也不能真拿。

难得苏子滢提供五星级服务，他得将创作的种子埋在心中，等着它生根发芽，开出花来。

但当苏子滢帮他洗完头，将花洒位置调低，准备给他冲澡时，叶峻成倒是有些放不开了。

"额，你……你真帮我洗澡啊？"这个场景叶峻成内心已经幻想过无数次，但真的发生时，整个人像点着火似的燃烧起来，脸都发烫了。

"我帮你擦个背。来，衣服先脱了。"苏子滢说着，伸手想帮他脱T恤。

叶峻成倒退了半步，纠结了一会儿，才说道："我自己冲冲就行。"

"记着伤口处别碰水，有什么需要喊我一声，我就在门口。"苏子滢见他居然害羞，忍不住笑了，学弟嘴上天天嚷着要亲亲要抱抱，可内心就像个清纯的小公主，倒是挺可爱。

"暂时没需要，快出去。"叶峻成将她撵出去，才松了口气。

他今天身上太脏了，他这样的完美主义者不能容忍自己脏兮兮地裸露在她面前。

不过学姐心态真稳，不管什么状况都能淡定地面对，让叶峻成很佩服。

原本以为她是游离于女朋友这样的新身份外，但没有想到她只是很快进入"老夫老妻"模式而已。

最后一天假期结束，朱音也知道了儿子恋爱的事。

其实她早就看透了儿子的本质——无法成为商人。

商人重利而无情，叶峻成却恰恰相反，他是个纯粹的艺术家，他觉得谈钱是侮辱他。

苏子滢就"侮辱"了他好几次。

自叶峻成的第一幅画拍卖到百万人民币后，朱音接受了他的"离经叛道"，在艺术的价值面前同儿子和解。

当然，她嘴上不会先承认儿子在另一条路上的优秀，她只是放弃了让艺术家接手公司，开始备孕。

朱音是个狠人，对别人心狠，对自己也心狠，谁看到她都会被她那股凌厉的气势吓到。

自从叶峻成不听她的安排，坚持留在国内上学后，朱音就再没主动给他打过电话，仿佛没他这个儿子。

尽管有时候深夜回家，她会翻出手机相册，看看儿子小时候乖巧的样子，也会默默关注他最近的画作，但她只允许自己想二十分钟，再久就要影响她的状态，耽搁接下来的计划和日程安排。

这晚，等朱音拿着排卵试纸出来，看到躺在大床上的叶同志居然没看她，还在看手机，于是晃了晃试纸提醒："准备好了？"

叶珣正在和堂弟叶琅聊天。

他作为叶峻成的亲生父亲，儿子交了女朋友这事，居然不是第一个知道的。

还是叶琅给他报喜，发了女孩的照片过来。

"你儿子谈恋爱了！"叶珣点开那个笑容温婉古典的女孩照片给朱音看。

朱音脸上立刻严厉认真起来，像是在打量一份项目书，仔仔细细地看着这张照片。

甚至还拿过来放大看照片细节。

"就是他们学校的，比他大一届，是什么工业设计专业的。"

叶珣问了叶琅这个女孩子的基本资料，觉得她的家庭条件太一般了。但她本人长得挺好看，气质像饱读诗书的大家闺秀。

"什么家庭？"朱音看到女孩穿的衣服普通，料子一般，中规中矩得不像艺术学院的学生。

"听说家里负债，就是打工的时候和你儿子认识的。"

"什么我儿子？那不是你儿子？"朱音对叶珣推脱责任的言辞有些不悦，命令道，"你给他打个电话。"

"打电话干吗？让他别谈恋爱，跟断臂维纳斯结婚？"叶珣也管不了儿子，要不然当初就不可能让他去清远。

他担心老婆对这件事暴怒，刚才看到女孩子的照片很有气质，长相大方，至少有吸引到儿子的外表资本，生怕老婆棒打鸳鸯，又说道："再说，他既没和我们说，也没带回家，所以不一定是奔着结婚去的。年轻人在感情上多尝试不一定是坏事，让他多点经历，总比搞艺术搞得走火入魔强……"

叶珣的话音未落，朱音的手机就响了起来。

第四章 公牛少女

她拿起来一看，是叶峻成的电话。

朱音这才想到，前两天儿子给自己留过一次言，让她有空了回个电话。

当时她在开会，之后就忙忘了这事……

叶峻成知道这时候如果能打通电话，说明朱音不在飞机上出差，能说上两句话。

他只是出于礼貌和尊重女朋友的意思，告知家人一声自己有交往对象了。

叶珣心里有些紧张，看着朱音一脸严肃地听着电话，不知道儿子和她说了什么。

朱音一直没怎么说话，只"嗯"了两声，最后挂断电话的时候才说道："把她的个人资料发给我。"

这什么职业病？当婆婆又不是当老板，还要看人职报告？

但是叶珣不敢吐槽老婆，她也未必会当人婆婆，说不准只是想多了解了解儿子的第一任女朋友。

朱音挂断了电话，没等叶珣开口，坐到床边慢条斯理地说道："你刚说什么？不是奔着结婚，多点经历也挺好？"

叶珣摸了摸鼻子，听出老婆的语气不对，怕多说多错，讪笑："这不是……第一次见他有喜欢的女孩子，没什么经验，就当……"

"就当什么？"朱音沉下脸，看着叶珣，"你觉得女性是男人的玩物？凭什么别人家的姑娘让你儿子挑挑拣拣玩弄？"

"当然不是，我这不是……也替孩子高兴嘛。你也老担心他为艺术献身，现在有女朋友可以献身……挺好……"叶珣暗觉不妙，不小心踩到了雷，绞尽脑汁想解释。

他老婆是女强人，比男人还要强，也比绝大多数的男人有本事，最讨厌男人们用不对等的旧眼光看待女性。

不熟悉的人会觉得朱音很女权，但其实并非如此，朱音只是习惯客观地看待问题，她是一个极为理性的人。

也是个极为可爱的女人。

只是这一点，别的男人永远体会不到。

很多朋友在背后会嘲笑叶珣"怕老婆"，其实叶珣正是因为知道她真正的样子，所以才会"怕"。

怕的背后，是敬重。

"资料发过来了，我看一下。"朱音阻止了老公的胡言乱语，看了眼叶峻成发来的资料，眼底的严厉渐渐消散。

成绩不错，看得出是个很努力很有方向的女孩。

不过年年奖学金对朱音来说是基础"入职"条件。她讨厌老公物化女性，可如果对方自己把美色和身体当作走捷径的工具，朱音会更讨厌。现在看来，这个女孩应该不是这样的人。

"怎么样？"叶珣想凑过来一起看。

"别管他了，最佳受精时间要过去了，先拼二胎再说。"朱音一看时间，这次错过了还要等下个月，二话不说推倒叶珣。

但叶珣不想要二胎。

他心疼老婆。

朱音太要强了，她想要二胎的理由似乎很简单，就是为了培养下一任继承人。

但叶珣知道，朱音总觉得遗憾。

遗憾没有陪孩子度过完整的童年，也没有让孩子按照自己的规划成长……叶珣在朱音决定要二胎的时候还给叶峻成打过电话，希望他可以劝劝妈妈。

尽管朱音身体保养得好，检查结果显示她的身体机能也很年轻，可毕竟是高龄产妇，万一出点事，叶珣承受不起。

结果叶峻成却和他妈妈一样，完全不想插手别人的决定，也不肯回来好好谈谈。

夜深了，叶珣听着老婆睡熟的轻微鼾声，轻手轻脚地下床，给叶峻成打了个电话。

"你妈说，既然是认真和人谈感情，就带回家让我们看看。"叶珣去了楼顶花园，点了一支烟放在桌上，说道，"这周末我们也要去爷爷家，你带她一起回来。"

"这么晚了,你怎么还没睡?"叶峻成歪头看着画布,手机放在画桌上放着外音,问道。

他一个搞创作的,深夜还在画画很正常,可老爸不出差也没睡觉就很奇怪。

"我还是想你能和你妈谈一次……你妈……上次检查有个指标不太对,我担心怀孕会影响她的身体。"为了让儿子劝说,叶珣不得不说了个善意的谎言,"你可千万别跟你妈说这事,她还不知道……"

"什么指标不对?去医院复查了吗?"叶峻成听到这,丢下了画笔拿起电话,皱着眉问道。

"你堂叔不是医生嘛。我问了,他说平时也没事,就是如果要怀孕,怕孕激素引起指标过高,产生癌变。"叶珣信口胡扯,反正儿子一心搞艺术,在其他事情上很单纯,"所以你周末回来能不能劝劝你妈,别老想着要二胎?她年纪大了,工作又忙,真要了二胎,还是没时间自己带。你现在有女朋友了,你妈再等两年,就能抱孙子了,直接培养孙子当继承人不是更好吗?"

"小叔说平时没事?"叶峻成还是不放心地问道。

小时候爸妈忙,和父母确实没什么感情,但见过苏子滢家那种温暖的亲情之后,叶峻成忽然明白了,父母即使远在天边,那也是血缘至亲,有无法斩断的亲情。

苏子滢带给自己的,不只是轰轰烈烈的心动,更有静水流深的温情。

"真的没事,这事你千万别在你妈面前提……"

"我知道了,这周末你们什么时候回去?"叶峻成打断爸爸的话问道。

"周六下午回去,住一晚,第二天我要陪你妈赶飞机出差。"叶珣说道。

"周六子滢有一场活动,我看看晚上能不能赶回去。"叶峻成现在对女朋友的行程了解得清清楚楚。

那是苏子滢很久之前就答应阿紫去的一场国漫活动,以叶峻成的性格，当然希望她能不去，甚至想帮她把预收款退了……

小叔建议他和苏同学这样有计划有主见的人交往，初期不要这么强势。

人家好不容易同意交往了，前期一定不能表现出太强的控制欲，不能过分插手对方的生活，要以柔克刚，慢慢"感（改）化（变）"对方。

所以他就算不高兴也只能忍着，大不了一路跟着，寸步不离地陪着她。

苏子滢虽然和叶峻成交往，但她平时在学校里的学习计划几乎没有改变，唯一变化的就是去图书馆的时候有个人跟着，上自习或者去其他教授的旁听课时，也有人陪着。

这个人恨不得全世界的人都知道她是自己的女朋友，一下课就等在她的教室门口，没课时甚至上她们班的课，听着那些枯燥无味的理科知识连连打哈欠，最后索性带着画本来上课。

反正没课就坐在苏子滢身边画画，让班里的女生们艳羡不已。

而林涵翘课翘得更厉害，难得一次来上课，看到叶峻成居然过来蹭课，差点就甩头离开。

可气归气，他总不能不给苏子滢面子，对她喜欢的人甩脸色。

这么跟了一周，原本关于她设计大赛涉嫌抄袭的八卦被两个人交往的八卦给冲散了许多。

至少在叶峻成陪伴的时候，没人敢说苏子滢参加设计大赛的事。

倒不是叶峻成对人不客气，主要是这张脸看着高贵，一般人不敢招惹。

周六的中午，叶峻成很早就站在女生宿舍的楼下等人了。

他很烦小叔的叮嘱，什么不要强人所难，不要提她已经拒绝三次的要求……

但叶峻成就想再问几次，她到底什么时候能从宿舍里搬出来跟自己住？

不是为了什么不可告人的目的，主要觉得宿舍环境不好，影响她学习和休息。

也耽误他时间。

每次要走到女生宿舍找她，还总被路过的女生偷看偷拍。

叶峻成不喜欢人多的地方，更不喜欢被当作稀有动物围观，可为了苏子滢不得不忍受。

"你来这么早干吗？食堂还没开门呢。"苏子滢本来想去食堂吃个饭，在宿舍搞完林涵要的设计图，等到下午四点，直接去阿紫发的活动会场。

叶峻成抓住她的手，把她往学校的停车场拽。

"你今天还有个工作，比设计图重要多了。"叶峻成没有告诉她今晚要去自己家里见家长，想给她一个惊喜。

"什么工作？你要画画？"苏子滢以为他又想让自己当模特。

"……差不多吧，吃完饭去买几身衣服，我不想看到模特穿这么差的衣服。"

叶峻成准备带她买衣服，人靠衣装，她这身旧衣服实在……入不了他老妈那挑剔的眼。

"那你要提前告诉我，这样我才好重新安排计划。"苏子滢做事很严谨，和艺术家的自由天性太不搭了。

也不知道当初怎么就脑子一热答应和他交往。

哦，是因为她喝多了先跟人告白……

以她的责任心来说，如果不结婚很难收场。

"可我的灵感都是忽然来的，怎么提前跟你说？"叶峻成摸摸她的头发，讨好地亲了亲她额头，央求道，"你就陪我半天嘛。"

苏子滢头皮都酥了，实在招架不住叶峻成撒娇，往后让了让，低声提醒："别在学校这样。"

"那你答应了？"叶峻成的手像是长在她的头发上一样不肯放开，问道。

"可以，但不买什么衣服了，我陪你看场电影。"苏子滢叹了口气，让步。

"好，正好去电影院楼下的商场逛逛。"叶峻成控制不住地高兴，又是摸头又是揽腰，恨不得黏在她身上。

旁边有几个学妹都看傻了，差点撞到路灯杆。

尤其是叶峻成同班的同学，如果不是亲眼所见，打死也不敢承认那是他们系孤僻高傲的男神。

就算是方楠，第一次见叶峻成亦步亦趋地跟着学姐，一脸小心地"伺候"着学姐的时候，也惊掉了下巴，可以预见这家伙以后和他老爸叶珣一样，成为圈内有名的老婆奴。

苏子滢有些怀念以前话少人冷、动不动就让她别碰自己东西的学弟了。

确定关系之后，他像是封印被打开，所有的热情都只对她一个人倾泻，水库泄洪似的猛烈，让她承受不住。

也许艺术家就是这么感性，对情感的处理不像她这种理工科生冷静，甚至外人会觉得冷漠。

也可能是叶峻成从小缺爱。

叶珣有时候觉得挺对不起儿子的，他一直是老婆奴，要是有可能，他希望能丁克，和老婆两个人过一辈子，所以对叶峻成的出生并不是很期待。

而且朱音怀孕时反应大，吃不好睡不好，心疼死叶珣了。儿子出生后，叶珣完全不想让儿子这个兔崽子来烦老婆，每天把孩子的课安排得满满的，从小就把他丢进贵族学校，让老师们去管教。

父子感情相当淡薄，直到这两年，空闲时间渐渐多了，才慢慢想起儿子的事。

可惜已经晚了。孩子一路成长算是顺利，他继承了爷爷的艺术细胞，但感情的缺失让他似乎一直处于叛逆期，沉迷在自己的世界，不愿和家人交流，甚至不怎么接他的电话。

两人近几年最长的一次交流是上一次打电话，儿子交了女朋友，像是感情开了窍，对家人也有耐心了些，让叶珣觉得孩子长大了。

"他晚上为什么不回来吃饭？"朱音下车进了屋，忽然问道。

"我问了，说是要陪女朋友参加什么活动。"管家说老爷子去东阳山散步去了，一会儿就回来。叶珣站在玻璃豪宅里，看着老爷子新买的几件艺术品。

"臭小子故意给我下马威吧？"

挑衅她的家庭地位，女朋友还没进门，就已经敢让婆婆在家恭候，真是胆大包天。

"可能是很重要的活动。别生气，孩子们也有他们的事情。"叶珣这么说着，已经拿起手机给叶峻成发信息，问他晚上到底什么活动。

朱音的脾气他了解，凡事只要给个合理解释，她还是讲道理的。

"就是没把我们放眼里，以为自己拿几个奖真成了艺术界的新星，光芒万丈了是吧？"朱音冷着脸，嘴上无情地嘲讽着，"一幅画能卖多少钱？一辈子能卖几张画？艺术这东西最虚无，今天有人捧明天就有人骂，搞不好还会患上抑郁症……"

"他当然不能和您这样的实业家相比，不过他已经算混得不错了。我查了一下他的卡，生活费都好久没动了，好歹能养活自己了。多给孩子点时间嘛。"

听老婆越说越难听，叶珣赶紧拿起老爷子刚收藏的艺术品转移话题："你看看爸最近喜欢元青花了，这次给人设计的地标建筑，似乎也有明清元素在里面。"

朱音作为一个女企业家，听到他们说艺术就觉得过于风雅，毫无兴趣地转过身往楼上走去："问到叶峻成晚上的安排了吗？"

"我给他打个电话。"叶珣叹了口气，老婆是个"咬定青山不放松"的人，糊弄不了她。

电影院忽明忽暗的光线里，有人在认真看着电影，分析着里面的光影，解构每一个镜头背后的美学。

而有的人心思根本不在电影上，只想着今晚怎么度过。

叶峻成没有告诉苏子滢要见家长的事。

他不想让苏子滢紧张，虽然以她的性格……可能依然很冷静。

好吧，叶峻成承认是自己紧张。

因为他和家人的关系不像苏子滢家那样和谐，每个人都关心和爱护着对方，每个人都想把最好的留给对方。

他家是相反的，从小到大，他都像第三者插足了这个家庭。

爸爸眼里只有妈妈，他不能做任何让妈妈不高兴的事，必须什么都拿第一，必须听从妈妈的所有安排。

妈妈和苏子滢一样是计划狂魔，唯一不同的是，苏子滢是柔软的有温度的，而妈妈是冰冷精确的机器。

叶峻成始终觉得在这个家里自己是孤单一人，所以过年都没和家人聚会，一直到处旅行画画。

这种艺术家的孤独和时不时感觉人生苦闷的情绪，倒是对他画画时寻找灵感很有帮助。

"你怎么了？热吗？"

电影结束时，苏子滢才轻声问道。

他一直攥着自己的手，掌心全是汗水。

"不是，只是刚才……忽然想到了我的家人。"叶峻成和她看的是一部温暖的治愈片，导演特别会用光影色彩来烘托气氛。

"就算我拿了国际大奖，我妈也看不上，或者她觉得这是理所当然的。因为她砸了那么多钱在我身上，我应该什么都拿第一。我有什么成就，她甚至不会打电话恭喜一声，最多让她的助理发一封祝贺邮件。"

叶峻成想到晚上的聚餐，觉得要给苏子滢打个预防针。

"我爸对我更冷淡，生怕我打搅他们的二人世界，有时候我甚至怀疑他希望我彻底消失……所以我经常觉得自己多余，好像没什么人需要我。"

"你太敏感了，并不是每个人都喜欢将情绪外放，父母的爱大多深沉……"苏子滢听到这里，有些心疼他，试图安慰一下。

"你爸爸就很爱你，藏得再深，只要是爱，一定能从某些缝隙喷涌出来。"想到今天晚上要见刻薄的爸妈，还可能让女朋友面对老妈挑剔苛刻的眼神，叶峻成甚至不想回去聚餐了。

"你应该多回去看看家人，哪天我陪你一起见你父母吧。"

苏子滢想到了那句话：有的人用一生来治愈童年，有的人用童年来治愈一生。

他是前者，她是后者。

因为童年被宠爱得像小公主，眼里闪着明亮的光芒，有了足够的爱和底气，面对再艰难的人生也能充满勇气。尽管打着工，穿着朴素的衣服，也能让人感觉到灵魂的丰盈，那是被全心全意宠爱过的样子。

而叶峻成相反，他一直都在寻找那份让他内心不再漂泊的温暖，所以抓住了一个人，就害怕失去。

"要不就今天晚上陪我回去？"叶峻成拿起手机看了眼，刚好看到爸爸发来的几条信息，顺势在她面前晃了下说道，"正好我爸妈周末回来了，问我在哪。敢跟我回家吗？"

这有点太快……

完全没心理准备。

但苏子滢还是点了点头，反问："为什么不敢？"

"因为我妈很挑剔，说话也直接，我担心你受委屈。"叶峻成自己在妈妈面前都很憋屈，别说其他人了。

"有你挑剔吗？"苏子滢笑了，叶峻成和她恋爱之前，那张嘴也能气死不少人，看来是遗传。

"我对你很宽容的。"叶峻成还没暴露出自己的本性呢。

如果苛刻一点，大概是要将她锁在屋里不让出门，真正的寸步不离。

"不过晚上我还有活动，你先回去吧，明天早上我再……"

"他们明天早上有其他的工作安排，就今天晚上活动结束后回去吧。"叶峻成打断苏子滢的话，"我先给我爸回个信息。"

"等等，今天活动结束都八点了，影响他们休息，还是改天吧。"苏子滢觉得时间太晚，第一次拜访对方家长都深更半夜了，未免有些不妥。

"他们睡得晚，晚上八点还在工作，不碍事。"叶峻成知道爸妈根本就不在乎时间早晚。

苏子滢见叶峻成坚持，想到他平时也很少和家人聚会，便体贴地问道:"要不我晚上的活动不去了……"

"不用,他们不会稀罕你的迁就。再说,凭什么迁就他们,以后不准为了别人委屈自己。"叶峻成最见不得她委曲求全退让的样子,尽管那是为了他。

可他会难过,总想再将她捧在手里,让她和小时候一样,做个无忧无虑的公主。

苏子滢还想说什么,然而叶峻成已经做好了决定,不容商榷地说道:"你要是真想迁就,那就迁就我,以后别接这些乱七八糟的活。以后我可以养你,你专心做自己喜欢的事。"

他虽然不如老妈赚钱厉害,但他靠画画也能让她衣食无忧。

只不过许多关于她的画,他舍不得拿出去卖而已。

有好几张她当模特的画,叶峻成都藏在爷爷玻璃别墅里专门放艺术品的房间,生怕被别人看到。

叶峻成把所有社交平台的头像都换成了一幅画——画的是她眉目低垂的笑脸。用那句浪漫的表白:这是盛放在玫瑰花和月色中,天地间的第三种绝色。

而苏子滢无论是校内网还是微信,或者其他社交账号,头像依然是一座建筑——叶博设计的建筑,所有的账号里也从不发布有关他和生活的动态。

叶峻成一直觉得艺术是感性的灵性的自我的东西,除了纯熟的技巧和对美感和色彩的独特感知,是不需要逻辑的。不像小说,需要完整的故事线和合理的逻辑。一幅画,无论是扭曲的人还是不合理的结构,或者怪异的图形,不知所云的空间感,都可能成为传世名画。

而苏子滢的专业是理性的,对一切数据要求严格,叶峻成随随便便画的一道弧线,她却要经过反复测绘和测量,数理化的知识全用上,精准到毫厘。

这种理性和感性的反差,像冰和火的反复碰撞,他甚至有两天对着画纸画不下去的时候会想,如果是苏子滢画画,第一笔应该从哪里开始。

思考会让人陷入迷茫。

可思考带来的深层自我意识的觉醒也更强烈。

叶峻成在国风秀活动现场上坐着，思考自己为何爱她。

这时候方楠突然出现叶峻成面将，两人聊了几句，方楠很关心"嫂子"的事："抄袭的事怎么样了？"

"对方还拖着，估计在想对策。"叶峻成也一直在关注这件事，律师那边说对方收到了资料在调查，到现在也没回复。

"铁证如山，能有什么对策？依照他们公司的习惯，应该赶紧让公关策划一下，继续炒新机啊。"方楠这段时间可是帮着叶峻成在校内网删黑帖删得手软。

虽然苏子滢根本不在意别人的看法，可叶峻成心烦。

动不动看到网上那些捏造她各种黑料的，太过分了，只能让方楠去处理。

"放弃了这么好的设计，新机我看也没什么戏。"叶峻成怀疑华志安在包庇那个提出撤掉苏子滢名次的人。

上面意见乱了，达不成统一，才这么久不回应。

"我帮你联系了杨总监，约下周见面，他答应了。"方楠说到这里顿了顿，"还记得张恒远吗？之前是嫂子的上司，给过她资料的。有印象吗？"

叶峻成当然记得，每一个和苏子滢走得近的男人，他都记得清清楚楚。

"我上次帮你查他时，发现他竟然是我二大爷表弟小姑父的远房表侄，这就算沾上一点亲故了。再一查，发现他以前是德州电子采购部的老大，跟杨总监以前关系不错。说来也很有缘，上次过端午，我二大爷表弟来看我爸，还说到他了……"

方楠絮絮叨叨说了一大堆，总之通过亲戚们之间聊天，他知道张恒远虽然人在国外，但也知道这次设计大赛闹出的狗血事件。

方楠家里虽然比不上叶峻成和华芸，可他父母这几年电商平台做得不错，和几个商业大佬关系也挺好，所以难免听到他们议论华晟这场比赛，大家对华晟的做法都很不赞同。

中途就因为某个环节出了点问题,便临时推迟时间,跟某些选秀节目似的。要知道,随意更改赛制是商业活动的大忌。

现在大众呼声最高的设计,说撤就撤了,大家都觉得华总年纪大了,脑子出了些问题。

两人聊了一会儿,叶峻成的手机振了起来,他看了一眼,又是老爸。

自从家人知道他有女朋友之后,联系忽然多了起来,让他很不适应。

以前一年打两次电话见两次面都嫌多,现在一天打两个电话。老爸甚至还没事就给他留言,教他怎么对女孩子好……身为资深老婆奴,叶珣很有哄女人开心的经验。

叶峻成有些接受不了这突如其来的热情。

总觉得老爸的真实目的是想让他说服妈妈别要二胎。

"发个定位过来,你妈要过来玩玩。"叶珣在朱音身边,用云淡风轻的口吻说着,但心里有些不安。

朱音从来不会去看这种年轻人的活动,她一直不喜欢明星网红之类靠脸吃饭的人。

朱音是智力控,每次看到公司那几个爱犯花痴的员工,都觉得她们已经无药可救。

尤其是对自己犯花痴的员工,议论着她的美貌,却忽略了她的能力,让她受到了冒犯。

"怎么说?"朱音等叶珣挂了电话,慢条斯理地戴上耳环,对着镜子整理自己的仪表。

叶峻成完美继承了她和叶珣的优点,五官长得像妈妈精致秀美,脸的轮廓像父亲,坚毅的下颌线条带着男性的荷尔蒙,冲散了秀美中的阴柔。

"地址发过来了,不过……他并不想我们过去,觉得不合适。"

"什么不合适?依着他女朋友的时间就合适?这可是第一次见家长。"朱音不轻不重地提醒叶珣。

叶珣知道老婆心里不满,但老婆也有个优点——做大事的人,看事情总是很全面,不会看心情下结论。

没看到准儿媳之前，依着那份完美的"入职"条件，朱音对勤奋能干又聪明的女孩子，没什么抵抗力。

她对搞艺术不听话的儿子很失望，觉得没人继承自己打拼的事业，直到看到儿子找的女朋友……有点东西。

她根本不是叶珣嘴里的普通孩子，那份成绩单很漂亮。

搞工业设计的人都很理智谨慎，比那些感性起来什么都不管不顾、没事就望天发呆无病呻吟，最后抑郁成疾的艺术家强多了。

反正在她眼里，儿子就是个只会画画的废物，要丢到饥荒年代，早就带着他的一肚子才华饿死了。

"这都是些什么网红？长得都够玩连连看了。现在小孩子们的审美就是这？你去和儿子说好，我家儿媳妇进了家门，不许再参加这样的活动！"朱音网上看了一眼这场汉服秀的直播，请来的国风红人长得都好看，可辨识度也很低。

而准儿媳居然都没名字和宣传照——敢情是个配角啊！

"叶峻成怎么回事？活动名单和照片墙都没找到他女朋友的名字，也没粉丝团。是用了网名？"朱音来回看了几次，百名国风大神的宣传照里也没找到准儿媳的脸。

这有点丢人了，难道自家准儿媳是在给人当后台工作人员？

"儿子说只是过来帮忙。而且这都是平台签的网红，苏子滢是正经设计学院的，重心放这里不成了轻重不分吗？"叶珣打圆场说。

"就算帮忙，也得尊重人家，让露个名字吧？"朱音堵车堵得心烦意乱，一挥手，"不给也行，我们家丢不起这个人。"

她只在叶珣面前暴露真正的自己，无情地毒舌。

"别气了，就到了。"叶珣苦笑。

平时老婆看的秀都是什么级别的啊？名流云集，不管是音乐剧话剧还是巴黎时装秀，参加的人非富即贵，那些所谓的明星大咖都得靠边站。

现在为了儿子来这种地方，确实糟心。

尽管朱音在叶珣面前毫不留情地尽情嘲讽，但下车后，款款走到会场，她还是恢复了知名美女企业家应有的优雅和成熟。

因为路上堵车耽误，等找到儿子时，活动已经到收尾阶段了。

数百名穿着汉服的帅哥美女站在台上，主持人热情洋溢地介绍着活动主办方和赞助品牌。

方楠远远看到朱音，立刻起身过去迎接，比叶峻成这个亲儿子还热情。

朱音坐到方楠留的前排位置，也不和儿子说话，只静静看着台上的数百人。

她眼神很好，一眼就看到了站在舞台最边上的黄裙少女。

朱音立刻想起了金庸老先生小说里写的黄衫女，风姿绰约，站在角落不争不抢，娴静端庄，没半分名利之气，衣裙质感也极好，轻纱荡袖，态似神仙。

叶珣轻轻戳了戳儿子，故意找话："女朋友在哪呢？"

叶峻成还没说话，朱音瞥了眼叶珣："第二排最左，穿黄裙子的。"

确实清爽典雅，尤其被中间这一溜戴着美瞳的古装美人一衬托，更显飘逸出尘。

但朱音看人不看皮相。

恃靓行凶的人她见过太多，仗着漂亮做出无数蠢事的人，她也见过不少。

能把一手烂牌打得让人叫绝的，才是活得最漂亮的人。

从这姑娘的简历来看，心性坚忍，对自己的人生很有规划，也有行动力，智商不错，算得上基因优秀，长得好看算是锦上添花。

"一会儿结束了，去雾江楼吃个便饭。"叶珣对儿子低声说道，"你爷爷喜欢那边的夜景，已经过去吃茶了。"

叶峻成点了点头，没说话。

这时候他和朱音一样高冷，让气氛变得凝重。

好在活动很快结束，苏子滢就在最左边，第一个走到后台换回衣服。

等她换回了白色连衣裙出来，看到叶峻成身边站着的一对打扮得体的中年夫妇，愣了愣，很快喊道："叔叔好，阿姨好。"

叶峻成完美继承了父母的优点，一看就是亲生的，所以她立刻认出来了，只是没想到他们会过来。

"我爸妈正好晚上要出来吃饭，顺路捎上我们一起去饭店。"叶峻成对苏子滢低声说道，帮她整理着耳边拆发包时弄乱的头发，最后几乎是耳语，"不用紧张，有我在。"

苏子滢微微点头，笑容一直很自然。

其实紧张的人是叶峻成，她一点也不紧张。

苏子滢见过形形色色的面试官和奇葩老板，也见过拿着刀上门要债的凶狠之人。

她高中时甚至在校门外被绑架，逼她家人还债赎人，结果她坐车里给放高利贷的算了一笔账，条理清晰，数学公式写满两页纸，分析怎么才能更快讨回欠款。那时候她被威胁卖去国外当失足少女，可比现在的情况可怕多了。

朱音在外面还是比较注重形象的，表面上很优雅地和苏子滢打了个招呼，邀请她坐自己的车去饭店。

叶峻成一听急了，怕苏子滢被妈妈刁难，握紧了她的手："妈，我开车来的，我带她过去就行了。"

"你爸有话要和你单独聊聊，你带你爸过去。"朱音笑容优雅，语气却不容商榷。

苏子滢想到刚见到叶峻成时，他也是顶着优雅贵气的脸，说着不容反驳的话。

"去开车吧，一会儿饭店见。"苏子滢感觉到叶峻成的手攥得更紧，平静地看了他一眼。

"那你们……路上小心。"叶峻成从苏子滢的眼神里了解到了她的想法，只得松开手。

"司机开了三十多年车，很稳，小心什么？"朱音对儿子这副担心自己老妈棒打鸳鸯的态度很恼火，终于忍不住淡淡反问。

"走了走了，一会儿雾江楼二楼水月阁见。"叶珣一听老婆语气不悦，立刻把叶峻成拖走。

"你真是……你妈又不是黑帮歹徒，你担心什么？她最多就是想单独问问小姑娘的情况。"叶珣上了叶峻成的车，见他一路紧紧跟着前面老妈的车，生怕跟丢了女朋友有个闪失，忍不住叹气，"是你妈要来的。她既然愿意花时间过来看看，十有八九是认可这个小姑娘，不会怎么反对你们的。"

"她掌控欲强，喜欢什么都插一手。"叶峻成当然知道老妈反对也没用，自己的决定是谁都改不了的。

"那还不是因为你是她儿子？"

叶珣最了解朱音，她还用朋友的身份去拍卖场拍回儿子的画，虽然嘴上说着学艺术无用，可这些年时常一个人看着叶峻成小时候的照片，总觉得亏欠了他一个幸福的童年。

"我想了想，她如果决定给我要个弟弟妹妹，我劝根本没用。我只能给你一个建议。"叶峻成盯紧前面的车，说道。

"什么建议？"

"你去结扎。"

叶峻成替老爸想过，他是个老婆奴，什么都听老婆的，更别说房中事了。

妈妈要二胎，还不是迟早的事？

"你……说什么？"叶珣有些震惊，他怎么就没想到这个永绝后患的好方法呢？

"你从不会拒绝妈妈的要求，又不想要孩子，那只能从自己身上想办法解决。"叶峻成顿了顿，"小叔的医院，处理这个很方便吧？"

叶珣一脸严肃，拿起手机打了一通字，过了一会儿才说道："我和你小叔说过了，让他尽快安排。"

男性结扎和女性结扎相比，是个很小的手术，当天就能回去，不影响工作和生活。

唯一要注意的是结扎后几十天内可能会有残余精子让女方受孕。

"虽然你不算个好父亲，但对我妈还不错。"叶峻成见他行动力十足，竟真的去结扎，有些另眼相看。

"我确实疏忽了你，但你别怪你妈妈，她当年忙着创业，实在没有办法多陪你。"叶珣苦笑，"你知道的，她性格要强，无论做什么事都想做到最好，整天说着要与时间赛跑，一分钟恨不得掰成两分钟用。当年她不仅要养活你，还要养活企业成百上千的人，她其实……挺伟大的。"

叶峻成就继承了老妈的完美主义的性格，做任何事都力求完美。

"当然，这么说对你不公平，因为她把精力和感情分给了公司，分给了其他人，留在你身上的太少了。"叶珣看了眼儿子酷似老婆的侧脸，觉得自己慈父的口吻有些肉麻，但他希望孩子能理解母亲的心。

朱音是关心叶峻成的，虽然她表现得强势，意见不合时还会使用冷暴力，甚至用些商业谈判的手段对付孩子，但她真心希望儿子幸福。

叶峻成一直没说话，紧紧跟着前车，脑子里只想着妈妈在车里会对苏子滢说什么。

他这辈子除了画画，最喜欢的，就是苏子滢。

如果妈妈欺负她……

叶峻成攥紧了方向盘，他妈妈一向精明，应该不会扼断自己的热爱。

这几分钟的路程硬是被堵了二十分钟。到饭店的停车场，前车先停好了，叶峻成随后进车位，看到司机打开门，朱音修长的腿迈了出来，精致的脸上保持着一贯的平静。

苏子滢从另一侧车门出来，脸上依然带着令人心安的温柔笑意。

"你妈妈心情还不错，应该聊得挺好。"叶珣以多年来对老婆的了解来看，朱音脚步轻盈就说明她心情愉快。

如果不高兴或者遇到了棘手的问题，朱音走路会像T台模特那样，步子迈得很大，脚下生风，气势汹汹。

苏子滢很淡定，直到见到叶博老爷子，才露出了一丝激动和紧张——那是她的偶像！

就是叶博老爷子设计的那座图书馆，让她第一次领会到建筑之美，初中和高中时期,她最快乐的时光就在那座图书馆里,遨游在知识的海洋,为她以后的人生奠定了坚实的基础。

她的头像也一直是那座开启自己智慧之光的图书馆,直到两个小时前,被叶峻成换成了两人的牵手照。

"公司有点事,我要赶过去一趟。你们吃完了回家休息,明天早上一起吃个早饭。"朱音刚坐下就接了个电话,宣传部门出了点急事,她得跨江回公司一趟。

"我送你过去。"叶珣立刻站起身,跟两个孩子叮嘱了几句,急忙跟上大步流星离开的朱音。

"你妈妈每天就知道工作,什么时候才能停下来欣赏一下身边的风景?"叶博习惯了他们每次匆匆忙忙,站起身,推开窗户往外看去。

江水笼罩在雾气里,几艘游轮亮着淡淡的光,跨江大桥上的灯光像一条长龙,江对面矗立的高楼周身闪着炫目的灯光,很是魔幻。

其中一栋高楼,就是朱音公司的总部。

叶峻成远远看着那栋光线变幻、极具科幻感的大楼,忽然想到了爸爸在车里说的那句话——你妈挺伟大的。

这算是为这个世界做出了贡献吗?

他觉得有点可笑,但又无法反驳。

在他的世界里,不掺杂物欲的艺术才是最高贵的。

除此之外,最美好的就是苏子滢。

她今天太好看了,化了极适合她气质的淡妆,穿着优雅合身的小白裙,仙女似的。他都舍不得让别人多看两眼。

吃完饭,叶峻成带她回到爷爷的玻璃别墅里,见她一脸崇拜地看着别墅的内部构造和他爷爷收藏的那些艺术品,后悔没让她早点过来。

早知道她这么喜欢爷爷,就该带她去全世界打卡所有爷爷参与设计的建筑。

"你爷爷……可真厉害,我能先出去走走吗?"苏子滢等叶博上楼休息了,才露出一丝见到偶像之后的雀跃,站在落地玻璃前看着精心打理的花园，想出去转一圈感受感受建筑的外部构造。

"你不累？夜里光线不好，要不先去洗个澡，明天再看？"叶峻成不是真的担心她累，而是想着今晚怎么安排睡觉。

"夜里有白天看不到的美。爷爷这栋别墅外层的灯光设计很用心，尤其是使用大量玻璃代替墙体，室内的灯光可以和院子的灯光交相衬托，如果用无人机俯拍一定很好看。"苏子滢对老爷子的精心设计赞叹不已。

因为叶博的建筑，充满了严谨之美。

严谨到院落中每一棵树的位置，每一株花的高矮，都错落有致，加上庭院黄金分割的线条，整栋建筑极具美感。

"我有航拍的照片，跟我来。"叶峻成扯着她上楼，玻璃楼梯像水晶似的，在灯光映照下闪着冰冷的光泽。

不但有照片，还有无人机，可以立刻拍给她看。

"我妈和你说了什么？"叶峻成带她进屋后，关上房门才问道。

在爷爷面前他没问太多，怕苏子滢当着生人的面不好回答，所以关起门才问。

"聊了些创造性停顿、概念扇、绘制图解，没什么其他的。"苏子滢看了眼他背后关闭的门，笑了笑说道。

"就这样？"叶峻成知道老妈做企业久了，喜欢玩那些头脑风暴的东西，但没想到上车就问人家这些东西。

"顺便聊了两句你最近的画。"

"还有吗？"叶峻成追问。

"没有了。没有你担心的问题，你妈妈人挺好。"苏子滢走到窗户边眺望远方，东阳山在夜空下黑漆漆的一片，只能看到一些轮廓，倒是借着灯光能看清院子的风景。

"没想到你会这样评价。她没问你家里的事？"叶峻成听到这句话放心了，但随即又担心妈妈老谋深算，另有心机。

"她只聊了你，觉得你最近的画比起以前，没那么横冲直撞，多了几分细腻和温柔，她很喜欢。"苏子滢转过身，看着叶峻成微微一笑，

"她很关注你,如果说她对我们俩的事担心,那也只是在担心我伤害你而已。"

叶峻成愣住了。

妈妈很少对他露出温柔的一面,也始终嫌弃他选择画画,没想到会对苏子滢说出这样的话来。

"你担心吗?"苏子滢看着他,见他愣神,柔声问道,"担心被我伤害吗?"

屋内温和的灯光落在她娴静的侧脸上,她的眼神仿佛和窗外如水的月色融到了一起,让叶峻成的心里忽地燃烧起来。

他走到苏子滢的面前,一把将她搂进怀里,紧紧抱住她:"我不会再给你伤害我的机会。"

她伤害过自己,在拒绝他的时候。

但当她同意交往那一刻,叶峻成就忘了她给自己带来的所有痛苦,也发誓不会让她从身边溜走。

"我不习惯处理家人以外的亲密关系,有时候可能会让你不舒服。"苏子滢在他怀里闷声说道,"你又很敏感,我不希望因为自己的性格原因让你不开心。"

今天听了朱音说的一些叶峻成小时候的成长,苏子滢挺心酸,很想多关爱叶峻成,可是她又知道,爱无止境。

给得越多,对方越觉得不够,或者阈值提高后,索求无度,而她不是那种会千依百顺迁就对方的人。

叶峻成童年缺失了父母的爱,他的内心更渴望成熟热情的女性关怀,可是她的性格更多的是内敛,不喜欢将内心的情绪外放。

叶峻成的内心太细腻,很可能自己一个无心的举动,他会不高兴很久。

"只要你在我身边,我就很满足。"叶峻成摸了摸她的头发,喃喃说道,"陪伴就好。"

陪伴是最长情的告白,但相濡以沫的陪伴最为艰难。

叶峻成的父母也真是忙,苏子滢早上也没再见着他们,爷爷说他俩飞去国外谈事了。他留着孩子们又吃了一顿午饭，像个老顽童似的带苏子滢逛了自己的收藏室，悄悄给她看了眼最近在给某奢侈品公司做的大楼设计图。

全黑的外观，中间却留出许多人工凿出的洞，无论什么时候的阳光穿进去时，都会像流沙和星空，更像一件神圣的艺术品，冲淡了奢侈品的商业味。

苏子滢没在意外观图，反正老爷子的建筑设计天下第一，毋庸置疑，她只对数据感兴趣。

那些洞的排列和大小，照射进去的光线在什么位置，在这方面，她看得津津有味。

叶峻成则和她相反，他只爱艺术之美，至于艺术为何能如此科学地呈现出这种美，他并不关心。

他只觉得爷爷近十年来有些钻牛角尖，对自己的要求过高，总想推翻以前厚重古典大气的建筑风格，想做后现代先锋派建筑。

比如这栋玻璃别墅，和他之前为法国某镇设计的建筑类似，仿佛外星飞船的造型，矗立在森林之上的纯白酒店，都昭示着老人家内心依然躁动着，想要突破。

叶峻成反而不再那么躁动了，似乎艺术家总有个轮回。他现在的画，在激烈中流淌着柔软，像是十六岁少年的内心住进了到了不惑之年的中年人，对世界充满了温柔。

这种温柔，全都来自他的缪斯。

恋爱后的半个月，叶峻成像变了一个人，一心等着放暑假，带女朋友去意大利，在那里感受文艺复兴时的艺术魅力。

可是，苏子滢暑假安排得满满的，不只是打工，还有其他学习计划，包括暑期要完成学校安排的CAD建模，根本没空和他游山玩水。

而且，她这几天经常去林涵那里，两个人似乎有什么新项目要合作，让叶峻成很不爽。

可平时苏子滢又表现得很完美，对他温柔有耐心，让他找不到机会发火。

越是临近暑假，苏子滢越忙，不只是复习功课准备考试，还有许多同学向她借笔记，甚至找她补习——比如林涵。

他的学分岌岌可危，怕明年真的毕不了业，只得临时抱佛脚。

苏子滢就是佛脚。

"下课后去工作室一趟，我有要紧事和你说。"林涵这几天也不去打球了，之前在球场上晒得黝黑的皮肤恢复了点白皙，颇有几分白马王子的气质。

"什么事不能在这说吗？"苏子滢懒得往他那跑，浪费时间。

"不能。"林涵眼里藏着急切的光芒，看来是重要的事。

"你不是又接活了吧？那也得等考完试……"

"是你手机设计图的事。"林涵见她还是不想去，只得说道。

"设计图怎么了？"苏子滢微微一愣，她的律师还在继续和那边沟通，对方想要给钱私了，可她现在没那么缺钱，只想恢复名誉，所以正准备打官司。

"我不是一直关注这个事嘛。前几天我终于约到了当初负责这个项目的总监。"林涵忽然停嘴，神秘兮兮地说道，"反正，放学后来工作室，我给你看个东西。"

"他也有我的联系方式，为什么不直接找我？"苏子滢有些奇怪，想到那天早上有位杨总监给她打过电话，但后来就没再联系过。

"可能因为不好意思直接面对你，毕竟你的设计是他过的手，后面闹出这样的事，他心里有愧。还有，你现在不是我工作室的人嘛，咱俩是合作伙伴，你的事他当然要找我。"林涵心情很好的样子，冲她眨了眨眼睛，"律师的事也不用着急了，咱们会名利双收的。"

苏子滢被他说得反而更不安心，下课后立刻跟着林涵去了工作室。

林涵从电脑里调出一份文件，竟是现在的电子巨头XM公司发来的一封函。

杨林跳槽了。

第四章 公牛少女

在快要安安稳稳拿退休金的前几年，老杨毅然离开了工作二十年的华晟，去了XM的设计部，自降职位，成为副总监。

而杨总监——应该说杨副总监过去的第一个任务，就是负责XM的L7新机设计。

他心里早就有了L7的模样，恰好林涵找到他，想了解当时设计大赛第一名被撤的原因。杨林一直关注苏子滢的新设计，见她给林涵的甲方设计了新产品，误以为她已经将设计图签给了林涵，同时也确实不好意思直接面对这个小姑娘，就和林涵联系上了，希望能见苏子滢一面，解开误会。

L7的图纸，杨林直接递给了老总，坦言这是一个在校生的作品，但十分成熟，唯一的缺点就是——被华晟公告疑似抄袭。

让杨林绝对没想到的是，XM的老总做起事来却比华总雷厉风行。

她只看一眼，对外观毫无异议，直接让他负责，但L7比当初华晟那款机子更高端一点，价位高一些，因此配置还要有所改动。

所以，杨林这一次要亲自和苏子滢谈。

只是她必须撤掉律师的诉讼，将设计图改善后卖给XM，用L7横空出世的方式，让所有人明白她的设计不存在任何问题。

如果有一丁点问题，就不可能被严谨高端的XM买去。

想象一下，当L7出现在各大旗舰店时，电视、网络、地铁、公交广告牌到处都在投放这款手机的广告，华晟会颜面尽失，到时候华志安也会知道，一颗小石子是怎么让巨大的货车偏离方向。

杨林对这份历经千辛万苦杀入重围的设计图信心十足，他也不担心苏子滢会固执地坚持上诉，因为她是个相当聪明的女孩，比他更想看到高傲的华晟受挫的样子。

现在唯一担心的就是，这份设计图需要进行细节上的改进，短时间内可能无法让老板满意。

老杨当天就请林涵和苏子滢一起去XM总部。

江对岸的新城CBD在夜色里灯火通明，老杨在这里第一次加了班——XM老总和华志安完全相反，她并不鼓励大家加班。不过她自己却是个工作狂，每天行程满满，很难找到人。

等苏子滢和林涵打车跨江回到学校，已经晚上九点。

苏子滢正和林涵说着按L7的价位，可以将手机配置优化到她最初预想的设计时，忽然停下脚步，远远就看到女生宿舍楼门口像旗杆子矗立的身影。

糟了，她今天谈事情，忘了叶峻成。

昨晚叶峻成又是通宵画画，下午他没课，和她一起吃完午饭后回去补觉，苏子滢就没打搅。

她看了眼还在为她兴奋的林涵，低声说道："你回去看书吧，发给你的重点再看一遍。"

"知道了，我送你回宿舍。"林涵沉浸在L7问世后的激动里，根本没注意女生宿舍楼门口来来往往的人群中，鹤立鸡群地站着一个一动不动的人。

"叶峻成来找我了。"苏子滢提醒他。

林涵现在见了叶峻成心底还是有些不舒服，但他还算个大度的人，毕竟是好友的现男友，总不能像仇人似的相处。

他主要是不忍让苏子滢尴尬，也不想失去苏子滢这样的朋友，所以快步走上前，想跟叶峻成打个招呼。

苏子滢很了解叶峻成，他现在心情不好，绝对不想和林涵说话。可惜她制止得太晚了，林涵已经走过去，友好地伸手想拍叶峻成的肩膀。

果然，叶峻成抬手狠狠挡住了林涵的手，一脸阴沉和嫌弃地往苏子滢面前走来。

苏子滢正要说话，叶峻成拽着她就往操场边的树林里走去。

"我以为你还在休息，所以没发信息打搅。"苏子滢主动开口解释。

叶峻成并不理她，死死攥着她的手腕，他步伐太大，扯得她几乎跟不上，只能小跑。

"别生气，我晚上谈工作，手机设置了静音，放包里一直没看。"

叶峻成一言不发，避开了一对对在林间小道散步的情侣，将她拽到树林深处，才停下脚步。

"你不想知道是什么工作吗？"苏子滢试图缓解他的情绪，尽量轻快地反问。

"我根本就不关心什么工作。"叶峻成终于说话了，转身看着她，依然用力抓着她的手腕。

她的手腕细细的，似乎一用力骨头就会被他捏碎似的。

可真用力时，那骨头又带着她心底那股无所畏惧的韧劲，坚硬得很。

叶峻成生气，就是因为她心底无所畏惧。

她不怕失败，也不怕失去。

不怕没有他的生活。

这是他最害怕的事。

从初相识，到终于答应和他交往，即使她说着计划结婚的未来，可叶峻成也感觉不到强烈的爱意。

"我知道你关心我，以后我会经常看一眼有没有你的信息。别生气了，我请你吃夜宵好吗？"

"我最讨厌你这样。"叶峻成攒了许久的怨气爆发了。

因为学姐不给他机会吵架，总是在苗头不对的时候温柔地熄灭他心里的火气，总是用过于成熟的方式对待他。

一直能够被控制的情感，太不真实。

总是相敬如宾的恋爱，肯定有问题。

"你是不是觉得我脾气古怪，无理取闹？你有没有想过，你对我的包容并非来自深爱，而是理智？"

这是他妈妈最擅长的那套黄金思维，遇到问题尽力避免冲突，控制情绪冷静分析，达到省时省力的最优结果。

小时候，他没有父母陪伴，也会用稀奇古怪的叛逆方式想引起父母的注意，可朱音永远不会被他激怒。

至少表面上不会被他激怒，她会冷静地给他说一堆道理，用他最不想要的补偿方式应对他的叛逆。

"那也是建立在感情之上的理智。"苏子滢知道他已经炸毛了,想捋捋毛。

她喜欢成熟的沟通方式。每次叶峻成任性或者孩子气,苏子滢都会想到那天早上自己是不是不该答应和他交往。

她没有后悔自己的决定,她担心的是无法迎合他的内心,让他伤心。

比如现在,苏子滢知道他想要浓烈的感情冲击,可是多年来压抑的性格让她无法做出热恋中少男少女的冲动举动。

她只能平静地告诉他,无论是理智还是癫狂,她对他是有感情的。

否则,他这么粗鲁不讲理地把她拽过来,她早就喊保安了。

不,她会一开始就回避他的纠缠,不会同他交往。

所以,还是喜欢他啊,才会有了那么多计划之外的事。

"感情上的理智……你跟我妈真像!"叶峻成气极反笑。

朱音在外面可从不会失态,哪怕面对儿子,也像个无情的机器,这让叶峻成从小就从心里抵触这种所谓的理智。

没想到最终却被这样的人吸引,他一定是个自虐狂。

"就事论事。我今天只是怕打搅你,所以没给你通报,后面真的在谈工作,华晟那款手机……"

"你知道我不想听这些解释,你要是真想弥补,那就离开林涵的工作室,你们划清界限。"叶峻成打断苏子滢的话。

"至于吗?我只是出去一次……"

"你还不明白吗?我不喜欢你跟林涵一起出去,不是这一次的问题。你是我女朋友,你应该跟我计划未来的工作和生活。"

"不只是林涵,还有其他男生,你跟他们多说一句话,我都会生气。"

这些话憋了好久,今天说出来,叶峻成却并不开心,因为他看到了苏子滢眼里的拒绝。

她不会为了爱无条件地答应自己的任何要求。

想到这里,他只觉得心里一阵抽痛。

"我能理解你的心情,但你不能用爱的名义约束……"苏子滢还在试图和处于暴走边缘的叶峻成讲道理。

"如果我就要约束呢？如果是我强制要求呢？你能做到吗？"叶峻成又打断她的话，咄咄逼人地问道。

"这不合理。我也不会这样要求你。"苏子滢的眼睛和骄矜高傲的大少爷完全不同，她的眼神充满温和克制，明确告诉他：我喜欢你，但仅仅是喜欢你。

"但我愿意为你做到这些，这不是要求，这是心甘情愿的爱。"叶峻成对她几乎是吼道。

第一次见他发这么大的脾气，苏子滢也有些无措。

她想过说点甜蜜的话哄哄他，可今天这种情况是哄不好的，除非真的答应他。

"我愿意余生和你共度，但我不能答应你这些要求，我不能全部都是你的，我也要有我自己的部分。我也请求你，让我保持自己那部分，那也是我人生的意义。"苏子滢说完这句话，就被他狠狠甩开了手。

"我的人生意义可以都是你。而你对我始终有保留。你根本就不知道什么叫爱，你根本就不在意我的存在。你答应和我在一起也只是怜悯我而已。"

叶峻成知道人在发怒时容易做错的决定，可现在怎么都抑制不住难过的心情。

他晚饭时起来，想找她一起吃饭，结果发信息她不回，打电话她不接，人像凭空消失了。

叶峻成问了苏子滢班上的同学，才知道她一放学就跟林涵走了。

之后他就在女生宿舍楼门口等。

当时间一分一秒地过去，他内心的不满和不安一点一滴地积聚。

他有想过去找林涵，但就像中了邪似的和自己较劲，盯着时间看她什么时候回信息，什么时候回来。

结果一等就是三四个小时，那股积聚的怒气在看到苏子滢和林涵有说有笑亲密无间地回来时，再也无法控制。

"你怎么会这么想？"苏子滢一开始就和他讨论过自己性格的问题，这么多天下来，以为他能了解和适应她的相处方式，没想到叶峻成竟然说出这样的话来，让她心里也一阵堵。

"其实我们根本就不是同类。是我因为喜欢你，觉得我们可以变成同类。"叶峻成看着她的眼睛，继续说道，"如果你不愿意为我做改变，我不会强迫你，但我也无法接受这样委曲求全的自己，所以……不需要你的同情。"

"分手吧。"叶峻成更像是没有得到糖的孩子，任性地提出。

苏子滢最终还是没阻止他的"提议"，沉默了几秒，才说道："我尊重你的决定。"

他俩一开始就不是同类，她是理性主义者，外表温柔有耐心，可内心冷漠，拒绝被感情牵绊。

而他外表是骄矜高冷的贵公子，其实内心细腻敏感，是个无比感性的人，有着艺术家炽热疯狂的感情。

叶峻成捏紧了拳头，指节泛白，死死克制着内心的屈辱和痛苦——她竟然答应了！

他应该知道以她的性格，会答应的。

是这段时间她在小摩擦上表现得太宽容，让他忘记了学姐真正的模样，她是不会被感情束缚的。

叶峻成挺直了后背，像旁边那棵香樟树似的挺拔而沉默。

片刻后，他一言不发头也不回地往前走。

苏子滢看着他的背影一点点被树林的黑暗吞噬，最终消失在眼前。

"你不去追吗？"林涵的声音蓦然从后面传来。

他刚才看叶峻成表情可怕，怕苏子滢受到伤害，不放心地跟在后面，没想到看到他俩分手。

"人要对自己每一次的决定负责。"苏子滢深深吸了口气，夜风中弥漫着凌霄花的香味，让人有些头晕。

"他刚才说的是气话，我听出来了，他就是想让你哄哄他。"林涵其实应该高兴，两个人分手了，他能名正言顺地和苏同学发展一下关系。

可是，当看到苏子滢的表情，林涵又很不忍。

尽管她说话的语气很冷静，表情也一贯地温柔，眼底却藏不住伤心和失望。

"他今天是在气头上，说话冲动了点。我打赌，现在他肯定后悔着呢。"林涵见她一动不动，又说道。

"生气时才更应该控制自己的脾气。再说，我不可能每次都哄他。"苏子滢低下头，看着路灯下的影子，淡淡地说道，"一直迁就是得不到幸福的。"

无论什么时候，出现问题时都要正面积极地去直面问题，解决掉它，而不是自暴自弃，用最差劲的方式结束和回避这个问题。

"你以为每个人都像你这样冷静吗？天啊，我要是找你吵架，你这副态度我也会奓毛的。吵架就好好吵架，不要讲什么道理，无理取闹撒泼打滚，用感情束缚对方获取对方的注意力，消耗对方的情感和时间，占用他的情绪，这才是吵架的正确方式！"林涵被她一本正经的说教弄得哭笑不得，有些抓狂地教育她，"适当的撒娇示弱也好啊。你总得像个人，而不是像机器一样去分析什么是对的什么是错的！"

"我不喜欢。"苏子滢抿了抿嘴唇，转过身，"我不喜欢争吵。如果一定要争吵，我希望不是只发泄负面情绪，至少在争吵之后，能够给对方一丝走下去的希望……你可能不理解，我有时候也会讨厌这样的自己……"

林涵听到这里，觉得心猛地颤了一下，他应该比叶峻成更了解苏子滢，她一向表现得乐观坚忍，从没说过"讨厌自己"这样消极的话。

"我喜欢这样的你！"林涵大步跟了上去，打断她的话，"刚才我是替你着急。现在仔细想想，确实咱们挺好，干吗要委屈自己？咱们是女生，让人哄着还差不多。我打赌叶峻成那小子撑不到明天就会给你道歉。"

苏子滢并不这么认为，但她也不想多说什么，沉默地往女生宿舍楼门口走着。

"要不我请你去吃顿夜宵吧？咱们撸串去，庆祝今天和XM的合作。"林涵差点忘了今天还有大喜事。

"你得回去复习了，别找借口玩。"苏子滢听到这，淡淡地提醒他。

"你这人真是……毫无情趣！"林涵想了想，如果自己真和她一起生活，每天被盯着工作学习，恐怕会疯。

"后天要考试了，想挂科的话随你。"苏子滢说着，对他挥了挥手，"回去看书吧，晚安。"

空气闷热，夜空的乌云无声地吞噬了月亮，一场暴风雨拉开了帷幕。

考试期间碰到了强对流天气，考生们的心情也和这狂风暴雨差不多。

等考完最后一科，林涵可算有活过来的感觉。

他看了眼苏子滢，和往常一样，考完试总有一堆人围着她对答案估分。

苏子滢也是好脾气，只要不赶着去工作，对同学们的问题都会耐心回答，甚至比老师讲解得还详细。

"苏苏，晚上还要去XM总部，你没订回来的票吧？"林涵等着大家都散得差不多了，才吊儿郎当地将书包往背后一甩，走到她桌边问道。

"没有。"

"你看了他们发过来的资料吗？物料的成本他们想调高一点，最近也新出了几款……"

"我看完了，也差不多找好了他们想要的零件。"苏子滢打断林涵的话，提起帆布包，"你不用担心。"

"这么快……"

"已经有了完善的设计图，给的价格空间也足够提高性能。而且，"苏子滢顿了顿，"他们对外观设计很满意，唯一想改进的就是让手机看上去更薄更有未来感一点。他们产品研发部负责提供各种电子零件的型号，把最麻烦的一步省了，当然很快。"

她当初为了找超薄摄像头，费了好几个月时间，也托了许多朋友帮忙，比如远在国外的张恒远，还有林涵也帮她找过。

现在是产品研发部直接发现成的资料，全力支持她研发新款，各部门齐心协力，XM公司做事高效，速度当然快。

"看来没我什么事了。"林涵悻悻然。

在她身边没有价值的感觉很糟糕。

"嗯，你忙你的就行。"苏子滢知道他每个暑假都得帮家里的制衣厂做事，而且现在也开了工作室，还有些单子要处理，忙的事情多着呢。

"那你这几天是不是得天天往研发部跑？住哪？学校宿舍？"

"昨天晚上通过电话，假期就要把产品研发调试出来，投入生产。我这段时间就住他们公司的员工宿舍楼。"苏子滢比临时工的待遇好，XM公司没有因为她是个没名气没毕业的新人而高高在上，至少表现得很尊重人才。

也可能是老杨因为比赛的事心里内疚，给她争取到最好的条件。

设计费嘛，也是大手笔，不比华晟的百万噱头少。

所以不管是看在钱的分上，还是为了证明自己的设计是精心打磨的原创，苏子滢近期的所有精力都要放在手机研发上，哪怕不吃不睡也要做出点成绩来。

"那下周能出来看我比赛吗？"林涵见她这段时间不回家，立刻厚着脸皮问道。

"估计没空，赚钱要紧。"苏子滢笑了，感觉好久没提"赚钱"这两个字了，她可是个专业的打工者。

无论老板交代多艰难的工作，都能竭力完成。

"你还是你……这么爱钱。"林涵看到她温柔的笑容，心里踏实了一些。

这几天他很担心苏子滢会为叶峻成伤心，一直不敢提学习之外的事，怕影响她考试发挥。

现在看来是多虑了，苏子滢依然是那个只爱钱的人。

"是能力带来的快乐，你不懂。"苏子滢往外走去，窗外还在狂风暴雨，电闪雷鸣。

缺钱的时候当然要想着赚钱养家还债，现在家里情况渐渐好转，她只需要证明自己的能力。

即便XM不给她钱，或者只开普通白领一个月的工资，她也会考虑挑战这个项目。

一旦成功，就意味着她是百万级的工业设计师，能设计出亿万元销售额的产品，这才是最大的收获。

"我懂，刚才是我表达有误，你是喜欢将自己的才华变现。要是只单纯地喜欢钱，你也不会让叶峻成走了。"林涵跟上她，想给她提包，但被她拒绝了。

"你带伞了吗？"苏子滢没有接林涵的话，看了眼他的书包。

考试前停了一会儿雨，林涵这种人不只懒散，还很懒，只要不下雨，绝对不会带伞。

"没，你不是带了吗？"林涵瞄见了她帆布包里有折叠伞。

她做事严谨，伞用完之后，都会放到那个小小的一般人怎么都塞不进去的伞袋里，收拾得极为规整。

"这么大的雨，两个人打一把伞就都会淋湿了。"

苏子滢刚下楼，就看到教学楼门口一群和林涵一样不带伞的同学正嘻嘻哈哈地等着雨停，或者冲到朋友们的伞下抱成一团跑了，还有的人因为放假而开心，直接冲进暴雨里，毫不在意浑身湿透。

"所以你就牺牲我啦？真是无情。"林涵见她掏出伞，但并不准备和自己共享，很伤心地说道。

"你朋友那么多，喊他们送把伞来就是。这算什么牺牲？"苏子滢虽然这么说着，但还是把伞挡在了他的头上，"回宿舍？"

"嗯，回去收拾一下东西，待会你收拾好了喊我，我送你去XM。"林涵右手拿过她的伞，左手搭在她的肩膀上，搂着她就往大雨里冲。

"林涵，你慢点，溅我一身水。"苏子滢就知道不该给他打伞，这小子跟二哈似的，疯起来能拖着人在泥浆里转圈，弄得她的裙摆和板鞋全湿了。

"你快点，别和老人家一样慢吞吞的，年轻人要有点活力。"林涵扯着她在校园飞奔，不管身边人投过来的异样目光。

"你那不是活力，是疯。"苏子滢想挣脱他的手，反正鞋子裙子都湿了，打伞的意义也没了。

回宿舍洗个澡换身衣服再出门吧。

"你就不想疯一次吗？"林涵没搂住她的肩，就顺手拽住她的手臂，扯着她继续跑，在大雨中喊道，"你就不能疯一次吗？"

远处，一个身材修长的男生举着一把黑色的大伞，看到让路人侧目的两个拉拉扯扯的俊男靓女，脸色阴沉。

"叶哥，过去啊。"

方楠像是叶峻成的影子，这几天在学校里又开始跟在他身后。

见叶峻成举着伞，也不走，也不说话，方楠实在担心他哪天积郁成疾，住进医院了。

"你这样不行的。别自己生闷气，人家看不到，也不理解。"方楠见叶峻成攥着伞柄的手指节泛白，生怕他压抑坏了，又劝道，"就一点小事，犯得着气这么久吗？咱是大男人，大度点，请她喝杯奶茶就好了。"

"她不喝奶茶。"叶峻成终于说话了，伞挡住了他的视线，只能看到雨像断了线的珠子从伞沿滴落，只能听到他在雨中微微疲惫的低沉声音，"我也不是赌气，你不懂。"

方楠不懂，但苏子滢懂。

叶峻成清楚地知道苏子滢一定懂他想要的，他心里的渴望她都懂。

懂，却不肯迎合，不肯为他再妥协一分，对他的感情依然保留了自我理智，这才是最大的问题。

她并没有像他那样全身心地陷入爱河。

如果不是非他不可的感情，他宁可不要。

"我怎么就不懂了？你就是喜欢把事情藏心里乱想，没问题都想出问题来。你们这些艺术家就是想得多做得少，总要在自己的内心世界折腾出花样才高兴。"方楠一着急，也不嬉皮笑脸了，说话都凶了点，"屁大的事，你又不是不知道她跟林涵就是好朋友，跟他在一起只是工作而已，你又不是不知道她要去你妈那……"

"方楠，这不是我一个人的问题。"叶峻成竟没生气，只是打断他的话，顿了顿，像是沉思，也像在自言自语，"也是我一个人的问题。我想要的太完美了，她给不了。"

换别人都被他的话绕疯了，但方楠知道叶峻成内心一定特别痛苦，而唯一能治愈这痛苦的人是苏子滢。

"我的大少爷啊，你既然知道问题，就去解决啊。别杵在这里，去跟人家说。"方楠恨不得以身代劳。

文艺少年的内心太复杂太敏感，一丁点的不对味就不肯再尝试。

"没法解决，我不想委屈自己，也不想委屈她。"

他希望对方是完全属于自己的，甚至是自己的依附品，只为自己而存在。

而苏子滢不可能做到。

她内心独立自强，最厌恶的大概就是成为依附品，硬是折断她的翅膀，将她禁锢在身边，只会让她变成郁郁寡欢，失去目标和希望的人。

方楠无奈地跺了跺脚，心里也知道让完美主义的叶峻成委曲求全很难。

他要完美，就必须是真正的完美，无法装作看不到那一点瑕疵。

也许只有画中的苏子滢才是完美无瑕的。

而苏子滢像是没有受到任何分手的影响，在暑假出色地完成了XM所要的新机设计，就等着生产上市。之后又跟XM签了一套蓝牙音箱的设计，和手机的先锋超薄路线完全相反，这个产品走的是复古怀旧风。

原本蓝牙音箱只是做活动的附属品，但她的设计图纸一出来，老杨眼睛一亮，知道这也会成为一个小小的爆品。果不其然，在这年秋冬季，这个复古又可爱的小东西成为网红产品。

不过这都是后话了，苏子滢的暑假忙得似乎没空想那个有些神经质的艺术少年，每天对着各种枯燥的图纸修修改改，甚至连家都没回。

她成了XM设计部的临时工，每天在五百强企业XM公司学习和工作。对苏子滢而言，这是一次非常难得的特别体验，她感受到了以前从未体验过的现代企业管理，能够直接和XM设计总部的精英们进行头脑风暴，这简直是她人生中最美妙的事。

但是每当工作结束，疲惫的大脑在临睡前放空的时候，看着城市夜空，或者打开手机看留言的某个瞬间，她就会想到叶峻成。

她的头像又换回了那座宏伟庄严的图书馆，而叶峻成的头像却一直没变，依然是她。

他只是再也不说话，也不发任何朋友圈，也没有出现在任何与她有交集的圈子里，像从这个世界蒸发了。

临开学的前两天，苏子滢终于回家了，给家人带回了一张存了不少钱的卡，让爸爸拿着，万一他的小工厂资金周转不过来，可以应急。

两笔设计费足够在小镇买套大房子了，可还无法在大城市安家，但苏子滢一点也不着急。

家人对她一个人回来有些诧异。在他们的印象里，叶峻成就是女儿身上的挂件，走哪跟到哪，这次没有送她回家很奇怪。

爸妈都给女儿打过几次电话，知道她暑期忙着工作，也没多问叶峻成的事，只含蓄地叮嘱她别只顾着工作，也要多陪陪男友。

虽然家人偶尔觉得两个人的家庭差距太大，但想着小情侣刚刚恋爱，而且小叶看着对女儿百依百顺，暂时应该不会出什么问题，谁知短短时间就分手了。

苏浩得知这个消息后，躺在床上翻来覆去地睡不着觉，第二天一早便推了推老婆："你去跟小滢好好聊聊，赚钱归赚钱，人生大事也不能耽搁啊……"

"别管孩子的事，你当好爹就行了。"苏妈妈至今心底还对当年破产的事耿耿于怀。如果不是苏浩决断失误，家里也不会背负这么多债务，女儿说不准也是名门闺秀，不比那些白富美过得差。

"我是关心她，她高中以后，就没交过什么朋友……算了，都是我不好。"苏浩见老婆转过身背对着自己，知道她想起了痛苦的往事，无奈地叹气，"是我不好，让她受这么多苦，连恋爱的时间都没有，也不知道怎么和男孩子交往，都怪我拖累她了。不过……你也别担心，她什么都能熬过来。"

卧室内一阵长久的静默。

苏子滢的父母当然知道女儿很坚强，她如果真的因为感情一蹶不振，也不会在暑假赚那么一大笔钱……

但是苏浩换一个角度想，女儿可能因为失恋了，才疯狂工作，连家都不回。这情况也不妙。

他了解女儿，性格像大海，越是平静的表面，可能越藏着汹涌的暗流。

家人默契地谁也不再提小叶。苏浩甚至没去厂里忙，空出两天陪女儿在家吃吃饭聊聊家常和工作，开学那天他还换了身新衣服，送她去学校。

苏子滢大四了，上一次他送她上学，还是大一军训时，眨眼已经过去了三年。

女儿似乎变了，又似乎没变，鹅蛋脸古典中透着温柔，那双眼睛始终笑意盈盈，藏着力量和希望。

也许是早年经历得太多，让她比同龄人更沉静淡然，那温柔是自己吃过苦碰过壁之后，不愿让别人为难的温柔。

苏浩每次看到女儿超乎同龄人的温柔眼神，心里都会一阵发酸。他匆匆陪女儿在学校后巷那家面馆吃了碗馄饨，就去了高铁站，打算到客户那里走一趟。

苏子滢一个人回到宿舍，还没进门，就听见里面杨莉莉正在和别人议论自己"抄袭"的事。

"子滢没告华晟了，估计设计真的有问题……"

"不是吧，你怎么知道的？她不是坚持设计原创才找的律师吗？是不是私下和解了？"

这个声音是隔壁班的王倩，住在旁边宿舍。她跟杨莉莉同样喜欢画漫画，又是老乡，两个人经常一起线下参加活动，可能开学也是一起过来的。

"没有吧，子滢好像暑假一直在打工。她以前说过，如果手里有闲钱，假期要出去学习的……"

杨莉莉没说完，就见门被推开，苏子滢走了进来。杨莉莉立刻站起身迎上去，堆起假笑："呀，这么快就回来了？我以为你今天还要忙呢。"

"一会儿是要出去。"苏子滢装作没听到她和别人的议论，若无其事地谈笑。

"去工作吗？"杨莉莉试探地问道。

"去图书馆。"苏子滢依然温柔地回答。

"晚上大家聚餐，去不去？"杨莉莉从她的脸上看不出波澜，干巴巴地找着话题。

"不去了，我还有其他事要忙。"

"是跟帅哥约会吗？"隔壁班的王倩冒失地开口问道。

全校女生都知道她和美术系的男神学弟在一起，又很快有传言说他俩分手了，具体原因没人知道，最后不知怎么就传成了因为苏子滢劈腿林涵和其他富少……

"不是。我先走了，你们聊。"苏子滢只是回来拿书包和校园卡。

她很少对别人提起自己的私事，就如当初给叶峻成当模特，别人也很难问出她的事来。

见她出门了，杨莉莉正要说话，忽然门口人影一闪，苏子滢又探回头，笑吟吟地看着她："莉莉，你怎么知道我不告华晟了？我好像没和大家提过这件事。"

XM公司高价买了她的设计，所以她撤掉了对华晟的诉讼，这事除了林涵，她谁也没说。

而林涵对她工作上的事从不多说，这点很维护她。

杨莉莉表情有点僵硬，随后尴尬地笑着："我也是……忘了从哪听到的消息，这是真的啊？为什么不告了？咱们……不是原创吗？"

"当然是原创，只是，还有更好的方法可以证明它是原创。"苏子滢原本想装作没听到她们的八卦，但觉得有必要和室友说明情况。

"在证明出来之前，谢谢你们的关心。不过我还是不希望自己的私事占用你们的时间，就别多想了。"苏子滢又补充了一句，然后挥了挥手，"拜。"

这次她真的走了，留下杨莉莉和王倩面面相觑。

张焕颜床上的挂帘忽然掀开，她探头出来一看，苏子滢已经走了。

"你说……更好的方式是什么意思？网曝？"杨莉莉还在回味苏子滢刚才那番话。

"她的意思是，那是她的事，你们别八卦了！"张焕颜塞上耳机，似乎也是嫌弃她们太吵，不耐烦地说道，"都最后一年了，多想想毕业论文和工作的事吧。"

她刚在床上和男友发微信，听着杨莉莉和别班同学说苏子滢的八卦，就心烦气躁，想出来撑几句。

杨莉莉脸色有点难看，推了推眼镜，还是挤出笑容："对了，你看了我的连载漫画了吗？最近成绩还不错，还接了两个插画订单，估计以后不用担心工作的事。"

"那恭喜了，好好画你的画吧。"张焕颜说着，跳下床，拿起自己的包，调高耳机音量，穿着拖鞋就大步流星地出了门。

又不是美术专业，她们作为工业设计专业的高才生画什么插画？都是基础不过关的人才改行做其他，而不是本专业，又没过高天赋，怎么拼得过美术系？现在短暂的红利维持不了多久，很快就会被更专业的人挤下来。

反正张焕颜看不上杨莉莉这样"不务正业"的人。

因为她自己也是这样的人。

大学几年浪费了大半的时间在打游戏上，现实中感情受挫之后就沉迷于虚幻世界，考试前几周抱着苏子滢画的重点看看，能过关就行，对自己的专业并不尊重，对未来也没有任何规划。

越是临近毕业，张焕颜越是迷茫，开始审视自己，想要有所改变。

当别人都在背后议论苏子滢时，她甚至有些羡慕，因为苏子滢似乎永远有自己的方向，永远不会迷失。

无论痛苦还是欢愉，她都坚定地向前走。

很难说这是冷血，还是绝情，又或者是纯粹地为自己而活，总之，张焕颜觉得这样不屑别人的目光，走自己路的人很酷。

苏子滢去了图书馆，意外地发现张焕颜竟然跟了过来。

开学第一天，图书馆的人很少，只有九月依然刺眼的阳光落在外面的玉兰树上，很漂亮。

方楠报到来得晚，恰好看到了苏子滢和另一个女生走进了图书馆，想了想也跟了进去。

"怎么了？我不能来看书？"张焕颜坐在苏子滢身边，瞥了她一眼，不等她说话，先没好气地开口。

"能。"苏子滢轻声回答。

张焕颜是游戏迷，经常躺床上通宵游戏，什么时候来过图书馆？

"推荐几本好书给我。"张焕颜顿了顿，补充一句，"那种看完能找到人生真谛的书。"

苏子滢被她逗笑了，但仍然好脾气地点了点头，起身去找了一本书回来，放到她面前的桌上。

张焕颜定睛一看，是本《马克思恩格斯选集》。

就苏子滢这风格……确实没哪个男人能和她过下去。

"你让我看这个？"张焕颜扶额，觉得叶峻成真可怜，喜欢这么个无趣的女人。

"只要知道辩证唯物主义和历史唯物主义，你就不会迷茫。"苏子滢不是和她开玩笑，这可是人类精神的灯塔，当一切都用唯物辩证的眼光去看待，就很难让自己陷入迷思。

张焕颜还想说话，见苏子滢已经低头翻开手头的工具书查资料，仿佛一秒进入学习状态。她也不好意思再打搅，咬了咬嘴唇，拿着那本《马克思恩格斯选集》站起身，去换了本轻松幽默的漫画书，胡乱翻了几页，越发迷茫了。

难道真的只有马克思才能拯救自己？

她正想回去找苏子滢,看到喜欢和叶峻成在一起的美术系学弟正坐在苏子滢对面,立刻又回到书架前,默默瞄着方楠,想着情况不对就出去把苏子滢拽走。

方楠也没说话,只是坐在对面拿着手机给她发微信。

他之前已经发过不少信息给她,苏子滢看到后也会礼貌地回复。

但方楠大多是问:学姐最近怎么样?学姐啥时候约叶哥出来玩?

或者跟她说点叶峻成的事,但对方最多就回个微笑的表情。

方楠也摸不透学姐的心思。

给苏子滢发完信息,见她还在低头看书,也不看手机,便把自己的手机放在了她的书上。

上面给她写着:叶峻成联系不上,也没有来报到,你不担心吗?

苏子滢抬头看了方楠一眼,沉默了几秒,站起身对他招了招手,往外走去。

张焕颜见他俩一前一后走出去,将书塞回书架,也跟了出去。

苏子滢走到走廊尽头才停下脚步,她看着方楠说:"叶峻成是个成年人了,他会对自己的行为负责,不用替他担心。"

"你不了解他,他一个暑假都没……"

"你是要我为前男友的行为负责吗?"苏子滢打断方楠的话,一针见血地问道。

"你对他一点感情都没有了?"方楠不死心地问道。

"这和感情没关系,就像你,只是他的朋友,不是他的监护人。"苏子滢提醒方楠,任何关系都不要越界。

"你真残忍,难怪叶哥伤心,你一点也不懂他的心。"方楠很同情叶峻成,喜欢上学姐这种看似温柔其实冷漠绝情的人。

"他本可以不伤心……"苏子滢还想说什么,忍住了,如果人类能完美地控制情感,那就变成神了。

叶峻成不是神,坠入爱河时,他和世俗男女没什么区别,只是个不知该怎么去爱的少年。

"你怪他任性？他是没受过什么委屈，加上搞艺术的人性格多少都有点执拗，其实很好哄……"方楠听出了她的言外之意，她想说两人本来相处得好好的，说分手就分手，还不肯回头去找她，宁可自己难受，作得很。

"我只是想和你说，以后不要再打搅我。我在备考，这段时间比较忙，不想分心在其他事情上。"苏子滢打断他的话，她要在大四上学期考研，虽然以她的专业成绩没有问题，但考虑到可能还要做兼职，还是要预留出充足的备考时间。

方楠见她根本就不想着叶峻成，只想学习考研，半晌才叹了口气："学姐，失去叶峻成，你就一点也不难过吗？"

"那要看你是怎么定义'失去'。"苏子滢顿了顿，欲言又止，仿佛不想和方楠多解释，觉得浪费时间，"我回去看书了，以后请别再为叶峻成来找我了。"

方楠看着她的背影，心里很苦闷。女人越成熟越理智就越不会被男人牵绊，记得他俩第一次在咖啡店见面，学姐至少还挺关心叶峻成，现在则完全看不出她的感情。

也许，她真的就没有过感情……

叶峻成真的无法联系上了，开学三天了，辅导员联系了他的家人，也没有得到他哪天能来上学的确切日期。

因为朱音一时也没找到儿子。

只知道他暑假飞去意大利了，大概躲在某个艺术小镇上没日没夜地画画。

朱音当然也知道儿子和女朋友分手的事——叶峻成从没说过，但行动上表现出了和苏子滢的疏远。

如果还在甜蜜期，他不可能出国这么久也不回来看苏子滢。

开学一周后，朱音才在佛罗伦萨的一条街边找到了胡子拉碴、跟那些几个月不洗澡的流浪诗人画家似的叶峻成，把他拖回了家。

不怪朱音找不到儿子，因为整个暑假，除了知道他的航班之外，叶峻成就再也没有留过其他信息，连刷卡之类的消费信息都没有。

他背了个大包，在街头画画，谁喜欢这幅画，扔点钱就拿去。他有时候一天画很多幅，有时候十天半个月也画不出一幅来。就靠卖画的现金，他在附近面包店和美术用品商店买点吃的用的和颜料画纸，就这么过了两个月。

听说他最经常画的是个东方少女，神秘而有韵味，在那条艺术家众多的街上很出名，后来不少人蹲守在旁边一掷千金地抢他的画。

朱音找了理发师过来，按着他剪头发刮胡子，恨铁不成钢地站在一边盯着他："流浪画家的感觉怎么样？瞧瞧你这模样，也就是没经过社会毒打的文艺小姑娘愿意跟你去流浪，正常姑娘谁敢嫁给你？"

叶峻成看着碎发从眼前纷纷扬扬地落下，眼神阴郁沉闷，心情犹如六月江南的黄梅雨季。

"你知道苏子滢暑假做了什么吗？"朱音当着外人的面收敛了几分脾气。

她喝了口红茶压住火气，见叶峻成还不说话，深吸了口气："我不是否认你的价值，艺术对你而言可能是无价的，但我更希望你能学习你那位学姐，在无价之前先将自己变成有价，让市场去衡量你的价值……"

"孩子刚回来肯定累了，你让人家休息休息。"叶珣将老婆手里的茶杯接过来，见她要开始长篇大论，立刻打断，"再说，咱画卖得也挺好的，是吧小成？"

"他缺的是钱吗？缺的是别人对他专业的认可吗？"朱音犀利地反问，替一言不发的叶峻成回答，"他缺的是所爱之人的爱。既然知道自己想要什么，为什么不去面对？"

她朱音一辈子都不落人后，想要什么都能靠自己双手争取到，怎么就生了个这么内心细腻到柔弱的儿子，没有半分她女企业家强悍的风采。

对，在厮杀了半生的老妈眼里，叶峻成不够强悍，内心太过敏感胆怯，缺少沙场征战的血性和刚猛。

也许是他舍不得对那女孩子太过强硬，也许是没有什么恋爱经验，总之只能自己生闷气。

朱音本以为孩子会自己学着调整,不需要家长插手也可以慢慢成长,现在见儿子这副萎靡不振的样子,有些着急。

她着急的原因还有一点——她亲自了解过,苏同学是个优秀的女孩子,儿子这么耽误下去,人家被别人追走就亏大了。

"这种事你急不得。"叶珣低声劝着老婆,感情和工作可不一样,哪能只求快。

"你们都不急,那就换个媳妇呗。我无所谓啊,只要你儿子能接受就行。"朱音冷笑着回答,"别怪我没提醒你,苏同学还是有点才华的,长得也在平均线以上,最重要的是她努力上进。毕业后,她身边可以选择的优秀男性多了去了,为什么要找一个动不动就消失几个月的男朋友?还一身毛病,美其名曰是艺术家的通病,其实就是不能成熟理性看待问题的幼稚小孩。反正换我,我也不会找一个整天让我配合他迁就他的人。"

新机广告铺下去,发售后无论反响好不好,年轻有为的美女设计师身价都不一样了,在业内的地位会水涨船高,未来的合作方也不同了,遇到的有钱甲方多了,选择性也会跟着多。叶峻成除了脸蛋好看点,这难以捉摸的艺术家脾气没几个人能受得了。当代独立精英女性不缺钱不缺事业也不缺小鲜肉的爱慕,凭啥要迁就他一辈子?

当然这些都是朱音习惯地预估事情发展走向,想到儿子可能一辈子都追不回来人家,就恨不得替他去制订追女计划。

她看待事情眼光毒辣,她和苏子滢的真正见面就一次,其他的全是看她的资料和工作表现,那女孩子很有自己的想法,不是个愿意乖乖被豢养在金丝笼子里的小鸟。尽管她看上去很温柔,像个贤妻良母。

但朱音知道,往往越是温柔的人,越难被驯服。

儿子既然已经掉进了她的温柔陷阱,如果驯服不了那女孩,只能等着被她驯服。

想到这里,朱音更加心烦。

自己砸了多少钱教育出来的儿子,最终被小镇普通家庭出身的女孩给拿下了，真是没用！

叶峻成听到这里，终于有了点反应，抬起眼眸冷冷地看着说风凉话的老妈："什么意思？"

"没什么意思，你把握不住别人，换个听话乖巧的女朋友就行了。"朱音顿了顿，又插了一刀，"至于她，也不缺体贴成熟的追求者，你俩也算各自安好。"

说完，她无视叶珣制止的眼神，潇洒地往门外走去。

什么年代了，还指望女性依附男性生活？

儿子要真找个万事都迎合他、听他话的女朋友回来，作为女强人的朱音肯定嫌弃。

反倒苏子滢独立自强的性格，才是朱音欣赏的新女性，尽管儿子可能应付得吃力点，可是高质量的伴侣也会提升自己的价值，值得用心追求。

"你妈这两天搞新品发布会有些辛苦，说话直接了点……但也没说错，人生路上是有很多选择，只要确定了自己想要什么，就坚定地追逐它，不要犹豫。"

叶珣见老婆走了，拍了拍儿子肩膀，也着急要走："收拾一下回学校去。我陪你妈先去开会，有什么事你跟我联系。"

叶峻成沉着脸，不知在想什么。

"对了，华芸也回来了，交换生过来学习还是什么……我忘了，你华叔上次跟我提了一嘴，说华芸在隔壁音乐学院学习，让你在学校多照顾一下。"叶珣差点忘了这事，他知道华志安的意思，想让两个小辈发展发展，要是未来能联姻，两家门当户对强强联手倒也不错。

叶珣的想法没有错，他也和朱音分析过儿子恋爱失败的原因，只有一个——从小就没好好接触过同龄女性，不懂怎么和女生相处。

叶峻成小时候就只爱画画，看得最多的估计就是维纳斯、圣母、蒙娜丽莎。那些名画上的女人不会动，不会说话，不会冲他发脾气，永远在画里温柔娴静或者春光灿烂地微笑。他当然不知道现实中的女人内心是什么样的，也不知道和女人相处的麻烦。

叶峻成的手机一直没开，华芸给他留过几次言，后来听说连朱音都找不到他，就作罢了。

她倒是对叶峻成高冷的性格很迷恋，每次叶峻成对她爱理不理的时候，华芸才会感受到那少有的提心吊胆的既渴望又害怕的心情。

叶峻成回来了。

中午十二点四十多的食堂有些冷清，打饭也不用排队，这个点的食堂阿姨很大方，手也不抖了，舀菜时实诚得恨不得将剩的一点肉汤蔬菜全倒给最后几个来吃饭的学生。

今天的天气不错，秋高气爽，风和景明。苏子滢坐在食堂东南角的窗边，边吃边看手机上的资料，对面阳光俊朗的大男生正喋喋不休地跟她从工作室的标志设计太烂说到微软浏览器的标志设计思路，又忽然跳到了最近NBA的比赛……

总之，林涵是找着各种话题和她闲聊，也不管她理不理自己，先把两人之间这段午饭时间用话语填满再说。

"你还需要这样用功地看书吗？考研对你来说还不是手到擒来的事？给我想想工作室的标志设计啊，我要接大单了，得搞得大气点。"见苏子滢一直划着手机不理自己，林涵急了，伸手将她手机抢过来，"你有没有听我说话？"

"知道了，一会儿我给你写个改进思路。"苏子滢只是食不言寝不语，不喜欢吃饭时候说话而已。

"也不用搞得这么正式，你跟我说两句思路就行了。"林涵只是想和她语言交流。

苏子滢拿出手帕纸，抽出一张擦了擦嘴角正要回答，眼神陡然一变，静静看着林涵斜后方。

林涵顺着她的眼神扭头往后看去，看到一个颀长消瘦的身影正往这边走来。

"叶峻成？来找你的？"林涵看清了那张脸，比苏子滢还紧张，刚才还笑嘻嘻的表情倏然变了。

"应该是吧。"苏子滢很快平静下来,站起身端起面前的餐盘,顺手将林涵的也收了一起放到回收处,再转身,就闻见了那熟悉的颜料味。

叶峻成站在她身后,像尊雕塑,沉默地看着她。

苏子滢穿了条暖色调的姜黄色针织裙,和立秋这个时节很搭,仿佛成熟的麦穗,让他的双眸掉入了一片无边的金色麦浪里。

"我们……"叶峻成只觉得嗓子发干,千言万语哽在喉咙里吐不出来。

她还是那个样子,洁白的鹅蛋形脸上,眉如远山、眼波澄净,眼神也一如从前平静柔和,只是里面多出了几分自信。

"我……晚上预约了张教授的美学课,一起去?"叶峻成想说"我们重新在一起行吗",可面对她的眼神,却怕被温柔地拒绝。

他在情感上确实很脆弱,无法承受她的拒绝。

林涵在座位上站起身,很紧张地看着苏子滢的反应,随时准备把她拖走。

只要她说不,林涵立刻带她出去,远离叶峻成的纠缠。

然而,苏子滢只是沉默片刻,一如既往地温柔回应:"好。"

叶峻成手心流的汗,忽然就感觉不到了。

他声音有些微颤抖,不太确定地看着她的眼睛:"你知道在哪个教室吗?"

"我知道。"苏子滢每周末都会看一眼学校内部的选修课安排,尤其是名教授的课,她感兴趣的会提前列入计划。

"那你现在有空吗?我有话想单独和你说。"叶峻成被她平静柔和的态度安抚得镇定了很多,得寸进尺地提出要求。

"好。"苏子滢看了眼站在旁边一脸惊愕的林涵,和他挥了挥手,"我先走了。"

林涵无语地看着两人背影,他竟然找不到借口阻止。

苏子滢和叶峻成的感情,没人知道到底是什么样的,包括分手也都是那群女生私下八卦,当事人从没对外界大谈特谈过这段感情。

所以到底分没分，好没好，大家都只是猜测，说不准人家只是小情侣闹小矛盾，闹两天又和好了。

毕竟感情的事比四月的天还变幻莫测。

更何况苏子滢是感情内敛的人，大家都只知道她喜欢搞钱喜欢学习，除此之外，很难猜出她温柔笑容背后的想法。

林涵跟她认识几年，在她最艰难的时候也没见过她暴露内心的情感，更别说现在了。

叶峻成和她走在校园的小路上，一直默默偷看她的侧脸，她眉尾那颗小小的痣，自己不知画过多少次，她秀气挺拔的鼻梁曲线也烂熟于心，甚至她的睫毛长短、有多少根，他都知道。

就像断臂维纳斯身体的每个线条，每个尺寸，头发丝的褶皱一样，闭着眼睛也能精准得描绘出来。

可当她走在身边时，那超乎艺术时空的现实感觉来得更加强烈，让叶峻成意识到——自己比想象中的还渴望和她在一起。

"我暑假去了意大利……下次陪我一起去，好吗？"叶峻成等了很久，见她也不主动和自己说话，只陪着他漫无目的地走，便试探性地开口。

"那可能得好好计划一下时间安排，寒假之前我都很忙。"苏子滢在岔路口停下脚步，看了眼图书馆的方向。

叶峻成听到她说计划，喉结动了动，吞下了想说的话，忽地一把抱住了她，将她的头按进自己的怀里。

猛烈的心跳声像是擂鼓，撞到苏子滢的耳膜，那熟悉的颜料味混合着他身上清爽的气息，让她闭上了眼睛默默感受他的存在。

"对不起，那天太冲动了，我这两个月已经受到了惩罚。你原谅我好不好？"叶峻成紧紧抱着她，生怕她逃走。

"你想清楚了？"苏子滢的声音闷闷的，却很冷静地从他胸口处传出来。

"我想清楚了，是我不对，我想要的太多，可又不知道该怎么做，我忍受不了瑕疵……"

"以后还会有瑕疵的。"苏子滢费力地抬起头，看着他，神色冷静地提醒，"没有人是完美的，即使画里的人也有瑕疵，你如果不能接受和认清现实，我不会再接纳你一次。"

叶峻成看着她澄澈认真的眼睛，片刻后，他的嘴唇压下来，压在那让人心悸的美丽眼睛上，轻声说道："你为什么这么好？"

苏子滢拍了拍他的脖子，轻声回答："因为是你。"

叶峻成痛苦漂泊两个月的心，在这一刻像被纳入温暖的港湾，中间所有的迷茫和挣扎，难过和伤悲，全都在这四个字中化为轻烟，被风吹散。

"你在等我吗？"叶峻成心里踏实了，可还藏着不安，小心期待地问。

如果一定要说还有心痛，那就是对辜负她期待的疼。

"我只是在继续自己的人生，恰好你回来了而已。"

苏子滢笑了，她不算等，只是没有恋爱的计划，拒绝其他人走进而已。

叶峻成就是因为她每次这么冷静地回答，才会不安。

不会被爱冲昏了头脑的人，也不会爱得死去活来。

"但是，如果你再走，就不要回来了。"苏子滢在他开口之前，笑吟吟地温柔说道。

事不过三，任何错误，第一次是没经验，第二次就是真的不适合，不会再有第三次。

叶峻成被她温柔又强硬的态度弄得眼底都泛红了，他外表看着是不可一世的风流才子，可内心却柔软细腻，苏子滢温柔点还好，一旦正经地警告他不想听的话后果会怎么样，他就觉得委屈。

不够全身心地爱他，才会威胁他要离开。

"怎么了？"苏子滢见他默默盯着自己，咬着嘴唇，眼底一片委屈，眼圈都发红了，路过的学妹们还以为她在欺负人，"我这不是在等你吗？只是告诉你，回来了就别动不动提分手，以后有什么问题就提出来我们一起解决。"

相处之道就像做数学题，一定能找到很多方式来解决，就算是罗素悖论，也能找到答案。

"我不提，你也不能提。"叶峻成说完，又抱紧了她，按着她的后脑勺，感觉到她的呼吸浸热自己的胸口，终于有活过来的感觉。

来来往往的同学们有些惊讶地看着岔路口相拥的两人，很快两人和好的消息又传遍了全校。

尤其在张教授的公共课上，一对赏心悦目的高颜值情侣坐在一起，谁都没法忽略。

林涵说不上来是什么心情，标志设计也不管了，找打篮球的兄弟们下馆子喝啤酒，他觉得自己又失恋了一次。

"涵哥，不是我说你，你平时追女生可不这样，喜欢人家就抢过来，跟我们喝什么闷酒？"杨超忍不住把林涵手里的酒夺下，他还记得上学期那个眉眼温柔的学姐，林涵一向天不怕地不怕，对她却尊敬得很，连荤玩笑都不敢开。

"天下何处无芳草，何必单恋一枝花。再说人家已经名花有主，不如去看看隔壁电影学院的学妹们。"张勇这次说话很委婉。

不是不站兄弟，而是他作为美术专业的学生知道叶峻成的专业实力，还有那张迷倒万千少女的贵公子脸，又听说家里开着公司，喜欢他的女生能排到隔壁院校，谁能拒绝他？

林涵实惨，被匹配到这样的王者对手，想赢太难。

"谁恋了？苏老师只是我的朋友，你们别瞎说。"林涵有些烦躁地开口，咚咚咚又灌了一瓶啤酒，打了个酒嗝，"人家俩关系好着呢，不要胡说八道，给人添麻烦你负责？"

他是撩妹高手，也深知女人的那点小心思，如果不是苏子滢油盐不进，不想和他有任何感情发展，他怎么可能退到安全距离，尊她为自己的小老师？

而且，亲眼看着苏子滢没有拒绝叶峻成的邀约，看着她还愿意跟人家走，林涵就知道，她心里唯一留着的位置给了叶峻成。

她是个目标明确意志坚定的人，认准的东西不会轻易改变。

"说得是，别乱说话，涵哥能有个女性朋友不容易，其实这种关系最值得珍惜。真要是有点感觉了，也没法再当朋友，可惜得很。"张勇立刻说道，"距离就是美，保持美好多好啊。"

"都是屁话，什么美不美的，人家看不上我而已！"林涵大概喝醉了，酒后吐真言，"我啊，在她眼里没什么才能，也不上进，成绩吊车尾，又花心，不过是家里条件还行的纨绔子弟，能给她什么好未来？估计我以后混得还不如她，赚得也不如她多，什么都比不上她，怎么去追人家？我只是不敢耽误她而已。"

"也不用这么妄自菲薄，你可是篮球场上第一前锋，自家服装厂的最帅男模……"

"反正不是她的菜，再好也没用。"林涵苦笑，又咕嘟咕嘟地吹了一瓶酒，像是自言自语地唏嘘，"何况我并不好，和她比起来，我就是一个垃圾。"

几个兄弟面面相觑，也不知苏同学用了什么高级手段精神操控了林涵，竟然让自信爆棚的林涵说自己是垃圾。

他们不了解苏子滢，人家是真的优秀，一路过关斩将，拒绝过人生岔路口上的众多诱惑，踏踏实实地走到现在。

所以，优秀的人终会遇到优秀的同伴。

叶峻成很庆幸自己在画画上足够专心和努力，在遇到自己的缪斯女神时有底气和能力匹配她。

苏子滢是他见过的最有魅力的女性，成熟聪敏，严于律己，宽以待人，甚至对他的任性和伤害都能包容。

但只要想到她如果对别人也这样，叶峻成就会难过。

就会想独占，可又知道如果这么做她会离开。

娶回家才能安心。不然就像妈妈说的那样，现在的女孩子独立自强，随着年龄和阅历的提升，对生活和自我的要求变高，也许就不会需要男人了。

已经晚上十点，江边的夜生活才刚刚开始，叶峻成找了个车位停下车，牵着苏子滢的手在江边的人行道慢慢走着。

江面如同半透明的黑色绸缎，倒映着两边的霓虹灯，靠近人行道一侧的街道全是酒吧，不少音乐学院的学生晚上会来这里打工。

"真美。"苏子滢趴在栏杆上，看着对面的高楼的倒影感慨着。

她以前也在这附近的酒吧打过工，但每次下班都到凌晨了，大多霓虹灯熄灭，江面清冷安静，有时候被淡淡的水雾笼罩，看不清对面的高楼。

"我更喜欢长乐河。"叶峻成无心看风景，看着她被风吹乱的头发，不着痕迹地侧身帮她挡住江风，说道。

那才是属于他俩的长河，没有尘世的喧嚣，温柔的河水里藏着她的童年和他们的未来。

"你喜欢安静。"苏子滢听着酒吧里驻唱歌手们的歌声，笑了，"你应该到对面去，那边没这么吵。"

对面是新开发的产业园，这几年飞速发展，成了高精尖的圈子。

那边没有这样热闹的酒吧，能在那边高楼工作的人都行色匆匆，似乎没有休息的时候，即使休假也会去远方度假。

"你暑假在对面住了两个月。"叶峻成看了眼斜对面的那座地标性的高楼，忽然问道，"在XM里工作是什么感觉？"

"很幸福。和优秀的团队在一起学到了很多东西。"苏子滢实话实说，能在XM里实习，是很多人花钱都得不到的学习机会。

"难道不会觉得约束吗？听说XM虽然不用加班，但工作要求很高。"叶峻成很佩服她的抗压能力，无论面对怎样苛刻的桎梏，她都能迅速适应并出色完成工作。

而他完全相反，他只喜欢自由，纯粹的自由。

创作上的自由和精神自由一旦被束缚，就无法完成最满意的作品。

"做什么事都会有约束啊。"苏子滢笑了，撩了撩耳边的碎发，"就好像人与人之间的相处，再亲密的关系也有约束。"

"你什么时候约束我？"叶峻成忽然问道。

他就是想和她看看江景，聊聊这些日子的思念，和他们的未来。

苏子滢对他太宽容了，宽容到他觉得她的人生中有无自己都无所谓，总觉得抓不住她的心。

"已经约束了。"苏子滢看看他，又看看对面高楼的倒影，"说了不能再随随便便闹脾气说分手，我是认真的。"

"那你……要严厉一点啊，我感受不到你的感情就会闹脾气。"叶峻成听到这句话，从后面搂着她纤瘦的腰，撒娇。

他在感情上没有安全感，需要对方不断地表达爱意，偏偏苏子滢内敛得让人抓狂。

"你不是感受不到，你只是需求太高，要求完美。"苏子滢无奈地纠正他，"无论我怎么做，你都会觉得不够……"

"不会，你只要跟我结婚，我就安心了。"叶峻成打断她的话，搂着她后腰的手，抓住了她的手。

苏子滢只觉得无名指被套上了什么，低头一看，是戒指，尺寸刚刚好，没有任何雕饰，在月光和霓虹灯影下，闪着柔和的光。

"算命的说我二十二周岁适合结婚。等你考完试，我们先把人生大事解决了怎么样？"叶峻成半开玩笑地问道。

"你确定？我们没有计划……"苏子滢看着手上的戒指，有些惊讶。

"你不是以结婚为目的和我交往的吗？"叶峻成听到这句话，顿时不开心了，打断她的话，语气沉了下来。

"不在这两年的计划内。"苏子滢苦笑，"你不想多相处一段时间再看看吗？"

这是给他反悔和试错的机会啊。

他还年轻，前途无量，她也一样，两个人面前会有许多的岔路和变数，即使相爱，也未必能相处和谐。

苏子滢只是希望多相处两年，等他更成熟，确定和坚定未来的道路。

"我已经想了两个月，虽然有时候你的脾气让我受不了，但如果没有你，我更无法忍受。所以，我只想确定下来，至少让法律保护我和你的关系。"叶峻成攥住她抚摸戒指的手，低头埋在她的脖子里，努力隐藏内心的卑微和担忧，"只要结婚，我什么都能给你，也不跟你闹小脾气……"

"我让你这么没安全感？"苏子滢笑着转过身，抬头看着他的眼睛，"骄傲点，自信点，我喜欢那样的你。"

叶峻成仔细想想，在她面前很少有真正的骄傲时刻，即使刚开始雇她当模特，他也没有真把自己当老板。

因为苏子滢让他不由自主地尊重，她是小事不计较，但并不是卑微地迎合。

"戒指我先戴着。至于结婚，我从来都不反对。但出于尊重对方的真正意愿，我希望继续相处一段时间，从对方身上得到信任和正面的反馈，而不是依靠法律保护……这未免和你的完美主义相差太远，要求太低了。"苏子滢说着，主动搂住他的腰，踮着脚亲了亲他的下巴，冷静地给他分析，"如果我连这种安全感都不能给你，结婚也不能解决我们之间的问题。你说是不是？"

"不是，我就想和你结婚。"叶峻成低下头，他只有和她在一起时才有安心的感觉。

"急什么呀，你还是小孩子啊！"苏子滢笑了起来，半开玩笑半认真地说道。

他不但年龄小，内心也住着一个纯真的孩子，以后的路上还会遇到很多诱惑，也许哪天就后悔和她在一起了。

"我不小！"叶峻成被她说得很气恼，他不管是年龄还是生理都是成熟男性好吗？

"个头是不小。"苏子滢给他顺头发，拍拍他的后背，没等他缓过心情，又逗他，"心眼有点小。"

今天的江风凉爽，吹得她心情也不错，也可能是他又回来了，还向自己"求婚"，尽管她没有立刻答应，可是和喜欢的人在一起的感觉很美好，所以难得跟叶峻成开玩笑。

"别担心，我不会跑的，我只是在等你准备好。"苏子滢蹭了蹭他的脸颊，试图给他一点信心，"你要相信自己，也要相信我。"

叶峻成没有再说话，低头吻她。

他还无法理解自己偏执的感情，就像自己不停地追求艺术的顶峰，总觉得水平还不够。

他也不知道最根本的原因不只是信任和安全感，更多的是怕时间一久露出了自己的真面目，她会真的离开自己。

只有成为了家人，才没那么容易被抛弃。

即使露出了一点坏脾气，她也不能说走就走，他也还有机会弥补。

秋意渐浓，苏子滢却觉得他身体滚烫，像流淌的熔岩，像燃烧的烈火，像夜空中一闪一闪的星星，照亮了她枯燥平凡的人生。

她也想说，这两个月，她很想他。

可终究说不出口，总觉得有些感情太过珍惜，应该深藏于心，好好保护。

苏子滢刚答应跟他交往时就想过结婚，只是这计划现在要往后推迟了，因为越是相处就越觉得叶峻成的性格缺陷太多，她得先治好这家伙感情上的缺陷。

应该找朱音一起解决这个问题。

童年时缺失的爱，需要用一生来治愈，如果家人能参与进来，会事半功倍。

苏子滢顿时觉得心累，谈个恋爱比以往打工都要累。

要准备考研，要做毕业设计，还要陪叶峻成。

好在叶峻成虽然偶尔少爷脾气，经常因为创作灵感阴晴不定，但在她面前一直很收敛。

他还有一个优点，除了黏她，从来没有过过分的要求，比苏子滢这尊"菩萨"的欲望还淡薄。

似乎他的世界只有纯粹的艺术和纯粹的精神爱恋。

唯一让苏子滢有些受不了的是，他总喜欢给她买衣服，每次求她当模特，总要换一身新衣服和造型。叶峻成特别喜欢给她装扮和尝试不同的造型，然后逼她穿着去上学，享受别人看自己女朋友时惊艳的目光。

第四章 公牛少女

苏子滢低调惯了，夏天全是白T黑T加牛仔裤板鞋，冬天穿着学校发的过膝羽绒服，在千奇百怪各种时尚元素集为一体的艺术生里，比打饭的阿姨还要朴素。

这段时间忽然穿上一些面料高档剪裁考究设计感十足的衣服，让她那张古典秀雅的脸猛然跳入大众的视野，走在路上都会有人多看她几眼，也没有人再说她"高攀"了美术专业小王子。

毕竟长得这么好看，成绩还这么优秀的人，实在没法找到瑕疵。

叶峻成这段时间忙着重新装修画室，平时白天陪苏子滢在图书馆看看书或者盯着她发呆，让人觉得他像个没断奶的小奶狗，亦步亦趋地跟着主人。

时间一久，苏子滢也渐渐习惯了他的存在，看书回过神时，见他托腮看着自己，伸手摸摸他的头，他就会满足地笑，倒也不打搅她学习。

入秋的空气都带着桂花的香味，今年的中秋和国庆正好在一起，叶峻成早就期待地问她假期安排，希望她能跟自己出去旅游，或者一起回她家里也不错。他想那温柔絮叨贴心的外婆。

苏子滢没有立刻回答安排，但应允了假期会陪他。

朱音暑假不知哪弄来她的手机号码，加了她微信。当时苏子滢以为朱音是为了叶峻成的事才加自己，结果朱音加完就像忘了她，没有和她说一句话。苏子滢也不喜欢没事打扰别人，更何况当时和叶峻成还处于分手状态，没有理由和他妈妈说话。

但这次假期开始一周前的一天早上六点半，朱音忽然给她发了信息，问她国庆假期有没有安排。

朱音没有直接问叶峻成，而是问他女朋友，其中意思苏子滢也大概揣摩得到，便趁机回答没什么特别的安排，只是小叶希望中秋节能和家人一起过。

苏子滢一直想找机会让叶峻成和家人多相处，尤其和父母多交流，让他多感受亲情的温暖。

所以，苏子滢就擅自和朱音商量了假期家庭旅游的事。

朱音也很大方，竟要邀请她家人一起，显然已经知道她和叶峻成关系稳定，也认可了她的身份。

可出乎朱音意料的是，苏子滢拒绝了。

因为苏子滢想让叶峻成感受自己原生家庭的温暖。如果她家人加入，就跟两家相亲似的，旅游变了味。而且妈妈的身体也不太适合飞来飞去地旅行，外婆更是不太愿意出去走动，假期爸爸包装厂生意又忙，不是两家聚会的好时机。

国庆节前一天，学校当天下午就空了一半，不少班级直接放了假，只有苏子滢还一点不受影响地去图书馆。

叶峻成下午没课，陪着她吃完饭一起去图书馆，路上就忍不住问道："晚上回家吗？你不是做什么都有计划吗？长假什么计划也不告诉我？你是不是不爱我了，不想和我一起过节？"

"我在等电话。"苏子滢冲他眨了眨眼睛，笑了，"说了陪你就会陪你，别动不动就自我怀疑。"

"你等谁的电话？你跟我的假期，还有其他人参与？"叶峻成警惕起来，停下脚步，拽住她的手臂，一张俊秀的脸上满是不悦。

因为她不可能等自己家人的电话，如果要回家直接回去就行了。

难道还要一堆同学出去玩？

想到方楠就是和狐朋狗友组织了一场自驾游，他很担心二人世界被破坏。

苏子滢正要说话，手机振动起来。

她拿出来一看，没想到这么早人就到了。

叶峻成也凑过去，看到一个陌生的电话号码，号码很多8，一看就是多金高调的主，他皱了皱眉头："谁给你打电话？"

"你真是……和家人从来不联系的吗？"苏子滢服了他，这是他妈妈的电话。苏子滢的手机通讯录里不保存家人的电话，因为都能背下来。

叶峻成皱皱眉头，替她接通电话。

他换了手机后，上面没有家人的电话，微信添加了好几年，以前几乎不联系，今年爸爸才跟他聊得多了一些。

"我还有五分钟到学校门口，你们在哪？"

一接通，那边就传来熟悉的声音，朱音优雅清亮的声线像央视女主播似的。

叶峻成表情一僵，怒气冲冲地瞪着苏子滢，用口型问道："为什么她来？"

"那我们也到学校门口。"苏子滢回答完，才用口型无声地回应，"因为她想来接你。"

"有病吧？她接我？"叶峻成这句话差点说出声。

他妈自从知道他不但没去国外最好的艺术大学，还拒绝了中阳的橄榄枝，报了这所综合艺术学院后，就没来过他的学校。

在朱音眼里，这不是世界最顶尖的美术学院，当然不值得来。

"那好，东门见。"朱音说完就利落地挂了电话。

苏子滢摊手："礼貌点，你妈想你了不行吗？"

"怎么可能？她想我？"叶峻成一脸见鬼的表情，"她有时间想我？"

随后他想起了什么，拿过她的手机检查通话记录："你什么时候跟我妈联系上的？为什么没有告诉我？"

苏子滢的手机有他的指纹解锁，因为她对他没有秘密，偶尔他也会用她手机里面的学习软件找资料，但平时叶峻成为了表示尊重，也会强忍住好奇心，不会刻意检查她的私人信息。

这一翻，就看到朱音一周前的早上给她打过两次电话。

"因为你妈妈想给你一个惊喜，让我别说。"

"惊喜？她能给我什么惊喜？打搅我俩的假期是惊喜吗？"叶峻成很不高兴，完全不想和妈妈见面。

这是惊吓！

他跟妈妈总是话不投机，也见不得老妈那副对外虚伪又唯我独尊的女强人模样。

"别黑着脸，看着怪吓人的。"苏子滢见他脸色阴沉，平时对她春风和煦的表情像被冰封了，看着就觉得后背发寒。

"我妈给你打电话还说了什么？这么长时间的通话……她有欺负你吗？"叶峻成冷着脸看着通话时间，一次二十分钟，一次将近一个小时，从六点半到七点半，这是开早会？

"没有，就是问问你的情况。"苏子滢拿回手机，笑着转身往校门外走，"你家人也很关心你，对我也挺好……你还不走？"

说了几句见他还杵在原地，苏子滢只得回头，挽住他的胳膊，仰起脸笑吟吟地看着他："都来接你了，乖啊，别耍脾气。"

秋日午后的阳光从树叶间洒落在她温柔的眉眼上，加上她语气里面带着一丝娇软的请求，即使叶峻成不想见朱音，也只能狠狠地吐了口气，不情愿地问道："你背着我跟我妈计划了什么？她要来接我？"

"你妈妈生日要到了，她只是想让你陪她过个生日，怕你又和暑假一样跑了，所以没提前告诉你。"苏子滢晃了晃他的胳膊，哄着他，"不要一副如临大敌的样子，那是你亲妈，她又不会吃了你。"

"你是没见过她吃人的样子。"叶峻成叹了口气，他妈可是资本家，吃人不吐骨头啊！

"再说，我暑假是因为谁才走的？"叶峻成忽然想到暑假，看了她一眼，"还不是你伤了我的心。"

苏子滢淡笑不语，扯了扯他的胳膊，这孩子的心是水晶做的，太容易碎了。

不过以后她会好好保护的。

朱音远远就看到站在学校东门的儿子。

他身材修长，肩宽腿长，只看背影就觉得玉树临风，身边又站着一个白裙飘飘的少女，和他差一个头，盘靓条顺，两个人金童玉女似的般配。

不知不觉孩子就长这么大了，他在朱音眼里还总停留在两三岁最萌的时候，和十二三岁开始叛逆不听话的时候，老觉得他是个小孩子，直到现在看着他和女朋友站在一起，才惊觉他早就从吃奶的孩童变成了成熟的男子汉。

第四章 公牛少女

司机将车停在两人面前，下车接过两人的包并打开车门，朱音在后排放下车窗，这才看到儿子的脸上表情阴沉地紧紧握着苏子滢的手，也不和她打招呼。

"阿姨好。"苏子滢捏了捏叶峻成的手，看了他一眼。

"先上车吧。"朱音主动对叶峻成说道，"峻成，你坐副驾驶位，小滢到后面陪我说说话。"

"快去。"苏子滢见叶峻成没动，知道他还在为二人世界的假期被破坏而生气，硬推着他去了前排，自己顺势坐到了后排。

"书包里放了什么这么沉？不是说不用带东西吗？"朱音注意到司机提着书包放到后备箱，似乎有点沉，问道。

"就放了电脑和两本书，我的电脑有些重。"苏子滢有些不好意思，因为朱音和她说过假期不要安排其他事，不管是学习还是工作上的，都先放一放。

"电脑还带着干吗？有工作？"难得一起出游，朱音都让助理把工作安排到了假期过后。

"是毕业设计，我存了点资料，晚上没事的时候可以看看。"

"毕业设计？准备设计什么？"朱音看了眼儿子的后脑勺，他坐在前排一直不说话，也没玩手机，只扭头看着窗外的风景，她只能找点话题和苏子滢聊聊，以示亲切。

"想做一款平板和笔记本电脑二合一未来科技感概念性设计，所以要查的资料挺多的，而且数据也要时时更新，得不断调整……"

"回头需要什么资料找我就行，假期就别查了，放松几天。"朱音打断她的话，说道。

"您真喜欢安排人。"忽然，前排的叶峻成开口了，冷冷地说道，"什么都要管。"

朱音皱了皱眉，还没说话，苏子滢就急忙接口："谢谢阿姨，回头有需要我就直接请教您。"

苏子滢以前听同学议论过叶峻成，说他爸爸是个收藏家，妈妈做点生意，而爷爷嘛，全家最出名，是鼎鼎大名的建筑设计师叶博。

苏子滢也不是因为叶峻成的家世才和他在一起，她平时忙着自己的事，所以对朱音的生意就没有关心过，但是猜想和电子行业有关。

因为叶峻成这样专注于艺术的人，对手机行业居然很有了解，而他也不是一个电子发烧友，这就很不合逻辑。只可能是他家里有人做这一行，平时耳濡目染有些了解。

"现在去哪？"叶峻成像憋着气，冷冷地问道。

"先回去和你爷爷吃个饭，难得天气不错，他回来住几天，你也陪陪老人家。"朱音说道。

叶峻成不说话了，将副驾驶位前面的挡光板拉下来，上面有个镜子，刚好能看到后排的苏子滢。

朱音见儿子沉默下来，又和苏子滢有一搭没一搭地聊起来。

叶峻成没想到挑剔的妈妈居然和苏子滢能聊到一起，而且相处得比他这个亲儿子还要和谐有爱。

她俩内心深处很像，都是理性思维，一样的努力上进不服输，所以看待事物的眼光相似，话就越来越投机。

叶峻成越听越觉得苏子滢是老妈亲生的，而他是抱养来的。

煎熬了一路终于到了老爷子的别墅，叶峻成一下车就扯着苏子滢先进屋找爷爷。

叶博在楼上喝茶赏景，听到管家领着孩子们上楼的脚步声，脸上露出丝丝笑意。

"爷爷，你什么时候回来的？"叶峻成进门就问，"也没告诉我一声，我妈又怪我不来看你。"

"前天刚回来，不想影响你画画，就没和你说。"叶博笑呵呵地看着苏子滢，"小苏也来了？随便坐，喝茶吗？"

苏子滢也跟着热情地喊了声"爷爷好"，没舍得坐，走到落地玻璃窗前看着院子里和山间的秋景，内心再次感慨叶博太厉害了，几十年前设计的建筑，看似和大自然格格不入的玻璃房，可其实却和四季完美地融合在一起，春有百花秋看月，玻璃房像是一块透明的宝石，接纳着自然的更迭变化。

也许百年后，这座玻璃楼都依然完美得无可挑剔。

叶峻成听到了妈妈上楼的脚步声，立刻走到苏子滢身边，假装和她一起看风景，问道："要不要出去走走？"

他不喜欢跟自家长辈们窝在一起说话，这次车里有苏子滢转移了老妈的注意力，否则到了后面一定是问他成绩，鄙视他搞艺术创作，拿"艺术是无用的美"之类的话来贬低他。

"好呀。"苏子滢善解人意，知道他想出去透气。

朱音刚进门，就见两个孩子手拉手要出门。

叶峻成不给老妈开口的机会，拽着苏子滢跑到院子里，脸色稍稍柔和了些，吐了口气。

"你都没关心你爸爸去哪了。"苏子滢出来后，才低声提醒他，"你妈妈挺好的，干吗见她就跑？"

"我爸这么大人了，又不会丢，有什么好问的。"叶峻成没有回答她后面的问题，扯着她从后院绕出去，带她走到一条偏僻的林间小路，这条路窄窄的，只容一个人通过。

虽然很偏僻，但两边的植物都被刻意打理过，种满了桂花树和各色菊花，初秋天气微凉，有些菊花还没开放，但桂花却香得醉人。

"和家人说话，不是每一句话都必须找到答案，但和家人的对话，你认为无用的，却有意义。因为这是情感的交流。"苏子滢走在前面，转过头，对他认真地说道。

叶峻成皱皱眉："你确定不是争吵的开端？"

"那一定是交流方式出现了问题，你要寻找到问题的根源，解决掉它，而不是一直逃避。"苏子滢很少主动开导别人，她不好为人师，因为嫌麻烦。

除非对方真的遇到棘手的问题来请教她。

或者，她很关心这个人。

"我没有问题。"叶峻成今天下午本来就不高兴,这会更是满脸不耐烦,松开她的手,沉着脸率先一步,从她身侧挤了过去,往前走。

"我最艰难的时候是爸爸生意刚破产那半年,债主每天上门,甚至去学校骚扰我,我都能忍受,但是……"苏子滢跟在他身后,主动开口说起自己的往事。

叶峻成的脚步慢了下来,他从苏子滢的外婆嘴里听说过一些,但她本人却从没有详细说过那些年怎么过来的。

"有一天,老师接到电话让我去医院。我才知道,我妈抑郁服药自杀,幸好被发现得早,抢救过来了。"苏子滢语气很平静,像说别人的故事,"醒来后,她又试图跳楼。没有办法,家里必须有个人在身边一直监护,我爸和外婆四处奔波想方设法还债,我爷爷奶奶带着小叔直接搬走了,再也没有露过面。我只能请半个月的假,在医院里面一边读书,一边陪妈妈说话。"

叶峻成转过身,看着她,想象到她那时候的难过,心里也跟着抽痛起来,恨不得穿越回去,保护那时的她。

"你可能没有遇到过特别艰难绝望的时刻,所以你不能理解有些勇气,想要活下来和想变强大的勇气,是因为情感的互相交流和依靠而产生的。"苏子滢看着叶峻成,"从某种意义来说,我妈妈用爱灌溉了我,而我也努力给了她一次重生,之后我们再遇到任何痛苦和坎坷,都能想着还有彼此,应该努力跨过去。"

"不会再有什么坎坷。"叶峻成忍不住紧紧抱住她,摸了摸她的头发,"以后还有我呢。"

"你理解的重点错了,我是想让你知道,家人之间的交流和陪伴可以拯救自己的世界。"苏子滢抬头,眼底荡漾着秋日的旷远和温柔,"我陪妈妈那会,每天说的话在你看来都是没有意义的,我每天问她的作业我都会做,可是我就故意做错,让她给我讲解,让她读书给我听。"

"我们最经常聊的天就是一起回忆各自的童年,我每天都在说小时候开心的事,有时候还总是重复那几件事。你说每天都重复这些回忆有什

第四章　公牛少女

么意义？然而，就是这些无意义的对话，不断重复的日常细节让她走了出来，又成为我最坚实可靠的后方。"苏子滢踮着脚，亲了亲叶峻成的下巴，"所以，不要逃避，你要给家人交流的机会，才能看到他们在你看不见的地方也想着你，为你牵肠挂肚。"

"别说这些了，我带你去个好地方。"叶峻成深深看着她，眼神像是胶粘在了她的脸上。

他很想说，他的妈妈可不是苏子滢的妈妈。

朱音看似外表优雅温柔，其实心狠手辣铁石心肠。她遇到天大的事也不会想着跳楼，一旦破产负债，以她的性格，如果自己拼不动，可能会离婚找个顶尖富豪做跳板，东山再起。

不过叶峻成不想和她解释，杀出一条血路的女商人和温婉贤良相夫教子的家庭主妇本质根本不同。他只心疼苏子滢，想在未来如何为她遮风挡雨，成为她最坚实可靠的后方。

"去哪？山顶？"苏子滢一向克制，今天难得说了这么多，见他不愿再听，也就收住了。

许多事情需要慢慢改变，不能一蹴而就。

她有耐心陪着他慢慢来。

"对，这条路是我跟爷爷亲手开辟出来的，以前我最喜欢去山顶写生，画过无数次朝晖夕阴。上次就想带你来看看，那回天气不好，就没来。"叶峻成牵着她的手，拉着她往山上走。

"你也会做苦力？"苏子滢看着这山路蜿蜒，想象不到叶峻成肯扛着锄头修路。

"我和爷爷画图，他测绘路线，我画效果图，具体工作有管家找人来做。"叶峻成笑了，他这双手挖泥巴，爷爷也不愿意啊。

"……是我想多了。你那不叫'亲手开辟'，叫亲手设计。"苏子滢无语地纠正。

"你说的对，是我错了，但这条路现在属于你了。"叶峻成攥紧了她的手，无声地笑了。

反正以后他的手，一只拿画笔，一只牵她。

他嘴甜的时候，苏子滢总会轻轻捏捏他的手，示意他适可而止，太甜她会难为情。

小路曲径通幽，每走一段都有不同的风景，确实用心设计过。让苏子滢想到了《桃花源记》中描写的"初极狭，才通人""落英缤纷"的场景。

这个山不算高，不多会就到了山顶，上面视野开阔，还建了个小小的亭子，上面放着的不是石椅，而是两把看上去坐着很舒服的藤椅，旁边的藤桌上被颜料染上深深浅浅的颜色，一看就知道叶峻成在这里画过画。

"我决定去咱们学校时，在这里画了一个月的夕阳。"叶峻成拉着她走到观景台。

秋高气爽，天空像一整块没有杂质的碧玉。风经过林间，桂花甜腻的香气里还有一丝淡淡的菊花苦香，沁人心脾，而被秋意一点点染色的山林间，深深浅浅的红叶黄叶点缀在绿树间，阳光洒下来，如同油画。

最妙的是层林尽染间，有一处暗沉的亮光，像水晶琉璃，像遗落在山林的宝石，让人想去一探究竟。

那就是叶博的玻璃屋，外面是不可透视的材料，但又不是镜面，吸收了光线，反射着周围的红橙黄绿蓝靛紫的风景，似是传说中的水晶宫。

"是不是很美？"叶峻成见她看愣了，心情也跟着舒畅起来，"我十六岁那年，拿了全球摄影大赛的金奖，就是中秋节那天傍晚，在这里拍了一张照片。"

"好厉害。"苏子滢是真心夸赞，笑眼里满是崇拜。

"也可能是人家知道我是叶博的孙子，开的后门。"叶峻成故意开玩笑。

"哪有那么多后门可开？这世上大多成功者都是靠自己的天分和努力，你天生审美水平高，不管是摄影还是画画，都是顶尖的。"

"你今天很会说话嘛，以后也能这么夸我吗？"叶峻成伸手摸她的头发，开心满足的笑容都从眼里溢出来了，她很少这么用力直白地夸赞自己。

"看来我以前太吝啬了。"苏子滢见他恨不得摇尾巴的开心表情，也忍不住笑了，亲昵地将头靠着他的肩膀，"以后每天都夸你，就是怕你飘上天。"

苏子滢想到自己小时候，那可是被夸大的，在父母朋友们的眼里，她什么都可以做到第一。有这样的自信和信念加持，她还真的养成了不服输不怕输的性格，无论遇到什么困难，都会想到小时候父母的夸奖。

而叶峻成是个悲催的孩子，虽然画画很有天赋，可从小朱音不想让他往艺术上发展，所以他越成功，朱音越是生气，少不了打击他几句。他又心高气傲，被父母这么压制，自信心受挫，内心深处自然有些卑微，渴望得到最亲近的人的认可。

苏子滢平时不爱外露感情，很少主动说甜言蜜语，最近稍微有些改变了，看叶峻成的眼神里，偶尔也会有炽热的光一闪而过。

两个人渐渐不说话了，依偎着看着秋日西沉，落日熔金，霞光漫天，玻璃房的一角倒映着天上的云光，圆圆的月亮不等太阳落下就已经挂在天上，日月交辉，美得像童话世界。

两人不只被这天地间的美色感动，还被彼此身上所散发出的气息迷住，只觉得融入自然界的舒适和幸福。苏格拉底式爱情大概就是如此，比秋月春风还要令人沉醉。

叶峻成晚上的情绪好了很多，一家人的晚餐吃得很和谐。

叶珣去接叶琅过来一起吃饭，堂兄弟俩感情特别好，平时叶珣眼里只有朱音，只有叶琅在的时候，会撇下朱音一会儿，陪堂弟单独聊天。

一年也就两三次，在最亲密的兄弟间聚会时，吃完饭后，懒洋洋地坐在一起聊天。

通常这时候，朱音都在开远程会议或者泡澡。但是今晚，她推掉了所有的工作，和苏子滢坐在楼顶赏月。

今晚万里无云，夜空只有一轮明月，一片清辉洒在身上，只觉得神清气爽，秋夜静美。

"我已经有很多年没这样坐着看月亮了。"朱音躺在躺椅上，一下一下地晃着，忽然说道。

小时候朱音家里也有这样的躺椅，奶奶总抱着她躺在上面，在院子里看着星星和月亮，一晃一晃地就睡着了。

苏子滢笑了笑，没说话。

"记忆最深刻的一次看月亮是在飞机上，恰好也是中秋节，我怀孕八个月，肚子和天上的月亮一样大。当时我就想着，以后每年都要陪孩子一起过中秋。"说到这里，朱音有些遗憾地叹了口气，"可惜，二十多年，一次都没实现过。"

"今年就可以实现了。"苏子滢听叶峻成说过他妈妈是个工作狂。

"但其实已经迟到了。迟到的再怎么弥补，都不是最初的感觉了。"朱音难得露出感性的一面。

"迟到总比一直缺席好。"

"说得也对。有时候真希望他是普通人家的孩子，像你这样，被家人宠爱着，不会受承太多的压力，也没太高的要求，快快乐乐地长大。"朱音今晚在自己家里比较放松，说话也没那么注意措辞，发自真心地感叹。

"也许他心底也很崇拜您这样厉害的母亲，只不过不会表达而已。"苏子滢安慰道。

"不会的，他只会讨厌我。"朱音纤细的手指在茶碗上打着转，一双内蕴精光的凤眼盯着苏子滢，苦笑，"你是个好孩子，不用安慰我，我自己的孩子，我很清楚他心里想什么。"

"您既然清楚他的想法，那就没什么可担心的了。"苏子滢平静地说道。

朱音的眼神很有穿透力，她在商海打拼了数十年，什么样的人没见过？眼前这个小姑娘虽然二十出头，但神态极镇定，在她面前也能不慌不忙，说话很有条理。

所谓静生定，定生慧，慧至从容。

然而她的从容里又带着一股子向上的坚忍。朱音见过太多职场女强人，她们的眼里充满了要赢的欲望，脸上也写满了时间就是金钱，做事果决，行色匆匆，她极少见到将欲望和理性控制得这么均衡的人。

"你觉得叶峻成看上你哪一点了？"朱音静静盯了她一会儿，忽然问道。

"我觉得……他自己都不知道。"苏子滢浮起一丝温柔的笑意，如果叶峻成知道，就不会那么慌了。

"那你喜欢他哪一点？"朱音又问道。

"……"苏子滢想了一会儿，笑着摇摇头，无从说起。

"只是被他缠得无可奈何，才勉强答应？"朱音叹了口气，"那孩子从小就执拗，想要的东西，哪怕全世界都反对，他也会想办法得到，画画就是这样……"

"您误会了，并不是无可奈何。我也一定是喜欢着他，才会答应。只是您问喜欢哪一点，我觉得这得从两个维度来回答，一个是现实维度，另一个是精神维度。"苏子滢柔声解释。

不能只简单地回答哪一点，那样不够严谨。

对苏子滢来说，即使爱是无解的，她也试图从中找到规律和答案，摸索出最适合两人的相处方法。

至少不希望叶峻成用这么紧张的"战时状态"来面对自己。

所以，这个假期不只是想解决叶峻成和家人的关系，还要处理他俩之间的问题。

叶峻成回屋时，苏子滢已经洗完澡睡下了。

后半夜的月色更加清莹，叶峻成轻手轻脚地走到窗边，借着月光端详着自己的缪斯女神。

秀雅古典的五官，像从国画里走出来一样，那股娴静温柔的气质是这个花花世界里少有的素净颜色。

是画家们最挚爱的白色。

可以调和出所有最温柔底色的白。

叶峻成轻轻地伸手，想将她的被子拉一拉，可还没拉好被子，苏子滢伸手按住了他的手，长长的睫毛闪了闪，半睁开眼眸。

"你回来了？"她心底想着事，还没睡熟。

"嗯。吵醒你了？"

"我还没睡，只是在闭目养神。今晚别画画了，聊聊天。"苏子滢半撑起身，拍了拍床边说道。

她很少会主动建议对方做什么，尤其对叶峻成画画，从不打搅。

"怎么了？我妈妈和你说了什么吗？"叶峻成很敏感，只要朱音和她单独在一起说话，总担心强势的老妈欺负性格温柔的女朋友。

"就聊了点你小时候喜欢画画的事。"苏子滢将他拽到床上，依偎在他肩膀上，感觉到他T恤下肌肉瞬间绷紧，忍不住笑了，"你紧张什么，我又不会吃了你。"

"我怎么会紧张？"叶峻成只是不习惯她主动靠近，尤其午夜，月光从落地玻璃窗铺进来，她略带睡意毛茸茸的头抵在自己的肩膀上，就像是很久以前的梦境。

"你肌肉都僵硬了。"苏子滢捏了捏他的肱二头肌，硬邦邦的，捏不动。

"别摸了。"叶峻成扯开她的手，脸都被她捏得发热起来，赶紧进入正题，"你想和我说什么？"

"随便聊聊。你们说了什么这么久？"苏子滢靠在他肩膀，问道。

"你今晚不对劲，发生了什么事？"叶峻成有些警惕地挺直后背，平时的苏子滢绝不过问他的私事，两个人像密度不同的两种液体，虽然装在一个瓶子里，但却各自固守，不会交融。

"不能关心一下吗？你平时和家人聊天不多，今天和叔叔他们在一起说了两个多小时，我也有好奇心的。"

"不，你没有好奇心。至少对我没有。"叶峻成还是了解她的，她平时和自己除了讨论一些学术问题，对自己的私生活并不关心。

"看来我不是个好女朋友。"苏子滢笑了，拿脑袋蹭了蹭他的脸，

"我都说过以后要多关心你，怎么真关心了，你这么抗拒？"

"我只是怀疑你被我妈胁迫了什么……是她让你这么做的吗？"叶峻成被她蹭得心里痒痒的，按捺住心神问道。

"真的没有，我只是……想关心你，不可以吗？"

"当然可以，可是既然关心了，以后就得一直关心，不然我会有落差感。"叶峻成很少感受到她这样充满爱意的体贴，平时她的好多是出于礼貌性地顾虑他的感受，总是精确地踩在他底线的边缘，维系着让他不发火而已。

"所以你们聊了什么呀？"苏子滢懒洋洋地闭上眼睛，像是困了，梦呓般地问。

"我爸去做了个小手术……"

听到这句话，苏子滢睁开眼睛，转头看着他，有些紧张地问道："叔叔生病了？"

"不是，是结扎。"叶峻成说到这，没好气地吐槽，"我妈之前不是一直想要个二胎，觉得我这个大号练废了，没人接她的班，想再练个小号。我爸觉得她都是高龄产妇了，万一有个意外，他接受不了，不想生。可我妈一向霸道专制，我爸哪拧得过她啊，他索性偷偷找我小叔，去医院结扎了。"

"这……应该坐下来商量一下，偷偷去结扎，阿姨知道的话……"

"你不了解我妈，她要做的事，没法和她讲道理，整个世界都要为她让步，不达目的不罢休。"叶峻成打断她的话，自家老妈那性格，外人不知道，他最清楚。

"既然是不达目的不罢休，那一两年内没怀上，肯定会拖着你爸爸去做检查，到时候发现怎么办？"

"她只要够狠，就去试管，到精子库找。反正我爸已经尽力了。"叶峻成摸着苏子滢柔软的头发，无奈地说道，"只能希望时间一长，她自己能改变主意。"

确实，随着时间的流逝，朱音会慢慢改变主意，她会觉得怀个二胎，还不如买个别人家的王者号——培养自家准儿媳妇。

反正准儿媳比只会画画的儿子聪明多了，以后生个孙子再慢慢练，这个方案完美。

"我是觉得最好和阿姨聊一下，她不是不通情理的人。"

"我妈最擅长伪装，看来你完全被她的外表骗了，等你以后和她相处久了，就知道她那些手段了。"叶峻成毫不客气地说道。

因为了解，所以才担心苏子滢被老妈欺负，他妈妈可不是一般女人，吃人不吐骨头。

"嗯，那你有和叔叔他们商量送你妈妈什么礼物吗？"苏子滢不再和他争辩，这是叶峻成父母之间的事，轮不到她说话。

"不送。你该不是真的想和他们一起度假吧？我们就不能自己出去玩？"叶峻成晚上听了爸爸的假日计划，完全不感兴趣，只想跟苏子滢过二人世界。

"明天我俩单独出去。"苏子滢笑了，又闭上眼睛，梦呓般地说道，"单独逛街去。"

叶峻成喜欢摄影。

无论是古老清冷的街道，还是灯红酒绿的高楼大厦，他都会拍下来，某一天会以另一种方式出现在他的画里。

两个人又絮絮私语了一会儿，苏子滢不知不觉竟靠着他睡着了，他身上的香皂味和颜料味已经不会让她过敏紧张，反而一点点放松了她的神经，像催眠剂，令她心安。

叶峻成搂着苏子滢，听着她真的梦呓似的嗯了几声，随后呼吸变得均匀绵长，再也不应声，知道她睡着了。

可他睡不着。

月色那么纯净，怀里的学姐那么美好，他不舍得睡。

只一遍遍在心里临摹这一幕，画在脑海里，和恋人在如水的月夜里拥抱。

第二天，苏子滢陪叶峻成去给朱音买礼物。

商场里正在做国庆活动，到处都是彩条和鲜花，还有商家们醒目的国庆促销广告。

叶峻成拉着她径直往一楼的广场走去，那边不知在举行什么国庆活动，似乎请了明星过来，里三层外三层地围着尖叫的迷妹们。

叶峻成忽然停下脚步，似笑非笑地捏了捏苏子滢的手："你的老熟人。"

今天叶峻成心情挺好，好得几乎听不出酸味。

苏子滢顺着他的眼神转头一看，旁边的一家金店门口也驻足了不少人，和广场那群尖叫的迷妹相反，这边大多是男人，有的拿着手机拍摄，有的津津有味地看着。

人体彩绘！

苏子滢也干过这事，所以一看那模特裸着后背，就想到自己被围观的几小时——简直想找个地缝钻进去。

幸好小时费挺高。

"什么熟人？"苏子滢故意反问，装作没认出那个长发到肩、胡子拉碴的中阳美院风流才子。

"白宁羽。"叶峻成见她一脸没认出来的表情，语气轻松了一些，"你没认出来？"

"我跟他又不熟，这么多人，哪能认出来？"苏子滢回答得一点也不心虚。

白宁羽很好认，因为他的造型太像艺术家了，放荡不羁，在一群中年男人里面特别显眼。

"我还以为你当过他几次模特，一眼就看到了呢。"叶峻成说着，拽着她往那边走。

"你要去给阿姨买金玉器吗？"苏子滢不想过去，不希望和白宁羽打招呼。

她一向都秉持着多一事不如少一事的作风，能不惹麻烦就不惹。

"这模特太瘦了，他画得一定很不尽兴。"叶峻成朝那边看了一眼，见苏子滢有些抗拒地待在原地，挑了挑眉，凑到她耳边，"估计想着你的背呢。"

"我觉得他记性没那么好。"苏子滢服了他，扯着他快步离开。

"那可未必，我都记得很清楚，那个鬼面画得很不错，一看就是画手灵感迸发用了心的。"

"XM好有钱啊，新品发布请这么多明星过来。"苏子滢及时岔开话题，不想和他争论，免得他想到后面的《反弹琵琶》画作，越说越气。

广场中央已经挤不进去了，只能远远看到XM的招牌，苏子滢才想起来之前暑假在XM打工，他们有款智能机和平板要在十一黄金周发布，当时请了最近挺火的流量明星代言其中一个系列，他还提前来公司录广告，与苏子滢打过一个照面。

同时发布的还有她设计的一款复古蓝牙音箱，原本是作为赠品，不知道为什么也在新品发布会上单独开辟了版面宣传，命名为"极光者"。

叶峻成跟她绕过广场聚集的人群，直接杀到旗舰店里。

因为所有人都去看明星了，店里只有智能导购，显得有些安静。

"你该不会要给你妈妈买个电脑吧？"苏子滢觉得还不如买束花算了。

"这个挺可爱。"叶峻成可不是来买电脑的，他拿起放在新品推荐架上的小音箱说道。

"这……你妈妈用不上吧？"苏子滢发现每一个新品介绍上不但标着配置和价格，还有设计团队的名字。

极光者音箱有七种颜色，标价599元，上面设计者一栏赫然写着：苏子滢。

还贴心地标注扫码可查看更多详细资料。

苏子滢伸手就想挡住自己的名字。

叶峻成比她先一步俯身，故意念着："设计师：苏子滢。呀，难怪这么可爱，原来是你设计的啊？怎么从来没见你说起过？"

"你是故意的吧？"苏子滢一向低调，再说公司有保密协议，新品发布之前她怎么可能对外透漏。

"不是故意，是特意。"叶峻成笑了。

他特意来买她设计的产品。

如果不是苏子滢极力阻拦，他能把旗舰店的极光者音箱全买光。

苏子滢看着一后备箱的极光者，半晌没说话。

"设计得很好看，又复古又时髦，外形美观，符合我的审美。我想我妈也会喜欢。"

"就送这个给她当生日礼物？会不会不合适？"

苏子滢并不知道朱音是XM的董事长，也是老杨上司的上司。她在XM上班时，朱音不出差的话也经常去那边顶楼办公室，只不过她有专人电梯和车库，苏子滢和大多数基层员工一样，根本没机会见到大老板。

"为什么不合适，这可是她未来儿媳妇设计的产品，我花钱买的。再合适不过了。"叶峻成不是有意隐瞒老妈的身份，只是觉得如果苏子滢知道这层关系，会感觉被他家"包养"了。

其实她是凭自己的本事让XM买单，并不是因为是他女朋友。

因为朱音从不会顾虑人情关系，她在生意场上是有名的温柔一刀，在利益面前冷血无情得很。

但苏子滢又是特殊的，因为朱音一直让人关注华晟的设计大赛，注意到了她的设计。华晟每次出新品都会进行各种炒作，投放大量广告，虽然噱头太多，但在这个流量时代，还是有值得学习的地方的。

而朱音之前并没有将重心放在电子产业上，但近几年房产不景气，东南亚的房地产市场也开拓得很一般，倒是旗下的XM智能电器因为先进的设计理念和过硬的质量成为产业巨头。

这几年的形势让朱音不得不重新审视市场需求，最近五年都在"智慧城市智能家居"的科技研发上不停投入，注入了大量资金。

想到儿子不能继承她的衣钵，为建设未来高科技城市做出一点贡献，只会宅在家里画画，朱音就意难平。

幸好准儿媳妇看上去是个科研型人才，工业设计专业出身的做电子产品设计太可惜了，完全可以调到最核心的技术研发部去，以后儿媳妇能把控核心技术，那她就是如虎添翼了。

朱音拿着那个只有599元的生日礼物，心里想的却是599亿元的生意。

朱音的生日刚好是中秋节，过得比往年简朴多了，没有宴请任何生意场上的朋友，一家人在"水晶宫"吃了顿米其林大厨做的晚宴，蛋糕和月饼也是让西点大厨来家里做的。

往年她的生日宴，来的全是名流，说是生日，更像是一场盛大的生意派对，她的一个蛋糕能吃出几千万上亿元的单子来。

那些年，朱音也几乎不带孩子出席，一是朱音习惯了保护家人隐私，二是她的生日宴确实是商业意味更浓，大家明面上来给她过生日送礼物，其实都忙着借这个聚会谈各自的生意，孩子也没什么兴趣。

难得今年一家人坐在家里，苏子滢还体贴地提出给他们拍张照片。尽管叶峻成一脸不愿意的表情，还是迫于女友的面子，勉强和朱音合了影。

晚饭后，大家就坐在院子里那棵月桂树下，听着音乐吃着新鲜出炉的月饼赏月。

之后，一家人租了艘游艇出海了。

朱音说到做到，这一周完全没有碰工作，陪老爷子下海捕鱼，看儿子在海边画落日，她像个普通的母亲，享受着悠闲的度假时光。

"我妈其实不是为了陪我，我怀疑她是想放松几天调养身体，要二胎。"假期最后一天的黄昏，叶峻成终于没有再画落日，拉着苏子滢去踏浪，说道。

"你怎么知道……"

"她不会浪费时间陪我们。"叶峻成实在受够了妈妈反常的假惺惺的贤妻良母做派，"因为都几个月了还没怀孕，她问过我小叔医院的专家是不是自己工作压力太大，人家建议她出去度个假。她才出来玩的。"

"那你爸爸怎么办？还能瞒下去吗？"

苏子滢的想法总是和别人不同，最先想到的不是母子关系，而是做了结扎手术的叶珣怎么和妻子交代。

因为叶珣才是朱音最亲近的爱人和家人。

"那是他的事，我只是建议他结扎，又不是我给他做的手术。"叶峻成耸肩，无所谓地说道。

"你……"苏子滢语塞，只能叹气，"那可是你亲妈亲爸……"

"他们又没尽多少爹妈的义务。"叶峻成忽然话题一转，停下脚步，看着苏子滢，"你喜欢小孩子吗？"

不等苏子滢说话，叶峻成替她回答了："你应该会是个好妈妈，对孩子一定很温柔。"

"我还没考虑那么长远的事。"苏子滢连自己的短期计划都没有实现，哪里会去想十年计划。

"如果你不喜欢孩子，我也可以为你结扎。"叶峻成像是经过了深思熟虑，又说道。

落日金色的余晖洒在他的脸上，笼罩上一层不可侵犯的神光，加上他完美的五官，像刚下凡的神仙。

苏子滢终于忍无可忍地提醒他："你连生孩子的第一步都没开始，就不要想结扎不结扎的问题了。先想想你爸结扎的事。阿姨这么聪明，早晚会发现，隐瞒不如坦白。"

这个人啊，依旧是天上的神仙，即使有了世俗的欲望，也是"思无邪"的模样。

"我妈也许已经发现了。"叶峻成耸肩，"只不过度假都安排好了，不想浪费时间在争吵上，等假期结束，她可能直接把我爸踢了，离婚找个年轻力壮的男人匹配优质基因。"

朱音戴着排卵监测手环，平时要求叶珣注意饮食锻炼身体，只有到了排卵期才会和他为二胎努力一下。

上个月排卵期一过，叶珣借口去堂弟的医院做个全面检查，结扎了。

"你妈妈有这么可怕无情吗？她对这个家庭是很有感情的。"苏子滢觉得叶峻成对自己母亲有着深深的偏见，这个假期，其实朱音表现得很不错了。

至少她在这段时间改变了商界女强人的性格，尽量扮演贤妻良母的角色。甚至主动给大家做了一次海鲜宴,尽管是厨师和苏子滢一起帮忙,但已经很努力了。

"我妈是不是买通你了?"叶峻成挑眉,看着她,"你替她说了好几次好话。"

"我只说事实。"苏子滢满脸认真地说道,"对所爱之人,要有回应,不是你说的吗?"

叶峻成沉默了,半晌才叹了口气:"我应该陪你回家过节的。"

她应该不喜欢他的家庭吧?

和她温暖的小小的家相反,他的家看似豪华,却让人心里空虚,找不到太多的感情。

"我家逢年过节太热闹了,你喜欢晚睡,他们都会早起,跟我回去睡不好觉的。"苏子滢见他转了话题,也就顺着他的话温柔地聊着。

"峻成……"

远远地呼唤随着海风飘了过来,朱音穿着一袭长裙,站在海边别墅的二楼,对着他们挥手。

"该回去吃饭了。"叶峻成看着妈妈的身影,又看了眼苏子滢,她的表情始终温柔中带着自信。

苏子滢永远有一种"自能生羽翼,何必仰人梯"的淡定,仿佛不管对面站的是谁,她是礼貌的,甚至会为了钱过分体贴周全,可依然不会有抵达深处的讨好。

这段时间苏子滢每天都在为考研和毕业设计忙碌,偶尔还有林涵那边的设计单子要做,能抽时间陪他已经很够意思了,叶峻成总不能再压榨人家体力吧?

再说,他还有个最重要的计划——让女朋友搬出宿舍和自己住。

黄金周过后,他的画室也改造好了,将隔壁的那套房子买下打通,这边敲了卧室,做了个超级大的画室,隔壁房子留下两间卧室和一间书房,客厅明亮空旷得离谱,一进去就觉得天地辽阔,心胸思路都跟着翻滚起来。

叶峻成以前从不卖画。他是个富家公子，画画是纯理想的艺术的事情，直到上大学之后，和家里的关系越来越疏远，也不想刷父母的卡，拿过大大小小的奖后，有人通过关系找他买画，他也就卖了。

他卖画也是看心情，不管什么市场价，高也好低也好，买家做事爽快合他眼缘就行。

卖了几幅画，就轻轻松松买下隔壁的房子。

当苏子滢站在他装修好的新居里，只能感慨……一辈子没为钱发过愁的人，就会在物质上没有节制。

而大部分的美，就是靠这种无节制的浪费堆砌而成的。

叶峻成的新居，浪费的是空间，充斥着一种激烈狂热的美感，颜色用得十分大胆，加上舍得花钱，从家具到天花板都很有质感，她一走进来，就像站在初夏的操场上，炽热的阳光从四面八方裹住她，提醒她要像个少年一样热情地拥抱自己的未来。

叶峻成一定是故意的，他是画画的，知道不同的颜色可以调动不一样的情绪，所以故意为冷静成熟的苏子滢来些热烈的色彩，提醒她还是个年轻人。

"你最后两个月要冲刺了，就住这里吧，比宿舍安静，能集中心思读书。"叶峻成生怕她会像以前那样拒绝，带她来之前就想好了各种冠冕堂皇的理由，"而且，我还能跟你一起努力，安心画画……还可以照顾好你，不会打搅你学习。"

"你照顾我？"苏子滢忍不住笑了，他连自己都照顾不了，如何照顾别人。

"真的，我给你定制好了一日三餐，保证你的营养跟得上，熬夜用脑也不会掉头发。"叶峻成摸着她的秀发，贴心地说道。

可能入秋了，树叶飘零，苏子滢的头发也跟着掉。

出去度假两个人像小夫妻一样睡一起，虽然大多数时候都是叶峻成画画到下半夜才上床，甚至一整夜都没睡，坐在扶手椅上看着她，直到早上醒来，看到枕头上总有几根长发——苏子滢掉的。

也不知是用脑过度掉发,还是被他压断的,反正这微不足道的头发丝落在了他的心里,让完美主义的他受不了。

"我脱发很严重吗?"苏子滢敏感地撸起额头碎发,露出光洁饱满的额头。

发际线后退了?要秃了?不然叶峻成为什么好端端地提到掉头发?

"没有那么严重,脑门很完美。"叶峻成赶紧揉揉她的头发哄着,"就是觉得天要冷了,得多囤点头发,暖和。"

苏子滢定定地看着他,忽然"扑哧"一笑,也不知道想到了什么,从笑靥如花,到扶着叶峻成笑得花枝乱颤,再到捂着肚子笑得直不起腰。

"我哪里说错了吗?不该提掉发?"叶峻成很少看到苏子滢这么放肆的笑容,一瞬间竟然有些茫然无措,不知道自己做错了什么,惹得她笑得眼泪也出来了。

"哈哈哈……没有……你很好……哈哈……"苏子滢擦了把笑出的泪花,深呼吸试图控制一下情绪。

她只是被他这么土味的哄人话戳到了笑点。

还记得去年刚见他时,他是个不食人间烟火的高冷男神,连正常和人交流的话都不会多说,后来越来越爱撒娇,再后来……也能说出"天冷了多囤点头发"这种话来。

这不是天使跌落凡间,而是跌进了泥坑。

"那你笑什么?"叶峻成抱住她,揉着她的头发,让她听着自己心跳声,"你笑得我心慌。"

"这有什么好心慌的?"苏子滢忍着笑,听到他的心跳真的加快,忍不住问道。

"因为你笑起来太好看了呀。"叶峻成一本正经地回答。

像是春天降临,所有的花瞬间开放。

好不容易忍住笑的苏子滢又哈哈大笑起来,边笑边捶他的肩膀。

救命,叶峻成实在不适合哄女孩,他这张脸和性格,只适合被女孩子宠爱。

苏子滢同意了搬进叶峻成的画室，也开始考虑和林涵"分道扬镳"。

也是为了提醒林涵，永远不要对她心存幻想。

即使叶峻成和她分手，她也不会退而求其次。

林涵只是朋友，她从不回避自己的感觉，对自己的选择更不会动摇。

怡园路两边都是金色的银杏树，树叶在金色的夕阳下纷纷扬扬地飘落，铺成一条金色的时光隧道。

苏子滢约了林涵一起去工作室。

"你的设计甲方一向喜欢，加上最近你设计的音箱成爆款了，他们现在求着能合作下一个产品。"林涵没想到今天能把苏子滢从叶峻成身边抢过来，激动地边走边说，"价格也随便你开，反正你一向有分寸……"

"我不想做了。"苏子滢打断他的话，开门见山。

"我知道，这段时间你要忙着考研，他们说了，年后的新品先预定好，等你……"

"是我不想在你这边做了。"苏子滢再次打断他的话，走到路边供行人休息的长椅坐下来。

"为什么？！"林涵惊诧，他这座庙小了，容不下她这尊大神？

苏子滢不是这种人，她一向君子爱财取之有道，再怎么都不会做过河拆桥的事。

"因为，我忽然理解了叶峻成的不高兴。"苏子滢抬头看着林涵，"我不是不跟你合作，而是我不想经常因为工作问题去你那边太多。现在通信这么发达，很多工作开个电话会议就能解决，根本不需要每次泡在一起，你说是不是？"

"你疯了？"林涵抓狂，谁能想到有一天冷静理智只想搞钱的苏子滢会变成恋爱脑！

居然为了叶峻成，舍弃友情，放弃跟他的合作！

"你脑子被叶峻成吃掉了？"林涵恨不得撬开她脑壳看看里面装的是什么，"还是你现在不需要努力了？你准备完全依附叶峻成？他靠谱吗？

我知道了！你是想这样讨好他？像个舔狗，每天以他为中心打转？"

"你有没有听我后面半句话？"苏子滢皱眉，林涵的脑子才是被僵尸吃了一半，学习吊车尾不说，连听人说话都只听前半句。

"不是，你在避什么嫌？去我那很危险？我是色狼？我影响你俩感情？我做什么了我？"林涵气得狠狠踹了一脚旁边的大树。

黄色的小扇子般的树叶在夕阳下纷纷扬扬地飘落，落在苏子滢的头上肩上腿上，像下了一阵金色雨。

"你很好，所以才更要维系好我们之间的关系，你懂吗？"苏子滢抖了抖肩，捡起落在腿上的一片银杏叶，耐心解释，"我希望我们能成为长久的朋友，一生的挚友，那我就必须让你在安全界限以内，让你能够被我身边最亲密的人接纳，也希望你能接纳我未来的家人。这是一个很简单的题……"

"简单吗？你觉得什么都简单，什么都可以用公式来计算，减掉我，加上叶峻成，就是你最好的人生。我凭什么要在你的感情里被牺牲？"林涵提高声音，凶狠的样子吓得对面马路的一只宠物狗驻足看了他片刻。

"做个人好吗？狗都比你重情义。就因为我喜欢你，我就必须退让？苏子滢，你能对我别这么理智吗？你讲讲道理好吗？"

对面的狗子主人把竖着耳朵看着年轻人吵架的狗拽走了。

"你真牛啊，被分手了，一句责怪的话都舍不得说叶峻成，对我倒是什么混账话都能说得出来！

"为什么就不能跟我一起做事？为什么就要让我离你远点？为什么都是我？

"我离得还不够远吗？我还不够自觉吗？你跟叶峻成复合，我约过你吗？我都这样了，你还觉得不够？叶峻成折磨你，你就折磨我是吧？"

林涵根本不给她说话的机会，一连串地反问，气得眼底通红。他喜欢过很多女孩，也谈过很多恋爱，从没有过这么无助绝望的痛苦心情。

"你昨天还约我看球。"苏子滢很冷静地回答。

林涵被她理智克制的语气气坏了，气得想打她又舍不得，一拳砸在树上，狠狠问道："那叫约？你懂不懂什么是约？"

"冷静点。"苏子滢怕他发疯，举起手里的银杏叶，"他没有折磨我，我也没有折磨你。但是你看，你却认为我折磨到你了，这意味着什么？"

意味着他没有把自己当成普通朋友来对待。

"意味着你是个没有心的女人！"林涵不解气地大骂，"至少对我是没心的！"

"是你的思想危险。你如果觉得做朋友很困难，一定要加点不纯粹的东西进去，那你就毁掉了我们之间的情谊。"苏子滢叹了口气，站起身，将银杏叶放入他胸口的口袋，"林涵，每个人都要清楚自己的位置，这样才能保护好身边重要的人，也能过得开心轻松。以后你搞不定的活我帮你做，但是，你不能再搞不定你自己的情绪，放任它出来伤害你。"

苏子滢说完，果断地转身就走，迎着夕阳，身影越来越长。

林涵的眼睛被那马上要消失的阳光刺痛，看着她渐渐融入余晖里，像是也成了那道光，再也追寻不到。

他当然知道苏子滢是对的。

她永远都是对的，可他想抓住光，又有什么错？

叶峻成八点多到家时，看到书房的灯开着，苏子滢并不在房间里。

画室的门开着，那边的灯也开着，他走过去，看到苏子滢正在端详其中一幅画。

那是他去年冬天画的一张背影，教室里临摹的她的背影，只是上面的鬼面没有了，换成了眉目慈祥端庄的观音。

"入于众生心室，百千万亿不可说劫，诸烦恼业，种种暗障，悉能除尽。"叶峻成靠在门边看着她，轻轻开口，"这是我画观音时的念头。希望有一天，他能除尽我的烦恼劫难。"

"你能有什么烦恼要除？"苏子滢轻轻摸着那幅画，早就听到隔壁开门的声音，没有被他忽然说话吓到，只觉得有的人生在福中不知福。

这种富家少爷整天都是为赋新词强说愁，哪里知道真正的人间疾苦。

"去年那时，心里有所求。"叶峻成没有走进来，因为他出门一趟，就沾染了外面的味道，烟味汗味香水味火锅味，他不想让其他的味道进入画室，再沾到苏子滢身上。

"这幅画送我吧，我喜欢。"苏子滢知道他当时求什么，求自己做他的模特。

她看着这幅画，想到了他这么干干净净的人，初发心菩萨，就该用心珍惜，不要被污垢玷染。

"这里所有的画都是你的。"叶峻成开心极了，她可是第一次主动问他要画，"你继续看看，还有喜欢的吗？没有的话我给你画！"

"你真好。"苏子滢扭头对他笑了笑。

哪怕她只是礼貌性地夸赞，叶峻成的心也跟着飞扬起来，见苏子滢正在耐心细致地帮他按照时间顺序和类型，整理堆在墙角的一堆画。

那些大部分都是练笔和画出来不满意的作品，但又不至于变成废画，叶峻成懒得管它们，都扔在那里。

只有一部分他自己认为还算满意的画作，他才会装在画框里放在东边的角落。

还有极少数获奖的作品，被他放在爷爷的收藏屋里，爷爷有专用的收藏画作的房间，里面的温度湿度控制得更加精准。

"这堆画本来想扔了，但没想到有人网上找我想买画，方楠就充当了我的经纪人在这堆画里拍拍照片，和他们谈价格，还卖出去不少。"叶峻成走过去，蹲下来帮她一起整理，在她身边又变成了小话痨，"老师要求我多画点工笔水粉，说我以前的画太锋利张狂，不懂收敛。"

"那是你的风格，只要你自己喜欢，就可以将这风格画到极致，不也挺好？"苏子滢笑着反问。

"你不能当老师，会纵容别人胡来。"叶峻成对画画和苏子滢以外的事情都没什么耐性，随手将所有的画都摞到一起，扑到苏子滢身上，一双比夜色还深的黑色眼睛直勾勾地盯着她，"我也喜欢你呀，你能让我胡来吗?"

"这不是在胡来吗?"苏子滢被他用力过猛地扑倒在地,后背撞着地板,疼得倒抽了口冷气。

"撞疼了吗?我揉揉。"叶峻成每次见着她,都有种无法言喻的欢喜,偶尔就会过于兴奋而收不住力气。

"没事,不疼。"苏子滢被他瞎摩挲着后背,表情抽了抽,忍住顺着脊椎往上爬的痒,说道。

"幸好我对你从不胡来。"叶峻成顺势抱住她,一翻身,给她充当地板肉垫,黑亮的眼睛里泛着光,"我就怕你这么好,别人对你提什么要求你也答应。"

"我是这样的人吗?"

"你当然不是,这只是我的担心。"叶峻成知道她的原则性极强,只是总担心她把对自己的温柔分给了别人。

那他会嫉妒得发狂。

不过只要看着她,就觉得整个世界都安静下来,烦躁的心也跟着沉静下来,像月亮掉进了山顶的清潭,温柔地在水中荡漾,没有任何尘世的俗念烦恼。

"我不在林涵那做了。"苏子滢觉得这件事要告知他。

"真的?为什么?"叶峻成有些惊喜,随后又觉得奇怪,她之前一直不肯和林涵断了合作,两人还为此争执过。复合后他就不再提这件事,不希望再起冲突。

"因为不希望你不高兴啊。"苏子滢温柔地看着他,"嫉妒的滋味一定很不好受。"

"你俩吵架了?"叶峻成定定地看着她的眼睛,有些不太相信地问道,"他欺负你了吗?"

"你怎么觉得谁都会欺负我?我就不能站在你的立场上想一想?"苏子滢有些好笑地摇摇头,她看着弱势,但其实从小到大,能真正欺负她的人没几个。

苏子滢话音刚落,叶峻成亲上她的脸,随后密不透风的吻席卷过来。

"那你以后多替我想想吧!"叶峻成在她耳边呢喃,得寸进尺地缠着她。

他总觉得自己女朋友的心像深海,没有风,也没有浪,安静时让人恐慌,但此刻却让人如此安心。

艺术家中有两种人成就最高。

一种是像孩子一样,从小到大被保护得很好,远离丑恶,看遍了世间所有美好,用赤子之心创作出了最美妙的作品。

另外一种是尝遍了世间的苦,于深渊中生出希望和光明,用苦痛留下精神财富。

叶峻成是前者,而苏子滢是后者。

皮囊美丽的人,大多倚仗美貌抄了近路,性格上难免会有些骄傲的缺陷,甚至不太愿意动脑子。所以长得漂亮的人顺风顺水惯了,想走正确的路有时候更难。

美貌的人面对的诱惑和选择也更多,稍不小心就会走错了方向。

朱音看中了苏子滢,是因为她已经被生活打磨成美玉了。

朱音也是个奇人,不和儿子联系,倒是没事就找苏子滢。

她这天晚上有个饭局,离苏子滢学校也就四五公里的路程,竟然喊准儿媳过来一起吃饭。

她根本不在意儿子来不来。

反正叶峻成不是做生意的料,也不喜欢任何饭局,朱音先带着苏子滢见见世面,为以后培养她做准备。

叶峻成这天晚上有个艺术交流,苏子滢给他留了言后上了朱音派来的专车,被司机接到天韵饭店。

苏子滢穿着奶色的长裙,外面套着软糯的浅色毛衣,像一颗甜甜的素净的奶糖,从头到脚都看不出一丝锐利的锋芒和商人精明的气质。

她像是去和朋友吃顿便饭,没有隆重打扮,只是简单地整理了头发,坐在那里如一轮海上刚升起的明月,清澈明亮。

朱音看上去很高兴，大大方方地给生意场上的朋友们介绍自己未来的儿媳妇。

在这种饭局上，苏子滢就像个旁听生，大半时间安安静静地坐在那里听着大佬们聊天。

饭局结束后，朱音甚至亲自送她回去。

"是不是这顿饭吃得很没意思？"上了车，朱音才问道，"无聊的应酬？"

"挺有意思的，大佬们的思维方式很有趣。"苏子滢跟她一起坐在后排，笑着说道，"不算无聊的应酬，愿意花时间的应酬，都是有隐性回报的。"

"你倒是看得通透。"朱音伸了个懒腰，在没外人的时候，尽情放松下肢体，踢掉了高跟鞋，淡淡地说道，"当个女人就很累了，当女强人更累。"

"阿姨，您是不是和叔叔闹矛盾了？"苏子滢忽然问道。

朱音微微一怔，没想到这都被她看出来了，这孩子的观察力真是厉害。

"他今天没跟您来，我瞎猜的。"苏子滢见朱音一双美目盯着自己不说话，有些不好意思地解释，"希望是我猜错了。"

"你没猜错。"朱音有些疲惫地合上眼睛，终于露出了真实的情感，"我让他离开一段时间，反省去。"

"我听老人家常说夫妻没有隔夜仇。不管什么事，好好沟通就对了。"苏子滢大概猜到了两人为什么闹翻——结扎的事。

之前她就建议叶峻成让他爸坦白，朱音虽然强势，可又不是不讲理，都结扎了，还能把人捆回医院做复通手术？

"峻成跟你在一起，应该会很舒心，我也很放心。"

人啊，只要摆脱了情绪的控制，就能所向披靡了。

准儿媳不骄不躁温柔似水的模样，也神奇地缓解了她的情绪。

"你其实跟我一样，也许根本就不在乎人类的感情。"朱音喝了口水，继续说道，"男人要不要都无所谓，反正他们只是锦上添花的东西。"

"人类的情感，才是最宝贵的财富。我只是做好了不怕失去的准备而已。"苏子滢笑着说道。

她珍惜这样的感情，但并不代表一生都要依附于它。

"你这样可不好。"朱音又叹了口气，"我开始为我儿子担心了。"

"别担心，我不会伤害他，我会在我能力范围内好好保护他。"

"也别太信任男人，信任自己就够了。婚姻对女性一点也不公平，如果你不想和叶峻成结婚，我也能理解。男人总会让人失望。"

"我喜欢在适当的时候完成该有的人生行程。"

苏子滢很小的时候就知道，不要在任何东西面前失去自我，哪怕是教条，哪怕是别人的目光，哪怕是爱情。

只要坚定地做自己，走到哪里都不用担心迷失。

"明年来我公司？"朱音的语气与其说是询问，不如说是命令。

"明年还要读研，有空余时间的话，我想自己做事。"苏子滢婉拒了。

晚上司机来接她，她看到了放在后面敞口的资料袋里是XM新机上市的各种宣传资料，在酒桌上也听到大家谈论的生意，知道了未来婆婆就是XM的大老板。

这多少让她感觉当初手机设计大赛，是叶家暗地里帮了忙。

"想自己创业啊……"朱音似笑非笑地看了眼外面，拍了拍她的肩膀，将头靠了过去，疲惫地在她肩上闭上眼睛。

她的儿子内心其实还是个孩子，确实需要一个精神强大情绪稳定的人来陪伴和引导。

而苏子滢是最佳的人选，她和自己一样讨厌失败，所以做任何事都会提前做好计划，全力以赴，尽量避免失败。

接受叶峻成，一定也衡量了利弊，做好了计划，这个朱音不用担心。她唯一担心的就是儿子太单纯，被别的女人给骗了。

朱音晚上没回去，司机送她们到楼下，她跟着苏子滢去了叶峻成的新家。

其实她今天找苏子滢还有个目的，就是找个契机来叶峻成这边，顺便住两天，回避每天去公司等她的叶珣。

住其他地方，叶珣都有钥匙和指纹锁的指纹，一个人住酒店会越想越气，倒不如来看看儿子。

这样的女强人，身边能尽情说话的人没有几个。

不过朱音的性格和苏子滢有共同处，不怕孤独，她说的可悲并不是真的可悲，只是随口感慨。

最近的夜不是太冷。

苏子滢第二天晚上陪朱音去了学校散心。

充满年轻活力的大学校园，到处都飞扬着青春欢笑，让朱音想到了叶珣时常和她说的小时候的事情。

叶珣小时候经常被叶博带着来母校做讲座，对她说过这里图书馆和实验楼的校园鬼故事。

朱音当年天不怕地不怕，就怕这种子虚乌有的东西，那会经常被他吓得躲进被子里掐他。

现在回想起来，倒也有点甜蜜。

但后来她当了母亲，就不再怕了，叶珣说她生娃时去了鬼门关一趟，她不怕了，但他怕。

大概那时候生孩子给叶珣留下了心理创伤，当时朱音差点难产，加上那时候公司在紧要关头，产后她要立刻恢复工作，怎么劝都不听，在火车上回奶到高烧昏迷……

叶珣实在不想再经历这样的担心和痛苦。

尽管朱音答应他二胎后一定去最好的月子中心，什么工作都不管，好好坐月子带孩子，叶珣也不愿意。

这一晚"婆媳"和朋友一样闲聊了很久，回去时，朱音释然了许多。

人上了年纪，心气就渐渐下来了，容易和任何事和解。

不过叶峻成还年轻，他很不高兴老妈每天晚上都回来住。

他最不高兴的是，老妈在他这边住也就算了，还经常把他女朋友带出去玩，完全霸占了他的人。

一山哪能容得下二虎，叶峻成这回长记性了，没正面和朱音吵，而是私下找他爹去了。

第三天晚上朱音回叶峻成的家里，觉得气氛有点不对。

屋内没开灯。

冬天傍晚黑得早，加上冷空气来袭，阴云密布，四点多天就黑了，屋里拉着窗帘，又黑又安静，玄关的感应灯也不亮，有点恐怖片的感觉。

隔壁的画室里，苏子滢靠在门边，这里的隔音效果太好，只能听到一声尖叫。

"锁好门，别管他们，画完这点我们出去看电影。"叶峻成正对着她在画纸上慢慢勾勒。

但他画的不是她，是一只小狐狸，一只藏在雪山中，露出尖尖的耳朵和一双好奇狡黠的漂亮眼睛的小狐狸。

叶峻成遇到她之后，每一张画里都有她的影子。

她会幻化成万物，落在他的画纸上。

就像放在一边准备送给朱音的那幅睡莲。

将开未开，风姿绰约，在宁静的夜里迸出一道白色的光，划破了夜色。和他一贯浓烈犀利的画风不同，他用了两种对比色来表现画面，让这幅睡莲多了一丝优雅安静，像极了苏子滢的气质。

可远观而不可亵玩。

有着包容和温柔，她身上不只有着古典文静的美，还有更深层次的美感——文明的美感。

那种文明和智慧的美感，不只是读过许多书，经历过许多世事留下的温柔，还带着底线。

底线以上是温柔的真诚，底线以下，是寸步不让无法攻陷的坚忍。

所以她绝不会轻易撕开别人的伤口，而是默默地温柔地保护着，她看似礼貌地迎合，也只是恪守社会文明的规则，她的灵魂，是柔软而强大的"智灵"。

只要在她身边，就像回到了远离风雨的宁静港湾，心情也会被抚慰。

"叔叔今天晚上能哄好阿姨回家吗？"苏子滢这几天和朱音相处下来，觉得她就像一个更强势更凶悍的自己，只要下定了主意，别人很难改变。

尤其是叶珣碰到了她的底线，她现在显然是想先分居，然后离婚。

"他们不回去，我们就走。"叶峻成收笔，举着满是颜料的手，对苏子滢笑道，"我带你去一个安静的地方复习。"

这是考前最后一个周末了，下周苏子滢就要考试了，他要让女朋友好好放松放松。

"你又有什么安排没告诉我？"苏子滢见他这副得意的模样，就知道他准备了什么小惊喜。

"帮我脱了。"叶峻成没直接回答。

他还是不喜欢围着围裙画画，此刻T恤上已经沾满了颜料。不过可以看出来，这件T恤不是"日抛型"，上面有以前留下的颜料痕迹。

苏子滢勤俭惯了，每次早上起来会看一眼他的脏衣篓，把没穿坏的衣服全捡起来，还买了个专门给他洗画画衣服的洗衣机，洗完了自己当睡衣穿。

她也不劝说叶峻成改变他有钱子弟一贯的浪费习惯，但是这么几次下来，叶峻成画画时也开始在她穿过的睡衣里找旧衣服穿上。

苏子滢帮他脱了T恤，看到他衣服下结实的腹肌，忽然觉得他最近好像壮了点。

之前是少年般的消瘦，肌肉线条还不是很明显，现在不知是光线问题还是她的错觉，看着线条加深了不少，力量感增加了。

这种藏着力量的肌肉曲线和他那张越来越成熟的脸相得益彰，完全是一个散发着荷尔蒙的成熟男人了。

"最近锻炼得挺有效果啊。"苏子滢忍不住摸了摸，感觉到他的浑身瞬间绷紧，肌肉饱满又有弹性，比女孩子软软的身体有趣多了。

叶峻成被她夸得竟然脸红了，一把按住她乱摸的手，低声警告："别摸了，我去冲个澡，换身衣服就走。"

画室里还保留着浴室、卫生间和衣帽间，都是为了方便他画完画换洗。

叶峻成这段时间在偌大的画室一角放了几个健身器械，画画累了时就去锻炼锻炼身体，倒是缓解了常年专注画画造成的颈椎和腰椎疼痛。

苏子滢欣赏着还未干的画，跟着叶峻成没事就鉴赏分析顶尖的艺术作品，倒是提高了艺术审美能力。

叶峻成最近的画风也多变起来，以前的凌厉和张狂被温柔化解，也会画可爱的毛茸茸的小动物，而不是什么充满攻击性的公牛。

一个画家最忌没有风格，最厉害的画家，他的每一个阶段，都能看出成长，创作出属于自己风格的作品。

除了这只狐狸，他前段时间画了一幅森林图，花了半个月时间，一开始是极为压抑的黑色，后来倾泻着愤怒的红，火烧云笼罩在森林之上，最后变成了抑郁的深蓝浅蓝……

"我想要这幅画。"苏子滢看着那幅森林图。

整体风格极为压抑，森林虽然郁郁葱葱，但仿佛是死寂的，被末日般的红云低低地压迫着，一半是黑一半是红，没有风，也没有任何鲜活的生命。

"这幅画有什么好的？还是小狐狸适合你。"叶峻成很不喜欢它，看到就来气，伸手想撕了。

"这是你受到伤害之后成长的痕迹，有纪念意义。"苏子滢立刻阻止他，抢先一步护住画。

叶峻成微微一怔，忽然转过身，拿了一支细细的勾线毛笔，从还没收起来的颜料盒里蘸取了黄色和白色，迅速地在刮板上调着色。

"既然你喜欢，那让我再润下色。"叶峻成说着，走到画架前，抖了抖手腕，笔尖的颜料散开飞溅。他迅速在火烧云上涂抹了几笔，另一侧深蓝发黑的夜空中晕染着这些暖色的光芒，熟稔地调着各种的白，那双手像掌握了魔法，将世界末日似的低沉天空变成了明艳的晚霞，另一侧则是满天的星光和一弯初月。

最后又在林中勾勒了一条细细的亮色，那是一条蜿蜒流动着的山泉，倒映着旖旎的云霞，给整个森林带来了生命。

风似乎又动了起来，只是那风，特别温柔，温柔到几乎听不到它的声音，像是怕吵到正要入梦的动物们。

之前死气沉沉令人压抑的画面忽地明亮清爽起来，顿时就成了深林人不知，明月来相照的静谧。

"好厉害。"苏子滢由衷地感叹，他这样随便勾抹几笔，就改变了一幅画的意境，如果自己做设计的时候也能这么灵气十足就好了。

叶峻成难得听她像迷妹似的夸奖，嘴角都要扬上天了，换了一支最细的笔，在最左边的星河里画了一颗要用放大镜才能看到的心。

"你真有天赋。"

有天赋的人加上一点努力，就能让所有人羡慕。

"别夸得这么含蓄，我又不是受不起你的夸奖。"叶峻成修完了图，落了款，审视着那幅画，略微满意地放下笔。

苏子滢没再夸他，只是抬头笑吟吟地看着他那张俊秀的脸，亲了上去。

对叶峻成来说，这就是最好的夸奖。

他的心像是沉浸在深海之中，被温柔地包裹着，终于找到了安定的感觉。

这个周末，叶峻成把家丢给了爸妈，带着苏子滢去了半山腰的温泉酒店。

第二次来了，但心情和之前完全不同。

这次住的是山景别墅，从主卧的窗户往外看景，有种风雪欲来的安静。

在温暖的屋内看着外面寒冷的冬夜，这种感觉很奇妙。

苏子滢趴在浴缸边，出神地看着窗外断崖雪景。

零星的雪花在昏黄的光线下打着旋儿落下，她似乎很久很久没有这么悠闲地看一片雪花怎么投入大地的怀抱。

等她系着浴袍走出来，发现叶峻成已经拿出画板，正坐在落地窗前用铅笔勾勒着远山的起伏，但很快，他就开始心浮气躁地排线，一笔一笔地涂掉了之前的画。

"在想什么呢？浪费这么好的画纸。"苏子滢坐到窗边的贵妃椅上，看着外面越来越大的雪花，清澈的眼里全是回忆过去的温柔。

小时候最爱看雪，尤其夜雪，外婆家的老屋外以前种了一排竹子，看够了雪，钻进被窝里，便会有"夜深知雪重，时闻折竹声"的感受，那时候就会觉得家里安稳温暖。

雪落时，年关就到了，孩子们要放假了，家人亲戚也团聚在一起，对小小的孩子来说特别有意义。

叶峻成在艰难地克制着眼神不要从她微敞的浴袍往里看。

尽管画过她无数次，美术生可以轻松地通过衣服褶皱的穿插结构，感受她的身体线条。也见过她穿极贴身的真丝长裙，每一寸线条他心里都临摹过，甚至也抱过亲过，可叶峻成没经过她允许，从不越雷池。

今夜的雪纷纷扬扬，他的情欲也像这大雪。

苏子滢蓦然感觉到什么，转头看向他，似笑非笑地问道："你在想什么？"

这么直白地问，叶峻成的脸猛然涨红，铅笔都快被攥断了。

男女朋友在温泉酒店同处一室，还能想什么？

但他一开始真没其他想法，因为是她考试前一周，加上看到天气预报要降温降雪，就定了最好的一栋山景别墅，像他在北欧住的那种山间小屋，让她感受一下雪满山林的浪漫。

但此刻，她慵懒地半靠在贵妃椅上，露出一段纤细柔白的小腿，浴袍的衣领半敞着。

苏子滢比他想得清楚，在感情上，弟弟就是弟弟，叶峻成喜欢在外人面前展示男友力，可私底下他却单纯又害羞。

他俩的性格完全相反。

"你在想什么？"苏子滢又问了一次，对他伸出手。

她想清楚的事，就会毫不犹豫地行动。

不会像艺术家那样，在幻想和现实中摇摆。

"我……我想……"叶峻成喉结困难地上下滚动，眼睛在她的身上挪不开了。

难得看到他这么紧张，苏子滢笑了，一把将他拉到自己面前，盯着他的眼睛，鼓励他："你想什么？"

她温柔的语气和表情像海妖在诱惑着水手，叶峻成差点就亲上了那片柔软的红唇，他极力定住心神，呼吸都有些喘。

"我……我能说吗？"叶峻成努力调整着呼吸，眼里像有春水要流淌出来。他早就想说了，可始终觉得冒犯，就没好意思提。

"当然了，只要你想，你什么都可以对我说。"苏子滢亲了亲他的唇，淡淡笑道。

"我……"叶峻成觉得必须说了，否则她考完试就会到人生另一个阶段，他就无法定格此刻的她。

"我想……你做一次裸模。"叶峻成说完这句话，只见苏子滢表情一愣，他以为冒犯到了，想要解释，"我就算画了也不会拿出去展出。不过你不愿意也没关系……"

"就想这个啊？"苏子滢很服气，站起身，伸手解开腰带，都没给他说话的时间，就像一尊白雪堆成的美人站在了他面前。

她里面什么也没穿——今晚早就做了准备。

然而这呆子居然要画画！

叶峻成直愣愣地看了几秒，就觉得一股热流从鼻子流出来，急忙捂着鼻子往浴室冲。

叶峻成再出来时眼都是红的，对着模特手足无措，想让她摆姿势，不知怎么上手，就这么和她怔怔相对，仿佛变成了山景。

那山景有着山林不向四季起誓，荣枯随缘的温柔静好。

叶峻成无处下笔，只觉得一股火在血液里冲撞着，寻找着出路。

他从没有这样的感觉，满脑子都是令人惊艳的光怪陆离的色彩，可要抓住时那色彩又不见了，只有一个白玉般的人站在那团光中。

那是灵感和爱意堆积到顶峰的痛苦。

"所以，你画吗？"苏子滢被他疯狂的眼神看得有点发怵，他的表情像朝圣似的，又像地狱之门在他面前打开，透着震撼和绝望。

叶峻成后退了一步，像是被魔鬼唤醒，他忽然转过身，再次冲出了房间。

他画不了。

缪斯在他眼前一闪而过，紧接着无数的缪斯从天而落，那是一片片雪花，也是一个个苏子滢。

他不知道该抓住哪一个，也不知道该怎么才能拥有每一片雪花。

和她在一起后，叶峻成几乎再也没有感受到过艺术家歇斯底里的疯狂和痛苦，原来那些痛苦都藏在暗处，此刻降临在他身上，他需要更大的雪，来冷却内心翻滚的熔浆。

苏子滢不疾不徐地穿上衣服，她没有追出去，也不管他去哪了。她知道艺术家的一些怪癖，在疯狂和毁灭中，最好再给他一点孤独，让他去享受艺术带来的痛苦和快乐。

这一夜，叶峻成都没回来，直到第二天中午，苏子滢才接到了前台的通知，看到了叶峻成潦草地给她留的字条。

他让她安心复习，酒店已经给她安排了回去的车，他要去一个没人找得到的地方闭关画画。

外面的大雪依然纷纷扬扬，缀满树枝窗棂……

苏子滢这段时间的空闲都被叶峻成占有，难得周末他走了，她能一个人看书看雪，惬意地度过了一个快乐的周末，回去时发现朱音也走了。

朱音不知是因为老公找到这里而生气离开，还是已经被哄好回家，亦或是觉得准儿媳要考试，不想打搅她学习。反正她只给苏子滢发了信息，叮嘱她这两天好好考试，考完了过来帮她庆祝。

苏子滢的初试完全不用担心，顺利考完，就等着二月份成绩公布了。

只有叶峻成一消失就是一周，谁也找不到他。

他在叶博的水晶宫没日没夜地画画。

天冷时，叶博大多在海岛度假，几乎不回来，所以那栋玻璃别墅只有个管家打理打理花园收拾收拾卫生，平时也没人打搅。

这里有叶峻成专门的画室，他把自己锁在里面，谁也不见，拼命地在画布上涂抹，仿佛要将全部的生命投入油彩之中。

如果这时候有同学见着胡子拉碴头发蓬乱面色惨白的他，一定认不出来这是美术系那个气质高贵的男神。

叶峻成在这里忘了时间，忘了所有的人，眼睛里放着光，手指仿佛在神的指挥下起舞。

意识蒙眬又清醒，这是缪斯在人间的投影。

这种状态，即使是天才，一生可能也只有一次。

如贝多芬在创作《命运》，梵高在搅拌他的《星空》，高更在大溪地见到了那些淳朴的妇女，毕加索面对着惨烈的轰炸现场。

而他，看到了雪夜中，心爱的圣洁的女孩。

眼看周末又到了，苏子滢考完后，朱音带她出去庆祝，见叶峻成还没出现，不由得有点惊讶。

虽然以前叶峻成也时常消失，出去寻找灵感，或者犯病一样把自己关起来画画，但有了女朋友之后，他的状态很稳定，不和家人联系，也会每天跟苏子滢报备。

朱音很快查到了车辆轨迹，那辆大奔一直停在叶博的别墅里没动。

朱音带着苏子滢去了叶博家，老管家正在外面慢悠悠地扫着积雪。

暖冬在这一周拼了命地降温降雪，陆陆续续下了五六天，终于放晴了。

老管家一看到朱音就迎上来，吐着苦水："哎呀，这几天成成把自己关在屋子里没出来过，有时候送的饭也不吃，也不许人进去。你赶紧去看看吧。"

朱音快步如飞地走进大门，屋内倒是挺暖，为了更好地保存那些各地收藏过来的艺术品，老爷子家里会保持恒定的温度和湿度。

苏子滢跟在朱音后面，来到画室门口。

朱音正要拿备用钥匙打开画室的门，忽然停顿了一下，将钥匙给了苏子滢："你进去看看吧，我去楼下泡杯茶。"

苏子滢点了点头，等朱音下了楼，才开了门。

里面的双层窗帘隔断了通透的阳光，门打开时，才驱除了那浓稠的黑。

油彩颜料的味扑面而来，苏子滢从那一丝光中，看到了席地而坐的叶峻成。

他一身都是油彩，瘦了好多，像是被什么吸干了精气，但又像凤凰涅槃似的，眼睛闪着光，那是圣徒的光芒。

"叶峻成……"苏子滢轻轻走到他面前，都不敢大声说话，怕惊扰了他。

叶峻成缓缓抬起头，看向逆光而站的女孩。

他慢慢爬起来，因为坐了太久，腿有些麻，苏子滢急忙伸手扶住他。

但刚碰到他的胳膊，就被叶峻成突然用力地抱住了，像是要感受自己还活着一样，用尽全力地抱住她。

苏子滢猝不及防，被他勒得喘不过气来，脸也憋红了，但这次没有推开他，也抱住他。

因为她感受到了他的狂喜和激动。

"完成了。"叶峻成在她耳边低声说道，带着几不可闻的颤音。

"嗯，好好吃顿饭，你都瘦了。"苏子滢感觉到他的腰围都减了一圈。

叶峻成在她轻柔镇定的语气里渐渐平静下来，拉着她走到画架前，对她说道："掀开看看。"

画架被绿色的幕布遮得严严实实，风儿打着旋从门口吹进来，掀开了幕布的一角，少女的手掌从桌边垂下，皓腕凝霜雪。

苏子滢没有立刻拉开幕布，而是将窗帘打开，落日的余晖铺天盖地地涌进来，让房间的光线猛然变亮。

叶峻成自始至终都握着她的手，他的手指冰凉，掌心全是汗，不知是兴奋还是紧张，等着她掀开幕布。

苏子滢一向淡定，也被他传染得有些紧张，像是揭开新娘红盖头似的，缓缓揭开了布。

这幅画完完整整地出现在苏子滢的眼前，扑面而来的冲击感让她眩晕，仿佛鲜血一下子集中在脑部，她明白只有伟大的艺术品才能产生这种直达灵魂的冲击。

她也见过叶峻成的许多画作，知道他的天分超越极限，但还是无法想象叶峻成在这个年纪就能完成如此杰出的画作。

与以往充满个性的作品相比，这一幅画的构图很普通，用色也更为暗淡，但在这个刚刚放晴的寒冷雪天，像一炉温暖的火，有一种让人无法摆脱目光的吸引力。

能让内心吞噬一切的熔岩变成可控的温暖的火，有种可靠的沉稳的力量。

画面只是一个趴在书桌上的少女，腰肢柔软，肩部线条分明，长发如瀑布般倾泻在没有合上的书本上，每一根发丝都散发着微芒，可能她只是在劳累之后进入甜美的小憩，裸露的小腿优雅地弯曲着，有着一种沉静的诱惑。

美。

静。

每一根线条，每一处构图，光和影的交界，都是艺术的极限，所有的炽热最终变成安静。

在苏子滢脑中，那一刹那只有这几个词浮现，然后呼起了自己儿时，夏日午后在书桌上看困了书小憩的温暖回忆。

那是齐白石所说的心闲气静时一挥。

是静思往事，如在心底的恬淡平和。

是万物静观皆自得，四时佳兴与人同的岁月静好。

这幅画像安定剂，能让人除却烦恼焦躁，想到年少时的蝉鸣和天空。

苏子滢渐渐回过神来，见叶峻成正看着自己，期待着她说点什么。

或者什么都不说，静静相拥就好。

画里画外，和他的缪斯，他的女神相对。

这一刻，即是永恒。

这幅《沉睡的少女》一问世，便受到了艺术界的一致赞扬与追捧，在年底捧得亚历山大卢奇绘画奖，叶峻成也成为获得此殊荣的最年轻艺术家。

不过这是后话了，叶峻成的目的从不在此，他想要的，只是将他的女神留在人间。

将喜欢的一切留在身边，这才是努力的意义。

朱音这段时间也放了放工作，没事就让人炖点十全大补汤给两个孩子喝。

顺便让宣传组的人给准儿媳录了点宣传片和幕后设计采访，亲自去监督，并且堂而皇之地带着她去公司食堂吃饭。她和叶峻成一样，认准的就恨不得让所有人都知道苏子滢的身份。

她对苏子滢的好是真的喜欢，还带着那么一丁点的目的——人情绑架。对媳妇这么好，以后有点小要求不过分吧？

万一儿子做了什么蠢事触犯了人家底线，哄不好媳妇，也会给她这个婆婆几分情面……

XM公司的新机发布会选择在了元旦当天，前几年他们手机的产品线的宣发太低调，总被华晟死死压着，幸好口碑始终不错。

但今年开始换了宣发部门的经理，经理很年轻，很懂现在年轻人的想法，宣传上也越来越与时俱进。

华芸这段时间消沉得很，本来想早点出国，可老爸让她在国内多看看市场，试图把她当成接班人来培养。

华芸之前一直都没这方面心思，但在污蔑抄袭事件之后，看到老爸态度失望，对她各方面都开始限制。她撒娇说了几次想让老爸帮着提提亲这样的话，都被直接拒绝，华芸就有些惶恐了。

毕竟老爹外面也有过风流韵事，万一真像传言那样，跳出来个弟弟妹妹抢夺家业，她又惹了这些麻烦，也没抢回叶峻成……

华芸不得不为自己考虑未来，反正她身边也不缺高富帅，才华比不上叶峻成，但拼家世，还有个欧洲真正的贵族子弟追她呢，算下来也是个王子，家里有古堡的那种。

华芸调整得很快，男人嘛，她不缺！

现在表面上依然做个乖乖女，只要别再捅出那些龌龊事，再去拉拉小提琴，拿点奖，带个王子回来，就能扳回一局了。

元旦这天飘着小雪，华芸一边和她的王子同学语音通话，一边拖着闺密逛街，在繁华的商业中心捧着奶茶闲荡在奢侈品店里，突然看到前方有大量的人流聚集。

"好像是XM新手机发布。"闺密兴致勃勃地拽着她，"他家的手机性能不错，不过就是没你爸公司做得好看，这一代旗舰机估计也是个傻大黑粗的设计，但是……找的代言人我喜欢，过去看看。"

华芸根本不想过去，她最近听到手机设计就觉得头疼，不自觉地避开这个话题。

"咦！这次不一样！这个外观很漂亮，我种草了！"闺密忽然大叫起来，但很快觉得有点不给华芸面子，试图找出缺点来，"不过这么贵，当然得好看……"

对面的大屏幕上放出了XM旗舰手机的外观，简洁大气优雅，尤其是极致超薄，像是锋锐的刀片，有种犀利的美感。

华芸抬头，正好镜头转到新手机的正面，只是一眼，华芸就愣住了。

这个设计……不是苏子滢的作品吗？

闺密也终于感觉到了什么不对，毕竟那场设计大赛闹的乌龙让大家议论了好几天，附近几个学院的学生都在津津有味地吃瓜。

"这个……好眼熟。"闺密也不太敢确定，拿出手机搜之前的新闻。

如果是真的，被华晟踢出获奖名单的第一名变成了同行老大的旗舰手机，意味着什么？

之前华芸听说苏子滢坚持要打官司恢复名誉时，还提心吊胆了几天，生怕把自己给牵扯进去。好在最后这个事情不了了之，也不知道公司付出多大代价，听说设计部的老大都因为这件事走了，她也不敢多问，生怕引起爸爸的火来。

本来以为这事就这么过去了，华芸还问过苏子滢舍友杨莉莉这事进展，但大家都不清楚具体怎么回事，还以为是苏子滢私下和解了。

谁知道……竟然被XM拿去了！

难怪啊，以苏子滢要强的性格，怎么可能轻易放弃？

华芸内心咆哮起来，不顾一切地分开人群，挤了进去，抢起一台模型机仔细端详。

没错！这就是苏子滢的设计，化成灰她都认得。

华芸的心一下子凉透了。

XM不但采用了这款设计，也放出了设计师的简介和照片，详细介绍了这款手机是怎么一步步造就的。

这哪里是报仇，简直是在微笑着默不作声地灭门啊！

华芸几乎可以想到华晟上上下下看到这手机时的表情，可以想到她爹把她踹出门的愤怒。

一般一些手机发烧友才会早早关注这款手机，大多数普通人只被设计吸引，觉得不输给国外那些大品牌，现在一个个都在围观。

这时华芸才发现路边的广告牌、地铁里的广告电视、各大网络平台的推荐页上，全是这款手机。

和以往低调发布手机不同，XM这次不仅请流量明星来代言，而且将整个幕后团队推出来，让大家看到这些看上去普通而平凡的打工人，为了这样的产品，做出了怎样的贡献，宣传力度空前。

这款新手机获得了巨大成功。原本XM的产品就以性能著称，只是历代产品在外观设计上总显得中规中矩，但这次的新品却一改以往的风格，评测网上一片好评，对外观纷纷打了五星好评，有专业手机测试者调侃XM终于开窍，知道要请个设计师了！

国产手机业界看来要变天。

再加上老杨履新，拿出来十二万分的本事，想把在华晟公司咽下的这口气给吐出来，营销手段一个接一个，结果一款手机的热度超越了明星，连着上了好几次热搜，把某位歌手发新歌的头条又给挤没了。

这等声势之下，这款手机口碑自然很不错，出货量也接连打破纪录，后来是XM原本安排的生产线产能跟不上，第一批二十万台一抢而空，各渠道都是催着出货的。

不经意中，这又起到了饥饿营销的作用，越是买不到消费者就越着急下单订货，眼看预估的销量就要往百万这个层级走，老杨乐得合不拢嘴。

几家欢乐几家愁，XM春风得意，华晟阴云密布。

华志安重重地将报告摔在会议桌上，面色铁青，他从商这么多年，还从来没有如此失态过。

是谁都得生气。

明眼人都看得出来，XM这款手机用的是他们家得奖的那一款设计。只是他亲手把这设计给踢走了，也就是拱手把会下金蛋的母鸡送给了竞争对手。

华志安想要对下面的员工怒吼发脾气，却又不知道该怎么发，胸口胀得生疼，只能打落门牙和血咽。

都是不成器的女儿造的孽！

而他那个乖女儿，元旦当天就说学校找她参加比赛，买了机票逃到国外，逃过一劫。

只是，华芸所有的卡都被限额了，以她大手大脚的习惯，真的只能找备胎王子养着自己才能活下去。

苏子滢虽然考完了试，可她又要忙着毕业设计，反而没注意新机上市的事。

老杨特意打电话和她说过一次，XM也为做宣传片找她录过几次专访，但她根本没空关注这些。

因为她毕业设计以外的时间都被叶峻成霸占了，连玩手机的时间都没有。

假期过后第一天上课，林涵最先注意到平时上课很认真的苏子滢看上去有些疲惫，甚至在课堂上睡着了，好像整个假期都没睡过觉似的。

"喂，你最近是不是又接什么活了？把自己弄得这么累？"

今天叶峻成没跟来上课，林涵下课后大大咧咧地坐到苏子滢身边，拿笔戳了戳她脑门，问道。

"活？活不好……"苏子滢迷迷糊糊地回答，猛然想到什么，一下挺直了腰板，发现自己竟然在教室睡着了。

"你……男人活不好？"林涵挑了一下眉，用颇有兴趣的眼神打量着她。自从她考完试，就好像进入了人生下一个阶段。

眉眼像春天的雨雾笼着的娇艳的杏花，温柔中透着几分妩媚。

"不……不是，我刚说什么梦话了？"苏子滢发现假期太可怕了，叶峻成缠得她睡眠都不足了。

"你说小叶同学活不好。"

"别胡说，人家好得很。我是说最近活……得不太好，做毕业设计太累了。"苏子滢这点可得给叶峻成正名，万一传出去，都不好辟谣。

"你还担心毕业设计啊？"一直竖着耳朵在后面偷听的杨莉莉猛然插嘴，一脸讨好地笑，"子滢，你设计的那款手机三天就卖断货了，咱们宿舍的人一个都没抢到，你不知道吗？XM家的那款新手机是你设计的吧？"

同学们都对她抄袭设计这件事八卦过。尤其她和叶峻成感情稳定之后，大家一半是嫉妒，一半是羡慕，不知哪来的小道消息，说她当初撤销了对华晟的控告，只因为找到了金主，不用再为那点奖金争取赔偿。

元旦假期过后，同学们的态度再起变化，今天她来上课时就感觉一路上都有人暗中对她指指点点，不知道在说些什么。

这种情况之前她蒙受污名的时候也有过，不过那时候大部分人都是鄙夷不屑，现在眉梢眼角只带着羡慕嫉妒恨。

"还用问吗？没看到广告和设计师名字都放出来了？"王钰对杨莉莉一贯假惺惺的做派很看不上，直接替大家问出疑问，"子滢，你那款设计不是在华晟得了奖后来又被取消了吗，现在怎么卖给了别家？"

苏子滢这段时间被爱情滋润得反应都慢了一拍，听到这么一说，才知道新机上市了。

难怪朱音圣诞节前后都没出现，连叶峻成的生日也不在，原来是忙着新机发布去了。

"卖了多少钱？是不是比大赛的奖金多？"

"天啊，好羡慕啊，我看到宣传片里有个花絮，都没敢认那个美女是你……原来是真的啊！"

"能不能走关系帮我搞一部啊？"

周围的同学听到八卦，立刻围过来七嘴八舌地问。

要不是今天早上苏子滢满脸疲惫地趴在教室，看上去"心情不好"，大家早就忍不住想问了。

"这……这不是抄袭的啊？"在一片惊呼中，一个弱弱的声音从最后面传来。

"开什么玩笑，抄袭的作品XM会买？"林涵忍不住翻了个白眼，反问。

"就是，XM又不是傻子，如果真是抄袭，就手机现在这销量，得赔多少钱出去？"张焕颜也冷冷地吐槽，"用脑子想想就知道那个什么抄袭是有人诽谤，说不准就是华晟不想给这一百万。"

"华晟是不是要跑路了啊？我上次看到消息说北欧一个设计师也在告他们……"

大家一片哗然，又开始热烈地讨论起来。

苏子滢就等着这一天，可以理直气壮地昭告天下。

"是我的作品，虽然被华晟以抄袭的原因取消了奖项，但这确实是我原创，XM觉得这设计很出色，所以去年暑假他们就决定拿我的设计当作旗舰机的主设计。"

同学们再次惊呼，羡慕得快哭了。

作为工业设计系的学生，能够被大企业认同，投放到各处宣传，简直可以说已经到了奋斗的终点。苏子滢还没毕业，居然有了这样的待遇。

XM用几十亿的营业额证明了她的清白，也让去年华晟那场设计大赛，被人翻旧账翻出来各种议论。

华晟这场公关费，花的就不是大赛奖金的价了。

还好苏子滢一向低调，得饶人处且饶人，也没有乘胜追击，对媒体们说出去年被污蔑的事。

她不喜欢抛头露面，这点倒是符合某些豪门大户的喜好。

真正的大佬都是专心做自己的事，尽量隔绝外界的干扰。

她只接受了学校校报的采访——老师安排的线上采访，她不好意思推托。

苏子滢还要正式请大家吃顿饭，带上叶峻成。

林涵和张恒远他们曾经在手机设计上帮过自己很多，他们不肯收她折现的心意，可苏子滢始终想着要当面正式道谢。

尤其张恒远经常在国外，平时没事他们也不怎么联系，想见一面不容易。

只是请客吃饭，男生们都很随意地套着羽绒服过来，叶峻成居然穿得十分正式，穿上了高定西装，就差别个新郎的胸花给大家发喜糖了。

苏子滢喊了宿舍的三个女孩和张焕颜男朋友，还有林涵。

张恒远元旦时给她发过问候信息，但信息太多，苏子滢又忙着应付叶峻成，没注意。

直到手机卖断货，张恒远再次给她发信息庆祝时她才看到。

她很想请张恒远也过来，但他昨天还在澳洲，一时半会回不了国。

而且她的毕业设计也快完成了，如今手机大卖，她的名气更大，也想趁着这时候开自己的设计工作室，烦琐的事太多，大家又都很忙，就只能网上寒暄几句。

林涵进门看到叶峻成，立刻习惯性地往后避了避，忍不住吐槽："穿成这样，不知道的还以为这是婚宴。"

"你可以现在就随份子。"叶峻成坐在苏子滢身边，挑眉看着他说道。

"呵，子滢要是嫁人，我可不会出份子钱，我留着钱等她……"林涵本想说等她离婚了再给，见苏子滢警告的眼神杀过来，只好改口，"等她哪天不开心，带她出去玩。"

"那恐怕你没这个机会。"叶峻成表面不动如山，手在桌子下已经拽着苏子滢的手抚摸，不怒自威地问道，"小滢跟我在一起，会不开心吗？"

第四章 公牛少女

这气氛……一来就这么紧张！

王钰这种女汉子都感觉出来了，打着哈哈："这么好的饭店，我第一次来吃，有什么要注意的事项吗？"

"切，你家小滢最近看着都肾虚了，这照顾得可不怎么样。"林涵见不得叶峻成这副炫耀胜利的模样，只恨自己没带个美女过来撒狗粮。

苏子滢听到这句话，平静的表情有了波澜，脸都红了，狠狠瞪林涵，苍白无力地解释："我只是忙毕业设计，没睡好……"

"你忙手机设计时也没这么虚。"林涵坐到苏子滢另一边，看到凉菜都上好了，夹了一筷子牛肉放到苏子滢碗里，"来，多补补。"

叶峻成毫不客气地把那块肉夹到林涵的碗里，微笑道："我会照顾她的，不需要你来。"

林涵皱眉，看了眼肉，看了眼苏子滢，又看了眼叶峻成。

刚才一进包间，就觉得叶峻成和以前不一样了。

当然不是因为换了一身正装显得不一样。

在女生眼里，叶峻成肩宽腰细腿长的模特身材太适合穿西装了，显得成熟英气有魅力，气势也出来了。

林涵觉得主要是眼神变了，以前的叶峻成眼里只有画，有时候会让人觉得他像个脆弱的孩子，很容易受到伤害，会让女孩子产生保护欲。

可现在他坐在苏子滢身边，像个可靠沉稳的男人了，褪去了半熟的青涩少年味，眼神开始沉稳，不再惧怕失去。

如果说以前的叶峻成像涉世未深的豪门小公子，现在的他更像是大权在握的大公司继承人。

那是掌控一切的自信。

也是苏子滢给的自信。

林涵确实嫉妒了，有个好媳妇太重要了，短短时间就能让对方的气质都变了。

"行，你可得好好照顾，要是委屈了人家……"

林涵的话没说完，就被苏子滢踩了一脚。

"人都到齐了，就开动吧。"苏子滢笑着说道。

"还有两个人没到。"叶峻成要给她惊喜，他看了眼手表——居然连表都戴上了，可见非常重视。

"还有谁？"苏子滢诧异地问。

"叶先生，你们的客人到了。"门口的服务员敲了敲门，两个同样西装革履穿着大衣的中年男人站在门口。

前面风度翩翩彬彬有礼的，是张恒远。

后面那位，她去XM设计部时候也见过，但印象最深的是打电话交流——老杨。

老杨身后还有两个服务员，提着几个手提盒进来，放在了桌子上。

"不好意思，飞机晚点了，让各位久等。"张恒远很有绅士风度地道歉，眼睛却一直盯着苏子滢，真诚地说道，"恭喜啊，终于可以当面道贺了。"

苏子滢没想到昨天还在澳洲的张恒远，此刻居然出现在自己面前，如果不是叶峻成一直拉着她的手，她都想扑过去看看是不是真人。

"这也是你安排的？"苏子滢转头问叶峻成。

"你不是说想当面谢谢他？"叶峻成眼底藏着傲娇等夸的小期待。

"啊！这是你设计的手机！"张焕颜忽然发现了什么，惊叫起来。

她那老实沉闷的男朋友看到桌上放着的几个手提袋，也忍不住站起来拿过一个看着："听说打游戏特别好用，一点也不卡，用这款能轻松上王者！"

"这……这该不会是送我们的吧？"一直没吭声的杨莉莉看到大几千也抢不到的最当红新款手机放在面前，也激动起来。

"是，公司内部刚出了一批，我给大家带来了。这是子滢同学送给大家的。"老杨笑着说道。

苏子滢看着叶峻成，轻声问道："又是你安排的？"

"这我还真安排不了，现在有钱也买不到新机子。"叶峻成顿了顿，接着说道，"不过，我跟我妈提了一嘴。她是老板，这点事都办不到，可以让位了。"

朱音早就自留了一批货，不过当时是想着送亲朋好友合作方。

尤其是亲家那边的亲戚，人手一部都安排上了，给苏子滢和儿子当然也留了，只是这段时间新机超过预期的爆火，她忙得没时间管孩子们，十全大补汤都断了几天……

"也不用安排得这么完美。"苏子滢体贴地说，觉得未来婆婆忙着百亿级的项目，还要抽空管这点小事，太有心了。

叶峻成微笑地看着她，他一直都是追求完美的人，无论做什么都不想留下瑕疵，尽管这样一个完美主义的人都受尽了这世界的摧残，可是遇到她之后，他就被拯救了。

每个人都拿着新手机兴奋，叽叽喳喳地研究着功能。

叶峻成充满爱意地看着苏子滢，又想到第一次见到她，她微笑地递过手机让他付钱时的模样。

那温柔的、不愿让别人难堪的隐忍笑容，完美无瑕，让他在那一刻就希望她是自己的妻，能够保护这样温柔的人，也能够成为这样温柔的人。

苏子滢也看着他，那双藏满故事的眼里此刻只有星光闪动，舌尖的话语幻化成那些星光，一点点覆盖在他的身上。

故事的开头很温柔，故事的结局也一定会守护住这温柔。一起追着梦，不再放开对方的手……